COLLECTION
FOLIO/ACTUEL

Le Magasin des enfants

SOUS LA DIRECTION DE

Jacques Testart

Gallimard

INTRODUCTION

Jacques Testart
Directeur de l'Unité INSERM
« Maturation Gamétique et
fécondation », Clamart

La science s'est faite industrieuse récemment, quand la production des connaissances et des innovations s'est organisée dans ces fourmilières de l'artifice que sont les instituts de recherche. Depuis, les propositions de changement s'enchaînent, s'autofécondent, enfoncent les murs millénaires des cultures, abaissent les ponts-levis des croyances et des tabous, se répandent au plus intime qui est le plus banal de l'humain, et l'invitent au grand festin du progrès. Le temps que nous vivons ensemble est incomparable aux temps longs qui nous ont abandonnés à ce tournant. La maîtrise du vivant, ce prurit de l'intelligence virile, s'impose sur l'environnement et sur l'humain lui-même, de façon indélébile et selon le rythme exponentiel qui caractérise la croissance de nos « besoins ». Malgré tout, ceux qu'on nomme « scientistes » nous donnent gagnants dans ce défi lancé à la nature, c'est-à-dire aussi à l'humanité. C'est peut-être qu'ils investissent l'humain de pouvoirs divins, ou alors qu'ils limitent son ambition et son bonheur à ce que d'autres dénoncent comme une réduction de l'être.

Sauf à l'occasion de pressions idéologiques,

aujourd'hui considérées comme inadmissibles (voir l'aventure de Galilée), il est de tradition dans l'histoire des sciences de ne fixer aucune limite au chercheur scientifique pour l'orientation, la réalisation et l'expression de ses travaux. Si cet avantage acquis peut être aujourd'hui remis en cause, ce n'est pas seulement parce que la période récente a montré, par exemple avec la physique nucléaire, les dangers auxquels les résultats de la recherche peuvent exposer l'humanité — l'invention du canon, voire du bâton, toutes proportions gardées, réalisait la même démonstration —, c'est plutôt parce que la recherche a changé, dans sa nature comme dans sa relation à la société.

La recherche a changé depuis qu'elle n'est plus le fait d'individus isolés ou faiblement organisés mais de groupes nombreux et structurés agissant dans le cadre d'institutions puissantes. Cette révolution, qui est devenue sensible au milieu du XXe siècle, contredit la vieille conception d'un chercheur à la fois artiste et savant pour développer celle d'un salarié hyperspécialisé. Elle contredit aussi la vision d'une recherche dont le but est d'acquérir des connaissances (ou recherche dite « fondamentale ») pour y substituer une activité finalisée, inscrite dans le cadre de la compétitivité entre les institutions ou entre les nations. Dans le même temps, les sociétés du monde industriel évoluaient, leurs citoyens obtenaient des droits, entre autres celui d'être informés des développements technologiques, et exigeaient de plus en plus de participer aux prises de décision[1].

Les défenseurs de la liberté intégrale du chercheur feignent d'ignorer que le monde bouge en même temps qu'eux quand ils revendiquent un statut anéthique encore jamais connu ; ce statut résulterait du mariage entre la conception mythique d'une science neutre et la récupération, au bénéfice des faiseurs de cette science, de l'idéal démocratique qui a mis fin à la chasse aux sorcières. Au contraire du physicien, qui se souvient que ses confrères furent déjà échaudés, le biologiste impliqué dans des programmes de recherche « sensible » (surtout génétique et biologie moléculaire) semble souvent indifférent à ce qu'il peut advenir de ses travaux. Quand vous lui demandez : « Mais si vous trouvez la façon de réaliser telle chose, ne craignez-vous pas qu'elle puisse être ensuite appliquée dangereusement ? », il répond le plus souvent : « Mon métier est de chercher, occupez-vous de ce que les autres feront avec mes résultats, ce n'est pas mon affaire ! »

Dans le débat public qui se mène depuis plusieurs années pour savoir si toute recherche est licite par principe, certains experts et de nombreux médias ont joué la confusion. Ainsi s'est trouvée confortée la croyance populaire : les laboratoires seraient ces lieux révérés où s'exerce l'aspiration fondamentale au savoir, où se réalise l'irrésistible élan de l'humanité pour connaître le monde. Il ne viendrait à l'esprit de personne de limiter de quelque façon cette noble activité. Et il serait alors ridicule de s'interroger sur les responsabilités des chercheurs, délégués par l'espèce aux œuvres du savoir.

Pourtant, ce qui anime aujourd'hui la recherche en biologie, ce n'est pas le souci de connaître davantage, mais celui de *maîtriser* plus efficacement. Nous n'avons pas pour but de comprendre mais d'agir, même si une action adaptée exige l'acquisition d'un minimum de savoir. Il faut dès lors cesser de justifier — ou de laisser justifier — nos préparatifs de maîtrise par la référence au joli souci de connaître ; il faut dire que la recherche fondamentale en biologie est en régression relative et avouer qu'elle se nourrit seulement de projets technologiques. Il n'est pas honteux d'avoir un projet mais il est indigne de le faire avancer camouflé, en arrachant l'assentiment public par un tableau mystificateur de la recherche contemporaine, comme si celle-ci était indemne d'idéologie, d'enjeux industriels et économiques. C'est donc dans un contexte technologique qu'évolue le chercheur et c'est à ce niveau qu'il faut percevoir ses responsabilités.

On en vient aujourd'hui à nommer « fondamentale » la recherche qui nécessite des méthodes modernes pour mettre au point une technologie plutôt que celle qui viserait à élaborer des concepts nouveaux, pour la bonne raison que la seconde devient inexistante. Il est légitime, et même indispensable, de pratiquer une recherche « appliquée », mais on peut se demander si la volonté de déguiser cette activité sous le vocable plus noble de « fondamentale » ne tend pas à entretenir le mythe de la science neutre, celle à laquelle on ne doit opposer aucun barrage.

Même si elle reste un lieu prestigieux d'élaboration, la recherche scientifique, comme ses acteurs, ne doit pas échapper au contrôle de la société dûment informée des projets et des réalisations et appelée à en juger. Car qui finance la recherche sinon les citoyens ? Et dans quels buts sinon ceux qu'ils devraient déterminer eux-mêmes ? C'est pourquoi toute recherche à objectif technologique devrait être soumise à l'approbation de structures compétentes avant même d'être réalisée, c'est-à-dire en amont de la production d'une technique utilisable. On constate en effet que la disposition même de la technique constitue une pression en créant un besoin qui ne préexistait pas toujours et encourage ainsi les décisions laxistes. La recherche scientifique ne doit pas devenir une superstructure élaborant ses propres justifications au mépris des opinions ou en donnant prise aux fantasmes par ses sécrétions ininterrompues.

Dans le domaine qui nous concerne, celui de la biologie de la procréation humaine, le but essentiel du chercheur est de produire des parades à des dérèglements cellulaires ou physiologiques. C'est dire que le chercheur est confronté à des phénomènes plutôt qu'à des personnes, et cette nuance n'est pas sans importance. La recherche est le lieu d'élaboration des remèdes tandis que la clinique est celui de leur utilisation : à tel individu qui le consulte, le clinicien propose une solution en se référant à l'éventail des remèdes produits par les chercheurs. Le chercheur est donc responsable des vérités qu'il proclame et de la faisabilité des méthodes qu'il produit, tandis que le clinicien est responsable du choix du traitement qu'il propose et de la bonne conduite de ce traitement.

Cependant, en produisant des remèdes adaptables à des problèmes plutôt qu'adaptés à telle personne, le chercheur devient responsable de l'impact potentiel de son action sur la collectivité entière. Cette responsabilité est d'autant plus importante que l'intervention du chercheur est le plus souvent limitée à l'espace du laboratoire : ses productions deviennent à l'instant utilisables par le clinicien qui se les approprie pour les diffuser à son gré. Ainsi, quand le médecin applique une thérapeutique inadaptée ou dangereuse, il met en cause la santé, voire la vie, de son patient, ce qui est considérable, mais le champ de son erreur est limité chaque fois à ce patient qui le sollicite. En revanche, quand le chercheur participe à la mise au point d'une technologie, il s'implique d'emblée dans l'ensemble des usages anonymes et multiples qui en seront faits. Le chercheur a donc le droit, et même le devoir, de considérer ce qu'il peut trouver à l'instant non seulement comme une proposition, mais, on le verra plus loin, comme une invitation à l'usage. Le citoyen qui persiste sous la blouse blanche se doit alors d'interroger le chercheur sur les conséquences de sa production, en omettant l'intérêt personnel qu'il peut trouver dans cette production. C'est en ce sens qu'apparaît une responsabilité spécifique du chercheur devant la société. Cette responsabilité provient de ce qu'il est l'acteur ontologiquement premier de chaque projet, mais elle résulte aussi de sa position privilégiée dans le processus d'information : le chercheur connaît ce projet que la plupart de ses concitoyens ignorent ou sur lequel ils sont mal informés, il sait aussi ce qu'il est advenu des actions antérieures auxquelles il a participé, il devine enfin l'usage qui sera fait des techniques résultant de ce projet-là.

La perspective d'une nouvelle technologie est, dans tous les domaines de l'activité scientifique, un moteur de la recherche. Le rêve d'Icare n'est pas suffisant pour permettre à l'avion de voler, mais, sans ce projet, l'avion n'existerait pas. Cela est vrai aussi des recherches qui concourent à mettre au point ou à perfectionner les artifices biomédicaux regroupés sous le sigle PMA. Mais dans le cas des « procréations médicalement assistées » on peut noter deux aspects spécifiques, responsables en partie de la rapidité dans l'escalade des offres technologiques.

La première différence vient de ce que les techniques de PMA appliquent à l'espèce humaine des connaissances et des procédés déjà utilisés chez l'animal. Aussi la place de la recherche proprement dite dans les propositions de PMA est *a priori* limitée grâce à cet héritage et consiste surtout à adapter des techniques à notre espèce, en tenant compte de ses singularités biologiques et, parfois, du respect particulier qui lui est dû.

La seconde différence est produite par la fantastique ouverture qu'offre à la recherche le recours à la fécondation externe. Le gamète féminin et l'œuf fécondé étaient jusqu'ici abrités des investigations par notre statut de mammifère, lequel cache dans le corps maternel la totalité du processus d'engendrement. Par la fécondation externe, gamètes et embryons deviennent accessibles à l'examen comme à l'expérimentation et c'est donc la pratique même des PMA qui invite à de nouvelles recherches. Ce système de développement de l'innovation par paliers successifs existe dans bien d'autres domaines ; dans celui des PMA, toutefois, il ne s'agit plus seulement du cumul ininterrompu des connaissances et de la maîtrise, mais d'un saut qualitatif que nul n'avait prévu.

L'histoire récente mais déjà chargée de la recherche en PMA a surtout consisté en tentatives de restitution, chez des individus considérés comme déficients, des performances procréatives naturelles à notre espèce. On l'a dit, ces tentatives ont hérité directement de l'expérience acquise grâce aux recherches fondamentales réalisées sur les rongeurs de laboratoire et aux recherches appliquées sur les animaux domestiques.

L'application à notre espèce de cet acquis important a nécessité des études préalables ou parallèles sur la physiologie de la procréation humaine (maturation des gamètes, fécondance des spermatozoïdes, conditions de l'ovulation, etc.) dont les résultats ont apporté à notre connaissance. Cependant, pour l'essentiel, l'activité d'innovation a porté sur des mises au point de méthodes en dehors de toute recherche à but cognitif. Ainsi, des techniques ont été développées pour stimuler le fonctionnement ovarien hors des limites de la normalité, pour conserver par le froid gamètes et embryons, et pour reproduire en laboratoire des conditions d'environnement propices à la fécondation et au début du développement, sans qu'on connaisse précisément les conditions naturelles qui président à ces événements.

Ce qu'il reste de l'apport des PMA à la connaissance n'est cependant pas négligeable car, à côté des recherches préalables aux réalisations techniques, d'autres études se sont développées. Il est devenu possible d'utiliser du matériel biologique, le plus souvent sans intérêt thérapeutique, ou d'analyser rétrospectivement divers paramètres des physiologies féminine ou masculine enregistrés à l'occasion des PMA. Ces études, à caractère biochimique, structural ou génétique, se doublent d'autres études, endocrinologiques et épidémiologiques. D'ores et déjà, elles ont permis de mieux connaître le déterminisme hormonal et la chronologie de l'ovulation, de définir l'environnement de l'ovocyte au cours de sa maturation dans le follicule, d'estimer la fréquence et l'importance dans la fécondation des anomalies des gamètes, de reconnaître les besoins énergétiques de l'embryon, les synthèses qu'il réalise depuis l'information apportée par le génome, les messages qu'il adresse à l'organisme maternel, etc.

Tout a commencé il y aura bientôt deux siècles quand eut lieu en Angleterre la première insémination artificielle (IA). Cependant, pour diverses raisons qui relèvent plus de la rigueur morale que du manque d'imagination des anciens praticiens, il n'y eut aucune expansion des PMA pendant près de cent cinquante ans.

Le premier bouleversement est arrivé il y a un quart de siècle, avec le recours à des tiers donneurs de sperme pour réaliser l'insémination avec donneur (IAD). Alors que cette pratique est encore bannie dans certains pays et qu'elle est toujours l'objet de controverses dans les autres, son impact médiatique a été vite débordé par celui de la fécondation externe (ou *in vitro* — FIV), apparue il y a dix ans. Plusieurs facteurs expliquent que le mariage en éprouvette des gamètes des deux membres d'un couple ait davantage occupé l'attention du public que l'adultère biologique que réalise l'IAD : l'aspect expérimental de la FIV, qui a déjà fait naître plus d'enfants en France (environ 15 000) que d'animaux de toutes espèces dans le monde ; la création d'un individu hors du corps, perçue comme un défi au secret originel bien plus qu'à l'ignorance ; l'enjeu, vite tenu, de suspendre à volonté le devenir de l'œuf figé dans les limbes glacés des réservoirs de congélation ; la perspective de dresser une carte d'identité de l'œuf à peine conçu, et, à partir de ce savoir, de produire des stratégies d'élimination ou de modification. L'euphorie des brusques conquêtes et des fantasmes de maîtrise, comme un déguisement de l'angoisse, a certainement permis, peut-être autant que les succès biomédicaux, l'engouement des professionnels et des patients pour les récentes propositions des PMA.

Rapidement, la FIV a suscité bien plus d'innovations que l'IA parce que son territoire concernait les gamètes de la femme comme ceux de l'homme et qu'elle apportait un savoir physiologique et des savoir-faire inédits : c'est seulement avec la FIV qu'on a su développer des manœuvres de plus en plus simples et efficaces pour atteindre chaque organe de l'appareil génital féminin, manipuler sans les léser gamètes et embryons, et surtout détecter avec précision le moment de l'ovulation (le plus souvent induite), condition préalable à toute vélléité de maîtrise de la fécondation, *in vivo* ou *in vitro*.

L'effervescence innovante autorisée par ces apports, et stimulée par les rivalités d'équipes ou les ambitions individuelles, devait vite aboutir au capharnaüm technologique qui concerne tantôt des parades à la stérilité, tantôt des gestes prétendument savants s'adressant à des étiologies plus douteuses. Une des conséquences les plus cocasses de cette quête effrénée d'artifices, en l'absence de véritables connaissances et sous la pression d'enjeux exceptionnels, est en effet la multiplicité des propositions pour introduire des gamètes ou des embryons dans l'organisme féminin. On peut ainsi, en se référant à des publications médicales, répertorier plus de 20 sigles, le plus souvent en langue anglaise, qui désignent simultanément le type de cellules placées dans l'appareil génital, la voie d'introduction de ces cellules et le lieu de leur dépôt[2]. S'il s'agit encore de recherche, c'est bien celle d'une combinatoire exhaustive qu'on croirait produite par un ordinateur, comme si l'esprit s'était mis en congé, conférant à la mécanique le soin de mieux instrumentaliser les corps. Il est donc logique que, parmi ces techniques, beaucoup n'aient pas démontré des performances qui justifieraient qu'elles soient préférées à d'autres, plus sobres, voire à l'absence d'intervention médicale. On ne peut que constater le remplissage, en quelques années, des cases disponibles sur l'échiquier des PMA[3].

Cette saturation des possibles traduit un phénomène d'époque : on ne sait plus qui, de la connaissance ou du mythe de maîtrise, tire la machine technologique. Cela promet de beaux jours pour l'innovation dans d'autres espaces, infinis ceux-là : ceux de la recherche sur l'identité de l'œuf humain.

Il est, dans ces circonstances, assez édifiant de citer une recommandation récemment émise par le Conseil de l'Europe[4]. Elle stipule que les recherches menées sur des embryons humains viables ne sont autorisées que s'il s'agit de « recherche appliquée de caractère diagnostic ou effectuée à des fins préventives ou thérapeutiques ». Il m'a été sommairement reproché, il y a quelques années, d'agir pour entraver le progrès des connaissances en proposant le contrôle en amont de la recherche[5], et certains ont justement rappelé qu'il est dans la nature humaine de chercher à connaître le monde. Jamais je n'ai souhaité de limites à la recherche de connaissances, mais seulement que soit désignée la finalité des travaux afin que la société puisse juger de ce qui est projeté en son nom. Pourtant, la recommandation 1100 annonce le refus de la recherche fondamentale, qui est occasion de savoir, et autorise les recherches appliquées, qui sont occasion de maîtrise.

Les PMA constituent une remarquable occasion d'expérimenter sur l'humain. Cela résulte bien sûr d'enjeux économiques et de prestige particuliers, mais aussi de conditions financières exceptionnelles qui font que la plupart des expériences ne coûtent rien à ceux qui les réalisent dans le cadre du système de soin et que les essais médicamenteux, commandités par l'industrie, leur rapportent[6]. Si l'efficacité de la recherche est mesurée au nombre des congrès professionnels ou des publications dites « scientifiques », à l'évidence les PMA constituent un terrain privilégié d'investissement biomédical. On a même constaté certains retournements de la règle qui veut que l'expérimentation animale soit un préalable aux essais thérapeutiques en clinique humaine, la recherche vétérinaire s'emparant de molécules largement utilisées en PMA dans le but d'en obtenir un effet analogue chez les animaux domestiques.

Comme dans toute recherche médicale, il reste difficile de définir ce que le consentement du patient à l'expérience doit à sa position de demandeur de soins ou à sa sujétion à une idéologie naïvement scientiste. On notera que le résultat des expérimentations cliniques est souvent apprécié par un taux de succès global qui recouvre de nombreuses variables indépendantes et ne permet presque jamais de comprendre par quels mécanismes et avec quelle fiabilité ce résultat a été obtenu. On notera aussi que tel patient demandeur de PMA n'est pas un malade que son affection mettrait en danger, qu'il ne bénéficie presque jamais de l'expérimentation acceptée, laquelle, dans le meilleur des cas, conduit à un gain statistique dont il n'aura pas l'occasion de profiter.

Analysant le rôle des comités d'éthique dans l'observance des droits de l'homme, Jean Bernard a récemment souligné qu'il s'agit de « concilier le respect de la personne et le respect de la science ». Outre que l'un des sujets du respect n'est peut-être pas équivalent à l'autre, les quelques considérations avancées ici amènent à se demander quelle est la place véritable de la science dans la recherche autour des PMA.

La biomédecine esquisse aujourd'hui des pratiques de haute technicité, appelées à s'autodévelopper en ayant recours à toujours plus de technologies, puisque le seul critère de choix thérapeutique est l'efficacité mesurable. Les questions essentielles sont alors de savoir si la médecine peut se satisfaire de cette tendance au taylorisme et si la recherche doit se mettre au service de cette évolution.

On a évoqué plus haut le catalogue presque exhaustif des techniques proposées ici ou là et dont beaucoup n'ont eu ou n'auront qu'une audience fort limitée[3]. Les techniques les plus largement utilisées en France sont la FIVETE et l'IAD, et elles concernent des étiologies fort différentes[7]. En 1988, les équipes de PMA françaises ont réalisé environ 23 000 tentatives de FIVETE et 21 000 tentatives d'IAD[8]. La même année 4 100 enfants naissaient grâce à diverses techniques de PMA, dont 2 239 après FIVETE[9]. On estime à 10-12 % (FIVETE) et à 6-7 % (IAD) la proportion des cycles de traitement qui conduisent à la naissance d'un ou plusieurs enfants vivants.

On soulignera que, parmi les 10 816 « bébés FIVETE » nés en France jusqu'à la fin de 1989, 311 sont issus d'un œuf préalablement congelé. Rappelons que si certains embryons sont congelés à l'issue de tentatives de FIV, c'est que le nombre d'embryons ainsi conçus est trop élevé pour qu'ils soient tous simultanément transplantés dans l'utérus maternel. En amont de cette situation, on trouve les traitements de stimulation ovarienne qui conduisent à recueillir de nombreux ovocytes (jusqu'à plusieurs dizaines) dont une certaine proportion (en moyenne un sur trois) deviendront des embryons susceptibles d'être transplantés. De nombreuses équipes de FIVETE, par crainte de créer des grossesses multiples, limitent à 3 ou 4 le nombre d'embryons placés simultanément dans l'utérus et procèdent à la cryoconservation des autres embryons, dits « surnuméraires », en vue de leur restitution ultérieure au même couple. Il arrive que certains couples ne souhaitent pas cette restitution, le plus souvent parce que leur demande d'enfant a été satisfaite à l'occasion du cycle de FIV. Cette situation, qui concerne moins de 5 % des embryons congelés à ce jour, amène l'équipe biomédicale à proposer la destruction des embryons ou leur don à un autre couple stérile, éventualité que nous avons analysée ailleurs[10].

Il est important de souligner ici que les traitements de stimulation hormonale des ovaires, s'ils ont permis une amélioration nette du taux de succès de la FIVETE, sont à l'origine de la plupart des problèmes de nature éthique que soulève cette méthode. Ainsi l'hibernation de l'œuf pour des durées théoriquement illimitées, le don d'ovocyte ou d'embryon et surtout la perspective du tri génétique des embryons obtenus « en surnombre ». Les mêmes techniques de stimulation ovarienne, appliquées à la FIVETE comme à d'autres méthodes de PMA, impliquent aussi une surmédicalisation, le risque d'accidents parfois graves (hyperstimulation ovarienne) et surtout l'établissement de grossesses multiples, avec leurs conséquences pour la santé physique et psychologique de la mère comme pour la viabilité des enfants et leur qualité de vie[11]. Si 40 % des transferts après FIV concernent actuellement au moins 4 embryons (contre 10 % des transferts il y a cinq ans)[12], c'est que dans ces conditions 30 % des patientes deviennent enceintes (contre 10 % si on transfère un seul embryon)[13]. Mais ces grossesses conduisent à des accouchements multiples une fois sur trois (au moins 3 bébés naissent simultanément dans 10 % de ces accouchements)[14]. Globalement, les grossesses multiples sont 25 fois plus fréquentes après FIV que dans les conditions naturelles...

Il a été récemment montré que si la FIVETE est appliquée à des couples sélectionnés (ovulation normale pour la femme, sperme normal pour l'homme, soit environ 20 % des couples recrutés), elle réussit aussi bien quand on s'abstient des traitements de stimulation ovarienne[15]. Il devrait être possible, grâce à l'expertise technique aujourd'hui acquise par les cliniciens et les biologistes, de réaliser au moins la moitié des tentatives de FIV au cours de cycles naturels (non stimulés), même si une certaine baisse du « rendement » des interventions est à prévoir dans ces conditions. L'efficacité immédiate de tel ou tel acte biomédical ne peut suffire seule à sa justification comme thérapeutique la mieux adaptée, au mépris d'autres paramètres de la décision. Par ailleurs, le soutien financier considérable (expérimentation, congrès, etc.) de l'industrie pharmaceutique aux utilisateurs de ses produits, s'il est utile au développement de certaines activités, ne devrait pas être une incitation à l'usage inconsidéré de ces produits.

Un enfant sur 200 est donc désormais conçu hors du corps. C'est encore peu, mais c'est déjà beaucoup, et on peut se demander si le développement de la FIVETE va se poursuivre. On note un ralentissement récent dans l'augmentation du nombre annuel de tentatives : de 7 000 en 1985, on passait à 12 000 en 1986 puis 20 000 en 1987 et 23 000 en 1988[8]. La cause en est surtout que les cas les plus anciens d'infertilité ont été éliminés, soit par la naissance d'un ou plusieurs enfants, soit par l'abandon après échecs. Ainsi, le recrutement de la FIVETE devrait avoir atteint un niveau « de croisière » s'il repose sur l'effectif des nouveaux cas d'infertilité apparaissant chaque année. Cependant, plusieurs facteurs se conjuguent pour qu'il en soit autrement. Parmi ces facteurs, certains sont objectifs : il s'agit de l'allégement des techniques, de l'augmentation sensible de leur efficacité et de la diminution des coûts. D'autres éléments, qui sont surtout la conséquence des premiers, interviennent pour favoriser l'offre comme la demande de FIVETE. La méthode est désormais socialement acceptée, presque banalisée, et tous les actes qui la composent bénéficient depuis 1990 d'une couverture sociale. D'ores et déjà, quand un couple vient demander remède à son infertilité dans un des lieux phares où règne la FIVETE, il est le plus souvent entendu comme déjà candidat à cette méthode. Et sera effectivement admis comme tel pourvu que la FIVETE constitue une solution possible à son problème. C'est dire que la FIVETE accepte presque tous ceux qu'elle est capable de traiter plutôt que, parmi eux, ceux seulement qui ne peuvent être traités par d'autres moyens.

Quelques chiffres : moins de 20 % des couples acceptés en FIVETE en 1988 présentaient une stérilité tubaire définitive alors que cette indication médicale a justifié l'invention même de la FIVETE ; 10 % des inséminations artificielles avec sperme de donneur (IAD) étaient réalisées *in vitro*, c'est-à-dire à l'occasion d'une FIVETE, en 1988. Le taux de succès de l'IAD *in vitro* est deux à trois fois plus élevé que celui observé *in vivo*, et ce constat suffit à beaucoup pour justifier le remplacement progressif d'une technique par l'autre. Ce faisant, on oublie qu'au-delà de la nature même des actes la FIVETE doit aussi son efficacité au respect des acquis physiologiques récents (chronologie optimale de la rencontre des gamètes), lesquels sont le plus souvent négligés dans la pratique traditionnelle de l'insémination.

On tend aussi à faire comme si le degré d'intrusion médicale qui s'attache à chaque méthode de PMA était un élément mineur du choix thérapeutique au regard de l'efficacité ; on s'accoutume aux effets indésirables puisqu'ils constituent la rançon obligatoire à payer au seul but poursuivi à chaque fois : obtenir la naissance dans les meilleurs délais.

La médecine ne devrait pas se satisfaire de taux

d'efficacité pour réguler ses pratiques mais prendre mieux en compte les facteurs sociaux, économiques, psychologiques et iatrogènes. Si rien ne change à ce propos, la FIVETE poursuivra son irrésistible essor, surtout quand arriveront les techniques pour sélectionner, sur une base génétique, les embryons à transplanter. Car les mêmes attitudes qui nous amènent 4 fois sur 5 à appliquer la FIVETE à des couples susceptibles d'avoir un enfant sans elle cautionnent déjà les pratiques à venir.

Lutter contre l'infertilité, c'est d'abord limiter l'incidence de sa survenue et la gravité de ses atteintes. Cette évidence est d'une grande banalité et l'affirmation sans cesse répétée de la nécessité de la prévention finit par constituer une ritournelle obligatoire pour quiconque aborde le problème des difficultés de procréation... sans que des propositions concrètes et ayant quelque chance d'efficacité n'alimentent ce discours. Il semble donc que la prévention ne suscite pas le même engouement, la même imagination ou les mêmes intérêts que la production des technologies palliatives quand la stérilité est déclarée. Certainement, c'est par un système de pensée analogue que des équipes soignantes « de pointe » ont tendance à appliquer à des patients « infertiles » et pressés les remèdes ultimes inventés pour des individus stériles, ou à envisager sereinement une technologisation extrême du processus d'engendrement.

Comme le don des organes, celui des gamètes, et bientôt des embryons, repose en France sur deux grands principes qui sont l'anonymat et la gratuité. Ces deux mamelles éthiques du don semblent suffire à sa justification sociale même si la gratuité n'est qu'approximative et si l'anonymat postule la négation du droit à connaître ses racines par l'enfant né de ce cadeau. D'une façon générale, le terme « gratuité » signale que l'auteur du don ne perçoit aucune rémunération, mais il néglige les profits éventuels des acteurs médicaux ou des industriels qui leur sont parfois liés. De plus, dans la pratique du don des gamètes, la rétribution des donneurs n'est pas évitée sans dommages. En effet, elle permet par exemple la sélection des « meilleurs » donneurs de sperme parmi de plus nombreux candidats ; la carence éthique initiale se trouve alors contrebalancée par la qualité supérieure de la prestation médicale fournie aux patients, résultat qui est indéniablement de valeur éthique. Quand le don d'ovocyte ou de sperme exige du bénéficiaire qu'il introduise préalablement un ami ou un parent dans le pool des donneurs, il peut être aussi l'occasion d'une rétribution clandestine du second par le premier.

On doit bien constater que si le système s'expose ainsi à favoriser ou seulement tolérer le commerce, même limité, des gamètes, c'est parce qu'il maintient comme tabou l'autre principe, l'anonymat, lequel réduit le donneur au rang de pourvoyeur d'éléments biologiques plutôt que de l'intégrer comme partenaire relationnel du couple stérile : imagine-t-on qu'un donneur qui fut rétribué soit présentable à l'enfant dont il est le père génétique ? Cependant, la levée de l'anonymat, telle qu'aujourd'hui proposée dans les pays nordiques, irait à l'encontre du secret sur l'incapacité à procréer, souvent souhaité par les individus stériles. De plus, elle entraînerait une raréfaction des donneurs, certains d'entre eux se refusant à assumer toute responsabilité, fût-elle symbolique, devant l'enfant. Or le système biomédical de gestion du don de gamètes existe, avec ses offres et ses demandes, ses spécialistes et ses techniques : le maintien de l'anonymat est sa meilleure garantie de survie, même s'il va parfois à l'encontre du souhait de certains patients qui proposent, parmi leurs proches, un géniteur de substitution. Mais il y a plus important : la pratique anonyme du don de gamètes est aussi devenue l'occasion de comportements spécifiques des acteurs biomédicaux, auxquels il revient d'attribuer les gamètes de tel individu donneur à tel individu receveur. Ils ont donc le redoutable privilège d'être à la fois techniciens de l'acte, gardiens de son secret et décideurs de ses modalités. Le rôle des médecins en cette affaire est donc tout autre que médical, l'opération d'insémination elle-même étant à la portée technologique de tout un chacun pourvu qu'il en assume l'initiative et la responsabilité. On peut voir là un exemple de la perte d'autonomie des individus dans une société technicisée, mais aussi une mutation de la fonction médicale, du devoir de soins vers la proposition de réparer sans médecine, mais avec l'ordre et la discrétion dignes d'une institution, les défaillances au conformisme social.

On sait que, dans le don de gamètes, l'intervention du système biomédical consiste à rendre plausible la filiation apparente de l'enfant en choisissant un géniteur de substitution dont les caractéristiques physiques (groupe sanguin, couleurs de la peau, des cheveux, des yeux, etc.) soient proches de celles du parent social. Pourquoi pas, s'il s'agit d'honorer le contrat passé avec les patients sur le déguisement de la vérité ? On sait moins qu'un autre niveau de l'appariement biologique consiste à éviter le mariage gamétique de deux individus présentant un même « facteur de risque », découvert par l'« enquête génétique ». Celle-ci permet d'identifier la prédisposition à certaines maladies à partir d'un questionnaire concernant les ascendants du demandeur de gamètes et ceux des donneurs potentiels. Ainsi, on éviterait que deux géniteurs suspectés d'être génétiquement dépositaires d'une même prédisposition à tel handicap transmettent ce dernier à l'enfant. Cette démarche ne concerne évidemment pas les rares postulants au don (2 ou 3 %) particulièrement tarés ou infectés et qui se voient heureusement interdire d'un compte en semence anonyme à la banque : on peut imaginer que ceux-là auraient été réfutés par tout couple demandeur s'ils lui avaient été présentés. Mais l'enquête génétique permet de découvrir un quelconque facteur de risque chez le tiers des sujets retenus ; ce qui signifie que quiconque s'autorise à concevoir un enfant hors de l'ordre médical se commet une fois sur trois avec un partenaire potentiellement dangereux selon les normes de la biomédecine... lesquelles, gagnant sans cesse en acuité, définiront bientôt le portrait-robot du cogéniteur qui sied à celui-ci ou à celle-là. Les artisans de ce système s'irritent si on évoque ici une démarche eugénique, et on doit leur rendre justice tant leur innocence est flagrante. Ils assument seulement ce qu'ils croient être leur responsabilité matrimoniale : le marieur de gamètes aurait l'obligation de mettre en œuvre tous les artifices techniques pour éviter la conception d'un enfant anormal ou seulement diminué. C'est bien le carcan tissé par la règle de l'anonymat qui produit cette dérive, censée protéger *a priori* le corps médical des reproches de malfaçon. Mais la biomédecine se justifie au nom de la parfaite maîtrise qu'impose le recours à la technique, faisant mine d'ignorer l'irréversible mécanique ainsi mise en place. Car si l'argument est recevable, et nul ne semble le contester, on voit bien la vanité d'un grand « débat » en cours : est-il éthiquement acceptable de caractériser les œufs issus de la fécondation *in vitro* afin de ne placer dans l'utérus que ceux qui seraient jugés convenables ?

L'intrusion biomédicale dans la conception, en créant chaque fois que possible le « devoir » de faire mieux que le hasard, devrait imposer à tout centre de fécondation *in vitro* l'usage des techniques d'identification génétique applicables à l'œuf âgé de quelques jours. Car la procréation est une chose trop sérieuse pour être abandonnée aux aléas de la copulation. L'avenir de la procréation médicalement assistée ne sera plus tellement de rendre possible les conceptions empêchées mais surtout d'ordonnancer des conceptions finalisées par l'image sans cesse rétrécie que nous aurons de notre qualité.

La deuxième période de l'histoire des PMA vient seulement de commencer. Plutôt que de restituer les facultés procréatrices des individus infertiles, elle vise à améliorer la qualité des enfants nés en identifiant, dans l'œuf, des facteurs d'anormalité. Il s'agit d'amplifier le message génétique, isolé à partir d'une seule cellule sur les quelques-unes que compte l'embryon à 2 ou 3 jours, d'analyser ce message à l'aide de sondes spécifiques puis de moduler le destin de chaque œuf en fonction d'une certaine stratégie. Cette stratégie consistera à court terme à éliminer l'œuf indésirable, à plus long terme à le rectifier.

Il me paraît ici important de rappeler les réactions incrédules ou hostiles qui suivirent immédiatement l'opposition que je manifestai à ce projet en 1986[5], avant même qu'il fût clairement exprimé. Certains choisirent de qualifier d'« absurde » l'éventualité du diagnostic génétique sur l'embryon *in vitro*[16], tandis que d'autres prétendaient qu'un tel contrôle des œufs avant leur transfert dans l'utérus ne concernerait à tout jamais que les couples « à risque génétique[17] ».

Trois années plus tard seulement, la proposition d'opérer un contrôle génétique systématique sur tous les embryons produits par FIV est clairement exprimée[18]. On disserte alors sur les avantages évidents de l'avortement pré-implantatoire par rapport à l'avortement traditionnel : l'élimination de l'œuf libre, plutôt que celle de l'embryon déjà implanté dans l'utérus, annule l'effraction sur le corps maternel et réduit fortement le stress psychologique. Cette affirmation est exacte mais elle ne saurait suffire à résoudre la question.

L'enjeu véritable du tri génétique des œufs dans l'éprouvette n'est pas la santé mais la maîtrise ; il n'est pas la fragile maîtrise de la santé mais la nouvelle et implacable maîtrise de la vie : maîtriser la vie en l'humain, dépositaire de défauts aléatoires et supposés nuisibles à son bonheur comme à celui de la collectivité. Avec l'amélioration de l'efficience technique, et l'accoutumance à ces nouveaux procédés, se profile une liste des déviances en permanente expansion. On est en droit de considérer cette démarche comme une perversion, on a le devoir de reconnaître qu'une fois lancée sa dynamique est irrémédiable. Chaque conception est à risque, chaque mouvement de la vie se réalise dans le risque, lequel est une preuve du vivant. Qui peut dire quels seront demain les « couples à risque » puisque leur définition est éminemment subjective ? La technique de tri génétique des embryons une fois disponible, on ne voit aucune raison valable pour ne pas en faire bénéficier, comme déjà proposé[18], des couples qui conçoivent *in vitro* sous la rubrique « stérilité » et dont les embryons sont donc accessibles au diagnostic. Et puisque la définition de la stérilité est remarquablement laxiste, la garantie de qualité de la progéniture offerte par ce diagnostic pourrait devenir la seule motivation du recours à la fécondation *in vitro*. Il n'existe certainement aucun couple souhaitant procréer un enfant mongolien, mais on peut prévoir qu'il en existera pour refuser un enfant daltonien. Car si la fonction initiale des remèdes est de contrer les maladies, leur fonction pernicieuse est d'en définir de nouvelles.

Ces recherches ont commencé depuis quelques années, essentiellement en Grande-Bretagne, dans le but de produire rapidement les sondes génétiques nécessaires à de tels diagnostics. Il est clair que les PMA sont à la fois l'occasion et le moteur de telles recherches. Elles en sont l'occasion parce qu'il faut bien disposer à des fins expérimentales d'embryons humains sur lesquels on évalue l'efficacité des techniques de prélèvement cellulaire et de génie génétique. Seule la fécondation *in vitro* génère le matériel biologique indispensable puisque, quand des œufs dits « surnuméraires » sont obtenus, leur devenir ne peut être que la destruction, l'expérimentation ou la conservation par le froid. A cet égard, il semble que, dans les pays où les recherches sur le diagnostic génétique sont encouragées à des fins de santé publique, la cryoconservation des embryons soit en régression : on ne peut à la fois utiliser l'œuf comme matériau expérimental et préserver ses chances de devenir un enfant. Ne doutons pas que le consentement libre et éclairé des patients soit un préalable à cette alternative...

Les PMA sont aussi le moteur de telles recherches parce que le sigle adopte une connotation orthogénique et que les résultats attendus des travaux devraient autoriser une extension à l'infini des PMA elles-mêmes.

Pour certains, l'évitement des anomalies par ségrégation des œufs n'est en rien condamnable puisque notre société technicisée se doit d'offrir ce service à ses citoyens comme elle le fait de mieux en mieux pour les autres services. Mais c'est nier en quoi la connaissance de l'œuf préalablement à la grossesse ouvre une ère nouvelle, non seulement du point de vue médical, mais surtout de celui de l'éthique, c'est-à-dire du respect que l'humain doit se témoigner à lui-même.

Certains prétendent que la mise en place de garde-fous serait possible pour éviter les dérives, pour contrôler l'usage des techniques de maîtrise. Mais quelle sorte de garde-fou peut-on concevoir qui serait capable de résister aux fantasmes de toute-puissance, au désir de maîtrise absolue que les techno-sciences sèment à tout vent dans une population qui ne croit plus qu'en elles ? Il est de bon ton de prétendre que la démocratie serait le meilleur barrage contre les aventures techniciennes, et l'effroi gagne chacun dès lors qu'on imagine l'usage qu'un pouvoir eugéniste avoué ferait de nos performances. Mais l'eugénisme ne nous guette-t-il pas aussi au seuil de la sélection positive qu'on ferait approuver par une opinion généreuse, inquiète et mystifiée ? « L'inscription totalitaire peut se faire insidieusement [...] dans l'enceinte de chaque conscience, si la science, dans l'hégémonie de ses énoncés, tend à se donner et à être reçue comme seul mode de rationalité. La réalisation des fantasmes où s'éradique l'altérité insinuerait alors dans la psyché de tous un totalitarisme particulièrement pervers : quelque chose comme un camp de concentration de l'âme dont on ne pourrait pas sortir, pour la bonne raison que l'on ignore que l'on s'y trouve[19]. »

Il est dans la logique de l'humain que, prétendant dominer la nature, il fasse dans la norme, car le message du darwinisme est de reconnaître l'aptitude de la nature à produire de la déviance. On sait depuis peu que la nature est plus laxiste encore et que la déviance apparente n'est qu'une fraction infime de la déviance créée. Ainsi, environ 1 sur 10 des spermatozoïdes produits par l'homme et 1 sur 5 des ovules produits par la femme sont des cellules déviantes, selon le critère indiscutable du nombre de leurs chromosomes. On aurait pu espérer que la nature pratique une autocritique salutaire et rectifie sa légèreté au moment de féconder l'œuf. Car il s'agit de l'œuf humain, ce qui n'est pas rien. Il semble bien que la nature s'en moque puisque les gamètes se marient au hasard des rencontres, comme s'il s'agissait d'une banale loterie, sans qu'aucun ordre ne préside aux règles de décence génique.

C'est ainsi qu'une sur quatre des « personnes humaines potentielles », pour reprendre la définition de l'œuf humain par le Comité national d'éthique, est une personne ratée, un zombie, un déviant du droit au nom de personne humaine. Précisons que la nature nous réserve cet affront, les œufs des bêtes étant presque tous normaux. Alors pourquoi notre œuf ? En partie parce que l'être humain procrée tard et que les anomalies des gamètes ou des œufs augmentent avec le vieillissement des géniteurs ; aussi parce qu'il s'accouple à tout moment plutôt que de respecter les périodes utiles et que des gamètes languissants font souvent un œuf déficient ; enfin parce qu'il s'entête à vouloir procréer avec ce partenaire-là quand la grossesse tarde à venir, comme si la nature signalait une incompétence ou une incompatibilité. L'affectivité de l'humain l'introduit dans la déviance. Il est alors logique sinon naturel que ce soit sa raison qui l'invite aux actions normatives.

Reprenons : un œuf humain sur quatre porte en lui la déviance génétique. Encore cette estimation, qui est celle de la science d'aujourd'hui, pourrait-elle être aggravée par la science de demain en vertu d'une précision accrue des méthodes diagnostiques ou d'une définition plus restrictive de la normalité. Car s'il est du pouvoir des scientifiques de toujours prétendre qu'ils détiennent la vérité, il est aussi en leur pouvoir de commuer les définitions qui fondent ces vérités. Devant le désastre qu'elle a initialement créé, la nature se reprend après la fécondation et opère une sélection drastique des œufs, éliminant avant la naissance la quasi-totalité de ceux qui portent une promesse indigne de notre espèce. Ainsi, les êtres humains, ces héros de la terre, sont d'abord créés au hasard des déviances naturelles, et les plus aberrants sont éliminés secondairement, comme il arrive aux bêtes.

On pourra donc bientôt reconnaître des œufs

« convenables » dont on autorisera le développement et des œufs inconvenants qui seront soit éliminés, soit soumis à réparation. Comme si la normalité d'une espèce n'était pas définie par sa tendance à la variété, « sorte d'assurance contre la spécialisation excessive, sans réversibilité et sans souplesse, qu'est une adaptation réussie[20] ».

Ma conviction est que l'œuf humain ne peut devenir un matériau sans que les adultes en soient atteints dans leur liberté, sans que les sociétés ne se conforment à des espaces d'élevage, sans que l'humanité ne tende à une position purement zoologique. On doit aussi s'interroger sur ce qui motive telle proposition biomédicale de nous venir en aide quand cette proposition coïncide avec le projet d'une société programmée et avec les intérêts de firmes biotechnologiques attentives. Il faudrait établir jusqu'où l'activité biomédicale est en droit de réduire l'inconnu dans l'arbitraire. A cette question, les réponses techniques ne valent que comme arguments d'efficacité, mais elles ne pourront jamais montrer que l'humain perd à n'être pas maîtrisé. L'affirmation d'un principe vaut mieux que des décisions de police. Mais au nom de quel principe faudrait-il s'opposer à la qualification ou disqualification de l'œuf humain dès la conception ?

Les arguments en faveur du contrôle génétique sont les mêmes que ceux qui défendent le droit à l'avortement ; mais, en la circonstance, ce sont des arguments de techniciens car l'avortement volontaire ressortit au principe du moindre mal et ne prétend pas devenir une stratégie. Surtout, quand l'avortement est à décider sur l'évidence d'une anomalie, une évaluation toujours douloureuse intervient car l'épreuve de l'avortement n'est jamais une partie de plaisir. Rien n'est comparable dans le cas d'« avortement *in vitro* » d'un œuf juste fécondé. En particulier cet œuf n'existe que parmi une couvée de plusieurs grâce aux méthodes d'induction d'ovulations multiples, et le plus souvent cette couvée est trop nombreuse pour que tous les œufs soient rendus à l'utérus. Il ne s'agit donc plus d'éviter une naissance mais de la choisir propice ; il ne s'agit plus d'extraire du corps maternel un être qui s'y est déjà incrusté mais de ne pas l'y mettre ; il ne s'agit plus pour le couple et surtout pour la mère de vivre cette déchirure mais d'accueillir le meilleur choix de ses petits possibles. Dans ces conditions, on devine qu'un laxisme sans limite va s'emparer de la norme et que le spectre de la déviance ira s'élargissant avec l'instauration de l'habitude sélective comme avec l'acuité grandissante du diagnostic. Canguilhem avait envisagé cette évolution quand il écrivait : « Jusqu'à présent, la norme d'un organisme humain, c'est sa coïncidence avec lui-même, en attendant le jour où ce sera sa coïncidence avec le calcul d'un généticien eugéniste[20]... » Rappelons qu'à bien y regarder chacun d'entre nous reçoit de ses parents, porte en son patrimoine et transmet à sa descendance des informations défavorables à l'état de santé. Si nous ne sommes pas tous des déviants déclarés, nous sommes tous des tarés potentiels...

Nul ne prétend que tous les enfants vont être désormais conçus en laboratoire mais il faut observer que l'allégement des épreuves de la FIVETE, leur performance croissante et l'exigence de rentabilisation des structures spécialisées créent une situation favorable à la banalisation. Si la fécondation *in vitro* promet ce supplément sécuritaire sur la procréation naturelle en garantissant la normalité de l'enfant, on imagine bien l'attrait considérable qu'elle va acquérir. Déjà certains patients stériles souhaiteraient qu'on profite de l'intervention pour choisir le sexe de l'œuf ; déjà certains médecins proclament tout haut qu'il n'y a aucune raison de ne pas accéder à une telle demande... On voit venir le temps où la nature du sexe pourrait suffire à mimer une déviance et cela montre le pas considérable qu'on s'apprête à franchir dans la définition du normal. Au-delà même de ce que les chromosomes ou les gènes de l'œuf pourront avouer de l'identité de l'enfant à naître, on en est à rechercher des facteurs de prédisposition aux maladies qu'il pourrait contracter au cours de sa vie. Puisque nous sommes tous potentiellement tarés (et mortels), il y aura des choix difficiles malgré le nombre élevé d'embryons sous évaluation...

Ceux qui souhaitent prédire l'enfant dans l'œuf montrent la même naïveté que ceux qui dissèquent le cerveau à la recherche de mécanismes autonomes pour expliquer les états d'âme. Reconnaissons avec Edgar Morin que se développe « une pratique fondée sur des connaissances atomisées et localisées mais ignorant la complicité du tout dont la connaissance serait nécessaire pour guider l'action [...]. La manipulation sur les gènes et le cerveau précède de loin notre connaissance les concernant[21] ».

A magnifier le mythe d'une toute-puissance technologique au mépris de la complexité des êtres, on s'expose à des malfaçons. On s'expose aussi à susciter des désirs imprévus, hors norme. Et l'imparfaite satisfaction de ces désirs ne pourra que générer de nouveaux troubles et faire place à de nouveaux désirs. Ainsi, « [...] de plus en plus le malade acceptera cet abandon entre les mains d'un médecin à la fois divin et satanique, hors de mesure humaine en tout cas [...] », et « ces guérisons sans support et dont il faut bien reconnaître qu'elles ne sont pas de fausses guérisons deviendront les vrais guérisons de fausses maladies[22] ».

Préserver le mystère de l'œuf serait s'opposer délibérément au projet scientifique d'annuler tous les mystères et est déjà condamné pour obscurantisme. Pourtant, il ne s'agit pas de jeter au bûcher ceux qui, avec les outils de la génétique ou de l'embryologie, s'efforcent de mieux comprendre les lois générales du développement. Ce qui est en cause n'est pas la volonté de connaissance de l'œuf, fût-il humain, mais la tentation de faire de cette connaissance un outil de ségrégation. S'il en était ainsi, le nouveau-né ne pourrait plus être espéré dans l'interrogation comme un être possible à l'infini et vierge de calculs ; il deviendrait un objet trié ou manufacturé, un produit convenable arrivant sans surprise. S'il en était ainsi, les individus seraient tentés de céder à la science médicale leur ultime parcelle d'autonomie, qui est de procréer en complicité avec le hasard. Et on doit se demander si la médecine ne commence pas à échapper à sa fonction de guérir pour se lancer au-devant de besoins encore non exprimés, voire de fantasmes. En restituant la norme dans l'œuf, ou seulement en la sélectionnant, l'intervention biomédicale ne pourra pas prétendre correspondre à une souffrance du sujet auquel elle s'applique mais seulement obéir à un nouveau rite social qu'elle aura aidé à faire apparaître. Les préparatifs d'intervention génétique sur l'œuf consistent à marquer du label de la science une démarche qui va concerner de plus en plus la quête psychologique ou sociale. Nos sociétés démocratiques revendiquent chaque jour davantage une prise en charge collective des critères ou des solutions qui étaient jusqu'ici réservés à la conscience des individus. Pourquoi ne pas envisager que les parents d'un enfant né anormal paient leur irresponsabilité en étant privés d'aide sociale ou condamnés à une amende ? Ainsi, les Etats démocratiques sont en mesure d'inciter efficacement les citoyens modernes — et d'abord les couples « à risque » — au contrôle de leur progéniture, et de « proposer » les normes convenables. Il faut « rappeler à la conscience médicale que rêver de remèdes absolus, c'est souvent rêver de remèdes pires que le mal[20] ». Le consentement « libre et éclairé » du patient, ce manteau presque neuf mais déjà éculé dont on habille les interventions médicales litigieuses, ne peut suffire à légitimer de nouvelles pratiques sociales. Ce que nous vivrons demain dépend aussi de la réponse que nous donnons aujourd'hui aux demandes de chaque individu.

Tous, nous mourrons quoi qu'il arrive, aujourd'hui et demain, mais il nous reste à savoir vivre dans la dignité humaine, au prix parfois du refus d'adhérer à toutes les promesses scientifiques. Le développement technologique est inexorable mais, s'il court trop vite devant nous, de quel usage nous sera la pensée ? Je crois que le souci éthique ne peut avoir pour ambition, en freinant les passages à l'acte, que de limiter l'accroissement du vertige devant les possibles, et, en conséquence, le dénuement de l'esprit à accorder ses valeurs avec l'inflation des artifices. L'intuition permet à chacun d'être persuadé que sa vie intime, sensible, n'a rien à attendre des méthodes de la science, n'a pas à devenir intelligible pour lui rester intelligente. Je veux croire que mes collègues qui ne regardent le monde qu'avec les petites lunettes de la rationalité savent aussi cela, ne se résolvent pas à admettre intimement qu'ils ne seraient que ce que leur méthode peut décrire.

Si la médecine guérit des maladies, elle n'élimine pas la maladie ; si elle sait allonger la vie, elle n'abolit pas la mort ; si elle calme des douleurs, elle n'assure pas le bonheur. Comme le dit Jean Clavreul : « La médecine incite chacun à démissionner d'avance devant son pouvoir et son savoir supposés. C'est par là qu'elle fournit une mythologie pour les hommes des temps modernes[23]. »

Si, contrairement au besoin, qui a les pieds sur terre, le désir ne naît et ne vit que de l'impossible, il est évidemment illusoire d'en proposer la satisfaction selon des modes rationnels. Il est aussi puéril de lui proposer de nouveaux chemins car le progrès est dépourvu de sens au monde des fantasmes.

La techno-science produit la différence entre aujourd'hui et demain. Elle contient la seule promesse crédible pour qu'on ne survive pas identiquement car elle sécrète des modifications d'emblée inévitables : celles-ci constituent le progrès. Le progrès est le résultat d'observations et de mesures et il est aussi évalué par les outils de mesure : le progrès est indiscutable, la science est indiscutée. Il n'existe aucun critère objectif d'appréciation du progrès qui échapperait au système dictatorial de la mesure. C'est pourquoi il est urgent d'opérer une critique des modes usuels pour mesurer, de vérifier les chiffres affichés et d'en faire connaître d'autres qui n'ont pas cours. Mais il est aussi urgent de revendiquer le droit d'apprécier le progrès sans aucun des outils de mesure, hors les chiffres, en se plaçant délibérément à l'extérieur du système technologique. Pour cela, nous disposons de moyens anciens que certains prétendent usés. Le plus fruste est le bon sens, mais il peut encore servir ; il y a aussi l'intelligence des relations entre les personnes et les faits quand elle refuse le réductionnisme et embrasse la complexité des êtres, de la culture et des événements ; enfin l'intuition, jeune dame étincelle, mère de chaque connaissance scientifique ou sensible que les chercheurs refoulent au moment de justifier une découverte mais qu'honorent les amoureux, comme les savants de toute espèce quand ils n'ont plus rien à prouver.

Pour l'instant la conscience du monde développé a pris le nom d'éthique et est mise en comités, un peu comme les sardines en boîtes. Le temps des comités d'éthique est contemporain d'une grande détresse de la pensée et c'est ce qui les rend indispensables. Acculés par la technique triomphante, ils doivent définir en urgence les principes qui fondent l'humanité. Ce temps est un moment nécessaire parce que le monde est désemparé devant les promesses et la violence de ses propres actes. On peut souhaiter que meurent au plus tôt les comités d'éthique, ces structures de crise mandatées pour gérer l'urgence, pour combler le vide de la pensée, pour réinventer la culture. Pourtant, même si l'espèce parvenait à s'approprier la sagesse, on ne pourrait pas se satisfaire d'un code d'éthique figé comme l'est le code de la route, et d'une police bonhomme permettant de le faire respecter. C'est que le développement technologique proposera sans cesse l'imprévisible, lequel devra être mis en harmonie, à chaque moment, avec la conscience humaine.

L'honneur des pays de vieille culture serait de réintroduire la philosophie dans la cité, même au risque d'un moindre développement technologique ; car à quoi serviraient des performances techniques si nul n'est plus capable de donner un sens à sa propre histoire ? Pourtant, les succès de laboratoire sont médiatisés comme des apports considérables à la culture, et une des grandes réalisations françaises récentes est le musée des Sciences et Techniques de la Villette, énorme phallus du progrès planté devant des hommes qui rêvent de devenir Dieu.

Quand les médias posent la question des risques entraînés par l'application des recherches et technologies en PMA, c'est le plus souvent sous la forme : « Va-t-on modifier l'espèce ? » Ils font l'impasse totale sur ce que signifie la démarche elle-même comme sur le poids qu'elle a déjà sur nos représentations de l'humain. Les enjeux sont à la fois dramatisés (la structure physique de l'espèce serait menacée), ce qui fait vendre, et repoussés aux calendes totalitaires (nous sommes préservés par la démocratie), ce qui autorise la mise en place du système technologique. Ce faux débat est alimenté par de petites phrases indigentes soutirées à des notables souriants. Les uns déclarent qu'on ne saurait ralentir le progrès des connaissances, ignorant peut-être que l'effort de recherche a seulement l'ambition de produire des technologies d'intervention. D'autres se veulent rassurants en énonçant que la science trouve toujours le moyen de réparer ses propres erreurs.

Ainsi, les premiers, qui déguisent leurs bricolages sous le nom de « science », se croient amnistiés par les seconds quand ils proposent froidement des solutions dramatiques pour résoudre les impasses où ils se sont fourvoyés (la réduction embryonnaire comme traitement de la grossesse qu'on a induite multiple, par exemple). Mieux, ceux qui bloquent la discussion par des poncifs s'autorisent à dénoncer une querelle des anciens (les autres) contre les modernes (eux-mêmes) alors que leurs clichés ne s'embarrassent aucunement de l'analyse de cette « modernité » mais reproduisent des considérations en vigueur à l'ère préscientifique.

C'est dans ces conditions que la France s'apprête à voter une loi pour réglementer les activités de PMA. Il est nécessaire que le politique se définisse par rapport à l'aventure scientifique puisque dans le domaine biomédical et dans quelques autres surgissent des propositions qui peuvent modifier gravement les règles de vie dans la cité. Mais le dossier est difficile et encore à l'état embryonnaire. La réflexion essentielle est produite par un Comité national d'éthique dominé par les techniciens, et la décision appartiendra à des députés le plus souvent ignorants des problèmes. La population elle-même est supposée informée puisque, selon un processus à la mode, elle est déjà soumise à des sondages. C'est la démocratie du consensus mou, où il importe surtout d'éviter les vagues. Si on considère que la loi trouve difficilement les moyens de réparer ses erreurs, on conviendra que les enjeux sont trop importants pour laisser faire.

Le but de cet ouvrage est d'apporter des contradictions à de nombreux faits, prétentions et interprétations en usage dans le discours dominant. La plupart des participants à ce livre collectif réfléchissent, ensemble et depuis plusieurs années, aux enjeux et aux conséquences cachés des pratiques déjà acquises et des projets des faiseurs de PMA. Ils interviennent de façon multidisciplinaire pour alimenter la discussion et produisent des analyses souvent à contre-courant, préalable nécessaire à l'information des consommateurs et des décideurs au moment de légiférer. Certains des développements qu'on trouvera ici constituent des points de vue originaux qui anticipent sur l'avenir en sondant le présent au-delà du spectacle des performances.

On remarquera que la contribution féminine est prépondérante. Il se pourrait qu'aujourd'hui les femmes surtout soient porteuses d'une conception de l'humanité différente de celle imposée par le pouvoir masculin et comme coagulée dans la volonté de maîtrise qui s'épanouit à l'occasion des PMA. Cette conception laisserait place, à côté de la vérité scientifique, à d'autres modes de perception et de valorisation des rapports de l'humain à l'humain comme de l'humain à son environnement.

Les participants à cet ouvrage sont animés par de nombreuses analyses communes qui confèrent une originalité et une unité à leur intervention plurielle contre le discours dominant. C'est à partir de son expertise spécifique que chacun apporte des faits ou des interprétations, dont le débat ne peut faire l'économie, et qui empruntent à la sociologie comme au droit, à la psychanalyse comme à la philosophie, sans oublier le citoyen-usager au nom duquel sont accomplis les « progrès » dont il est question. Il est donc naturel qu'au sein d'un message commun apparaissent ici ou là quelques nuances, comme quand il est question du statut de l'embryon. Notre conviction est que l'expression de ces nuances vaut mieux que la dissimulation des difficultés par un discours monolithique aux angles arrondis par les nécessités.

Nul ici ne demande l'abolition de la procréation artificielle mais tous souhaitent que soient balisés son territoire et ses modalités d'intervention afin de préserver des valeurs communes à l'humanité, infiniment plus précieuses que la satisfaction d'intérêts ou de besoins particuliers. Ce qui s'esquisse dans cet ouvrage est un humanisme laïc, non aliéné aux dogmes des religions traditionnelles ou aux mythologies nouvelles sécrétées par les techno-sciences[24].

1.

FEMMES ET MÉDECINS DANS L'IMPASCIENCE

LA STÉRILITÉ : UNE ENTITÉ MAL DÉFINIE

Nicole Athéa
Ancien chef de clinique,
attachée des hôpitaux

La fécondation *in vitro* a radicalement bouleversé la pratique de la gynécologie et a marqué un tournant décisif dans la médecine de la reproduction. La stérilité a longtemps constitué un champ très limité de l'activité médicale. Elle demeure aujourd'hui inchangée quant à sa fréquence, et ce depuis au moins un siècle[1]. En outre, elle reste une réalité pour la majorité des patientes, même au terme de toutes les épreuves subies du fait des techniques de reproduction artificielle. Cependant, la prise en charge des problèmes dits de « stérilité » constitue un champ d'occupation à plein temps pour un nombre croissant de médecins et un pôle d'intérêt central pour l'ensemble des gynécologues. Si la prise en charge et le traitement de la « stérilité » s'accroissent, c'est que le concept de « stérilité » recouvre des problèmes qui dépassent largement la stérilité proprement dite. La demande d'enfant, qui devient de plus en plus fréquemment et de plus en plus rapidement une pathologie en soi, est aujourd'hui l'objet d'un activisme médical de plus en plus précoce et de plus en plus lourd. La définition de la stérilité est donc une question centrale.

LA « PRODUCTION » DE LA STÉRILITÉ[2,3]

De nombreux facteurs concourent à produire de la stérilité ; mais d'autres facteurs, tout aussi nombreux, concourent à produire la crainte de la stérilité, et enfin l'illusion de la stérilité. Mais l'illusion ou la crainte peuvent devenir une réalité comme une autre dans la mesure où elles suffisent parfois à mettre en route la machine infernale de la technologie la plus lourde. Alors, il est indispensable de comprendre comment se construit la « stérilité ».

La vie sexuelle commence par la stérilisation

Le droit des adolescents à la sexualité, qui a longtemps fait l'objet d'interdits bien exprimés par les réticences médicales à la délivrance de la contraception, est aujourd'hui généralement reconnu. Cependant, à ces âges, la sexualité n'est pas autorisée à être reproductive. Les grossesses d'adolescentes sont toujours interprétées comme des faux pas contraceptifs ; cependant, certaines grossesses sont véritablement désirées... Tout se passe comme si les interdits s'étaient déplacés, de la sexualité à la fécondité. Et c'est dans un climat de stérilisation que commence la vie sexuelle, avec comme conséquence la peur fréquente d'être stérile, ce d'autant que nombre de paroles — notamment médicales — sont faites pour alimenter les craintes, telles les prédictions de stérilité après une IVG ou devant des cycles irréguliers habituels à l'adolescence...

La programmation de la conception

Nombre de facteurs sociaux concourent aujourd'hui à différer l'âge de la première grossesse : envie d'éprouver la stabilité d'un couple, envie d'achever ses études, envie de se faire sa place dans son travail, envie de profiter de la vie avant de se mettre un fil à la patte, envie d'avoir plus de moyens pour pouvoir offrir un meilleur accueil à l'enfant..., bref, il existe un tas de bonnes raisons toutes compréhensibles pour différer le projet d'une première grossesse. *A contrario*, un projet de maternité qui ne prendrait pas en compte tous ces facteurs est généralement désapprouvé, parce que inconséquent, voire insensé, à une époque « libératrice » où l'efficacité des méthodes de contraception serait censée permettre la programmation précise d'un enfant. La conception est devenue un projet volontariste s'inscrivant dans le cadre d'un processus qui se voudrait parfaitement maîtrisé et maîtrisable ; en réalité, la fécondité est encore largement dominée par la non-maîtrise ; seule est maîtrisable la stérilisation, temporaire ou définitive, assurée par les moyens modernes de contraception. Pour les femmes, pour les couples, quand les conditions semblent réunies, avoir un enfant implique une décision délibérée : arrêter la contraception. Comme le dit H. Leridon[4] : « L'état normal pour un couple devient celui de non-conception, et c'est la conception qui doit être décidée. Du coup, il devient nécessaire de se trouver des raisons pour avoir un enfant, au lieu de se contenter de n'en avoir point trop. Nous nous trouvons ainsi confrontés à une interrogation fondamentale, que les conditions démographiques avaient largement occultée et à laquelle nous n'étions guère préparés à répondre. Faut-il alors s'étonner si tant de couples, au lieu d'attendre un enfant, donnent l'impression, comme les personnages de la célèbre pièce de Beckett, d'attendre Godot, c'est-à-dire d'hypothétiques jours meilleurs ? » Comme le dit autrement M.M. Chatel[5] : « On se demande si on veut des enfants et on ne sait plus comment se poser cette question-là. »

Ces projets différés sont des naissances d'autant plus incertaines que la fertilité n'a pas été éprouvée : les couples très fertiles, qui ne sont pas la majorité, n'en auront aucune conséquence, alors que des couples moins fertiles pourront avoir secondairement des difficultés à concevoir.

La contraception

La peur de la stérilité est souvent évoquée par les femmes à propos de l'utilisation d'une contraception orale. Cette crainte de la stérilité après pilule peut être rapportée à un sentiment de culpabilité appelant à une punition inéluctable pour avoir transgressé un interdit en dissociant sexe et procréation. Pourtant, les médias, comme les médecins, après avoir été alarmants, à une époque où les résistances sociales à la contraception étaient majoritaires, sont devenus le plus souvent rassurants. Les réalités scientifiques, quant à elles, n'ont guère varié, mais à l'évidence on ne peut transmettre que ce qui conforte les valeurs et les modèles sociaux choisis par une société donnée : les moyens modernes de contraception font partie de la vie de la « femme moderne », et, en tant que tels, ils ne peuvent plus être remis en cause. C'est un exemple, parmi d'autres, de l'intrication de l'idéologie et de la rationalité dans les sciences de la vie, phénomène bien analysé par G. Canguilhem ou par M. Foucault : on focalise... Et il en va de la médecine comme des autres sciences. Elle a toujours avancé sur une base de consensus qui a pour fonction de conforter les normes sociales, et qui repose sur une garantie scientifique qui n'est souvent qu'une illusion, mais qui rassure par le sérieux de son énoncé. L'effondrement des théories, le changement à 180° des discours n'altèrent cependant jamais les certitudes des détenteurs de vérité : ils « savent ».

A la dramatisation de l'énoncé « stérilité », dont on perçoit qu'il est sous-tendu par une lourde charge inconsciente, on ne peut que répondre par la négative. Mais cette dénégation conduit aussi à occulter le fait que les délais de conception après utilisation d'une contraception hormonale sont notablement allongés. Cela est vrai quels que soient le type de pilule et la durée d'utilisation[6]. L'altération de la fertilité après pilule reste un phénomène peu clair. Il paraît indépendant de la reprise de l'ovulation, qui s'effectue généralement rapidement, en dehors des situations d'aménorrhée postpilule, qui sont rares (1 à 2 % des utilisatrices de pilules). L'utilisation du stérilet retarde également les délais de conception, mais cet effet est beaucoup moins important que pour la pilule.

Ainsi, l'utilisation de pilule pour des femmes qui n'ont jamais tenté d'être enceintes, et qui n'ont jamais mis à l'épreuve leur fertilité, influe peu chez les femmes très fécondes, mais peut avoir un impact important sur la fertilité de femmes un peu moins fécondes. En effet, ces dernières vont avoir une fertilité altérée par la pilule. En outre, l'utilisation d'une contraception entraîne une réduction des périodes reproductives et un vieillissement des couples. Or les chances de fécondité décroissent avec l'âge. Pour les femmes, cette diminution, très nette dès 30 ans, s'accentue largement après 35 ans[7]. La diminution de la fécondité avec le temps concerne aussi les hommes, ce qui est moins connu[8,9]. Ces trois facteurs vont alors se conjuguer pour diminuer notablement les chances de conception.

Ces éléments devraient inciter à réfléchir à la prescription contraceptive qui est actuellement, pour nombre de praticiens, un choix souvent binaire, réduit à l'alternative pilule ou stérilet, c'est-à-dire un choix de contraception médicalisée. Or le préservatif est aujourd'hui à l'ordre du jour, du fait de l'épidémie du SIDA. Mais la dichotomie qui règne entre la prévention des maladies sexuellement transmissibles et la contraception conduit à aborder ces deux risques séparément, et avec des moyens différents (pilule et préservatif). Pourtant, les MST, ça « s'attrape », comme les bébés, par la vie sexuelle, si tant est que la grossesse puisse être considérée comme un risque, et surtout un risque équivalant à la séropositivité ! Si le préservatif est efficace dans la prévention des MST, c'est qu'il est aussi efficace comme moyen contraceptif, ce que nous avons tendance à ignorer. La sécurité contraceptive des condoms est certes inférieure à celle de la pilule. Il faut cependant relativiser ce propos : une étude[10] concernant la survenue de grossesses non planifiées montre que si le préservatif en est le plus grand pourvoyeur (cette étude rapporte cependant des échecs de pilule et de stérilet), c'est parce qu'il n'est pas utilisé au moment de la conception : toutes choses égales, c'est comme si on reprochait à la pilule d'être inefficace quand on ne la prend pas ! Avec la pilule, nous nous sommes installés dans le confort d'une efficacité contraceptive totale ; nous nous sommes aussi installés dans le mythe et le leurre d'une maîtrise parfaite de la reproduction. Il paraît impossible de revenir en arrière et de renoncer à cette sécurité « parfaite ». Cependant, peut-on raisonnablement multiplier les mesures préventives avant d'aborder l'acte sexuel ? Le plus grand risque pour notre société ne serait-il pas qu'à force de prévention des risques de la sexualité la sexualité disparaisse, ce qui est bien d'une certaine façon en train de se produire avec la diffusion des techniques de reproduction artificielle ? Tenter de promouvoir des moyens contraceptifs qui permettent d'éviter les MST, grandes pourvoyeuses de stérilité, et n'influent pas sur la fertilité, voilà un objectif essentiel en matière de santé publique. Pourtant, encore aujourd'hui, l'effet contraceptif des préservatifs ne peut pas apparaître sur les publicités, du fait d'interdictions d'ordre législatif...

La stérilisation

Cette technique radicale ne peut être considérée comme une méthode contraceptive banalisée du fait même de son caractère radical et *a priori* non réversible. Aux USA et dans certains pays anglo-saxons, la stérilisation constitue la principale méthode contraceptive après 30 ans ; la moitié des stérilisations concernent des femmes de moins de 30 ans. La fréquence des divorces qui concluent un mariage sur deux aux USA, après des unions de durée souvent brève, implique qu'un nombre croissant de femmes jeunes stérilisées demandent une reperméation ou une fécondation *in vitro* lors d'une nouvelle union[11].

En France, la situation est différente[12]. Si la stérilisation reste une méthode peu utilisée, il n'est pas indifférent de remarquer qu'elle concerne peu les femmes de catégories socioprofessionnelles élevées, contrairement aux femmes des catégories les plus simples : on pourrait dire qu'il y a une incidente sociale (qui n'est peut-être pas sans rapport avec un facteur racial) de la stérilisation, et par extension de la fertilité. La stérilisation augmente aussi avec la parité. Cependant, le fait d'avoir plusieurs enfants n'exclut pas nécessairement le désir d'en avoir peut-être d'autres : comme le dit justement M. Bydlowski[13], « pour bien des femmes, même les plus comblées dans leur maternité, il manque toujours un enfant à l'appel dans la réalité ». La stérilisation, qui confronte au « jamais plus », peut justement inciter à avoir cet enfant-là, coûte que coûte, alors que peut-être on ne l'aurait jamais conçu spontanément si on savait qu'on était encore capable de le faire... C'est ce qui explique les demandes de reperméation et de fécondation *in vitro* de mères de familles... nombreuses. Ainsi pouvait-on lire récemment l'histoire suivante[14] : « Dossier V. pour une demande de fécondation *in vitro*. Mme V, 37 ans, 4 enfants, ligature de trompes à l'âge de 26 ans. M. V., 33 ans, 3 enfants... » Cette famille totalise donc 7 enfants et la femme va subir une fécondation *in vitro* pour... stérilité !

La stérilisation masculine par vasectomie, banalisée dans les pays anglo-saxons, est très peu pratiquée en France. Dans les pays développés, en général, les stérilisations masculines sont infiniment moins pratiquées que les stérilisations féminines. Les demandes de vasectomie font l'objet d'une réticence médicale importante alors que les stérilisations féminines sont parfois spontanément proposées par les médecins comme un choix de contraception banalisée : pourrait-on suggérer qu'il y a une discrimination sexuelle de la stérilisation ?

Quoi qu'il en soit, parallèlement à l'accroissement des stérilisations réalisées, féminines et masculines, les demandes de reperméation deviennent de plus en plus nombreuses. Le caractère aléatoire des chirurgies réparatrices exige que les indications de stérilisation soient rigoureusement limitées et mûrement réfléchies : nombre de demandes sont en fait de véritables passages à l'acte de nature auto-agressive, et il importe d'en prendre conscience afin de ne pas les prendre au pied de la lettre.

Les maladies sexuellement transmissibles[15,16,17]

Les maladies sexuellement transmissibles constituent un facteur essentiel de stérilité. Les salpingites (infection des trompes), essentiellement provoquées par des MST, représentent la cause la plus fréquente d'hospitalisation des jeunes femmes en dehors de la grossesse. Selon les données d'une enquête INSERM de 1976, on estime à 100 000 nouveaux cas par an le nombre de salpingites. Une femme sur 3 est âgée de 15 à 45 ans. Ces infections peuvent provoquer non seulement des obturations tubaires, mais aussi des grossesses extra-utérines. 45 % des indications de fécondation *in vitro* sont liées à une cause tubaire.

L'importance des MST dans la genèse de la stérilité est bien connue et largement diffusée, et c'est souvent à cette cause qu'on attribue un accroissement de la stérilité. Cependant, il faut pondérer ces données : l'évaluation du nombre de nouveaux cas de salpingites, calculés à partir des taux de stérilité tubaire, reste stable. En matière de maladies infectieuses, et les MST n'échappent pas à cette règle, il y a une évolution permanente du profil bactériologique. Auparavant, et encore aujourd'hui dans les pays sous-développés ou en voie de développement, la tuberculose génitale jouait un rôle majeur dans la production de stérilité. Dans nos contrées riches, la tuberculose est devenue très rare et les stérilités d'origine tuberculeuses sont exceptionnelles, excepté dans la population migrante. Le gonocoque, germe potentiellement redoutable dans la genèse de stérilité tubaire, est également en diminution. En revanche, le chlamydia, germe plus récent, est aujourd'hui fréquent, notamment dans la population adolescente et jeune ; ce germe pose d'autant plus de problèmes que 50 % des infections sont totalement silencieuses et ne donnent aucun symptôme : se pose alors le problème d'un dépistage systématique qui n'est pas aujourd'hui réalisé en France. Si les MST sont fréquentes et constituent un problème majeur de santé publique et privée, leur « traitement » médiatique est au moins aussi préoccupant et a des conséquences parfois ravageuses : on ne peut constater sans inquiétude le développement de véritables phobies de l'infection, qui ont des conséquences parfois dramatiques sur la vie relationnelle et la sexualité. Ces phobies peuvent aussi être créées ou entretenues par les médecins, du fait de traitements antibiotiques poursuivis pendant des mois, voire des années, devant des sérologies positives en chlamydia, souvent simples séquelles d'infection ancienne, alors qu'il n'y a pas ou qu'il n'y a plus d'infection évolutive. On entend aussi de plus en plus de patientes rapporter des prédictions ou des affirmations de stérilité assenées devant une MST, voire une infection génitale banale non nécessairement sexuellement transmise : il faut rappeler que le risque de stérilité lié aux MST est en rapport avec l'atteinte des trompes. Une infection de localisation exclusivement vaginale n'a pas de conséquences sur la perméabilité tubaire ; quant aux salpingites, c'est-à-dire à l'infection des trompes, après un épisode infectieux unique, ce n'est que dans 11 % des cas qu'elles entraîneront une stérilité (mais le risque de stérilité double avec chaque nouvelle infection). On ne devient donc pas inéluctablement stérile parce qu'on a eu une salpingite, ce que les femmes pensent trop souvent.

Pour conclure sur ce chapitre essentiel, les points suivants doivent être soulignés :

— si les infections sexuellement transmises ont un rôle capital dans la production de stérilité, elles font pourtant l'objet de bien peu d'études de dépistage et de politique de prévention en dehors de déclarations d'intention ou de propos qui y trouvent matière à « moralisation » des mœurs. Ainsi, il n'y a pas de dépistage systématique d'infection à chlamydia. Les laboratoires équipés en moyens diagnostiques fiables des infections à chlamydia sont encore peu nombreux. Il n'y a pas de remboursement des préservatifs, contrairement aux autres méthodes de contraception tels la pilule ou le stérilet...

— les stérilités liées à des MST restent tout à fait stables. Les germes se sont modifiés ; les causes infectieuses de stérilité sont aujourd'hui différentes de ce qu'elles étaient voilà cinquante ans ou même dix ans, mais les taux de stérilité sont équivalents. Et, de fait, plus de la moitié des indications de FIVETE ne sont pas en rapport avec une atteinte des trompes.

Une nouvelle cause de « stérilité » ou plutôt de stérilisation : le SIDA

La transmission de cette maladie est largement connue. Il en résulte que les hommes porteurs de virus tendent à éviter la conception puisque, pour que les rapports soient fécondants, ils ne doivent pas être protégés. En outre, pour les femmes séropositives, le risque de transmettre le virus à l'enfant durant la grossesse est évalué à 30 %, c'est-à-dire qu'un enfant sur trois sera atteint. En France, on évalue à 200 000 le nombre de porteurs sains, qui sont souvent des adultes jeunes et en âge de procréer ; le SIDA touche donc de plein fouet le potentiel reproductif. Les techniques de reproduction artificielle, parfois envisagées pour permettre aux sujets séropositifs de concevoir, ne sont en fait d'aucune utilité et ne permettent pas de réduire les risques de transmission. A côté des risques concernant l'enfant, le devenir des sujets porteurs de virus est aléatoire. Force est de reconnaître que devant ce drame vital qui concerne des milliers d'adultes jeunes, le drame de la stérilité doit être pondéré. En tout état de cause, s'il y a des choix de santé à faire — et il y en a, et il y en aura nécessairement de plus en plus —, la « stérilité » ne fait sans doute pas partie des choix prioritaires au regard des enjeux vitaux liés à une maladie comme le SIDA.

La stérilité iatrogène

Il faut rappeler que la médecine elle-même peut avoir un rôle dans la production de stérilité : peut-on oublier les méfaits du Distilbène, dont l'effet « thérapeutique » sur la prévention des fausses couches qu'il était censé éviter est contestable, alors que ses effets iatrogènes sont aujourd'hui largement démontrés[18,19]. La responsabilité du Distilbène dans la genèse de malformations utérines majeures et de stérilité est parfaitement claire : on peut ainsi, par une chaîne sans fin, traiter de la « pseudo »-stérilité et induire de la vraie stérilité, que l'on va ensuite tenter de traiter. La culpabilité induite par ces pathologies iatrogènes, culpabilité plus ou moins consciente, peut en effet conduire à tenter de réparer à tout prix, ce que nous reverrons avec les « traitements » nouveaux proposés pour les stérilités liées au Distilbène[18]. Mais réparer à tout prix peut être un prix à payer supplémentaire pour les victimes de la iatrogenèse.

Parmi les autres causes de stérilité ou d'hypofertilité en relation avec des actes médicaux, il faut citer les chirurgies ovariennes mutilantes pour des kystes fonctionnels, pathologie banale qui ne devrait généralement plus faire l'objet d'un traitement chirurgical ; fort heureusement, les interventions sont aujourd'hui de moins en moins fréquentes dans ces situations. Les hystérectomies abusives, ou du moins d'indication large, sont aussi source de stérilité. Les indications d'hystérectomie ont heureusement tendance à se limiter et les actes chirurgicaux tendent à devenir conservateurs. Cette évolution n'est peut-être pas sans rapport avec la féminisation de la gynécologie et aussi avec le développement d'une mouvance psychosomatique. L'importance de ces gestes castrateurs et leur retentissement potentiel dans la vie des femmes sont désormais largement admis.

Les traitements médicaux de stérilité peuvent également avoir des impacts néfastes sur la fertilité. Les stimulations d'ovulation répétées peuvent induire ou favoriser le développement d'une endométriose, maladie dont le retentissement sur la fertilité est bien connu. Les accidents d'hyperstimulation sont fréquents : en dehors de leurs risques vitaux immédiats[20], ils peuvent créer des lésions ovariennes qui vont secondairement se traduire par des dystrophies ovariennes ; ils peuvent aussi provoquer des lésions tubaires[21]. Les ponctions d'ovules ont pu provoquer des dilacérations ovariennes et des abcès ovariens ; ces accidents semblent exceptionnels mais on souhaiterait les voir apparaître systématiquement dans les publications colligeant les résultats des traitements. C'est parfois seulement au détour d'un artifice technique qu'on peut être informé d'un accident : ainsi, les abcès ovariens après ponction ont été décrits parce qu'ils font l'objet d'un nouveau traitement médical[22] ; ce n'est pas l'abcès ni sa production qui sont analysés, mais la nouvelle technique qui est mise en valeur : tout se passe comme si le développement d'une nouvelle technique prenait le pas sur le sort des femmes que l'on traite, ou sur les complications qu'elles ont éventuellement à connaître. Cet exemple parmi d'autres — et on peut aussi citer les « réductions embryonnaires[23] » qui consistent à supprimer des embryons chez une femme présentant une grossesse multiple — montre que l'« objet », à savoir la technique médicale, est devenu plus important que le sujet et la pathologie qu'on induit. On s'interroge peu sur la prévention de l'accident ; on peut même en accroître le risque dans la mesure où les taux de grossesse augmentent un tant soit peu[24].

Qu'il soit clairement affirmé que la médecine est une activité à risque. Mon propos n'est évidemment pas de le nier. En outre, l'erreur, l'accident sont partout et toujours possibles et peuvent concerner tout médecin : est-il possible de dire le doute, l'angoisse, la culpabilité qui m'étreignent parfois ? Mais au-delà de cette réalité incontournable et des difficultés réelles de l'exercice de ce métier, il y a bien des évolutions dans les pratiques qui comportent des risques qu'il est indispensable d'analyser. Le développement technologique et la fascination qu'il suscite sont des événements majeurs qu'il importe d'interroger afin de résister à un engouement irrésistible, bien plus irrésistible peut-être que « l'irrésistible désir de naissance » (Pr Frydman), afin de trouver, ou d'essayer de trouver, un juste milieu.

En dehors des lésions organiques éventuellement induites par des actes ou des traitements médicaux, nombre de paroles malheureuses, inconscientes ou délibérées, peuvent avoir un retentissement ravageur sur les femmes et les hommes. Combien de paroles agressives ou de prophéties de stérilité après interruption de grossesse sont rapportées par les femmes, qui en ont pourtant assez de leur propre culpabilité. Si ces propos ravageurs « s'autorisent » parfois du savoir médical, il est clair que ce n'est pas de savoir (il a été démontré que les femmes qui ont avorté ont une fécondité ultérieure supérieure à une population témoin) mais bien de pouvoir qu'il s'agit, pouvoir dont on peut être tenté d'abuser[25].

La stérilité, une histoire individuelle

La stérilité, ça peut venir faire sens dans une histoire. La fécondité inscrit une femme, un homme, dans la chaîne de la filiation qui, de l'amont vers l'aval, conduit de ses parents à ses enfants. Quand il y a des nœuds dans une histoire, on a le sentiment qu'il y a parfois bien des difficultés pour qu'un désir d'enfant se matérialise dans la chair. Pour une femme, passer « de l'état de fille à l'état de mère » (M. Fellous) peut sembler une route barrée. Chaque histoire est singulière, et la façon dont s'entrelacent désir de grossesse, désir d'enfant, stérilité, culpabilité, identification possible ou impossible à sa propre mère, conflit œdipien, identité sexuelle, relation à un homme, père possible ou impossible de l'enfant désiré, est à chaque fois une découverte. Les hommes sont souvent plus silencieux dans ces histoires, peut-être parce qu'on les voit peu, mais aussi parce qu'ils s'expriment moins volontiers. Pourtant, directement ou indirectement, on peut entendre leur histoire et leurs difficultés à perpétuer la chaîne de la filiation ou leur peur de voir arriver un enfant qui menace leur place dans le couple. Nous pouvons parfois mettre au jour un lien direct et tangible entre ces histoires et la stérilité, par exemple du fait d'une sexualité qui se perturbe et qui devient impossible dès lors que la demande d'enfant est énoncée, ou d'une anorexie mentale avérée ou « borderline » qui induit une aménorrhée (arrêt de règles). Cependant, ces « stérilités » font de plus en plus souvent l'objet du même traitement technique que les stérilités organiques : peu importe le symptôme et sa signification... La demande de grossesse est prise au pied de la lettre, et l'on peut ainsi se faire faire un bébé à son corps défendant. Comme le dit si bien Claude M.[26], patiente de FIVETE, dans son émouvant témoignage, « une demande de FIV est toujours prise au pied de la lettre comme désir d'enfant, ce qui n'est pas si simple ».

Le plus souvent, il n'y a pas de raison objectivable permettant d'affirmer que ces histoires de filiation impossible sont à l'origine d'une stérilité. Pourtant, nombre de faits tendent à prouver l'importance des facteurs psychologiques dans les situations de stérilité : rappelons quelques observations cliniques bien connues, telles les grossesses spontanées après adoption ou en fin d'analyse, ou d'autres, moins connues, telle la fréquence accrue des problèmes de stérilité chez les enfants adoptés. Les difficultés méthodologiques pour mettre en évidence la réalité d'une psychogenèse de la stérilité sont extrêmement importantes ; cependant, une étude préliminaire récente[27] tend à démontrer que ces facteurs jouent bien un rôle dans la production de stérilité.

Quoi qu'il en soit, si les stérilités psychogènes font l'objet du même traitement que les autres, qu'importent aujourd'hui ces questions puisque seul compte le « traitement »...

STÉRILITÉ : QUELQUES DÉFINITIONS

Qu'est-ce que la stérilité ? Cette question peut sembler dénuée de sens, voire provocatrice. Tout le monde pense savoir ce que la stérilité désigne, et pourtant rien n'est moins simple que de donner une définition univoque de ce mot. En fait, la stérilité est un concept dont le sens diffère en fonction de ses utilisateurs. Pour une femme, ça peut être ne pas avoir d'enfant au moment où elle souhaite, après un temps d'attente qui est toléré de façon différente par les unes et par les autres : de plus en plus nombreuses sont les femmes qui pensent qu'elles sont stériles après 3 à 6 mois d'arrêt de pilule. Mais se plaindre de stérilité, ça peut signifier bien d'autres choses : on peut se croire stérile alors qu'on utilise une méthode de contraception, on peut se croire stérile quand bien même on ne désire pas être enceinte mais qu'on n'utilise pas une contraception sûre ou régulière ; on peut se croire stérile alors qu'on n'a pas de rapports réguliers ; on peut se croire stérile parce qu'on a entendu des prédictions de stérilité, notamment après une interruption de grossesse... Bref, une femme peut consulter pour stérilité avec des raisons en fait bien différentes, toutes désignées par un terme unique, stérilité, mais qui n'ont souvent rien à voir avec un état pathologique au sens médical du terme.

Pour les démographes, la stérilité se définit comme l'absence d'enfant en fin de période reproductive[1,28] : ainsi définie, la stérilité est tout à fait stable depuis au moins un siècle ; elle est de 3 à 5 %, ce qui est un chiffre bien inférieur à ceux qui sont régulièrement annoncés par les médecins. Pourtant, même ce chiffre mérite d'être pondéré : ne pas avoir d'enfant en fin de période reproductive ne signifie pas qu'on ait voulu avoir un enfant, ou qu'on ait été en situation d'en avoir... Dans ce sens, on peut même dire que la stérilité n'a jamais été aussi faible, puisque si les familles nombreuses diminuent, il y a davantage de couples ayant au moins un enfant[3].

Pour les médecins, certaines lésions irréversibles telles l'absence d'ovaires, l'absence d'utérus, l'obstruction bilatérale des trompes ou l'absence de spermatozoïdes sont des causes définitives de stérilité, c'est-à-dire que toute possibilité de conception spontanée est *a priori* exclue. Mais ces cas restent rares ; on peut même dire qu'ils sont exceptionnels et encore pour la plupart au-delà de toute possibilité thérapeutique. Alors que les démographes évaluent à 5 % au plus la stérilité, les publications médicales font, elles, généralement état de 10 à 15 %, voire 20 %[29], de couples stériles : cette extension réfère non pas à la stérilité, qui est *stricto sensu* l'incapacité totale et définitive à avoir un enfant, mais à des situations d'hypofertilité, c'est-à-dire à des chances plus ou moins diminuées de concevoir, voire à des situations tout à fait normales que l'on va pathologiser et médicaliser : si le champ d'intervention de la « stérilité » s'est largement étendu, c'est qu'il inclut « de plus en plus d'indications qui ont en commun d'êtres floues et mal définies », comme le rappelait récemment le Pr Crosignani[30]. C'est notamment le cas des stérilités masculines ou des stérilités inexpliquées (dites idiopathiques, terme savant utilisé pour masquer notre ignorance), qui se définissent par le constat médical que tout est normal. Peut-on encore alors parler de stérilité sans faire état du délai d'attente, délai qui est rarement mentionné dans les publications médicales, alors qu'il est ou devrait être l'élément essentiel de la décision d'intervention ?

LOGIQUE ET RATIONALITÉ DANS LES PRESCRIPTIONS POUR DEMANDE D'ENFANT ?

On parle beaucoup d'éthique autour du développement des techniques de reproduction artificielles. Cependant, « dans tous les comités d'éthique, il est toujours affirmé que l'une des premières conditions de validité éthique d'un projet médical tient dans la qualité technique de la médecine pratiquée (méthodologie, technique, information...). Toute insuffisance, sous l'une ou l'autre de ces rubriques, invalide éthiquement à coup sûr le projet. On est donc tenté de poser comme préalable que toute discussion d'ordre éthique est irrecevable si elle concerne une médecine, et plus généralement un dispositif de soins dont la qualité est trop souvent laissée au hasard » (Pr Courtecuisse). On peut se demander si les multiples discussions éthiques qui prolifèrent autour des techniques de reproduction artificielles n'occultent pas la priorité éthique que constitue la qualité de la prise en charge des patientes, les risques encourus pour elles et pour leurs enfants.

La première question éthique est donc de savoir quel traitement subit aujourd'hui la demande d'enfant.

Le délai d'attente

En dehors des cas où l'on repère un facteur de stérilité certaine, comme l'absence d'ovaires ou d'utérus déjà évoquée, la quasi-totalité des couples pris en charge présentent une hypofertilité, c'est-à-dire une diminution plus ou moins importante des chances de concevoir, voire une fertilité normale. La fécondabilité moyenne dans l'espèce humaine est faible ; elle est estimée à 25 % en moyenne par cycle ; il s'agit de fécondabilité moyenne effective, c'est-à-dire des chances d'être enceinte et de donner naissance à un enfant vivant pour un couple jeune formé récemment et qui a des rapports réguliers[31]. Les taux de succès des traitements de la stérilité, le plus souvent exprimés en termes de grossesse débutante, comptabilisent aussi les grossesses nombreuses qui se terminent par une fausse couche spontanée précoce et tous les autres accidents de la grossesse, si bien que, contrairement à la fécondabilité effective des démographes, les taux de succès annoncés par les médecins sont bien éloignés du succès attendu par les mamans, qui est d'avoir un bébé dans les bras.

L'importance du critère temps est fondamentale dans la conception d'un enfant : sur 100 couples présentant une infécondité, après 6 mois d'attente, la quasi-totalité sont des couples fertiles qui arriveront à concevoir spontanément. Après 2 ans d'attente, 50 % des patients sont fertiles et vont concevoir spontanément. Après 5 ans d'attente, en revanche, 89 % sont stériles ; cependant, 11 % sont encore fertiles mais de fertilité très faible[31]. Le délai d'attente est donc un élément fondamental dans la définition de la stérilité et dans l'évaluation des chances de concevoir spontanément. Avant l'ère de la fécondation *in vitro*, qui a marqué un tournant décisif dans la médicalisation de la reproduction, une attente d'au moins deux ans avant d'engager des examens ou un traitement faisait l'objet d'un large consensus dans le milieu médical. Aujourd'hui, il est usuel de constater que tous les examens ont déjà été réalisés avant ces deux années d'attente[29]. En outre, les traitements, notamment les stimulations d'ovulation dont nous avons décrit les dangers, connaissent une diffusion large et de plus en plus précoce, et, à deux ans d'attente, on peut voir des couples qui sont traités depuis... plus d'un an ; enfin, les interventions les plus lourdes, notamment les techniques de reproduction artificielles, sont pratiquées par certains de plus en plus rapidement, y compris chez des couples jeunes qui ont de grandes chances de concevoir spontanément en attendant un peu. Dans ces cas, s'agit-il d'autre chose que d'une conception artificielle médicalement programmée, c'est-à-dire d'un traitement du temps ? Un exemple éclairant est fourni par la prise en charge des stérilités inexpliquées, ainsi désignées du fait de la négativité des examens qui sont tous normaux : la stérilité, en l'absence de cause repérable, se définit donc par un délai d'attente. Dans une étude réalisée par la commission éthique du GEFF[32] sur les pratiques courantes en reproduction artificielle, à la question ainsi posée : « En cas d'infertilité inexpliquée, à partir de quel délai d'attente proposez-vous le GIFT ou la FIVETE ? », les réponses, émanant de 53 centres (on peut se demander ce que font les autres, soit la majorité, s'ils ne répondent pas), ont été les suivantes :

	moins de 35 ans	35-39 ans	40 ans et plus
délai moyen	3,5 ans (0,5 à 5 ans)	2,3 ans (0,5 à 5 ans)	1,3 an **pas de délai :** 8 centres récusées : 10 centres

Ainsi, des femmes jeunes qui ont toutes chances de concevoir spontanément peuvent être désignées comme présentant une « stérilité inexpliquée » après simplement 6 mois d'attente, c'est-à-dire un délai d'attente banal d'une femme normalement féconde, et, dans ces conditions, elles vont subir un traitement lourd de stérilité !

La prise en charge immédiate des femmes plus âgées montre que les techniques de reproduction artificielles constituent désormais un traitement de l'âge, et non de la stérilité. A cet égard, sachant que la fécondité d'une femme est normalement limitée dans le temps, ce n'est plus de stérilité qu'on devrait parler, encore moins de stérilité inexpliquée.

En dehors même des indications de stérilité inexpliquée, *in fine*, en l'absence de cause définitive et irréversible de stérilité, tous les autres facteurs d'infécondité ne devraient être pris en compte qu'en fonction du délai d'attente.

Il n'est pas sans intérêt de noter qu'une commission d'éthique se trouve devant la nécessité de déclencher une enquête pour préciser des points d'information qui relèvent de la méthodologie la plus élémentaire. Un tel constat devrait peut-être interpeller les responsables politiques de notre système de santé qui se reposent sur la certitude rassurante, mais ô combien erronée, que la stérilité est une

« entité bien définie » (C. Evin). On ne peut que déplorer l'absence très générale de l'indication de la durée d'infécondité dans le domaine de la reproduction, sauf exception, alors que cette information élémentaire est impérative, non seulement pour étayer les indications thérapeutiques, mais aussi pour apprécier l'efficacité réelle des techniques en matière de stérilité. On aimerait voir comparer l'efficacité des traitements en fonction de la durée de la stérilité : les couples qui attendent le plus longtemps et qui sont les plus stériles ont-ils réellement les mêmes chances de concevoir que les autres ? Ainsi, l'évaluation des techniques, en l'absence de l'indication du délai d'attente, apporte des informations dont la validité est largement discutable.

La fécondation in vitro *et la modification des pratiques en gynécologie*

La fécondation *in vitro* a eu des impacts ravageurs dans les prescriptions médicales : il s'agit en effet d'une technique attractive, médiatique et largement médiatisée, non seulement dans les médias grand public mais aussi dans la presse spécialisée, souvent sous-tendue par la publicité pharmaceutique. Les médecins, comme les patientes, sont happés par le mythe de la modernité. Il en résulte des prescriptions, notamment de stimulations d'ovulation, qui sont reprises de la fécondation *in vitro*, un peu comme « des recettes de cuisine », et appliquées de façon systématique aux patientes demandeuses d'enfant[14,33]. De fait, avant même toute exploration à visée étiologique, c'est-à-dire recherchant une cause éventuelle à une hypofertilité, la prescription systématique d'inducteurs de l'ovulation est devenue une pratique courante, et de plus en plus rares sont les femmes qui échappent à ces traitements dès lors qu'elles viennent consulter pour « stérilité ». L'accroissement notable des ventes d'inducteurs de l'ovulation en témoigne[33] ; si cette augmentation concerne les inducteurs utilisés pour la fécondation *in vitro* et techniques apparentées, elle concerne aussi les prescriptions hors FIVETE ; l'évaluation discriminatoire de l'utilisation des inducteurs dans la FIVETE et dans le traitement de la stérilité hors PMA mériterait d'être étudiée par les responsables de la santé. La reproduction de protocoles de stimulation pour FIVETE en dehors des PMA est à l'origine d'accidents de plus en plus fréquents. (Dans la FIVETE, ces traitements, qui ne semblent pas toujours absolument indispensables[34], ont pour but d'obtenir le nombre le plus grand possible d'ovocytes et d'embryons : dans un premier temps, l'obtention de plusieurs ovocytes avait pour objet d'augmenter le nombre des embryons transférés pour accroître les taux de succès ; le dépassement des possibilités de transfert embryonnaire a conduit secondairement au développement de la congélation.) Autour des stimulations d'ovulation, on multiplie les examens qui donnent l'illusion du contrôle ; mais la maîtrise n'est souvent qu'une illusion : si les taux de grossesse ne semblent pas augmenter[35], en revanche, les accidents d'hyperstimulations se multiplient, ainsi que les grossesses multiples[20,33,36]. Ces dernières sont le plus souvent présentées comme un triomphe de la technique alors qu'elles témoignent de notre incapacité à maîtriser les traitements. Ainsi, la courbe ascendante de ventes des inducteurs d'ovulation est strictement parallèle à la courbe ascendante des grossesses multiples[33]. Mais le risque de grossesses multiples est aussi largement accru avec les techniques de reproduction artificielles[37]. Les grossesses multiples sont à l'origine de risques importants de prématurité et de handicaps potentiels pour les enfants. Dans certaines maternités aujourd'hui, la prématurité grave est presque pour moitié (45 % dans le service du Pr Papiernik[38]) liée aux grossesses multiples qui sont pour l'essentiel issues des techniques de reproduction artificielles et de traitement de la stérilité. En termes de santé publique, notre pays, qui avait développé une politique de prévention de la prématurité et de prévention des handicaps de naissance, est en train de promouvoir exactement ce contre quoi il a lutté. En termes de problèmes personnels, je ne suis pas sûre qu'il y ait des parents heureux d'une grossesse multiple, gémellité mise à part ; mais seuls peut-être peuvent s'en plaindre ceux qui ont vécu cette aventure par hasard : ainsi, une patiente, mère de triplés qu'elle a eus sans traitement, évoquant cette maternité qui a été pour elle une épreuve dramatique, n'hésite pas à utiliser le terme de « crime » pour définir l'induction d'un tel événement. Les patientes traitées pour stérilité n'ont, quant à elles, pas même la possibilité de se plaindre : ne l'ont-elles pas « voulu » ?

L'extension des indications de la fécondation in vitro *(et techniques annexes)*

Mise au point pour pallier les problèmes de stérilité tubaire, la FIVETE est une technique dont les indications se sont largement étendues[30,37,39,40] et ne cessent de s'étendre. Elle est en train de devenir une panacée applicable à tout problème d'infécondité.

Quelques exemples sont particulièrement démonstratifs de cette évolution.

— Les stérilités masculines.

La médicalisation des femmes pour des stérilités masculines avait débuté avec l'insémination artificielle par donneur, mais les risques médicaux de l'IAD sont faibles, en dehors de l'utilisation d'une stimulation d'ovulation éventuellement associée. La fécondation *in vitro* est venue modifier la prise en charge des déficiences spermatiques, et les indications masculines de la FIVETE ne cessent de s'étendre[37,41,42,43].

On peut interroger le principe même d'un traitement féminin des infertilités masculines. Jusqu'ici, le médecin avait pour tâche de se préoccuper de la santé d'un patient donné. La stérilité transforme le sujet du projet médical : il ne s'agit plus d'un individu mais d'un couple. Cette nouvelle entité médicale, au demeurant bien mise à mal par nos pratiques sociales quand on observe la fréquence des divorces, prend le pas sur la personne et son traitement individuel. Il en résulte des conséquences éventuellement néfastes pour les femmes : elles subissent, au nom du couple, les traitements de stérilité et les techniques de reproduction artificielles. Or ces traitements, ces techniques comportent des risques qui peuvent altérer leur propre fertilité. Ainsi, au nom du « couple », on peut exposer la santé et la fertilité d'une femme au demeurant *a priori* féconde. L'éthique et la cohérence d'un tel projet médical, qui, à contre-courant de l'évolution sociale, privilégie la fécondité d'un couple par rapport à la santé d'une femme et compromet ses éventuels choix futurs, sont pour le moins discutables : cela devrait-il « aller de soi » ? Cet état de fait ne traduirait-il pas une nouvelle « revanche » à prendre sur les femmes, du fait de l'impossibilité de nier aujourd'hui que la stérilité est aussi masculine ? Il a fallu beaucoup de temps pour que soit reconnue la responsabilité masculine dans les problèmes de stérilité. Au moins une stérilité sur trois connaît une cause exclusivement masculine. Pendant longtemps, les femmes ont été seules impliquées dans la stérilité et on voyait fréquemment des dossiers qui ne comportaient pas de spermogrammes après des années et des années de prise en charge médicale. Encore aujourd'hui, dans d'autres sociétés, il arrive que des femmes soient répudiées pour stérilité masculine avérée. Si la stérilité masculine est bien établie et si la pratique des spermogrammes s'est largement répandue, en revanche il subsiste bien des différences dans le sort fait à l'homme dans la stérilité : l'examen gynécologique des femmes est toujours pratiqué, et combien d'examens gynécologiques les femmes doivent-elles subir dès que l'on parle « stérilité » ; en revanche, l'examen clinique des hommes est une pratique bien peu répandue.

La médicalisation des femmes dans les problèmes masculins tend à faire qu'on oublie en chemin la « responsabilité » masculine, surtout si la prise en charge médicale dure un peu, ce qui ne manque généralement pas de se produire car les techniques sont peu fécondes : les médecins, les femmes, les hommes, tout le monde pense qu'il existe un problème féminin, alors que ces femmes n'ont jamais été en condition de tester leur fertilité réelle, dans des conditions normales. Ainsi, le Pr David pouvait dire récemment « dans un problème de stérilité masculine, cherchez la femme, trouvez la femme » : on voit bien comment, par un tour de passe-passe, on efface la stérilité masculine qui doit être décidément bien intolérable pour un homme, pour à nouveau se retourner vers la femme, éternelle coupable. Peut-être alors peut-on mieux comprendre pourquoi on s'autorise à exercer sur les femmes les traitements les plus agressifs dans les stérilités d'origine masculine.

Après ces préambules d'ordre éthique (d'aucuns diront idéologiques), reparlons un peu chiffres. Les indications masculines de la FIV (et techniques annexes) ne cessent de s'étendre : 644 tentatives en 1986, 1 682 tentatives en 1987, 2 508 tentatives en 1988 effectuées pour indications masculines (données FIVNAT). Or il n'y a pas aujourd'hui de standardisation dans les critères spermatiques pour que soit réalisée une FIVETE, alors que les indications masculines se multiplient. Quand on connaît la variabilité des paramètres des spermogrammes[44,45,46] d'une analyse à l'autre en fonction de facteurs divers et nombreux, tels le stress, la fatigue, une grippe..., on peut légitimement se préoccuper de la validité des critères conduisant à une indication masculine. Les taux de grossesses spontanées, c'est-à-dire sans traitement, sont loin d'être nuls dans les déficiences spermatiques, y compris les plus sévères, et il n'y a pas de limite absolue en dessous de laquelle la fécondation ne peut se produire, azoospermies (absence totale de spermatozoïdes) mises à part[45,46,47]. Le fait d'observer une déficience spermatique ne permet donc pas d'affirmer la stérilité, et, comme dans tous les autres cas d'hypofertilité, le délai d'attente est capital[43,45,47]. Or, d'après l'enquête déjà citée concernant les pratiques courantes en reproduction artificielle, à la question : « En cas d'infécondité supposée masculine, à partir de quel délai d'infertilité proposez-vous la FIV ou le GIFT ? », les réponses suivantes ont été enregistrées :

	moins de 35 ans	35-39 ans	40 ans et plus
délai moyen :	2,8 (1 à 5)	1,8 (0,5 à 4)	1 (0,5 à 3)

Les délais diminuent avec l'âge, mais la pratique varie de centre à centre et certains centres prennent des décisions très précoces pour des techniques lourdes et invasives. Il est intéressant de constater que c'est l'âge de la femme qui est pris en compte, l'âge de l'homme étant généralement plus élevé. Or il est démontré que les hommes, comme les femmes, ont une fertilité qui diminue avec l'âge[8,9,45]. Pour les femmes de 40 ans et plus, on peut s'interroger sur l'âge des hommes hypofertiles. On peut raisonnablement penser que, pour une part, l'hypofertilité est liée à leur âge : ainsi, comme en matière de « stérilité inexpliquée », un certain nombre d'indications masculines des PMA constituerait possiblement non un traitement de « stérilité », mais bien un traitement de l'âge.

Il n'est pas sans intérêt d'observer que les techniques les plus lourdes sont utilisées d'emblée par certaines équipes, court-circuitant les traitements plus légers qui sont alors possibles telles les inséminations intra-utérines. Mais pourquoi faire simple quand on peut faire compliqué ? Enfin, parmi les centres qui pratiquent la fécondation *in vitro* pour déficience spermatique, certains vont jusqu'à tenter 4 cycles sans obtenir de fécondation avant de renoncer à poursuivre : 4 cycles de traitement, soit environ deux ans de la vie d'une femme (deux ans de la vie d'un homme aussi, mais dans des conditions tout de même bien différentes) et jusqu'à 30 à 50 ovocytes gâchés.

Mais la FIVETE traite-t-elle véritablement les stérilités masculines avérées ? A cette question, il semble bien qu'on puisse répondre par la négative si l'on reprend le bilan de l'activité des CECOS, qui couvrent en quasi-totalité les demandes de sperme de donneur (on admet donc ici qu'il n'y a plus rien à faire avec le sperme du « conjoint » et l'on utilise un sperme de donneur fertile) : « Si l'on compare les résultats enregistrés les cinq dernières années, la répartition des indications de demandes d'IAD reste inchangée. Contrairement à ce qu'on aurait pu penser, l'apport des nouvelles techniques de PMA n'a pas encore permis de diminuer de manière significative le nombre des hypofertilités masculines ayant recours aux IAD[48]. »

Qu'en est-il des risques génétiques éventuels dans l'utilisation de spermes déficients ? On s'interroge bien peu sur ce qui serait susceptible d'être ainsi transmis « de force » à la descendance. Certaines stérilités ou hypofertilités sont associées à des anomalies chromosomiques dont certaines sont potentiellement transmissibles[42]. En dehors de ces cas bien connus et heureusement rares, notre méconnaissance générale des facteurs responsables de stérilité masculine devrait néanmoins nous inciter à la prudence. Il importe que des études complémentaires sur les risques génétiques du traitement des stérilités soient réalisées avant de multiplier des interventions dont nous ne mesurons pas pleinement les conséquences aujourd'hui[49].

Au plan social, on s'accorde à mettre en œuvre les techniques les plus lourdes aux seules fins de préserver l'origine génétique (masculine...). Dans l'inconscient collectif, le génétique est aujourd'hui perçu comme assurant la reproduction de l'identique, alors qu'il est, tout au contraire, le facteur qui assure la création du neuf, du différent. C'est la raison pour laquelle j'ai choisi d'utiliser ici le terme de reproduction artificielle : il me semble qu'à travers ces techniques c'est le fantasme de la production du même qui est mis en acte : re-production. Pourtant, « *life is not a Xerox and you are not just a copy* » (L. Vandelac). Oublierait-on que la procréation est un processus aléatoire et singulier, se fondant sur la relation à l'autre, et véritablement créateur parce que donnant toujours un autre que soi, toujours imprévisible ?

Si la fécondation *in vitro* ne change en rien la stérilité masculine avérée, en revanche elle change bien la vie des couples : on commence à voir arriver les demandes d'IAD après échec de fécondation *in vitro* pour indications masculines. Ces hommes et ces femmes doivent alors accomplir une drôle de gymnastique intellectuelle : la FIVETE pour indication masculine démontre bien quelle importance notre système médico-social attribue à l'origine génétique d'un enfant, puisque tout est mis en œuvre pour qu'elle soit préservée. Du jour au lendemain, avec l'échec de cette technique et l'impossibilité d'utiliser le sperme du « conjoint », on change de discours : avec l'IAD, proposée comme nouveau « traitement », l'origine génétique est banalisée. L'ensemble des intervenants travaillant sur l'insémination artificielle par donneur s'accordent à reconnaître l'importance de la nécessité du travail de deuil que les hommes ont à faire dans ces conditions particulières de filiation. La multiplication des techniques et l'allongement des parcours épuisent les couples et les conduisent souvent à un état de sidération de la pensée qui empêche toute élaboration (comme en témoigne Claude M.[26]). Quand on est tellement excédé, tout est accepté dans la même indifférence, l'insémination artificielle par donneur comme la fécondation *in vitro*, et de façon équivalente. Le problème de l'origine génétique des gamètes est refoulé, dénié, comme s'il n'avait plus d'importance : seule compterait la fin, et plus les moyens. L'expérience clinique de l'IAD devrait nous rendre inquiet devant ces « acceptations trop faciles », qui ont le déni pour toile de fond...

— Les technologies de reproduction : traitement de l'âge.

Nous avons vu que les traitements de stérilité sont, pour l'essentiel, un traitement du temps. Traiter l'âge, c'est une autre façon de traiter le temps. La fécondité humaine est limitée[9] et la ménopause constitue un événement inéluctable de la vie d'une femme. Pour l'homme, même s'il n'y a pas un phénomène absolument comparable, des perturbations hormonales et une altération de la production des spermatozoïdes liées au vieillissement sont bien démontrées[8,9]. L'évolution sociale se caractérise par une réification de la jeunesse, valeur essentielle à préserver envers et contre tout. On demande à la médecine de prévenir ou d'effacer les usures du temps. Ainsi se multiplient les interventions esthétiques pour rajeunissement. Le succès du traitement hormonal de la ménopause, qui a un réel intérêt médical, est moins lié à ses effets préventifs qu'à la cure de jouvence qu'il représente au plan symbolique. Les technologies de reproduction font partie de cet arsenal médico-technique qui est en plein développement pour préserver de l'inéluctable du vieillissement ; cette fonction symbolique, si elle ne joue pas un rôle effectif dans la réalité parce que ses succès sont limités, joue un rôle majeur dans l'évolution de la pensée collective : il est évident que des pratiques tel le don d'ovocyte qui permet la réalisation de grossesse chez des femmes ménopausées ont fait basculer l'idée des limites de la fécondité. Les médias ne s'y sont pas trompés et ont repris l'événement sous le titre : « La grossesse après 50 ans ». Il m'arrive de plus en plus souvent d'entendre des femmes qui envisagent « tout naturellement » une maternité après 45 ans, ou de rencontrer des femmes traitées pour « stérilité » jusqu'à 50 ans. Les techniques de reproduction évoluent bien vers un traitement de l'âge : après 40 ans, comme nous l'avons vu, les femmes peuvent être médicalisées immédiatement. Pourtant, après 40 ans, les succès de la FIVETE sont très réduits, puisqu'on observe une diminution de plus de moitié des chances de grossesse, à la fois par diminution du nombre d'embryons obtenus, mais surtout par une diminution très importante de l'implantation. Cela n'empêche pas le nombre de femmes traitées de croître, comme le montrent les chiffres suivants :

366 femmes traitées en 1986, 798 en 1987, 1 181 en 1988 (données FIVNAT).

Il n'est pas sans intérêt de constater que seule est précisée la notion « plus de 40 ans » : mais plus de 40 ans, ça va jusqu'à quel âge ? De plus en plus de femmes de plus en plus âgées sont traitées pour « stérilité » simplement du fait de leur âge. Ce n'est plus de stérilité inexpliquée mais de fécondité inexplicable qu'il faut aujourd'hui parler : les phénomènes naturels du vieillissement deviennent une pathologie et sont traités comme telle.

Si l'on fait référence à des données bien établies dans l'épidémiologie du cancer du sein, on sait que la stérilité en est un facteur de risque. La grossesse est un facteur protecteur de cancer, mais pas n'importe quand : si les grossesses précoces jouent un rôle protecteur important, les grossesses tardives accroissent les risques[50]. Les stimulations d'ovulation conduisent à une production énorme d'œstrogènes, hormones dont l'action sur la prolifération cellulaire au niveau mammaire a été bien démontrée et est largement reconnue[51]. Il est important de s'interroger sur l'innocuité de la pratique de stimulation d'ovulation, notamment chez les femmes plus âgées dont les antécédents de stérilité et de grossesse tardive jouent déjà comme facteurs de risques accrus de cancer du sein. Ainsi, si le traitement de leur « stérilité » a toutes chances de n'être que symbolique, en revanche les risques encourus pourraient bien être importants. Des études sont à développer pour tenter d'évaluer les risques carcinologiques éventuels des traitements de stérilité.

Enfin, la pratique du don d'ovocyte a suscité de nombreuses discussions éthiques sur l'origine des donneuses (patientes en fécondation *in vitro*, donneuse volontaire ou relationnelle) et sur l'anonymat, que nous ne pouvons développer ici. En revanche, les indications sont peu débattues : la ménopause précoce et les indications qui en découlent mériteraient pourtant d'être analysées. Jusqu'à quel âge une ménopause peut-elle être considérée comme précoce ? L'âge chronologique doit-il seul être pris en compte pour juger du vieillissement ? Quels autres critères pourrait-on utiliser ?

Refuser les phénomènes inéluctables du vieillissement, en médicalisant et en pathologisant des phénomènes naturels, tel est l'un des enjeux des reproductions artificielles qui s'inscrit dans le champ plus vaste du refus de vieillir, refus qui fait appel aujourd'hui aux « progrès de la médecine ». En miroir de cette éternelle jeunesse demandée à la science, s'observe l'exclusion des vieux, désormais impossibles images identificatoires, et le déni de la mort par sa technologisation : nous ne nous acceptons plus ni vieux ni mortels.

— Les traitements de stérilité : un traitement du sexe, une nouvelle sexualité.

La vie sexuelle des couples n'est qu'exceptionnellement interrogée en matière de stérilité[52]. La fréquence des rapports sexuels n'est mentionnée dans aucune publication, comme si « ça devait aller de soi ». Pourtant, le constat de la fréquence de dysfonctionnements sexuels fait partie de l'expérience clinique quotidienne des problèmes de stérilité. La fatigue d'un quotidien lourd et stressant, occupé prioritairement par le travail et les tâches quotidiennes, laisse bien peu de place au désir et à la réalisation de la sexualité. Pour certains, le travail en horaires décalés rend bien compliquée la conjonction de l'ovulation et des rapports. Pour d'autres, les déplacements, les voyages d'affaires compromettent la réalisation de rapports fécondants. Le désir d'enfant intervient alors comme une injonction de sexualité, qui ne correspond souvent pas au désir sexuel, mais au projet délibéré de s'accoupler parce que « c'est le bon moment » : c'est aujourd'hui ce mode de procréation qui paradoxalement pourrait évoquer la pornographie. Si on peut penser que des facteurs psychologiques interviennent dans la fécondité, ces dysfonctionnements sexuels pourraient jouer un rôle dans la non-réalisation d'un projet de conception ainsi programmé.

Par ailleurs, les technologies de reproduction peuvent servir de prothèse sexuelle à des femmes et à des hommes qui ont des difficultés sexuelles. Dans la mesure où la sexualité n'est généralement pas interrogée, il est facile de ne pas en parler... J'ai vu ainsi des couples, traités pendant des années pour stérilité, alors qu'en fait leur vie sexuelle ne permettait pas la conception. D'autres qui, juste au moment où le projet bébé a été formulé, n'ont plus eu de sexualité et ont été cependant engagés dans des traitements de stérilité. Répondre à ce qui est une pathologie du couple par un traitement prothèse réparateur qui n'interroge pas sur la production du symptôme stérilité, c'est peut-être penser que la sexualité « va de soi ». Mais surtout, ça montre bien que la sexualité demeure « ce qui ne peut s'interroger » : on peut parler ovules, spermatozoïdes, insémination, FIVETE, mais surtout pas sexe. On pense de plus en plus à tout pour faire un bébé, on se préoccupe de tout, ovulation, température... sauf de l'essentiel, c'est-à-dire de la sexualité. En dehors des cas où les problèmes sexuels ne sont pas mentionnés, et la demande traitée comme une « stérilité inexpliquée », il y a des cas où le problème sexuel est connu, et où l'on veut faire malgré tout un enfant. Le sexe mis de côté, c'est au médecin qu'on vient demander cet enfant : la médecine est invoquée aux fins d'apporter sa caution de normalité à la production de cet enfant hors sexe. Ces demandes, comptabilisées en traitements de stérilité, sont-elles encore de la stérilité ?

En retour, la prise en charge médicalisée pour infécondité, dont on a vu qu'elle n'a souvent rien à voir avec la stérilité, engendre de façon quasi constante des dysfonctionnements sexuels : la prise de température, les rapports programmés ou interdits selon les périodes et les analyses, les examens et les traitements agressifs qui interfèrent avec le désir sexuel ou la réalisation des rapports, l'anxiété induite par la médicalisation, vécue comme affirmation du diagnostic de stérilité (si on est traité, ne peut-on raisonnablement penser que c'est parce qu'il y a de « bonnes raisons » ?), la culpabilisation de l'homme ou de la femme dans la responsabilité éventuelle de l'état stérile..., nombreux sont les facteurs qui inéluctablement produisent des dysfonctionnements sexuels, souvent graves, et qui compromettent parfois l'équilibre relationnel du couple. La pathologie sexuelle qui est médicalement induite altère alors notablement les chances de conception. D'une certaine façon, on induit la « stérilité » que l'on est censé traiter, ultime raffinement de la iatrogenèse.

Les technologies de reproduction artificielles : panacée à toute la stérilité du monde ?

Au fil des ans, on a vu s'élargir sans cesse les indications de la FIVETE et des techniques annexes, qui sont en train de devenir la « solution finale » de toute demande d'enfant. Des indications qui avaient un support organique évident et indiscutable, telles les atteintes bilatérales des trompes, on est passé à des indications plus floues où un facteur, parce que médicalement mis en évidence, est incriminé comme responsable de la « stérilité », alors même qu'il n'en est peut-être pas le facteur unique ou essentiel. Ensuite, on a proposé ce traitement de façon totalement empirique sur des situations de « stérilité » où aucun facteur de stérilité n'est reconnu (ce faisant, on « traite » probablement des situations bien différentes puisqu'on agit sur ce qu'on ne peut pas même analyser). Aujourd'hui, on inclut dans les propositions de fécondation *in vitro* ce qui constituait jusqu'à présent les contre-indications de cette technique : ainsi peut-on proposer une FIVETE à des femmes présentant une malformation utérine grave et inopérable, provoquée par l'exposition au Distilbène *in utero*[18]. Les grossesses spontanées pour ces femmes donnent lieu à des risques accrus de grossesses extra-utérines, d'avortements spontanés et de grossesses qui peuvent s'achever dramatiquement par des accouchements ultra-précoces : ces utérus malformés sont en effet souvent incapables de faire place au développement d'un enfant. La FIVETE est une technique qui accroît elle-même les risques de grossesses extra-utérines, d'avortements spontanés et de grossesses... multiples. Cette technique redouble donc, par ses risques propres, les risques spontanés des grossesses chez les femmes exposées au Distilbène... La culpabilité médicale liée à ces malformations est-elle une raison suffisante pour se lancer dans des acrobaties qui ne risquent d'être périlleuses que pour des femmes qui ont peut-être déjà assez chèrement payé leur tribut à la médecine iatrogène ? Ainsi, les techniques de reproduction artificielles seraient aujourd'hui une réponse à toute demande d'enfant, quelle qu'en soit l'indication ou la contre-indication, et que l'indication repose sur une raison médicale objectivable ou pas.

L'histoire de la médecine nous montre que les traitements empiriques peuvent induire plus de dégâts qu'ils ne résolvent de problèmes. D'ores et déjà, les traitements de stérilité (techniques de reproduction artificielles bien entendu incluses) peuvent induire des problèmes importants : pour les femmes, à court terme, risques liés aux traitements et aux gestes chirurgicaux, et risques accrus de grossesse pathologique notamment par le biais de la multiparité ; à moyen terme, risques possiblement accrus de cancer, non encore évalués, mais dont les connaissances épidémiologiques actuelles, notamment sur le cancer du sein, devraient susciter des inquiétudes ; pour les enfants, risques accrus de prématurité et des séquelles éventuelles qui peuvent en résulter. En dehors des risques médicaux au sens étroit du terme, il faut aussi prendre en compte la perturbation de la vie liée à la médicalisation de la reproduction : absentéisme, voire arrêt professionnel, perturbations sexuelles et relationnelles d'un homme et d'une femme, « risques psychiques[53] » potentiellement accrus pour les enfants. Le coût social de ces traitements, extrêmement élevé, doit également être pris en compte. Tous ces facteurs devraient inciter à la rationalisation des indications [40,54,55] des traitements de stérilité et à la place des techniques les plus lourdes et les plus coûteuses comme la FIVETE.

LA DEMANDE DE MÉDICALISATION

Mais, entend-on partout répéter, les femmes nous demandent, nous supplient de les traiter. Et c'est vrai que cette demande des femmes est insistante, pesante, pressante. Mais que demandent ces femmes ? Quelle est leur liberté réelle dans cette demande ? Qu'y a-t-il en jeu à côté de l'« irrésistible désir de naissance » ?

Nous avons vu comment des facteurs de plus en plus nombreux conduisent les femmes à se penser stériles et à venir demander de plus en plus tôt au médecin d'intervenir. Nous avons vu aussi que la médicalisation de la reproduction peut produire ou aggraver l'hypofertilité. La diffusion, largement médiatisée, de possibilités techniques presque toujours présentées de façon partielle, voire partiale, et dont les risques ou les accidents sont souvent tus alors que les succès, pourtant limités et aléatoires, sont applaudis[3], rend de plus en plus impossible aux femmes et aux hommes confrontés au problème d'infécondité la possibilité de dire non : comme l'exprime si bien Claude M., « c'est la science qui a fonctionné comme une injonction surmoique : je ne pouvais pas entériner ma stérilité sans tenter ce que la science m'offrait ; je pensais être coupable toute ma vie de ne pas l'avoir fait[26] ». Les technologies de reproduction artificielles ne fonctionnent pas dans la neutralité, comme on voudrait trop souvent nous le faire croire : elles fonctionnent dans l'économie d'une société, qui a des choix et des priorités à déterminer (comme Claude M. nous le rappelle, sa stérilité est liée à une MST) ; elles induisent une pression sociale demandeuse ; elles mettent en branle des mécanismes masochistes qui répondent parfaitement à la culpabilité, consciente et inconsciente, liée à l'infécondité. Ces dispositions masochistes facilitent singulièrement la tâche du médecin : il a affaire à une patiente demandeuse, soumise au traitement, ce qui a facilité la réalisation des récentes prouesses techniques.

La culpabilité de la femme qui se vit comme stérile se situe à de multiples niveaux qui s'intriquent et amplifient la souffrance[25]. La stérilité est génératrice de culpabilité sociale : le poids des schémas normatifs pèse lourdement sur les femmes et sur les hommes. La stérilité intervient comme le grain de sable inconcevable qui va bloquer le chemin qu'on avait choisi et rendre tous les autres impossibles ; seule la voie de la médicalisation va permettre de rentrer dans les normes sociales en se déculpabilisant aux yeux de la société de ce scandale que serait la stérilité : combien de couples nous répètent qu'autour d'eux on les rend responsables de leur état. S'il n'y a pas encore d'enfant, c'est parce qu'ils sont mal soignés : « Tu devrais faire la fécondation *in vitro* », voilà le dernier bon conseil, censé guérir toute stérilité.

La femme stérile se sent coupable parce qu'elle est

ambivalente. Si le désir de grossesse et d'enfant est toujours ambivalent, pour la patiente stérile, l'ambivalence de ses désirs se vit de façon culpabilisée, comme si elle percevait, de façon plus ou moins consciente, qu'elle joue elle-même un rôle dans l'état de stérilité. Un écran défensif s'installe entre la femme stérile et sa demande d'enfant : tout fonctionne comme s'il lui était interdit d'exprimer la moindre réticence. La stérilité induit ainsi une réduction de l'image de soi à une image de mère que l'on souhaite parfaite, de mère irréprochable, et, pour le démontrer, la femme stérile est prête à tout accepter. « A vouloir être conforme à ce que l'on peut attendre d'elle et ce qu'elle attend d'elle, la femme devient souvent comme une surface lisse, refoulant son imaginaire pour ne laisser transparaître que ce qui ressort de l'adaptation sociale » (Sami Ali). La pauvreté fréquente des discours, quasi stéréotypés, qu'on entend chez les couples stériles sur le désir d'enfant traduit ce refoulement qui participe à la pathologie dépressive induite par la stérilité...

La stérilité engendre des dysfonctionnements de nature sado-masochiste au sein du couple stérile. Avec l'attente, les perturbations de la vie sexuelle liée aux rapports programmés et toujours sous-tendus par le projet de conception, la désignation éventuelle de deux coupables, l'un de stérilité, l'autre de fertilité, les non-dits et les rancœurs s'accumulent au fil du temps. La dissymétrie des projets de maternité et de paternité s'accentue : la stérilité montre du doigt combien le projet parental fait référence plus à soi-même qu'à l'autre dans le couple ; en somme, ici, c'est un peu chacun pour soi. Toutes ces situations, dans lesquelles se tissent un réseau complexe de culpabilité, de rancunes amassées, sont le terreau sur lequel va pouvoir éclore un mode relationnel sado-masochiste. Il s'exprime notamment à travers la médicalisation, du fait de l'impossible place de l'homme dans les techniques de reproduction artificielles et de l'érotisation de la relation femme traitée-médecin ; ainsi, il n'est pas rare que l'homme incite à la poursuite d'un parcours médical alors que la femme voudrait pouvoir arrêter.

Dans tous les cas, la culpabilité multiple liée à la stérilité met les femmes en situation de tout accepter. La technologie déployée autour de la stérilité est un bon moyen pour tenter de se « disculper » de la culpabilité induite par la stérilité et d'échapper à la dépression qu'elle ne manque pas d'induire.

L'investissement masochiste de la médicalisation ne recouvre pas les notions « d'échecs ou de succès » des techniques : la survenue d'un enfant peut advenir, ou pas, après des parcours vécus comme très agressifs. Si, dans les premiers cas, on ne peut manquer de s'interroger sur la relation possible avec cet enfant « du masochisme », dans le second cas, l'échec de la médicalisation confirme dans la culpabilité, l'impuissance et enferme un peu plus la femme dans la spirale masochiste.

Ainsi, information tronquée, diffusion des techniques et amplification de l'offre par une médicalisation qui étend de plus en plus son champ d'application, pression sociale et culpabilité, voilà ce qui circonscrit aujourd'hui la liberté des femmes et des hommes. Espace de liberté en vérité bien étroit, qui ne peut conduire qu'à la consommation technologique (techno-logique infernale) où la demande est prise au piège de sa verbalisation et mise au pied du mur de sa réalisation technique. Et plus on en a fait, plus on en a souffert, plus il est inacceptable d'en sortir sans enfant, et plus on s'y enfonce[55]... La machine infernale mise en route, comment peut-on l'arrêter, puisqu'il y a de plus en plus de traitements possibles, et que, de l'un, on peut sans fin passer à l'autre ? Il importerait d'élaborer ou de tenter d'élaborer des garde-fous qui permettent aux femmes et aux hommes, confrontés à la souffrance de la stérilité, d'éviter de redoubler leurs souffrances en les préservant de cet engrenage médical de plus en plus inéluctable.

CONCLUSION

Le développement de la technologie en médecine offre des armes thérapeutiques nouvelles et de grand intérêt. Mais ces nouveaux pouvoirs ne vont pas sans risques, risques qu'il importe de mesurer et d'analyser autant que faire se peut. La fascination de la modernité et l'enthousiasme suscité par de nouveaux outils empêchent trop souvent une lucidité qu'il importe pourtant de préserver à tout prix.

Il nous faut reconnaître que, malgré tous les progrès accomplis, notre pouvoir reste limité. Le médecin ne vit souvent guère mieux l'impuissance que les patients qui sont en face de lui : aujourd'hui, il lui est plus difficile d'être dans une situation d'échec puisque la médecine est censée être toute-puissante ; certains peuvent fuir ces vérités en s'engageant dans une fuite en avant technologique. En médecine de reproduction, l'impuissance médicale est devenue particulièrement inacceptable : depuis l'avènement des techniques de reproduction artificielles circule la croyance, largement médiatisée, que la stérilité est maintenant vaincue. Pourtant, la stérilité reste une amère réalité pour bien des femmes et des hommes, quels que soient les traitements subis. Patients, médecins, médias, nous devons tous reconnaître que notre pouvoir est limité et que tout ne se joue pas dans la maîtrise ; on ne fait pas nécessairement des enfants à coups de volonté et d'opiniâtreté. Comme le petit prince de Saint-Exupéry, il nous faut regarder la vérité en face : « Je me croyais riche d'une fleur unique, et je ne possède qu'une fleur ordinaire ; ça et mes trois volcans qui m'arrivent au genou, et dont l'un peut-être est éteint pour toujours, ça ne fait pas de moi un bien grand prince... Et, couché dans l'herbe, il pleura. » Il nous faut tous réapprendre à pleurer. Pour nous, médecins, il est vrai que les études de médecine ne nous préparent pas à l'impuissance, comme elles ne nous préparent pas à la mort. Si elles nous forment à guérir, elles nous enseignent bien peu à soigner ou à accompagner.

La fonction critique est plus que jamais essentielle à développer ; elle est malheureusement bien étouffée par une formation qui façonne plus des médecins qui savent que des médecins qui pensent. En matière de technologies de reproduction, la possibilité d'une analyse critique a été et reste difficile à tenir[56] ; pourtant, les affirmations critiques, largement dénoncées quand elles sont émises, sont ensuite régulièrement et utilement récupérées : ainsi, le « take-home baby rate », c'est-à-dire le nombre d'enfants ramenés à la maison, seul critère qui intéresse vraiment les femmes, commence à faire son apparition dans les publications comme évaluation des taux de succès ;

l'augmentation des taux de succès commence aujourd'hui à être analysée à la lumière de l'augmentation du nombre des embryons réimplantés[39,57], et donc aussi comparée à l'augmentation inquiétante des taux de prématurité grave liée aux grossesses multiples qui est constatée dans les services de néonatologie[38]... S'il est capital pour les médecins de préserver une fonction critique, il faut avouer que les difficultés sont multiples : la surinformation médicale est un obstacle majeur à une information réelle. En outre, cette information est essentiellement assurée par les firmes pharmaceutiques, de façon directe par les visiteurs médicaux ou la publicité, ou de façon moins directe par la publication d'études scientifiques dont l'objectivité est parfois contestable, notamment quand elles sont financées par l'industrie pharmaceutique. Le problème de la qualité et de l'objectivité de l'information médicale est aujourd'hui essentiel. En matière de médicalisation de la reproduction, les intérêts financiers sont énormes et expliquent les pressions prescriptives qui s'exercent sur les médecins[40,58].

Autre problème pour ceux qui sont engagés directement dans l'action, c'est souvent l'impossibilité de concilier action et critique, comme si le « faire » et le « penser » étaient incompatibles. Faudrait-il alors déléguer la fonction de penser ? Ainsi peut-on comprendre cette demande d'un gynécologue à un psychanalyste[59] : « S'il pouvait nous expliquer pourquoi nous sommes si engagés dans cette procréation médicalement assistée, ça nous éclairerait. » S'il est vrai que les médecins et les scientifiques ne sont pas les seuls concernés par les questions multiples posées par la technologisation de la reproduction, il me semble dangereux de déléguer la pensée à des spécialistes de la pensée. Je revendique le droit de penser : du lieu où je suis, et de ce qui s'y passe, je suis peut-être le meilleur témoin si j'accepte de me poser les questions sur ce que j'y vois, sur ce que j'y entends, sur ce que j'y fais. Il est capital que je puisse échanger avec d'autres les questions qui m'agitent, mais *in fine* c'est ma responsabilité, et elle seule, qui est engagée.

En dehors des problèmes de formation des médecins et de leur information, demeure le problème essentiel de l'évaluation objective des soins, évaluation dont l'acceptabilité n'est pas acquise[40,58,60] ; les outils méthodologiques sont à développer. En matière de reproduction artificielle, un effort d'évaluation a été fait, ainsi qu'en témoigne l'enregistrement de la majorité des données qui donnent lieu depuis trois ans à la publication du dossier FIVNAT, bien diffusé. Malheureusement, des données capitales ont été omises, telle la durée d'infécondité, dont on a largement développé l'importance ; les données concernant les naissances et la santé des enfants sont parcellaires et incomplètes, et, en conséquence, ne sont pas interprétables. De fait, l'énorme investissement financier engagé dans la médicalisation et la technologisation de la reproduction, actuellement remboursé à 100 % par notre Sécurité sociale, exige une évaluation rigoureuse des résultats et une limitation stricte des indications. Peut-on laisser se développer un marché d'offres et de demandes qui subissent une amplification réciproque : plus la conception se programme, plus le temps d'attente tolérable se réduit, plus on a peur de la stérilité, plus on est informé des (pseudo) « progrès de la médecine qui guérissent la stérilité », et plus on va consulter rapidement ; plus la médecine élargit son champ d'indications et intervient rapidement, plus on a de « chances » d'être pris en charge pour « stérilité » ; en conséquence, la « stérilité » est censée être de plus en plus fréquente et la médecine plus efficace puisqu'elle soigne des patients de moins en moins stériles et de plus en plus impatients...

Le problème des indications de ces techniques et de la définition de la stérilité est donc bien un problème essentiel. La France se félicite aujourd'hui d'être un pays à la pointe de la technologie en matière de reproduction ; elle a en effet le triste privilège d'être l'un des pays qui effectuent le plus de tentatives de FIV[61,62]. Serait-elle pour autant le pays le plus stérile du monde ?

A une période où l'on évoque en permanence le problème du coût de la santé et de la nécessité de choix de santé, il est indispensable que les vrais problèmes soient posés. La régulation du développement technologique est un problème majeur qui se pose à notre société. L'activité médicale comporte trois pôles : la prévention, qui est peu développée ; la médecine « de base », sans cesse dévalorisée, qui assure pourtant vaille que vaille les besoins de santé du quotidien ; une technologie sophistiquée, très coûteuse, dont l'efficacité est souvent limitée et les risques élevés. Cette technologie de vitrine qui ne cesse de se développer est largement privilégiée. Ces privilèges ne tiennent pas à son efficacité : mais peut-être suffit-il qu'elle existe pour démontrer combien l'homme est tout-puissant aujourd'hui : on lui demanderait donc... du magique !

LE DÉSIR ESCAMOTÉ

Marie Magdeleine Chatel

DÉSIR ET DÉSIR D'ENFANT

Rappelons qu'en tant que psychanalyste j'entends ce qui ne se dit pas directement, ce qui est dans la marge, la confidence, l'équivoque, parfois l'aveu. Celui ou celle à qui je m'adresse dans cette écoute, c'est un sujet particulier, un sujet qui s'exprime par le travestissement des plaintes, des symptômes, des anecdotes, des actes manqués ; sûrement pas le sujet « statistique », interchangeable. Mon travail consiste à faire parler les symptômes pour qu'apparaisse un désir jusque-là enfoui, quel qu'il soit. Que celui qui est habité par ce désir puisse l'accomplir sans le renier à tout instant.

Le désir est une poussée essentielle à chacun, il est une tendance construite dans la dépendance aux désirs de ceux qui nous ont élevés. Cette tendance opiniâtre vise à retrouver un objet de jouissance perdue qui se dérobe, toujours manquant. Le désir se construit grâce au fait que la loi interdit la jouissance incestueuse, il est le ressort des vœux, des rêves, des illusions, des symptômes, des demandes,

des choix de chacun. Chaque désir est particulier, il a une orientation précise. Le désir n'est pas isolé, il se conjugue avec les autres désirs. Personne n'a *a priori* une connaissance certaine de son propre désir, il est fuyant. C'est dans l'après-coup seulement que l'on sait si on a agi selon son désir.

Le « désir d'enfant » n'est pas direct, il est une élaboration du désir inconscient. La formulation « désir d'enfant » a été galvaudée dans le langage courant. Elle est devenue synonyme d'une volonté d'enfant, d'une programmation d'enfant, et, dans le même pas, l'expression « enfant non désiré » est devenue synonyme de « grossesse accidentelle », non voulue.

Mais le désir d'enfant est un produit du désir inconscient. Chaque désir d'enfant est particulier à un sujet donné, il est différent chaque fois qu'une grossesse survient. Donnons cependant les lignes de force suivant lesquelles se manifestent les désirs d'enfant. Pour une femme, le désir d'enfant est le plus souvent le désir de recevoir un cadeau d'amour. L'enfant est ce cadeau, le désir sexuel d'un homme peut symboliser pour elle, à un moment donné, l'amour qu'elle attend.

Il y a des résonances dans la rencontre entre les humains. Chacun est porteur de symboles qui sont parlants pour l'autre. C'est en fonction de ce qu'ils se disent, de ce qu'on dit autour d'eux et aussi des ruptures événementielles qui leur arrivent, comme une promotion, un voyage, un deuil, un accident, une naissance, des répétitions de dates, que certains symboles sont réactivés et agissent. Un acte sexuel peut actualiser ces symboles dans la résonance, ils peuvent se somatiser et féconder. Cette réception de symbole pour la femme peut la faire exister subjectivement et prendre valeur d'acte de reconnaissance qu'elle reçoit dans un instant de faille. Le symbole qui a agi a pour elle une connexion avec un « sens de Père[1] ».

Pour l'homme, le désir d'enfant est le plus souvent le désir d'incarner ce symbole du don créateur pour celle qu'il rencontre, ce qui s'effectue différemment pour chacun. Cette alchimie de la fécondation chez les êtres parlants est psychosomatique. Parce que nous avons grandi avec le langage, la fécondation n'est pas uniquement réglée somatiquement, elle est psychosomatique. La somatisation en quoi consiste la fécondation est une précipitation en substance du croisement des symboles à l'œuvre dans le désir inconscient ; occurrence différente pour chaque rencontre. Cela est valable même lorsqu'une femme demandera ensuite une IVG. A l'écoute des demandes d'IVG, j'ai appris à quel point il n'y a pas de grossesse qui survienne au hasard, que toute grossesse est un signe du sujet, c'est un effet dans le corps d'une nécessité inconsciente, même si elle doit être supprimée[2].

La fécondité humaine est avant tout une fécondité de la rencontre symbolique.

LE DÉSIR DISPARAÎT DERRIÈRE LE PROGRAMME D'ENFANT

C'est un des problèmes de notre époque. La vraie fécondité, celle de la rencontre symbolique, est menacée par l'idéologie scientifique introduite activement dans l'intimité sexuelle ; tel un éléphant dans un magasin de porcelaine.

Nous avons tous eu recours à la médecine pour régler nos difficultés à gérer nos vœux d'enfant, et maintenant nous sommes dépassés par cette lancée. Il faut noter que la contraception et l'IVG ont considérablement accéléré le changement des mentalités en cours dans les années 60-70. La notion d'enfant désiré est devenue celle d'enfant programmé, et c'est aux femmes qu'est échue la responsabilité de cette programmation-libération. Lentement s'est instaurée alors une nouvelle logique dichotomique selon laquelle :

— une femme est ou « enceinte » ou « stérile » ;

— l'enfant est ou programmé, donc désiré, ou non programmé, donc indésirable.

Les hommes se sont retrouvés placés en seconde main. L'homme réduit au sperme, son désir sexuel se trouve écarté de la cause procréatrice, c'est le corps féminin qui est tenu pour responsable de la procréation, et c'est lourd.

L'enfant se trouve négocié, commandé à des corps supposés fertiles à tout moment. Les aléas du désir inconscient se trouvent alors écrasés, réduits au silence par cette logique simple, rigide, implacable, puisque même les actes manqués seront réparés en silence.

Insidieusement, cet évident progrès a transformé nos mentalités : la médecine s'est rendue indispensable à la fabrication des enfants. La notion de stérilité s'est progressivement élargie à celle d'infertilité, c'est-à-dire la plainte du manque d'enfant.

Mais cette logique devenue simple et volontariste grâce à l'assistance technique a des conséquences : elle fait taire l'expression de nos symboles les plus charnels, elle étouffe le lien de la parole au corps, elle disjoint l'érotisme de la parenté. Autant dire qu'érotisme et fécondité en prennent un sacré coup. Car érotisme et fécondité sont des choses délicates, faites de désirs érotiques infantiles, de réminiscences poétiques, de liens de paroles subtiles. Traités de façon grossière, ils se taisent, ils s'égarent et se perdent dans l'analgésie de rencontres sèches déjà codées.

Ainsi, nous avons dû laisser se taire notre discours subjectif au profit d'un nouveau langage technique préfabriqué. Il est frappant de constater avec quelle vitesse, dans les consultations, les patients parlent avec les mots « scientifiques ». On se fie à la médecine pour déchiffrer le manque d'enfant, on veut trouver des solutions en dehors de soi, s'en remettre aveuglément. Que s'est-il passé ?

L'INFERTILITÉ COMME RÉACTION À LA PROGRAMMATION

Il y a une hypnose médicale qui produit une censure sur le désir et sur le sexe. L'introduction de la technique médicale a cassé le maillon de la chaîne symbolique désir sexuel-désir d'enfant par une coupure nette juste à son point de fragilité. Nous avons maintenant désir sexuel d'un côté, demande d'enfant de l'autre. Et ce ne sont plus les mêmes. D'un côté, un désir sexuel occulté de ses conséquences potentielles dans la filiation qui s'ordonne selon une nouvelle logique. De l'autre, une demande d'enfant qui prend la forme d'une demande de satisfaction d'un besoin. La coupure est faite. Le résultat, c'est l'infertilité par escamotage du désir sexuel. Cette infertilité contemporaine est l'effet de facteurs croisés, soit :

1. A un niveau rationnel :

— La technique médicale se substitue au désir, elle est plus forte et plus sûre que lui.

— Grâce à la contraception et à l'IVG, on a la liberté de faire ce que l'on veut quand on veut, on croit avoir la maîtrise, donc on attend le moment d'être sûr de sa décision. On refuse les aléas. Parfois, on peut attendre longtemps.

— Avec le contrôle des naissances, les conditions sociales d'accueil d'un enfant sont devenues plus exigeantes, il faut l'argent, le travail, la stabilité, la maturité, ce qui réduit la marge de la décision d'enfant.

2. Et à un niveau plus secret :

— L'homme étant relégué à être un donneur de sperme adoptant, il y a une disparition de l'effet magique de la part symbolique du désir sexuel masculin dans sa parole d'amour.

— L'effet suggestif de la contraception médicale sur les femmes leur a donné le sentiment d'« être stériles ». De s'identifier comme stériles a réveillé en elles d'obscurs interdits d'enfanter, leur corps ne répond pas aussi vite, il reste infécond.

Cette infertilité ambiante est une conséquence logique de la transformation des mentalités par l'empreinte massive de la technique médicale sur les sujets. Mais cette infertilité stigmatisée socialement, au lieu d'être acceptée, est mal supportée, c'est le problème des années 80, conséquence des années 60-70. La notion d'enfant programmé avec la médecine est devenue celle d'enfant demandé à la médecine et bientôt celle de l'enfant fait sur mesure par la médecine. La même médecine qui a empêché l'« enfant surprise » va aujourd'hui fournir l'enfant qui ne vient pas tout seul ; d'où l'apparition du « bébé éprouvette ».

LA MÉDECINE TRIOMPHANTE ET EXPÉRIMENTALE

Ainsi s'ordonne une logique, d'une implacable cohérence. Le sentiment d'échec que donne l'infertilité ambiante se transforme en succès : l'échec pour les patients infertiles, le succès pour la médecine triomphante spectaculaire ; comme cela la demande d'enfant est induite. On se tourne vers la médecine toute-puissante pour traiter le manque d'enfant. Elle répond que le « bébé éprouvette » est possible pour tous. Elle le montre à grand renfort de publicité à la télévision.

Un nouveau fantasme est devenu réalité ; faire un enfant hors sexe, hors corps. Enfin il est possible de faire l'enfant au défi des lois du désir et du sexe. Faire l'enfant halluciné, l'enfant impossible, de plus en toute légitimité.

La fécondation *in vitro* réalise-t-elle aujourd'hui ce défi lancé à l'opacité énigmatique du corps qui encombre chacun de nous ? On est prêt à tout pour participer à ce « miracle ». En effet, devant la défaillance de la fécondation sexuelle, phénomène d'époque douloureusement ressenti, les médecins et expérimentateurs s'offrent comme la compétence en ce domaine ; on se remet entre leurs mains, parfois aveuglément. La fécondation *in vitro* se substitue à l'acte sexuel aléatoire ou défaillant, on tente l'impossible ensemble, l'aventure. L'acte sexuel devient alors caduc pour ceux qui s'embarquent dans cette aventure.

Nous verrons à travers des exemples que les gynécologues sont parfois prêts à satisfaire les demandes les plus folles, les plus extravagantes, pour faire plaisir et engager quelqu'un dans un programme de fécondation *in vitro*, bientôt de sélection, sans que ce soit forcément la technique la plus adaptée à la situation ni qu'il s'agisse de véritable stérilité (somatique). Désireux de proposer une solution, le médecin trouvera toujours des hypothèses somatiques sans qu'elles soient pour autant significatives. En effet, cette spécialité médicale rencontre une difficulté du fait de son engagement dans la promesse d'enfant. On veut élargir les pouvoirs de la technique au-delà des limites posées par l'évaluation rigoureuse qu'exige la règle médicale concernant le diagnostic et le pouvoir thérapeutique.

Gynécologues et femmes se sentent tenus par une sorte de « pacte mental » qui dépasse le strict contrat médical. Car l'infertilité consécutive à une contraception (et/ou à un avortement) est ressentie de façon insupportable, ce qui rend la plainte d'enfant d'autant plus suppliante. « Qu'on me rende l'enfant que la contraception a empêché de venir », tel serait le vœu présent dans la demande forcenée d'un enfant réparateur, d'un enfant sauveur, d'un enfant déculpabilisant. Cette demande s'adresse à ceux-là mêmes qui, grâce à leur technique, ont permis le contrôle des naissances. C'est d'eux qu'on attend le retour d'un enfant dont on s'est privé, comme si c'était eux qui avaient stérilisé. Ne pouvant être revendicatrice, la demande a un caractère pathétique, rigide et obsédant. On comprend alors pourquoi la demande d'enfant, surtout par des voies artificielles, est si tenace.

Pour les médecins spécialistes, c'est l'occasion de montrer leur force, leur capacité à donner l'enfant fabriqué par un savoir scientifique et technique en pointe. Mais aussi, c'est l'occasion rêvée de pousser l'expérimentation le plus loin possible.

DÉPOSSESSION DU DÉSIR

Avoir un enfant d'un homme qui l'a quittée, avec qui elle n'a pas de relation sexuelle, mais qui consent à date fixe à donner son sperme. Elle souffre du retrait de cet homme, elle rêve de garder pour elle une image de lui. L'impensable devient pensable, l'impossible devient possible, on transgresse la loi de l'absence et du non-désir. Elle se lance dans une série de FIV. Démarche douloureuse, contraignante, des larmes inexpliquées. Elle commence un travail analytique. Les échecs se succèdent, elle est obsédée par l'idée qu'elle ne veut pas fermer par elle-même une possibilité. Tant que le médecin dit que c'est encore possible, elle continue. « Si seulement il disait que c'est impossible [voilà l'interdit qui revient], je serais soulagée », dit-elle. Un jour c'est elle qui déclare forfait, elle renonce, parce que quelque chose du sens premier de sa demande se sera déplacé grâce au travail analytique. Elle fait le deuil de cet homme, puis devient amoureuse d'un autre.

Elle ne comprend pas aujourd'hui encore comment elle a pu être hantée par la volonté obsédante d'un enfant image de l'absent. Comment a-t-elle fait pour se soumettre à ces gestes contraignants ? « J'étais possédée », dit-elle. « Heureusement c'est fini. Jamais plus, c'est incompréhensible, ce qui m'est arrivé. »

Le médecin ignore de quoi il est complice quand il répond ainsi à une demande d'enfant. D'ailleurs on ne lui dit pas tout. Car le traitement symptomatique a la vue courte, il ignore les causes. De telle sorte que répondre à la demande en la prenant pour argent comptant peut déposséder quelqu'un du sens de ce qui s'exprime en lui, le rendre encore plus ignorant, et l'égarer. Evidemment il est difficile de refuser à quelqu'un ce qu'on lui a déjà promis. Pourtant, un tel refus pourrait parfois avoir les meilleurs effets, sans pour autant déconsidérer la pratique thérapeutique.

Une femme qui ratait ses grossesses depuis son mariage, à qui on fait une stimulation ovarienne en vue d'une FIV, souffrant des effets secondaires du traitement, dit au médecin : « Docteur, je suis sûre que si ça ne marche pas depuis mon mariage, c'est parce que j'ai provoqué un avortement avant. Je suis sous le regard de mon père, c'est le péché que je paye, j'en suis sûre. Vous ne me croyez pas, docteur ? »

Voilà qu'elle livre à la hâte le sens subjectif de son symptôme d'infertilité inexpliquée. Sans avoir à déchiffrer ce message subjectif, le médecin, à cette occasion, peut tenir compte de ce qu'elle dit comme d'un indice. Peut-être pour interrompre les stimulations ovariennes ? Les échecs de grossesse répondent à une autre logique.

Avançons que toutes les manifestations d'infertilité ont une face psychosomatique, qu'un symptôme d'infertilité est un signe du sujet, il sert à quelque chose. Il serait de bon sens de le ménager.

Une jeune fille qui n'a jamais eu de règles souffre d'une ménopause précoce. Elle espère un jour avoir un enfant, elle pense que ça peut se débloquer tout seul. Le médecin lui dit que c'est impossible. « Alors, que faire ? » dit-elle, effondrée. « Don d'ovocyte », lui propose-t-on. « Non », répond-elle en larmes. « Pourquoi ? » dit le médecin gentiment. « C'est éthique, je suis contre cette traque [le mot fait choc] des enfants, il y a une limite », dit-elle. Le médecin aborde doucement la possibilité de l'adoption. « Mais, dit-elle, je suis sûre que la DDASS me le refusera, car ils verront tout de suite que j'ai un refus de maternité refoulée. » Puis elle ajoute : « Vous y croyez, à la psychosomatique ? Moi je crois que j'ai refoulé un refus de maternité, je voulais avoir beaucoup d'enfants... » Elle continue en parlant de sa mère, de ses sœurs, etc. Le médecin lui propose alors de s'inscrire à la fois pour un don d'ovocyte et pour l'adoption, ce qui lui laissera le temps de réfléchir sans perdre de temps.

Ces quelques cas rapides suffisent à montrer que la proposition de fécondation *in vitro* est souvent forcée. A une demande complexe, on répond par l'offre d'enfant à tout prix, comme si c'était un impératif catégorique urgent. Mais pourquoi ? Alors que la FIV est une méthode coûteuse, dangereuse, dont les performances sont mauvaises, et qui de plus débouche sur des choix éthiques torturants[3]. La proposer comme solution miracle est une des raisons de cette sensation d'être dépossédée qu'ont éprouvée plus d'une femme, sentiment d'être sous influence, d'être « absentée ». C'est en fait de la dépossession du sentiment de soi qu'il s'agit, de la dépossession du désir.

On comprend que les médecins jouissent du pouvoir de faire des enfants miracles, c'est visible à la télévision. On est happé par l'envie de s'offrir comme objet à leur joie médiatique. Mais attention, une médecine triomphante et spectaculaire qui offre son assistance pour transgresser les lois du désir et du sexe risque dans de nombreux cas de se révéler être une cruelle pratique de l'abandon subjectif. En effet, la nécessité inconsciente à laquelle répondait l'infertilité fera retour ailleurs sous une autre forme. Il serait éclairant de faire une étude clinique des effets après coup des procréations artificielles dans l'économie familiale (sous la forme des séparations, dépressions, accidents, maladies).

COMMENT FAIRE ?

Pour faire face à cette dérive, il s'impose de remettre à leur juste place les techniques de procréation artificielle. Cela exigerait une définition stricte du symptôme médical de la stérilité somatique, une recherche des causes de la stérilité et une définition rigoureuse des cas qui relèvent de ces techniques, c'est-à-dire de leurs évaluations significatives.

Les gynécologues se trouvent requis, même appelés à répondre au symptôme d'infertilité généralisée, ils sont ceux de qui on attend le remède à ce malaise. Nous l'avons vu, il y a comme un pacte mental avec les gynécologues pour avoir l'enfant dont on s'est privé grâce à eux par la contraception et l'avortement. Du coup, les médecins ont tendance à élargir la notion de stérilité somatique à toute plainte de manque d'enfant, ils étendent le pouvoir de leur technique au-delà des règles significatives pour ne pas décevoir l'attente des patients. Du fait de cette confusion entre stérilité somatique et infertilité psychosomatique, la technique médicale apparaît toute-puissante, elle a les effets hypnotisants que nous avons décrits. Devant ces demandes obsédantes d'enfant qui leur sont adressées, les médecins ne peuvent se substituer aux psychanalystes ; il conviendrait plutôt qu'ils adoptent une attitude de modestie et de bon sens, qu'ils soutiennent la logique médicale en reconnaissant son efficacité et ses limites. Cette attitude suppose de refuser de répondre à des demandes qui ne relèvent pas strictement des procréations artificielles. Une telle attitude « modeste et rigoureuse » pourrait paradoxalement surprendre par de meilleurs effets sur la fertilité.

LE DROIT À L'ENFANT, CHAÎNON SYMBOLIQUE MINIMAL

Tout tend à montrer qu'une telle recommandation de rigueur et de modestie est un vœu pieux tant ces pratiques concourent à satisfaire à la convergence des forces d'aveuglement à l'œuvre dans notre époque.

Car ce qui se passe sur la scène de la procréation artificielle est un révélateur de ce qui se passe sur la scène de l'époque. La médecine, là, est un maillon actif d'une machine engagée dans une logique où l'on ne sait pas identifier clairement les partenaires. Elle avance sans capitaine. La médecine contemporaine constitue une force qui convient aux enjeux de l'époque ; elle consiste à accélérer un mouvement qu'elle ne contrôle pas.

Avec l'entrée en jeu des techniques médicales procréatrices dans le cercle intime de la rencontre des sexes s'opère une inversion des positions entre symbole et substance. En effet, avant, l'enfant était le résultat somatique (psychosomatique) d'une rencontre sexuelle, fécondante, parce qu'elle avait une haute charge de sens symbolique. Pas à pas, on a défait l'articulation symbolique de la rencontre sexuelle fécondante, le désir d'enfant s'est trouvé écrasé en son nom même.

Pour le discours médical, l'enfant est le résultat de la rencontre de gamètes, la grossesse la mise en fonction de substances hormonales et la parenté une décision d'adoption d'un objet fabriqué de substances. Pour la procréation, le désir sexuel est aujourd'hui officiellement mis au rancart. Selon le savoir médical, il faut d'abord une manipulation de substance, et lorsque avec l'aide technique l'objet sera fabriqué, il recevra la marque du symbole, telle la marque d'appartenance : son inscription d'état civil. Mais quelle marque sera la bonne ? Celle du porteur de gamète, mais lequel (le mâle ou la femelle) ? La marque de la femme gestante ? La marque de l'adoptant, mais lequel ? Le *pater semper incertus*, suspens décisif nécessaire à l'articulation du désir sexuel à la parole donnée des amants, se trouve aujourd'hui réduit à l'effacement.

Devant cette décomposition, devant cette dénodalité du sexe à la parenté, il y a de l'égarement. Pour faire face à ce casse-tête angoissant, on élabore alors des contrats juridiques par avance, ce qui démontre qu'on ne peut impunément effacer à la source les symboles du désir ; effacement que vise pourtant la fécondation artificielle. Les contrats juridiques tentent d'endiguer l'égarement en cascade[4], mais ils ne peuvent en aucun cas restaurer les symboles du désir éradiqués par la soumission à la manœuvre technique toute-puissante. Incapable de porter une interdiction mettant un coup d'arrêt à ces pratiques désubjectivantes, on tentera par le droit de renforcer les identités.

L'expérience psychanalytique montre que la procréation est psychosomatique, c'est-à-dire un effet somatique des symboles du désir. Alors que pour le discours médical, la procréation est une manipulation de substances anonymes, tout en obturant que ce discours est parlé et porté par des individus sexués. Il y a une certaine efficacité des procréations artificielles, des enfants naissent ainsi. Il ne faut cependant pas croire que seule la loi des substances ait fonctionné, il y a aussi une part de la subjectivité qui agit. Dès qu'on se parle entre praticiens et patients, il y a du jeu, des équivoques, et peut se déclencher du désir malgré tout. Ce qui n'est pas repérable comme tel par les statistiques.

En effet, médecins, expérimentateurs, infirmières parlent, ils ne font pas que des manipulations, ils mettent en acte des symboles ; ils commentent leurs gestes, donnent des médicaments qui ont des noms, pratiquent des analyses qui ont des noms, formulent des propos personnels. Les praticiens désirent et jouissent de leur pratique médicale procréatrice.

Les patients conjuguent leur désir avec ceux des praticiens, c'est pourquoi ils acceptent le forçage de la technique même si théoriquement le savoir médical le nie. Certains, et surtout certaines, sont plus aptes à se soumettre à ce forçage technique, d'autres ne le tolèrent pas.

Avançons que c'est la portée désirante de l'acte médical qui a de l'efficacité. C'est pourquoi quelques enfants naissent ainsi même si on en méconnaît le ressort. Ce qui prime en l'occurrence n'est plus le désir sexuel d'un homme pour une femme, mais le désir de réussir propre au praticien et la distance qu'il manifeste à sa technique. Cela peut précisément avoir un pouvoir fécondant. Mais il s'agit alors d'une tout autre dynamique ; en effet, dans la procréation artificielle, une femme interchangeable se prête à la jouissance de l'autre (le praticien) pour avoir l'enfant, alors que, dans l'amour, une femme particulière cause le désir d'un homme, condition d'une jouissance pour rien. Voilà la différence, elle est de taille. Car ce ne sont pas les mêmes jouissances[5].

Ce court-circuit du désir sexuel est surdéterminé par l'époque. Pour aller vite, si l'époque est marquée, comme l'a annoncé Nietzsche, par la mort de Dieu, c'est la mort d'un Dieu-Père supposé désirant, d'un désir qui garantissait les autres désirs en chaîne, dans la génération et dans le lien social. Aujourd'hui, dans les sociétés industrielles, chacun pour soi est chargé des liens dans la génération, il doit les tisser par lui-même car la garantie en chaîne disparaît. Face au risque de se voir pur objet d'une malédiction d'époque, on revendique le maillon minimal de la parenté, à chacun son enfant, quel que soit son sexe, hors sexe.

Pour conclure, disons que le droit à l'enfant pour chacun est la forme contemporaine de parer à l'escamotage du désir sexuel : c'est un appel à un accrochage minimal au symbolique. Avec le droit à l'enfant, un parent inscrivant son enfant arrime du même coup sa propre identité éprouvée par lui comme menacée. L'existence de « son » enfant lui donnerait la garantie minimale de prendre une place dans la génération.

Mais où est passé le sexe, le désir sexuel est-il alors exclu de la filiation ? Il faudra bien pourtant que, face aux questions de désir, donc de sexe, les individus, patients et autres, puissent être renvoyés à eux-mêmes, à une réflexion sur leurs actes. Qu'ils inventent.

D'UNE BANALISATION SANS ÉVALUATION ET DE CE QUI PEUT S'ENSUIVRE

Françoise Laborie
Chargée de recherche à l'IRESCO
(CNRS-Paris)

CÔTÉ JARDIN : DU MIRACLE DIVIN À LA SIMPLIFICATION QUOTIDIENNE

On assiste depuis quelque temps à une évolution des propos concernant les nouvelles technologies de la reproduction humaine (NTR en abrégé). Les discours dominants furent dès le début très massivement triomphalistes. Que pouvait-on lire en effet ? Sans trop schématiser, des discours essentiellement structurés ainsi : « Face à la détresse ou au drame des couples stériles, la fécondation *in vitro* apporte des victoires quasi miraculeuses contre la stérilité ; des résultats toujours améliorés permettent de faire mieux que la nature chez les couples fertiles. »

Des articles titraient sur des prouesses techniques et des grandes premières, appuyant leur propos avec des photos de bébés joufflus portés dans les bras de parents souriants. Il arrivait à certains des praticiens vedettes de la FIVETE, très généralement dénommés

« pères scientifiques » des bébés, de se prendre parfois pour le Créateur...

On ne manquait pas d'ajouter une touche d'ombre au tableau, selon laquelle les praticiens avaient à faire face à des demandes dites non thérapeutiques mais de convenance (sans que ces catégories aient été interrogées), qualifiées d'aberrantes ou d'exorbitantes, risquant d'entraîner vers des dérives incontrôlables.

Tout cela n'a certes pas disparu. Mais il me semble que depuis trois ans environ s'y ajoute un nouveau type de discours courant qui est plutôt celui de la banalisation. J'en donne ici une sorte de résumé : « Les techniques se sont améliorées, allégées. De plus en plus souvent pratiquées en ambulatoire, c'est-à-dire sans hospitalisation, elles sont maintenant bien maîtrisées et d'une grande facilité. L'invention de nouvelles techniques élargit la palette des choix possibles en permettant de s'adapter aux différentes indications. Le procédé nommé GIFT, par exemple, ou l'une des nombreuses autres techniques récemment inventées évitent la production d'embryons au laboratoire : cela permet donc d'alléger le processus puisqu'on peut se passer d'un biologiste et d'un laboratoire. Les NTR peuvent donc désormais être proposées et pratiquées par n'importe quel gynécologue obstétricien. Du fait de toutes ces évolutions, ces technologies de procréation médicalement assistée seraient aussi de moins en moins coûteuses. En résumé, les diversifications, simplifications, améliorations des taux de succès, abaissements des coûts, rendraient ces technologies aptes à être indiquées à un nombre de plus en plus grand de couples, pour un nombre de plus en plus grand d'indications. »

CÔTÉ COUR : UTILITÉ ET COMMODITÉ DE L'INSTRUMENT

La FIVETE est très souvent présentée — non pas au public, mais dans les publications, ouvrages scientifiques et médicaux — comme un moyen « simple » d'étudier et de comprendre la complexité des mécanismes du développement folliculaire, de la pénétrabilité des spermatozoïdes dans l'ovocyte, de la fécondation elle-même ou de l'implantation des embryons dans l'utérus. Ainsi, dans un ouvrage de médecine de la série « Progrès en gynécologie », le premier volume intitulé *Induction et stimulation de l'ovulation* comporte-t-il un chapitre « Apport de la fécondation *in vitro* à la compréhension des mécanismes de l'ovulation spontanée et stimulée ». J'en cite ici un extrait :

« La fécondation *in vitro* est un instrument remarquable d'évaluation des nouveaux traitements de stimulation de l'ovulation grâce aux paramètres qu'elle permet de contrôler, au nombre de patientes qu'il est possible de traiter et à la possibilité de réaliser des séries contrôlées comparant la nouvelle thérapeutique avec les protocoles de stimulation dits "de routine". Il n'apparaît plus désormais possible d'envisager la commercialisation de nouveaux médicaments stimulant l'axe hypothalamo-hypophyso-gonadique sans qu'ils aient été testés dans le cadre de la fécondation *in vitro*[1]. »

Ainsi, lorsqu'ils s'adressent aux patientes ou aux médias, les discours des praticiens des NTR ont donc évolué avec le temps pour arriver à la formulation : Il y a simplification des techniques. Mais, s'adressant à des collègues ou étudiants en médecine, les praticiens tiennent un autre type de discours : l'accent est mis sur la simplicité des NTR en tant qu'instruments permettant d'effectuer des recherches ou de tester des produits pharmaceutiques.

Ma thèse est la suivante : la banalisation des NTR, habillée du discours de la « simplification pour les patientes », alimente les visées cognitives et utilitaristes (en termes de commercialisation) des praticiens, d'autant plus réalisables qu'il y a pour eux « simplicité instrumentale » des procédures. Je me propose ici d'interroger les concepts de simplification et de simplicité instrumentale en examinant ce qu'ils désignent ou recouvrent en réalité. Autrement dit, d'effectuer une partie du travail d'évaluation de ces technologies.

CROISSEZ ET MULTIPLIEZ... LES TENTATIVES

Il y a en France une très réelle expansion et tentative de banalisation des NTR au sens où elles sont effectuées sur un nombre de plus en plus grand de femmes non nécessairement stériles. De ce point de vue, on pourrait convenir que la réalité et les discours sont en phase. Mais il faut ajouter que ces derniers ne sont pas seulement « reflet » de la réalité, mais inscrits dans une stratégie qui, entre autres choses, vise à maintenir, soutenir la croissance régulière des demandes. Si, pour bon nombre de pays, dont la France, le nombre exact des centres pratiquant la FIVETE et les techniques qui lui sont associées n'est pas connu[2], on peut à partir de diverses sources l'évaluer approximativement et le rapporter au nombre d'habitants. Variable selon les pays, le nombre de centres par million d'habitants serait le suivant :

République fédérale d'Allemagne	40 centres	62 millions d'hab.	= 0,6
Grande-Bretagne	34	57	= 0,6
USA	170 à 200	241	= 0,7 à 0,8
Australie et N[lle]-Zélande	25	19	= 1,3
Israël	18	4	= 4,5
France	200 ? 300 ? 400 ?	55	= 3,7 à 7,2

Mais encore plus éloquente est la comparaison du nombre des tentatives de stimulations hormonales (première étape de la FIVETE) par million d'habitants[3] :

USA	14 619 stimulations	241 millions d'hab.	= 60
G-B	10 489	57	= 184
France	24 900	55	= 452
Australie	9 191	19	= 483

La France, qui effectue 7 à 8 fois plus de FIVETE par habitant que les USA, est donc l'un des pays qui a le plus largement investi dans le développement de ces technologies. Mais il faut ajouter que cette banalisation réelle et affichée sur fond d'augmentation à allure rapide du nombre des tentatives cache le fait qu'il n'y a, en vérité, aucune évaluation médicale et sociale, de la part ni des praticiens, ni des pouvoirs publics, ni des journalistes. Aucune évaluation, donc, un tant soit peu rigoureuse et objective des pratiques, des résultats auxquels elles aboutissent, des risques qu'elles entraînent pour la santé des femmes et des bébés, des coûts médicaux et sociaux qui y sont impliqués ; aucune comparaison de ces données et notamment des « taux de succès » (c'est-à-dire du nombre de bébés nés et en bonne santé par tentative) avec ceux qu'on peut obtenir en l'absence de tout traitement et/ou grâce à d'autres procédés déjà connus. Rien de ce genre ne paraît ni dans les articles scientifiques ni dans les rapports officiels. Quant au public, il est pourtant « sondé » sur ses opinions en la matière...

Sauf quelques rares exceptions, les recherches effectuées par des individus ou des institutions indépendantes des praticiens, à partir d'enquêtes ou d'analyses précises des données disponibles, sont généralement non reprises dans les médias grand public en France. Les pressions semblent donc être très fortes pour censurer ou ridiculiser, surtout si elle est sérieusement documentée et chiffrée, toute tentative d'établir une évaluation sérieuse et objective de ces technologies[4], l'objectivité supposant qu'elle ne soit pas effectuée par ceux qui, étant à la fois juges et parties, ont intérêt à vanter ce qu'on chercherait à évaluer. Mais en France, l'idée même d'effectuer une évaluation des pratiques médicales suscite de fortes résistances s'alimentant à la fois des intérêts corporatistes des praticiens, de l'idéologie scientiste selon laquelle toute innovation scientifique et technique est *a priori* considérée comme un progrès, se référant enfin au fait que la demande des usager(e)s serait pressante.

DE QUELS SIMPLIFICATIONS ET PROGRÈS S'AGIT-IL ?

Commençons par des faits massifs, on terminera sur quelques anecdotes qui, si elles n'engageaient pas l'espoir des couples et la santé des femmes, pourraient sembler drôles tellement elles sont... « hénaurmes ». La place manque pour être exhaustive. Je ne ferai ici qu'un résumé rapide de l'évolution historique et technique de l'étape de stimulation des ovaires.

Si, au début, la FIVETE a été réalisée par Edwards, en cycles naturels, les Australiens ont suggéré d'effectuer des stimulations hormonales des ovaires afin que ceux-ci produisent de nombreux ovocytes qui permettent alors d'obtenir et de transférer plusieurs embryons à la fois. (Il s'ensuivit pour les femmes des risques, notamment d'hyperstimulation, dont je parlerai plus loin.) Les produits, les doses, les mélanges utilisés pour la stimulation ont été des plus divers, les résultats des plus contradictoires d'une équipe à l'autre, d'une période à l'autre, les critiques à tel ou tel protocole n'étant lisibles que sous la plume de ceux qui viennent de l'abandonner, les autres persistant dans leur enthousiasme sans qu'aucune comparaison sérieuse ne soit effectuée qui permettrait de fonder une opinion.

Accompagnant la stimulation des ovocytes, on chercha à éviter que la ponction de ceux-ci advînt la nuit. Pour cela, on injecta, trente-six heures avant l'heure prévue pour la ponction, une hormone déclenchant l'ovulation. Il arrivait cependant que 15 à 20 % des femmes soient renvoyées chez elles sans que la ponction ait pu être effectuée car elles avaient ovulé antérieurement. Restait donc la difficulté de pouvoir ponctionner les ovocytes avant que ne se produise l'ovulation. On essaya de réguler l'anarchie des périodes d'ovulation des diverses femmes en les programmant. Pour cela, les femmes reçurent avant stimulation hormonale des contraceptifs afin de synchroniser leurs cycles et de les adapter au rythme du travail hospitalier, de telle sorte que les ponctions soient effectuées du lundi au vendredi. Mais chez bon nombre de femmes ayant été ainsi programmées et stimulées, on ne pouvait encore pas toujours arriver à temps pour recueillir les ovocytes. Car, selon les médecins, il y avait chez elles réponse trop hâtive à la stimulation et production prématurée d'une hormone (LH). D'autres étaient qualifiées de « mauvaises répondeuses ».

Autre innovation : on chercha alors (en France en 1986) à empêcher la production endogène (régulée par l'hypothalamus et l'hypophyse) de l'hormone LH, jugée plus sauvage, moins prévisible que l'administration de cette hormone par médicament. Il s'agit, disait J. Cohen en 1986, « de réimposer un rythme normal sur un rythme désordonné[5] ». On utilisa alors « les agonistes de la LH-RH » afin de provoquer ce que les praticiens appellent « castration chimique », « hypophysectomie médicamenteuse » ou « désensibilisation hypophysaire », cet effet étant supposé réversible et n'exister que pendant le temps du traitement. Les femmes ainsi traitées se retrouvent donc dans un état voisin de la ménopause (elles en présentent d'ailleurs les symptômes, y compris, si les traitements durent assez longtemps, un début d'ostéoporose[6]). Cet effet ayant été obtenu — ce que les praticiens décrivent comme mise au repos des ovaires —, on procède alors à la stimulation de ceux-ci. Ce qui suppose d'utiliser des doses encore plus importantes d'hormones stimulantes.

Dans cette évolution au cours du temps des protocoles de stimulation ovarienne, il y a donc normalisation et accroissement du contrôle sur les cycles des femmes qu'on bloque et stimule tour à tour au prix de traitements expérimentaux — qui ne disent pas leur nom — et qui sont de plus en plus lourds et risqués. Cela afin de les rendre instrumentalisées, standardisées, reproductibles expérimentalement à défaut de les rendre... reproductrices comme l'annonce et le suppose le projet.

Déjà en novembre 1986, un journaliste de la revue médicale *Gyn Obs*[5], parlant des agonistes, s'interrogeait : « Quels sont les résultats obtenus sur le “terrain vierge” ainsi constitué ? Il semble qu'on obtienne plus de follicules et plus d'ovocytes. Mais obtient-on plus de grossesses ?... C'est le sentiment de Zorn, qui ne possède pourtant pas de base de comparaison. »

Mais dès le début de leur usage, les discours furent aussitôt — comme il est habituel dans ce milieu — triomphalistes : grâce aux agonistes, on effectuait plus de ponctions, recueillait plus d'ovocytes, obtenait plus d'embryons, le taux de grossesses était multiplié par 2... Un colloque sur les agonistes sponsorisé par les laboratoires Hoechst — fabricants d'un produit de ce type — rassembla en novembre 1987 à Jérusalem de nombreux Français, Belges et Israéliens qui, sauf exception, ne tarirent généralement pas d'éloges sur les progrès apportés par ces substances. Je donne ici des extraits du compte rendu de ce colloque paru en décembre 1987 dans *La Lettre du gynécologue* sous le titre : « Jérusalem : les agonistes du LH-RH en "odeur de sainteté"[7] » : « Une seule certitude : ça marche bien. [...] Les résultats sont très flatteurs : doublement des taux de grossesses par transfert (par rapport aux stimulations classiques) pour l'équipe de Montpellier et, en tout cas, nette augmentation des taux de grossesses par cycle pour la majorité des équipes. [...] Seules trois études randomisées. [...] Ces trois études sont historiques puisque *l'enthousiasme suscité par les agonistes n'aura pas permis de dégager avec précision les meilleures indications de chaque protocole avant sa très large utilisation*. [...] Il ne nous paraît plus possible de proposer autre chose que ces nouveaux protocoles de stimulation ovarienne quitte à "reculer" pour les rares cas où le citrate de clomifène et les HMG [*ce sont les produits qui étaient utilisés antérieurement pour la stimulation*] resteraient encore le seul recours. » (C'est moi qui souligne.)

Il s'ensuivit l'adoption immédiate et de plus en plus généralisée de ce protocole. Si en France, en 1986, le protocole avec agonistes n'était utilisé que dans moins de 10 % des tentatives, l'année suivante on en était à 60 %, puis à 88 % en 1988 et en 1989.

Mais, déjà en 1988, alors que près des 9/10 des tentatives étaient en France effectuées de la sorte, on commença, dans les colloques et publications français, à revenir sur le triomphalisme des propos. On déclara que l'amélioration des succès n'était réellement sensible que dans les cas de stérilités tubaires...

Le maniement de ces protocoles était plus difficile, demandait une certaine expérience pour éviter d'entraîner des dépenses inutiles, il y avait davantage d'accidents d'hyperstimulation... J. Testart, de son côté, déclara que, si les embryons issus de ces traitements étaient plus nombreux, ils étaient aussi moins aptes que les précédents à survivre aux processus de congélation-décongélation, et qu'on diminuait donc les chances d'obtenir des grossesses par transfert de ces embryons décongelés.

On avait vendu la peau de l'ours avant de l'avoir tué, car l'examen des résultats publiés par FIVNAT montre clairement aujourd'hui que, contrairement à ce qu'on avait claironné (et qu'on affirme encore parfois en France), il n'y a pas eu doublement des taux de succès. On est passé de 15,4 % de grossesses débutantes par ponction en 1986 à 15,8 % de grossesses cliniques par ponction en 1987, 16,6 % en 1988 et 17,7 % en 1989. Les journaux professionnels eux-mêmes en conviennent : « Si les analogues ont pour avantage une amélioration de la commodité de la FIV, tant pour la patiente que pour l'équipe médicale, une diminution du taux d'abandon avant ponction ovocytaire, reste à prouver que leur utilisation entraîne bien une augmentation du taux de grossesse, ce qui n'est pas certain. En effet, ce dernier n'a pas évolué depuis trois ans, alors que l'utilisation des agonistes a été multipliée par 2 ou 3[8]. »

Et pourtant... le monde entier se mit à utiliser ces protocoles avec agonistes — qui sont à la fois extrêmement coûteux au plan financier et risqués au plan de la santé des femmes —, en justifiant cela par les mêmes arguments que les Français... deux ou trois ans auparavant.

Mais il faut signaler que depuis deux ans environ de très rares équipes (à ma connaissance l'équipe de Port-Royal à Paris et une équipe anglaise) reviennent — en cas de stérilité tubaire qui était l'indication d'origine de la FIVETE, soit dans 1 cas sur 5 environ à Port-Royal — au cycle spontané, c'est-à-dire à la FIVETE sans stimulation hormonale.

Contrairement au dogme actuel selon lequel plus on transfère d'embryons, plus sont importantes les chances d'avoir une grossesse, les taux de succès de la FIVETE en cycle spontané et donc avec un seul embryon (dans le cas de 90 tentatives) seraient très comparables, voire supérieurs aux autres (17 % de grossesses évolutives par cycle).

Pourquoi donc, si cela est vrai, croyez-vous que l'on continue à faire autrement dans la plupart des cas, c'est-à-dire à utiliser des doses de stimulants de plus en plus importantes ? C'est que, contrairement à ce qui se dit généralement, les intérêts qui sous-tendent le développement des NTR ne se limitent certainement pas à l'objectif de fournir des bébés aux couples stériles, hypofertiles ou inféconds. Il y a aussi des enjeux financiers considérables (notamment pour les industries pharmaceutiques), d'une part, et la volonté d'effectuer des recherches sur les embryons, d'autre part — ce que ne permet certes pas le protocole de FIVETE en cycle naturel...

DES SIMPLIFICATIONS POUR QUI ?

Autre exemple du discours actuel sur l'incessante simplification des techniques : le GIFT est présenté comme une technique plus simple que la FIVETE au sens où il permet de se passer de l'étape biologique de la fécondation au laboratoire. Il s'agit donc ici encore d'une « simplification » pour les praticiens, qui peuvent faire l'économie du recrutement et de la formation d'un biologiste et de l'installation d'un laboratoire. Mais qu'en est-il pour les patientes auxquelles cette technique est proposée ?

Il faut d'abord rappeler que le GIFT consiste à transférer plusieurs ovocytes et des spermatozoïdes dans les trompes d'une femme. Ce procédé est décrit comme plus « naturel » que la fécondation *in vitro* « car il consiste à favoriser la rencontre des gamètes sur le site normal de la fécondation ». Autrement dit la fécondation se fait ici, comme après rapports sexuels, dans les trompes et non pas au laboratoire. C'est une fécondation *in vivo* et non pas *in vitro*, raison invoquée par les tenants de cette technique pour expliquer qu'elle donne de meilleurs résultats et qui la fait préférer par les catholiques dans la mesure où on ne manipule pas d'embryon.

Mais, par définition même, la femme sur laquelle on la pratique doit avoir ses trompes en bon état. Son incapacité à procréer ne peut donc pas relever d'une stérilité tubaire[9]. Et de fait, cette technique est le plus souvent proposée dans les cas où tous les examens possibles montrent qu'il n'y a rien d'anormal et où l'absence d'enfantement est étiquetée comme relevant d'une « stérilité idiopathique », c'est-à-dire inexpliquée du point de vue médical. En d'autres termes, cette femme n'est probablement pas stérile[10].

La réalisation du GIFT suppose donc d'accéder aux trompes de la patiente. Pour cela, on procède à une opération sous anesthésie générale, la laparoscopie, au cours de laquelle on lui prélève d'abord plusieurs ovocytes (elle a donc préalablement subi une stimulation hormonale comme dans le cas de la FIVETE) qu'on place (parfois il y en a 5, 10 et même 20), au cours de la même opération, dans ses trompes avec des spermatozoïdes. Est-ce vraiment si simple que cela ? Pour « alléger » ce processus passablement lourd, certains, en France notamment, ont essayé d'éviter la laparoscopie. Ils ont inventé un « nouveau » cathéter dans lequel ils ont placé spermatozoïdes et ovocytes précédemment ponctionnés et l'ont testé sur des femmes en passant par « la voie basse », c'est-à-dire en faisant remonter le cathéter rempli des gamètes à travers le vagin, l'utérus, passant par le minuscule orifice de la base des trompes, remontant celles-ci jusqu'à y déposer les gamètes. Restons calmes...

Ce dérivé du cadeau qu'était le GIFT s'appelle d'un nom très doux, le SOFT (Sperm Oocyte Fallopian Transfer)... Outre le fait que selon cette dernière procédure les résultats sont moins bons, peut-on réellement prétendre qu'il s'agisse d'une technique simple pour des femmes qui, encore une fois, ne sont vraisemblablement pas stériles ?

GROSSESSES MULTIPLES ET PRÉMATURITÉ DES BÉBÉS

Car il faut encore ajouter que dans les cas où des grossesses adviennent après GIFT, ce sont très souvent — comme ou peut-être encore plus que dans les cas de FIVETE — des grossesses multiples, lourdement multiples. (Après GIFT, 1/3 des grossesses sont multiples, et parmi celles-ci 1/3 seraient des grossesses triples ou plus.) Avec tout le cortège de ce qui s'ensuit, à savoir : risques de complications chez la mère, réductions embryonnaires au cours desquelles on aspire (il y a d'autres procédés) quelques-uns des embryons, nombre important d'accouchements de bébés prématurés, de (très) petit poids, qui vont en réanimation (30 % des bébés) ou parfois meurent (7 % des triplés). Il arrive que la réduction embryonnaire, dont l'impact psychologique n'est certainement pas anodin pour des couples qui cherchent à avoir un enfant, se conclue mal. Dans certains cas, cela entraîne un avortement de tous les embryons. Dans d'autres, on n'arrive pas à réduire suffisamment leur nombre pour n'en garder que 1 ou 2 et il y aura poursuite d'une grossesse avec triplés ou même davantage. Or même les grossesses géméllaires sont des grossesses à risque pour la femme, et les enfants qui naissent sont souvent prématurés et de très petit poids. Et d'après FIVNAT, il y a après FIVETE un risque important de prématurité, même dans le cas d'une grossesse simple.

Toujours d'après cette source, « *le taux de grossesses multiples est particulièrement élevé après FIV* » (c'est moi qui souligne). 20 % de l'ensemble des accouchements correspondent à des grossesses gémellaires (alors que ce cas ne représente que 1 % des accouchements en général) et 4 % à des triplés (au lieu de 1 pour 1000 en général). Or le nombre des transferts de 4 embryons et davantage ne cesse de croître : 1986 : 10 %, 1987 : 25 %, 1988 : 39 %.

Autrement dit, malgré l'ordinaire des propos selon lesquels on ne transfère pas plus de 3 embryons, ces chiffres indiquent la tendance et montrent que plus de la moitié des transferts en 1988 comportaient 4 embryons ou plus. Pourquoi ? Les praticiens s'accordent à dire que le taux de grossesse après FIVETE augmente avec le nombre des embryons transférés. Seul problème (mal connu du public), l'augmentation du nombre des grossesses est lié très souvent à celui des grossesses multiples et du nombre des bébés de très petit poids.

LES FEMMES COMME OBJETS D'EXPÉRIMENTATION

J'ai déjà signalé que, selon les propos de certains praticiens eux-mêmes, la FIVETE et les techniques qui en sont dérivées constituent, de leur point de vue, un instrument commode et simple d'une part pour tester différents protocoles et produits pharmaceutiques, et d'autre part pour effectuer des recherches et améliorer leur compréhension des phénomènes. Parler de ces techniques comme « instrument » revient à faire l'impasse sur le fait que les véritables instruments utilisés sont en réalité les corps des femmes sur lesquelles ces essais sont effectués, et à partir desquelles on extrait les matières premières que sont les ovocytes.

La multiplicité des variables sur lesquelles on peut jouer est telle qu'il y en a pour tout le monde... D'autant plus que très généralement il n'y a aucune synthèse ni cumulativité des résultats. Les mêmes types d'expérimentation sont sans arrêt répétés, malgré ce qu'on croyait avoir été la preuve de leur inutilité en termes d'effets positifs pour une amélioration des procédures ou des résultats. Il suffit d'assister à plusieurs colloques nationaux et internationaux ou de lire régulièrement les publications scientifiques pour s'en apercevoir.

Faire de la recherche en ce domaine suppose de pratiquer assez de tentatives pour pouvoir effectuer de nombreuses (et souvent répétitives) expérimentations sur les corps des femmes, désormais rendus les plus normalisés possible : expérimentations de « nouveaux » protocoles de stimulation ; « nouveaux » appareils : endoscopes, cathéters ; « nouvelles » voies de prélèvement ou de replacement de gamètes et/ ou d'embryons ; « nouvelles » détections des grossesses précoces ; « nouvelles » procédures de dons d'ovocytes ; analyse de la fonction endométriale ; tests de fécondation croisée pour comparer, sur les ovocytes d'une même femme, les fécondances de deux spermes issus de deux hommes différents ; etc.

Cela suppose aussi, bien évidemment, de disposer du matériel : gamètes (ovocytes et spermatozoïdes) et embryons (obtenus par fécondation des gamètes) sur lesquels se font les recherches dites de pointe ou d'avenir. A titre d'exemple : congélation des ovocytes, des zygotes, des embryons ; analyse du patrimoine génétique des ovocytes et des embryons ; contrôle de la maturité des ovocytes, de la qualité des embryons issus de tel ou tel protocole ; cultures d'embryons précoces sur cellules de trompes ; coculture d'embryons humains sur une couche de cellules d'embryons bovins ou de rein de singe ; forages de la zone pellucide des ovocytes ; mises au point de telle ou telle procédure d'injection d'un et d'un seul spermatozoïde dans l'ovocyte (ou de plusieurs avec récupération ultérieure des spermatozoïdes excédentaires) ; sexage des embryons précoces ; diagnostic des aberrations génétiques de l'embryon. J'en oublie, bien évidemment...

Mais chacun des exemples cités fut présenté au dernier congrès mondial sur la FIVETE et les techniques associées qui eut lieu en avril 1989 à Jérusalem. Colloque sur la reproduction humaine qui laissa place, en session plénière, à la présentation des résultats (photos de veaux à l'appui) et des dernières perspectives du clonage des embryons de mammifères. On peut se demander pourquoi ? Je n'ai pas (encore) la réponse.

ON N'ARRÊTE PAS LE PROGRÈS

De plus en plus fort : puisque avec le GIFT on utilise les trompes pour que se forment les embryons, on a inventé les trompes porteuses. L'histoire se passe en Italie, où est importante l'influence du pape, qui est contre la FIVETE et qui, semble-t-il, voit d'un meilleur œil le GIFT. Ceci explique-t-il cela ? Six ovocytes recueillis sur une femme ont été transférés avec des spermatozoïdes, par laparoscopie (opération chirurgicale sous anesthésie générale), dans les trompes de sa sœur. Cinq jours plus tard, on fit à cette dernière un lavage d'utérus qui permit de récupérer 2 ovocytes non fécondés, et 2 embryons au stade morula et blastocyte. Ceux-ci, transférés dans l'utérus de la première, ont conduit... à une grossesse terminée avant terme[11].

Dernier gadget (mais qui permettra sûrement des expérimentations) : dans un article très récent faisant le point sur « les indications de la FIVETE et ses nouvelles variantes », sous l'intertitre « De plus en plus fort », on nous signale la mise au point d'une technique nouvelle de fécondation en tube capillaire. Je cite : « Ce dernier est une paillette en polypropylène contenant de 10 à 30 ovocytes et de 2 000 à 6 000 spermatozoïdes mobiles dans un milieu de culture B2 de Menezo d'environ 200 microlitres. Ces résultats permettent d'envisager dans l'avenir de placer le tube capillaire dans la cavité utérine, où sa résorption spontanée libérera les embryons prêts à s'implanter : il suffira pour cela que le délai de résorption du tube corresponde à celui de la fécondation. *Cette technique simplifiera au maximum l'étape biologique de la fécondation in vitro*[12]. » (C'est moi qui souligne.)

Plusieurs remarques : un tel projet ne témoigne-t-il pas du fait que les grossesses multiples ont encore de l'avenir... et ne sont guère le souci majeur des praticiens des NTR ? Si au nom de la simplification et du retour au naturel on avait déjà inventé la culture d'embryons dans un tube placé dans le vagin (procédé dénommé CIVETE, que, selon les auteurs, les patientes « sentaient mieux » que la fécondation en laboratoire, et qui fut primé au Ve congrès mondial de la FIVETE à Norfolk en 1986), si on avait redécouvert le progrès et le naturel de la fécondation « dans les trompes » (GIFT), de l'insémination dans le péritoine (FIP), voilà qu'on invente une sorte de synthèse de tout ça...

Ne s'agirait-il pas, au nom de l'alliance du progrès, de la science et du naturel, de réduire les femmes à n'être que des ventres incubateurs ? Voilà de vieux projets qui s'habillent aux couleurs de l'idéologie moderne du développement technologique à réaliser dans le souci écologique du respect de la nature... Et on verra plus loin qu'il existe d'autres masques pour ce même projet.

RISQUES POUR LES FEMMES

Sur ce point, le mutisme, non seulement de la presse grand public mais aussi de la grande presse médicale, est total. Il faut, pour trouver des données, chercher dans la presse médicale et scientifique ou suivre les colloques — nationaux et internationaux — des praticiens de ces techniques de procréation. Là, ces risques sont soit évoqués dans les couloirs ou parfois au cours des discussions d'une conférence, soit — rarement mais cela arrive — présentés sur des posters ou même en séance plénière.

Ainsi en 1988, aux IIIe Journées de périconceptologie, J. Belaisch-Allart a-t-elle dit sa crainte de voir se développer dans les vingt ans qui viennent un certain nombre de cancers chez les femmes qui auront eu une ou plusieurs stimulations hormonales aussi importantes que celles qui sont utilisées en FIV, et tout spécialement chez celles qui n'auront pas eu de bébé[13]. Quand on sait que celles-ci sont — de beaucoup — les plus nombreuses, on peut s'étonner du peu d'écho de ces propos. Mais il faut savoir que cette même praticienne avait demandé aux journalistes présents de ne pas mentionner ce risque, de peur de provoquer une panique chez les patientes et le public. Autre exemple de double discours des praticiens : critiques ici, rassurants là.

D'autre part, un ouvrage de médecine intitulé

Induction de l'ovulation et fécondation in vitro met en garde les médecins vis-à-vis de l'incidence importante des traitements de stimulation de l'ovulation sur le développement de tumeurs de l'hypophyse. Et cela pour la raison que l'induction de l'ovulation et la grossesse peuvent faire flamber de telles tumeurs qui n'auraient pas été recherchées et diagnostiquées[14].

Par ailleurs, à plus court terme et dans le droit fil de ce qu'implique l'usage de fortes doses de stimulants ovariens, les hyperstimulations ovariennes sont nombreuses. Et même lorsqu'il y a aspiration des nombreux follicules ovariens qui se sont développés, comme c'est le cas dans les protocoles de la FIVETE. Des cas d'hyperstimulations sévères après ponction des follicules furent déjà signalés en 1984. Et ils ponctuent régulièrement le flot des publications scientifiques étrangères et aussi françaises. Les hyperstimulations sont la monnaie courante des protocoles de la FIVETE. Les patientes parlent souvent de douleurs abdominales, de maux de tête, de grandes fatigues et de sensations de dépression (surtout avec l'usage des agonistes de la LH-RH). Les hyperstimulations, lorsqu'elles sont « sévères », conduisent à une hospitalisation d'urgence. Parfois, l'ampleur du syndrome est telle que les praticiens ont recours à ce qu'ils nomment « une annexectomie bilatérale », c'est-à-dire l'ablation des deux ovaires. Des complications graves (thromboses, troubles hydroélectriques et de la coagulation), éventuellement mortelles, peuvent advenir[15]. Il semble que la fréquence et la gravité de ces hyperstimulations augmentent depuis l'emploi des protocoles avec les agonistes, qui provoquent parfois aussi des réactions anaphylactiques suffisamment importantes pour entraîner, là aussi, une hospitalisation en urgence[16].

D'autre part, malgré l'extrême difficulté à obtenir des informations à ce sujet, une journaliste étrangère fait une enquête auprès de divers praticiens mondiaux sur les femmes mortes pendant les tentatives de FIVETE. Une des choses les plus remarquables, a-t-elle déjà noté, est que chacun des cas lui a été signalé par un praticien différent, qui ne semblait pas être informé des autres cas semblables. Ce qui prouve, s'ils disent vraiment ce qu'ils savent, qu'ils sont très ignorants et, à la différence des féministes, peu soucieux de la fréquence de ce risque. Comment, dans ces conditions, peuvent-ils dire qu'ils ont correctement informé les patientes ? Notamment sur cet aspect hautement caché de la FIV : les femmes risquent d'en mourir.

Je connais pour ma part une femme qui est morte d'une tumeur (probablement cancéreuse) de l'hypophyse dix-huit mois après avoir accouché d'un bébé né après FIVETE. Je l'avais interviewée après sa deuxième tentative infructueuse de FIVETE (ce n'est qu'après la quatrième tentative qu'elle eut son bébé). Elle se plaignait déjà d'effets secondaires très importants : violents maux de tête, troubles très sérieux de la vision, qu'elle avait signalés aux médecins sans que, selon elle, ils y attachent beaucoup d'importance. Elle demandait qu'on lui fasse un examen au scanner de la tête. Je ne sais si elle l'a obtenu, mais les tentatives de FIV ont continué avec les stimulations hormonales dont on vient de voir qu'il est connu qu'elles peuvent faire flamber des tumeurs de l'hypophyse. Lors de son accouchement elle tomba dans le coma. On l'opéra d'une tumeur de l'hypophyse, dont elle me dit craindre que ce ne fût un cancer. Traitée en effet par chimiothérapie, elle mourut dix-huit mois plus tard.

Il faut encore ajouter les risques chirurgicaux inhérents aux cœlioscopies, de plus en plus banalement utilisées en gynécologie et notamment dans le cadre des NTR à la fois comme technique d'exploration pour bilan de stérilité et d'intervention pour ponctionner les ovocytes. Dans un ouvrage récent, *La Responsabilité médicale et les problèmes médico-légaux en gynécologie et reproduction*[15], les auteurs, sous le titre « La cœlioscopie : "un examen complémentaire" à haut risque chirurgical... et médico-légal », consacrent un chapitre entier à la cœlioscopie en le justifiant ainsi : « La laparoscopie pelvienne fait l'objet d'un chapitre particulier compte tenu des risques de complications souvent rencontrés en raison d'une *excessive banalisation* de son emploi et d'une absence de prudence des opérateurs. La mortalité et la morbidité afférentes à ce geste expliquent sans aucun doute sa suppression au profit de l'échographie dans la technique de fécondation *in vitro* lors du prélèvement d'ovocytes sous échographie. » (C'est moi qui souligne.)

Ayant analysé 200 dossiers de plainte en responsabilité médicale en cas de chirurgie gynécologique, les auteurs en ont répertorié 35 relevant d'accidents de cœlioscopie, parmi lesquels il y eut 14 décès et 14 séjours prolongés en unités de soins intensifs accompagnés d'hospitalisations pour plusieurs mois. Ils signalent des complications digestives (péritonites, perforations d'intestin), des embolies gazeuses avec complications pulmonaires, respiratoires, séquelles neurologiques et oculaires. Un des points soulignés dans la conclusion de ce chapitre est le suivant : « Malheureusement, depuis quelques années sous la multiplication des indications nouvelles [*parmi lesquelles ils citent le prélèvement d'ovocytes*], le nombre de cœlioscopies a augmenté de même que la durée moyenne des actes exploratoires qui sont devenus opératoires en laissant redouter une nouvelle poussée d'accidents à incidences médico-légales graves. »

Dans le chapitre consacré aux procréations médicalement assistées, ces mêmes auteurs examinent différents risques liés à la fois aux explorations et aux complications spécifiques des procréations artificielles. Parlant de la cœlioscopie, ils ajoutent encore : « Sur le plan du comportement médical en général, grâce à la cœlioscopie, il est troublant de constater qu'en matière de procréations médicalement assistées, *cette exploration a été exagérément banalisée* alors que les patientes à explorer présentent pour la plupart des cicatrices abdominales et parfois des antécédents d'interventions pelviennes itératives génératrices d'adhérences à la paroi abdominale. Il est donc possible d'affirmer que *ces patientes présentent un haut risque pour ne pas dire un sur-risque d'accidents per-cœlioscopiques* qui semblent en partie "scotomisés" par les intervenants soucieux de répondre au désir aigu de fécondation des candidates à la PMA. » (C'est moi qui souligne.)

Si l'on s'interroge abondamment dans diverses instances, nationales, européennes et internationales, sur ce qu'implique pour le devenir de l'humanité le fait d'expérimenter sur les embryons obtenus par fécondation *in vitro* ; si les scientifiques intéressés par les projets de recherche sur l'embryon humain déploient des stratégies discursives (l'invention du concept de pré-embryon, par exemple, s'inscrit dans une telle stratégie), politiques et juridiques pour obtenir de pouvoir expérimenter sur les embryons les plus âgés possible (embryons de 14, 20 jours ou plus), personne — ni dans les comités d'éthique, ni parmi les juristes, ni parmi les législateurs — ne semble accorder la moindre importance aux risques encourus par ces embryons devenus adultes féminins sur lesquels, en toute légitimité et impunité, on expérimente quotidiennement et à très grande échelle dans les centres qui pratiquent les NTR.

ORCHESTRATION D'INTÉRÊTS ET D'ESPOIRS RELANCÉS

Mais il est vrai que divers intérêts convergent pour maintenir en place, voire amplifier, l'état de fait — c'est-à-dire l'absence d'évaluation médicale et sociale — du développement croissant des technologies de la reproduction humaine.

Intérêts des praticiens, d'abord, dont la complexité ne peut cependant masquer l'importance de la composante carriériste. Se faire un nom, acquérir du prestige, apparaître comme le réparateur miraculeux de la détresse des couples, maintenir et développer une clientèle qui, par ailleurs et à la différence de ce qui se passe aux USA ou en Grande-Bretagne, est tout à fait solvable en France (puisque la Sécurité sociale rembourse à 100 % les frais des traitements de l'infertilité et en particulier ceux — fort importants — de la FIVETE). Tout cet ensemble passe chez de nombreux gynécologues et obstétriciens par l'« obligation » d'offrir l'une ou l'autre des technologies nouvelles.

Ajoutons que la lucrativité de ce qu'il faut appeler le marché de la reproduction concerne, et à des niveaux extrêmement importants, les industries pharmaceutiques. Celles-ci vendent d'autant mieux leurs divers produits qu'elles financent les recherches effectuées à partir de l'usage de ceux-ci, et qu'elles sponsorisent de très nombreux congrès où sont présentés les résultats desdites recherches. Les retombées financières concernent aussi les industries productrices d'appareillages divers et des laboratoires d'analyses biologiques, etc.

Mais les intérêts des praticiens ne sont pas seulement financiers, ils peuvent aussi être passion de savoir, passion de faire. Et le domaine de la reproduction humaine permet certes de relancer la question « d'où viennent les enfants ? » de la vieille curiosité sexuelle infantile... Le traitement de cette question se fait ici par la production de toujours plus de recherches, de savoir et de techniques d'investigation. Autrement dit, il y a possibilité d'élaboration scientifique d'approches qui permettent de mettre en jeu, mettre en acte, de façon sublimée, ses propres pulsions de savoir ce qu'il en est de la reproduction humaine. Encore ! Encore du jamais dit, jamais publié, jamais fait[17] ! Ce désir de savoir trouve à s'exercer dans le développement très expansionniste du nouveau champ de recherches — la périconceptologie — qui, comme son nom l'indique, désigne l'étude de tout ce qui tourne autour de la conception et qui se développe intensivement depuis l'invention de ces technologies. Mais l'importance des intérêts de ce type ne doit pas pour autant faire oublier que participer à tel ou tel des nombreux colloques existants, publier des articles dans l'une ou l'autre des revues spécialisées a aussi des retombées en termes de prestige, reconnaissance internationale, financement des recherches et carrière.

Ajoutons enfin que les femmes et les couples sont nombreux à aller frapper à la porte d'un des nombreux centres proposant l'une ou l'autre de ces techniques. Et s'il est vrai qu'il faudrait analyser le type de parcours ou de filière qui les y conduit, que l'offre (souvent exorbitante et mensongère) des praticiens crée de la demande, si divers témoignages attestent de la sorte d'emprise ou d'engrenage dans lesquels se trouvent prises les femmes, force est de constater que, malgré la lourdeur et les risques des procédures employées, les femmes sont nombreuses à recommencer encore et encore. Plusieurs m'ont dit être prêtes à tenter à nouveau cette « expérience extraordinaire » même si leur chance d'avoir un bébé n'était que de 1 %. Comme si leur narcissisme s'en trouvait (provisoirement) réassuré, comme si cette compulsion à « faire n'importe quoi mais quelque chose » calmait l'angoisse. J'ai souvent pu constater que même après plusieurs tentatives avec échec, elles connaissent encore fort mal la minceur réelle des taux de succès, mais qu'elles s'en moquent. Comme si, d'une façon comparable à ce qui se passe dans les jeux d'argent (loterie par exemple), la relance de l'espoir à chaque fois recommencée était à vivre, en dépit de la réalité, c'est-à-dire des très faibles chances d'obtenir le gros lot — ici un bébé bien portant. Si ce n'est pas gagnant, c'est cependant jouable[18]...

Ce qui m'amène à postuler que si les praticiens gonflent très régulièrement leurs taux de succès, c'est probablement moins pour attirer les patientes que pour séduire les pouvoirs publics, d'une part, les gynécologues qui leur adressent leurs clientes, d'autre part. C'est à ces derniers que sont destinées chaque année des « journées » où les stars des NTR, faisant le point des nouveautés, annoncent des taux de succès mirobolants : 30 % avec la FIVETE, 40 % avec le GIFT. Chiffres qui, s'ils sont parfaitement faux (en nombre d'accouchements rapportés au nombre des stimulations hormonales), n'en font pas moins impression par leur ampleur.

ET DU CÔTÉ DES POUVOIRS PUBLICS ?

Comment peut-on, en absence de toute évaluation réelle, estimer qu'il y ait eu véritable débat de société sur les implications et les conséquences de ce développement technologique ? Les réactions des pouvoirs publics face au développement des activités dans ce domaine sont multiformes : création en 1983 du Comité national d'éthique pour les sciences de la vie et de la santé (qui a formulé plusieurs avis et recommandations), organisations de divers colloques nationaux et internationaux, création de groupes de réflexion. Instances dont la composition fait la part très belle aux praticiens de ces technologies et aux religieux de diverses obédiences, au détriment des chercheurs ou analystes « de terrain » fort peu nombreux à être invités et en l'absence des épidémiologistes, néonatologistes, autres spécialistes de l'infertilité, économistes de la santé, etc.

Cependant, déjà en 1985, un rapport issu de la Direction générale de la santé (DGS), rédigé par N. Athéa, avait, après enquête, conclu à la nécessité de réglementer les activités des centres FIV en France, de limiter leur nombre, dont la croissance était déjà impressionnante. Puis, en décembre 1987, Mme M. Barzach, alors ministre de la Santé, avait cherché à faire cesser le « laisser-faire, laisser-aller » en mettant en place décrets et arrêtés « ressemblant fort à une machine de guerre contre l'anarchie qui s'est peu à peu installée dans le monde de la procréatique », instituant une Commission nationale de médecine et de biologie de la reproduction chargée de donner des avis au ministre de la Santé. Cela afin de n'accorder des autorisations d'activités (remboursées par la Sécurité sociale) qu'à un nombre limité de centres FIV. Selon J.-Y. Nau dans *Le Monde*, « on estimait alors que quarante établissements seraient suffisants ». C. Evin, qui succéda à Mme Barzach, reprit le flambeau : en septembre 1988 un arrêté publié au *Journal officiel* fixait l'indice des besoins en centres pratiquant la procréation médicalement assistée à 1 centre pour 100 à 125 000 femmes âgées de 20 à 40 ans. Le ministère de la Santé, en novembre 1988, autorisa 74 équipes cliniques à poursuivre leurs activités, après que la Commission nationale de médecine et de biologie de la reproduction, ayant reçu plus de 400 demandes et étudié 300 dossiers, n'eut retenu « que les centres les plus performants[19] ». Force est cependant de constater que ces mesures n'ont en rien empêché les centres qui n'ont pas reçu l'agrément de continuer tranquillement à effectuer leurs activités en PMA sans que les pouvoirs publics ne prennent de mesures. Et il faut ajouter que, sitôt prise la décision de réglementer les pratiques par la procédure d'agrément de certains centres, il y eut une levée de boucliers immédiate de la part des praticiens, qui, aux noms de la liberté (de poursuite de leur exercice libéral) et du souci des couples infertiles qui risqueraient alors de devoir attendre longtemps l'accès à l'un de ces 74 centres, exigeaient, dans un texte adressé au Premier ministre et au ministre de la Santé, de pouvoir poursuivre l'extraordinaire expansion de leurs activités. Et non sans contradiction avec sa position antérieure, Mme Barzach, de son côté, déclarait alors : « Soixante-treize centres ont reçu un agrément. Ce chiffre est insuffisant et doit être réévalué compte tenu du nombre actuel des centres[20]. »

Reste à mentionner l'existence de divers projets de législation dont je n'analyserai pas ici le contenu. Je voudrais cependant signaler deux types de traitements qui témoignent de l'impact de l'opération de banalisation de ces technologies. L'un de ces projets de loi « relatif aux sciences de la vie et aux droits de l'homme » (projet Braibant), issu d'un rapport du Conseil d'Etat paru en mars 1988, entérine cet état de fait sans autre commentaire sur ce point : « La procréation médicalement assistée est aujourd'hui d'abord un fait, il convient de l'organiser. » Au contraire, la proposition de loi dite Sérusclat, déposée le 7 juillet 1988, déclare vouloir faire « en sorte que la procréation médicalement assistée ne devienne pas un mode de procréation banalisé ».

UN ENFANT DANS LE DOS ?

Il me semble important de signaler une possible et redoutable conséquence du développement expansionniste des nouvelles technologies de la reproduction. De différents côtés on entend dire que l'absence de régulation et le vide juridique dans lequel se déploient les NTR laissent la place au déploiement d'offres et de demandes « inconsidérées », ouvrent la possibilité de pratiquer des recherches sur les embryons. Et il est vrai que divers praticiens déclarent que désormais la lutte contre la stérilité est assurée grâce à ces techniques et que l'étape suivante consiste à pouvoir sélectionner les embryons à partir de leurs qualités. C'est, par exemple, ce qu'a très explicitement déclaré René Frydman lors d'un débat public à la Villette en décembre 1989.

Je me contenterai de souligner ce qui, dans certains projets de législation, m'apparaît comme une conséquence prévisible bien que non dite, voire déniée y compris par les auteurs desdits projets. Je fais l'analyse qu'on profite (de l'occasion) du contexte dans lequel se déploie le développement des NTR pour réactualiser le projet de donner statut de personne, de sujet, à l'embryon humain. Ce contexte est en effet celui de la prolifération-banalisation des techniques avec production d'un grand nombre d'embryons surnuméraires sur fond de désir d'enfant proclamé par des personnes empêchées de vivre l'expérience de l'enfantement, désir d'enfant qu'on a vite fait de transformer en droit à l'enfant. Certains discours, y compris de certaines femmes infertiles, tendent en effet à revendiquer « ce droit à l'enfant » au nom d'une symétrie par rapport à la liberté qu'ont les femmes fertiles de pouvoir avorter des enfants qu'elles ne veulent pas.

Partant des hypothèses (vraies dans la plupart des cas) que les femmes déclarées stériles sont supposées acquiescer par avance à l'expérience de la maternité, et que les couples infertiles ont le souci du devenir de leurs embryons issus de la FIVETE, on cherche à mettre en place des projets de législation dont le premier souci est donc de donner un statut de personne à l'embryon humain en général. « Personne actuelle et non potentielle » est-il explicitement écrit dans l'exposé des motifs d'une nouvelle proposition de loi déposée à l'Assemblée nationale par Mme C. Boutin, députée, le 19 décembre 1989, car, est-il encore écrit, « c'est le seul moyen de refuser que l'embryon puisse être considéré comme une chose[21] ».

Comment un tel projet, qui aura force de loi, pourrait-il ne pas s'appliquer à n'importe quel embryon implanté dans l'utérus de n'importe quelle femme enceinte ? Or dire de l'embryon qu'il est une personne dès la première étape de la conception ne vise-t-il pas à faire que l'expérience de la maternité puisse se réaliser sans (voire contre) l'acquiescement de la femme enceinte, réduite alors à n'être que le réceptacle de ladite personne embryonnaire ? Or, faut-il le rappeler, le développement de l'embryon *in utero* s'alimente de la dépendance à la femme qui le porte et le nourrit. Et pour la femme en question, il ne s'agit de rien moins que de l'expérience tout à fait unique dans sa spécificité qui consiste à produire en soi un autre autonome et étranger, à partir de la dépendance à soi.

Voilà pourquoi il me semble qu'on ne peut dire de l'embryon ni qu'il est une chose ni qu'il est une personne ou un sujet. Voilà pourquoi aussi une part de la liberté des femmes, qui, elles, sont des sujets, tient à ceci : si elles ne se sentent pas en mesure de vivre cette expérience, si elles estiment à tel ou tel moment de leur vie ne pas pouvoir y acquiescer, elles ont le droit de ne pas la vivre et donc de dire non. Les femmes se sont battues pour qu'existe une reconnaissance sociale de cette dimension de possible incapacité et de refus qui conduit à l'avortement, sans qu'elles soient pour autant — et comme c'était le cas avant la loi Veil — considérées comme criminelles et condamnables pour cet acte. C'est le sens même de la loi Veil en France, loi qui me paraît risquer d'être remise en cause si des projets de régulation des NTR avaient pour premier effet de donner un tel statut à l'embryon.

Les tenants de tels projets refusent ce qu'ils appellent l'« amalgame » de celles (ceux) qui, comme moi, font une telle analyse. Mieux : ils dénient tout lien possible entre leurs propositions et une remise en cause de la loi Veil, fût-ce au prix de contradictions difficilement déguisées.

En ce qui me concerne, je maintiens que, se fondant sur une implicite neutralité ou même un supposé soutien des femmes infertiles à une éventuelle remise en cause de la loi sur l'avortement, dans un contexte de réelle prolifération des technologies de la reproduction et de leurs conséquences en termes de production d'un grand nombre d'embryons potentiellement disponibles pour la recherche, une proposition de loi qui, entre autres choses, vise à contrôler « la procréation techniquement assistée » risque d'avoir pour premier effet de donner un cadre légal à tous ceux qui cherchent à revenir sur la loi Veil.

J'ajoute qu'un tel scénario ne relève pas de ma seule imagination puisqu'en Grande-Bretagne, actuellement, le débat sur l'avortement est précisément relancé à l'occasion d'un projet de loi sur les technologies de la reproduction. Faut-il rappeler encore que la tendance actuelle au niveau mondial va dans le sens d'une remise en cause, lorsqu'elles existent, des lois sur l'avortement ? Si cela avait lieu, les conséquences sociales du développement des NTR porteraient alors très gravement atteinte aux libertés de toutes les femmes. Les NTR auraient alors conduit non pas tant à leur permettre d'avoir les bébés attendus qu'à leur faire un (méchant) enfant dans le dos...

EN GUISE DE CONCLUSION

Je laisserai les presque derniers mots aux praticiens de ces nouvelles technologies. A l'occasion de son 10e anniversaire, la revue *Gyn Obs*, dans son éditorial signé par J. Cohen (gynécologue obstétricien praticien de FIVETE) et R. Lepoutre, fait un aveu de taille, probablement inconscient, mais qui précisément révèle une part de vérité de l'intention des auteurs : « Où donc nous aura entraînés la conjonction aujourd'hui faite des moyens d'interventions sur la génétique humaine avec *les méthodes qui permettent* de vaincre la stérilité et *de toujours mieux maîtriser l'emprise qu'ont les femmes sur leurs destinées procréatrices*[22]. » (C'est moi qui souligne.)

Vous avez bien lu : il s'agit pour les praticiens des NTR de pouvoir enfin prendre, à la place des femmes, la maîtrise sur leurs destinées procréatrices... Jusque-là il n'y avait que quelques féministes supposées hystériques et malveillantes pour oser écrire des choses pareilles...

LA FIVETE BÉNÉFICIE-T-ELLE À TOUS ?

Marsden G. Wagner
Direction européenne de l'OMS
(Copenhague)

Patricia St. Clair
Ecole de Santé publique
(Washington)

Article publié dans *Lancet* (octobre 1989), traduit et reproduit ici avec l'aimable autorisation des auteurs et de la revue.

La prolifération de la FIVETE a ouvert un débat sur son efficacité, son innocuité, ses coûts et bénéfices. Aucune nouvelle technique ne peut être banalisée avant de subir une évaluation rigoureuse, et, jusque-là, elle doit rester expérimentale, se conformant aux règles de l'expérimentation sur sujets humains. L'évaluation doit concerner l'efficacité, l'innocuité et les coûts, y compris les dépenses indirectes occasionnées par le traitement des effets secondaires. De telles informations peuvent ensuite aider à établir si la nouvelle technique est justifiée au regard des orientations nationales et des contraintes économiques. La FIVETE et les autres technologies de procréation assistée n'ont pas été évaluées selon ces principes, la plupart des recherches ayant concerné l'amélioration des procédures. Sauf exceptions, les taux de succès rapportés concernent des résultats, soit individuels, soit regroupés à partir d'équipes volontaires. Nous manquons d'analyses statistiques valables pour comparer l'efficacité de la FIVETE à celle des traitements classiques pour chaque type d'infertilité.

EFFICACITÉ

Les taux d'efficacité doivent être interprétés avec prudence car ils sont parfois utilisés pour tromper le public. Les indicateurs habituels de succès de la FIVETE sont les grossesses, qui peuvent être biochimiques, ou cliniques, ou avec naissance vivante. Les grossesses biochimiques peuvent évoluer en avortement spontané préclinique, ou tardif, en « œuf clair », en grossesse extra-utérine, en mort fœtale et en naissance vivante. Les grossesses cliniques conduisent à ces mêmes situations sauf l'avortement spontané préclinique, tandis que les grossesses avec naissance vivante conduisent à l'accouchement d'au moins un enfant vivant. Les taux d'efficacité sont donc calculés par le rapport entre l'une de ces éventualités (au numérateur) et le nombre de cycles analysés (au dénominateur), lequel comprend soit la totalité des cycles de traitement, soit seulement ceux dans lesquels on a réalisé la ponction ovocytaire ou encore le transfert d'embryon. Quand le succès est défini par le rapport entre grossesses biochimiques et transferts d'embryon(s), les taux peuvent atteindre 35 à 55 %. Mais quand le numérateur se limite aux grossesses cliniques ou avec naissance vivante, les taux deviennent plus modestes. La meilleure analyse actuelle (1987), basée sur la totalité des cas traités par FIVETE en Australie et Nouvelle-Zélande, rapporte une efficacité de 15,5 % en grossesses cliniques néonatale est de 12,6 pour 1000, soit 2 fois le taux habituel. Il n'y a encore aucune donnée sur la morbidité à long terme mais les anomalies neurologiques et sensorielles sont plus fréquentes chez les enfants hypotrophiques.

Il existe aussi certains risques pour les femmes traitées par FIVETE. L'induction de la superovulation à l'aide de médicaments peut conduire au syndrome d'hyperstimulation, à la formation de kystes ovariens, à des complications circulatoires, des grossesses molaires et des cancers ovariens. La fréquence des grossesses extra-utérines est élevée mais on ignore si elles sont la conséquence de la FIVETE ou d'affections tubaires préexistantes. Quand on recueille les ovocytes à l'occasion d'une laparoscopie, on doit pratiquer une anesthésie générale qui comporte ses propres risques. De nouvelles techniques de recueil ovocytaire évitent les risques de l'anesthésie générale mais peuvent provoquer des saignements, des infections et des atteintes aux vaisseaux sanguins et aux viscères. Le transfert d'embryon expose la femme à un risque infectieux. Les grossesses par FIVETE sont souvent accompagnées d'hypertension et de saignements du premier trimestre. Le taux de naissance par césarienne est élevé : 41,6 % pour les naissances uniques et 62,7 % pour les multiples en Australie et Nouvelle-Zélande.

COÛT, FINANCEMENT, ÉQUITÉ ET ALLOCATION DE RESSOURCES

La plupart des études sur le coût de la FIVETE ne prennent en compte qu'un cycle de stimulation. Une étude demandée par le gouvernement australien montre que le coût par bébé né vivant doit inclure non seulement tous les coûts directs de la FIVETE en cas de succès mais aussi ceux des échecs. Ainsi, le coût par cycle est estimé à 4 000 dollars australiens. Puisque seulement environ 10 % des cycles conduisent à la naissance d'enfant(s) vivant(s), 10 cycles sont nécessaires, soit un coût réel de 40 000 dollars australiens par naissance. Aux Etats-Unis, le coût d'un cycle de stimulation a été estimé à environ 5 000 dollars. Ces chiffres ne représentent que le coût de la FIVETE, mais une estimation rigoureuse doit aussi inclure le coût de toutes les interventions fréquentes pour les grossesses après FIVETE (soins obstétricaux des grossesses à haut risque, césarienne, soins intensifs néonatals). Le besoin accru de tels services augmente sensiblement le coût de chaque naissance par FIVETE.

Dans les pays disposant d'un important secteur de santé privé, le recours à la FIVETE dépend de la capacité qu'ont les patientes de payer. Quand le gouvernement paie l'essentiel ou la totalité des coûts, tous les contribuables participent à un service qui ne concerne qu'un petit nombre. Dans tous les cas, les coûts direct et indirect augmentent le coût par tête des dépenses de santé, et cela sans améliorer significativement la santé de la population.

DISCUSSION

Faut-il considérer la FIVETE comme un traitement de routine de l'infertilité ? Le bénéfice est énorme pour les femmes qui obtiennent ainsi un enfant, comme pour les médecins impliqués, mais les décideurs doivent définir en contrepartie le bénéfice social. Aucun pays ne peut remplacer chaque cœur défaillant, dialyser chaque rein malade, ou offrir la FIVETE à chaque femme infertile. Quand de l'argent est affecté à la FIVETE, c'est aux dépens d'autres services de santé. Les autorités sanitaires doivent développer des pratiques de gestion de l'infertilité sans oublier qu'il s'agit d'une situation sociale devenue ultérieurement un problème médical. La FIVETE et les techniques analogues doivent être définies dans une stratégie globale, la priorité étant donnée à la prévention et aux traitements primaires. En conséquence, la plus grande partie du financement doit être dirigée vers les stratégies de prévention de l'infertilité (maladies sexuellement transmissibles, contraception sans danger).

De plus, des garanties de qualité sont nécessaires à la protection du public. Dans la plupart des pays il n'y a ni accréditation des centres de FIVETE ni exigences pour la formation et la reconnaissance des cliniciens. Le contrôle du plateau technique comme celui des résultats sont nécessaires et des critères standardisés doivent être appliqués pour comparer l'efficacité entre équipes ou entre pays. L'Australie, la Grande-Bretagne et les Etats-Unis ont fait un pas dans la bonne direction car des sociétés professionnelles et/ou des comités gouvernementaux cherchent à colliger systématiquement les informations et à définir des principes concernant la composition et la formation des équipes cliniques. Mais l'observance de ces principes reste volontaire et le système manque d'une autorité de régulation.

Les informations colligées sur l'efficacité ne doivent pas servir qu'aux cliniciens mais aussi aux consommateurs, économistes, pouvoirs publics et à la population. Les taux de grossesses biochimiques ou cliniques par cycles de stimulation ou de transfert ont une signification pour les cliniciens qui s'efforcent d'améliorer leurs pratiques mais n'ont pas de sens à l'extérieur des centres FIVETE. Les couples infertiles sont surtout concernés par les chances de naissance d'un enfant vivant (ou mieux : d'un enfant en bonne santé) dans tel centre FIVETE et souhaitent savoir combien de cycles de traitement seront nécessaires. Pour les économistes et autres responsables du financement, le taux d'efficacité le plus significatif est le nombre des bébés en bonne santé en fonction des cycles de stimulation. Les responsables, comme le public, sont demandeurs de ces informations et aussi du nombre d'hommes et de femmes infertiles dans la population.

La FIVETE était à l'origine un traitement des femmes présentant des trompes obturées et a ensuite été proposée pour traiter l'infertilité causée par l'endométriose, la dysovulation, les anticorps antispermatozoïdes et les carences masculines. Des femmes présentant des anomalies cervicales pour avoir été exposées au diethylstilbestrol à l'âge fœtal ou d'autres souffrant de tuberculose génitale ont aussi été traitées par la FIVETE. Les chercheurs se réjouissent des succès obtenus et justifient l'élargissement de la méthode à ces nouvelles indications. Cependant, l'efficacité de la FIVETE est aussi fonction de la cause d'infertilité, et la survenue d'une grossesse spontanée est fréquente chez des femmes dont au moins une trompe est perméable. La FIVETE doit être soumise à évaluation par comparaison de ses résultats avec ceux de traitements standard, la thérapeutique possible étant décidée au hasard pour chaque type d'infertilité. Des études précises doivent évaluer les effets à long terme sur la mère et l'enfant des médicaments utilisés, et un suivi des enfants nés après FIVETE doit déterminer les inconvénients éventuels. La meilleure information disponible sur la FIVETE doit être portée à l'attention du public et préciser l'efficacité, la fréquence des grossesses multiples et ses dangers, les risques de mortalité et morbidité à long terme pour la femme et l'enfant, les coûts financier, psychologique et social, et les enjeux éthiques. Armés de ces informations, les couples infertiles peuvent faire le meilleur choix de traitement et les pays peuvent décider de la place à accorder à la FIVETE dans leurs centres de lutte contre l'infertilité.

Jusqu'à ce qu'on connaisse exactement ses risques à court et à long terme et qu'on puisse estimer son efficacité, la FIVETE doit être considérée comme une méthode expérimentale et ne doit pas bénéficier de l'aide des assurances publiques ou privées. L'American Fertility Society a exprimé un point de vue différent en déclarant qu'une méthode ne doit être considérée comme expérimentale que quand elle est utilisée pour la première fois par un praticien ou par une structure particulière. Cette position suppose qu'un traitement largement utilisé est un traitement standard, au contraire de l'exigence de la santé publique qui veut connaître préalablement les risques et l'efficacité. Nous devons tirer les leçons du « Dalkon Shield », du diethylstilbestrol et de la thalidomide.

COMMENTAIRE DE JACQUES TESTART

Dès la parution de cet article dans *Lancet* (octobre 1989), et déjà lors du VIe congrès mondial à Jérusalem (avril 1989) où M. Wagner fit un discours de teneur proche, les professionnels de la FIV réagirent avec force. C'est que les propos de M. Wagner, déjà tenus par d'autres, en particulier en France, ont le poids d'un responsable de l'OMS... A cet égard, il est dommage que l'article ignore délibérément la France, où naît un bébé FIVETE sur quatre dans le monde et qui s'est dotée d'un outil d'analyse (FIVNAT) envié partout ailleurs. Il est aussi dommage que les taux de succès cités en 1989 soient largement inférieurs à ceux que proclame la profession (voir Annexes) : ou bien on se réfère aux sources les plus représentatives, quitte à critiquer leur validité, ou bien on s'abstient de toute estimation... Cependant, sur le fond, cet article évoque avec pertinence les carences et les contradictions qui marquent le développement rapide de la FIVETE. Dans sa réponse (non publiée par *Lancet*), le GEFF (Groupe d'étude de la FIV en France) s'indigne : « Devons-nous condamner la microchirurgie et la stimulation de l'ovaire sous prétexte qu'elles sont, elles aussi, à risque ? » Pour les auteurs du présent ouvrage, comme pour ceux de l'article ci-dessus, croyons-nous, il ne s'agit pas de condamner mais de soumettre à la critique toute pratique qui concerne la dignité, la liberté, la qualité de vie des personnes et qui engage la collectivité avant même qu'elle ait choisi. Nul doute que la procréation artificielle ne devrait pas monopoliser ce type d'analyse.

2.

NOUVEAUX POUVOIRS, NOUVELLES NORMES

L'EMBRYO-ÉCONOMIE DU VIVANT... OU DU NUMÉRAIRE AUX EMBRYONS SURNUMÉRAIRES

Louise Vandelac
Professeur à l'université de Montréal

L'OUVREUSE DE MOTS...

On m'avait demandé un texte sur « l'économie de la procréation médicalement assistée »... Le sujet me passionnait, mais la formulation me laissait extrêmement perplexe... Comme si l'expression « économie de la procréation médicalement assistée » redoublait, dans les termes mêmes, les jeux de miroirs et de faux-semblants de cette mise en circuit économique de la procréation. Comme si le condensé de l'expression empêchait l'indispensable travail de déconstruction de ce fascinant dispositif économique qui imprègne déjà tous les pores de l'être et du social. Comme si l'espace de réflexion était d'avance balisé et poussé vers un cul-de-sac...

J'avais une étrange impression de déjà vu. Comme si une fois encore, dans cet univers fantasmatico-linguistique des « enfants de la technique », un simple construit lexical suffisait à ficeler la faculté de penser... N'était-ce pas cette langue imagée des « bébés dits éprouvettes », des « mères dites porteuses » (Vandelac 1987, 1988 b), des *Life Clinics*, voire des *Life Doctors*[1], n'étaient-ce pas ces sigles accrocheurs GIFT ou VIP[2], sans parler de cette boîte de Pandore de la « stérilité », emmêlant de façon hâtive, abusive et alarmiste les désirs inassouvis ou hésitants de conception avec les stérilisations volontaires ou l'absence de partenaires, bref, n'était-ce pas cette langue « publicitaire » et médiatique qui avait déjà « fécondé » cette technicisation de l'enfantement ?

Pour pénétrer les corps, ces technologies avaient d'abord pénétré le corps de la pensée, à coups d'expressions subliminales tirant plus vite que l'ombre des techniques. Elles avaient réussi à s'imposer dans le réel, en étirant la langue en incroyables contorsions de sens, allant des « préembryons » aux embryons dits « surnuméraires », légitimant d'un seul mot l'impensable, tout en repoussant notre étonnement et notre sidération dans l'innommé et les limbes de l'impensé... Bref, l'expression « économie de la procréation médicalement assistée » me laissait une fois encore la même impression de malaise et de non-sens...

ÉCONOMIE, OU LA PRODUCTION DE L'OFFRE...

Pourtant, à première vue, écrire sur « l'économie des PMA » semblait tenir de l'évidence : description des facteurs et des enjeux économiques qui ont présidé au développement de ce prolifique secteur biomédical ; analyses de coûts-bénéfices des différentes pratiques dans une perspective d'évaluation sociale des technologies, d'éthique de l'allocation des ressources et de politiques de santé publique ; analyses des interrelations entre les technologies de procréation, l'usage des tissus et embryons humains et les recherches génétiques. Je n'avais que l'embarras du choix... Et pourtant, j'avais la profonde impression que ce type de lecture économique masquait l'essentiel...

Au chapitre des facteurs et des enjeux économiques, plusieurs avaient déjà montré que ces technologies, alimentées par l'inquiétude des pays du Nord face à leur natalité et à celle des pays du Sud, constituent un point de jonction entre l'industrialisation de la reproduction animale, la diversification des marchés agrochimiques et pharmaceutiques et les enjeux de promotion professionnelle de gynécologues et de biologistes (Corea 1985, Dufresne 1986, Vandelac 1988 a). En outre, ces technologies s'inscrivent parfaitement dans le modèle du *Science Push* des secteurs économiques à haute concentration de savoir, où c'est d'abord l'innovation technologique qui engendre la production. S'ensuit alors la commercialisation de ces biens et services, qui ne peuvent trouver de marché qu'en stimulant la production de demande économique, laquelle ne peut pleinement s'exprimer qu'en s'appuyant sur la production d'un discours de légitimation sociale permettant de transformer l'offre en demande justifiable, voire en nouveau besoin.

TRANSFERTS TECHNIQUES OU TECHNO-ÉCONOMIE DE LA PROCRÉATION ?

C'est pour l'industrie agroalimentaire que les centres zootechniques et les firmes agrochimiques ont développé la congélation de sperme et d'embryons, l'insémination artificielle, la stimulation ovarienne, le lavage utérin et la pratique des « vaches porteuses ». D'ailleurs, ce furent souvent les mêmes chercheurs qui assurèrent les transferts de technologies, certains travaillant même, pour reprendre les termes de l'un d'eux, « la semaine sur les femmes et le week-end sur les vaches[3] »...

Or les enjeux économiques véritables résident moins dans les transferts des techniques de l'animal à l'humain que dans la pénétration des technologies de reproduction animale, et de leurs schémas économiques implicites, dans le processus d'enfantement... Comme le souligne Camille Limoges, les technologies, à la différence des techniques, incorporent dans l'opacité de leur constitution et les aléas de leur diffusion, non seulement des savoir-faire ou des capacités techniques, mais bien de la théorie, des intérêts économiques, des choix sociaux, voire politiques, et des principes de différenciation, ce qui explique leur caractère si hautement problématique (Limoges 1988, 311).

Les technologies de « reproduction » animale sont en effet, dès leur genèse, de véritables vecteurs de sens, porteurs d'exigences de programmation, de sélection, de rentabilité et d'efficacité. Appliquées chez l'humain, elles transforment l'engendrement en opération de production d'enfants, imprégnée par la même volonté d'absolu contrôle et de performance. Après les accouchements provoqués pour des raisons dites médico-sociales[4] et après l'enfantement programmé (Gavarini 1987), s'ouvre ainsi l'ère de la conception sur demande[5] : sexualité morcelée, enfantement taylorisé et corps plié aux exigences de la technique, de l'organisation du travail hospitalier et de l'économie institutionnelle et commerciale des centres spécialisés[6]. Logique implacable qui réduit progressivement le corps maternel en corps machine[7], jusqu'à ce que les seuils de vie et de mort se dissolvent parfois en inconcevables « automate-automère », comme cette « mère morte » artificiellement « branchée » pour que son corps geste l'enfant en absence d'elle-même...[8]

Bref, ce sont moins les transferts techniques et économiques qui importent que le glissement de la mise au monde psychique et corporelle des êtres humains dans les sables mouvants de l'économie, comme si l'engendrement était littéralement avalé par le discours et la logique techno-économique. Or l'expression « économie des PMA », en renvoyant implicitement, par la simple co-occurrence des termes, à la genèse et aux enjeux économiques de la procréation dite médicalement assistée, masque l'essentiel : la mutation de la procréation en opération technologique et économique, l'emprise totale de l'économie sur l'engendrement.

DES TRANSFERTS TECHNOLOGIQUES AUX TRANSFERTS IDÉOLOGIQUES...

De la même façon, bien que l'analyse économique des firmes agrochimiques et pharmaceutiques, en matière de reproduction, mette d'abord en évidence l'enchevêtrement de leurs intérêts financiers dans ces deux secteurs, où les transferts de technologies humain-animal-plante, notamment en hormonothérapie et en génétique, leur permettent de rentabiliser leurs investissements de recherche et développement, l'essentiel, une fois encore, est ailleurs, en gestation...

A l'aube de la révolution des procédés industriels par la génétique, il est intéressant d'observer que les applications des recherches en génétique animale et en génétique des plantes sont freinées par la difficulté de légitimer ces interventions, légitimation pourtant indispensable à la création et à l'expansion des marchés. En effet, l'opinion publique, échaudée par la multiplication des catastrophes écologiques, consciente de l'ampleur et de la rapidité de la dégradation de l'environnement et des risques de modification inconsidérée des écosystèmes, est pour le moins méfiante face à l'introduction de plantes ou d'insectes génétiquement modifiés. A titre d'exemple, on a assisté récemment aux Etats-Unis à une véritable levée de boucliers du public contre l'introduction d'hormones de croissance génétiquement modifiées dans les troupeaux de vaches laitières. Or, chose paradoxale, il semble actuellement plus facile de justifier certaines interventions génétiques chez les humains que chez l'animal ou la plante.

La volonté de limiter certaines affections génétiques graves, doublée par les exigences croissantes de « contrôle de qualité » des enfants à naître, relents eugénistes renforcés par les promesses de la « génétique », sert en effet de toile de fond à la légitimation des expérimentations génétiques chez l'humain. Ainsi, après le dépistage génétique de l'œuf humain, s'amorcent déjà les expérimentations qualifiées prématurément de « thérapie génique somatique » (CRM, 1989) chez des nouveau-nés et de jeunes enfants, et certaines expériences chez des patients souffrant de cancer.

Or les applications du génie génétique chez l'humain constituent théoriquement des marchés illimités puisqu'on compte, dit-on, plus de 4 000 maladies génétiques et qu'en fait la majorité des affections ont une composante génétique. Les Etats-Unis avec le *Mapping and Sequencing the Human Genome*, le Japon avec le *Human Frontier Science Program* et l'Europe avec son projet de « Médecine prédicative et d'analyse du génome humain » ont parfaitement compris l'ampleur de ces enjeux pour leur développement économique, via la stimulation des domaines industriels correspondants et l'éventuelle réduction des coûts de santé que laisse miroiter le dépistage génétique. Bon nombre de chercheurs, par le biais des brevets et de leur participation à des firmes extrêmement dynamiques, y voient également des intéressements financiers majeurs. Ainsi, les chercheurs du National Health Institute qui pour la première fois ont introduit chez un patient cancéreux un gène marqueur sont associés à la compagnie Genetic Therapy Inc. En 1989, cette compagnie a investi plus de 3 millions de dollars en recherche sur la thérapie génique, et en espère d'imposants revenus.

Ainsi, en donnant accès aux embryons et en légitimant la recherche et le diagnostic génétiques, la fécondation artificielle sert en quelque sorte de fer de lance idéologique pour la légitimation d'autres interventions génétiques chez l'humain, l'animal et la plante, aidant ainsi à élargir le spectre des applications génétiques, aux retombées économiques immenses. Une fois banalisée la recherche sur l'embryon, une fois amorcés le diagnostic et la thérapie génique sur les embryons et les enfants, comment en effet peut-on rester vigilants et critiques face aux applications génétiques sur l'animal ou la plante ? Bref, après que les femmes ont précédé de cinq ans les vaches pour la fécondation *in vitro*, la fécondation artificielle servirait maintenant de cheval de Troie pour la génétique des plantes... Comme quoi le progrès a parfois une étrange conception de l'histoire...

« THE REAL PUSHERS »[9]

Bien que l'un des enjeux majeurs des technologies de procréation pour les firmes pharmaceutiques réside dans le développement des marchés génétiques qu'elles contribuent à légitimer, nous ne devons pas perdre de vue pour autant que ces technologies représentent déjà des marchés aux possibilités aussi fabuleuses qu'insoupçonnées, venant en quelque sorte relayer et compléter les secteurs de la contraception et des traitements de maladies sexuellement transmissibles. Quelle est l'ampleur de ces nouveaux marchés des technologies de procréation ? Difficile à dire, car les estimations économiques sont encore très minces, très parcellaires, peu fiables et souvent fort discutables[10].

A titre d'exemple, l'une des meilleures études, le *Commonwealth Perspectives on IVF Fundings*, publiée en Australie en 1988, estime à près de 24 millions de dollars américains les coûts de la FIV, dans ce pays, en 1987. Le calcul semble simple : plus de 5 000 couples ont amorcé un traitement, dont les coûts moyens sont de 2 845 dollars, ce qui, avec un taux de réussite moyen de 8,8 %, implique des dépenses de 32 000 dollars par naissance. Toutefois, ces estimations excluent l'ensemble des diagnostics et des traitements antérieurs de stérilité, souvent plus élevés que le coût de la FIV elle-même[11]. Elles ignorent aussi les dépenses supplémentaires occasionnées par ces grossesses et ces accouchements souvent problématiques et nettement plus médicalisés. Elles excluent également les coûts des soins néonatals résultant notamment des grossesses multiples, qui sont de 20 à 27 fois plus élevées. On omet enfin de comptabiliser les subventions de recherche gouvernementales, les financements des compagnies pharmaceutiques et des fondations privées et, dans certains pays comme la France, les sommes versées de la main à la main pour alimenter les caisses noires de certains centres FIV.

Selon ces mêmes estimations minimales et partielles, l'Office of Technology Assesment (1988) évalue les dépenses associées aux 14 000 cycles de FIV pratiquées aux Etats-Unis, en 1987, à 66 millions de dollars. Selon la revue médicale *JAMA* (1988, 465), les seuls coûts de la stimulation ovarienne en fécondation *in vitro* dépassent les 40 millions de dollars par année. Quant aux dépenses américaines globales en matière d'infertilité, elles représentaient, en 1987, selon l'OTA, plus de 1 milliard de dollars, dont 85 millions consacrés aux médicaments. Bien que ces sommes ne soient nullement négligeables, le marché de la fertilité est beaucoup plus vaste encore, si on tient compte des nombreux produits pharmaceutiques, instruments scientifiques, diagnostiques et chirurgicaux associés aux interventions biomédicales relatives à l'infertilité et à la stérilité ou servant au diagnostic du cycle de fertilité. Bref, des estimations économiques rigoureuses et complètes, basées sur des données épidémiologiques fiables et comparables, restent encore à faire.

Bien que sous-estimées, ces quelques données chiffrées aident néanmoins à mieux comprendre la rapide diffusion des technologies de procréation et l'intérêt qu'y portent les milieux pharmaceutiques. Elles aident également à comprendre l'engouement de certains médecins et biologistes dans la diffusion hâtive, voire précipitée, de la fécondation artificielle. Ces technologies ont en effet largement contribué à hausser le prestige de la gynécologie et de la biologie de la reproduction, à en élargir les rangs et à en consolider les sources de financement et les assises institutionnelles. Ce secteur médical souvent dévalorisé, aux possibilités d'expansion technique limitées et aux marchés plus ou moins saturés, est ainsi devenu un secteur de pointe largement médiatisé et fortement courtisé par le monde pharmaceutique. Ces technologies ont également permis aux biologistes de passer de la recherche en reproduction animale à la recherche sur la procréation humaine, intervenant ainsi dans ce profond creuset de la mythologie et de la fantasmatique des sociétés androcentristes : la création de l'homme par l'homme. L'intérêt scientifique de ces recherches, leurs enjeux inconscients, leur prestige, leur couverture médiatique, leur aspect lucratif ainsi que leurs nombreux bénéfices marginaux, notamment touristiques, contribuent aussi à expliquer la disproportion croissante des recherches et des publications concernant des palliatifs sophistiqués comme la FIV ou la micro-injection de spermatozoïdes sous la zone pellucide de l'œuf, comparativement aux recherches en épidémiologie, en prévention et en traitement des causes d'infertilité et de stérilité, disproportion qui, avouons-le, frise souvent l'indécence et soulève de sérieuses questions d'éthique, d'allocation des ressources et de politique de santé publique[13]...

DE L'OFFRE D'ENFANT À L'HYSTÉRISATION DE LA DEMANDE...

Ce rapide tableau des intérêts agroalimentaires, agrochimiques, pharmaceutiques et médico-professionnels de la conception artificielle n'éclaire toutefois que la production d'offre biomédicale, laissant dans l'ombre l'autre face de cette économie de la procréation : la production de la demande, une demande socialement légitimée...

On a souvent prétendu que cette demande préexistait. Toutes les sociétés n'ont-elles pas dû gérer les difficultés ou les impossibilités de procréation de certains individus, inventant alors d'innombrables pratiques d'échanges de partenaires et de circulation d'enfants dans la communauté ? Toutefois, dans un contexte où les réponses étaient d'ordre social, la demande épousait largement ces termes, qu'il s'agisse de relations sexuelles extraconjugales, de parentage collectif ou d'adoption.

Au cours des dernières années, on a assisté à de fascinants remodelages de la demande. Ainsi, d'un désir d'enfant en soi, on est passé à une demande d'engendrement voire d'enfant génétiquement lié au couple à tout prix. On veut non seulement un enfant à soi, mais surtout de soi, voire du « nous amoureux du moment », quitte à nier, pour ce faire, la contribution de la génitrice donneuse ou vendeuse d'ovocytes ou d'embryons, de la mère qui enfante sous contrat, de celle qui porte et accouche l'enfant issu génétiquement d'un autre couple ou encore la contribution du géniteur. D'un désir d'enfant en soi, on a également glissé vers une demande de fécondité, où se confondent de prétendus « droits à la santé » et « droits à l'enfant », faisant implicitement des couples sans enfants des malades qui s'ignorent, et de la biomédecine une pourvoyeuse d'enfants...

Mais pour s'exprimer publiquement, cette « demande » avait besoin d'un contexte de rareté, condition indispensable à la dynamique économique de l'offre et de la demande, et elle avait également besoin d'une rhétorique économique fondant de nouvelles équivalences lui permettant de transformer la conception des êtres en opération économique.

LA PRODUCTION DE LA RARETÉ...

On sait que les technologies de procréation se sont implantées dans un contexte de faible natalité où les palliatifs contre l'infertilité et la stérilité ont souvent été présentés comme des bouées de sauvetage face à la menace sourde et mortifère du déclin démographique des pays industrialisés. En fait, ces technologies se sont appuyées sur une fascinante construction idéologique du concept économique de rareté, réussissant à imprimer dans l'inconscient collectif l'impression qu'il y a véritable « rareté » des enfants à adopter, « rareté » de la fertilité et même, chose assez cocasse, « rareté du sperme »... Pour reprendre l'analogie économique, nous serions donc face à une triple rareté : rareté du « produit enfant », rareté de la « force de procréation » et rareté des « moyens de reproduction » : sperme, ovocytes et utérus...

DES ENFANTS RARÉFIÉS AUX ENFANTS RÉIFIÉS...

La prétendue « rareté » des enfants à adopter constitue toujours l'un des arguments majeurs de recours aux technologies de procréation. Comme si, piégés par le seul discours dominant des adoptants, on regrettait que moins de femmes soient forcées à enfanter et à abandonner leur enfant... A l'échelle du monde, il n'y a pas « rareté » d'enfants ayant besoin d'aide et de protection mais bien « rareté » de bébés blancs et en bonne santé mis en adoption. Aux Etats-Unis, on compte plus de 500 000 enfants à adopter, mais la plupart de ces enfants ne sont ni blancs ni nouveau-nés. Dans les familles closes des sociétés modernes, il n'y a pas non plus « rareté » d'enfants à chérir, mais souvent « rareté » de relations enfants-adultes ouvertes permettant de s'aider et de s'aimer sans s'appartenir pour autant. Le fait de concevoir moins d'enfants, d'en faire des objets narcissiques, voire des « propriétés » familiales, ajouté à la myopie culturelle et au manque d'imagination concernant la prise en charge collective des enfants, le tout marqué par un certain eugénisme, un racisme larvé et un double standard face à la vie humaine nous faisant « oublier » le génocide annuel des 40 millions d'enfants du tiers monde, bref, la réification progressive des enfants, objets de l'acharnement procréatif des uns, de la sélection des autres et de l'indifférence meurtrière de tous, est sans doute beaucoup plus problématique que la supposée « rareté » des enfants... du moins pour eux et pour une certaine conception de l'humanité...

QUAND LA RARETÉ DE LA FERTILITÉ FÉCONDE L'ÉCONOMIE...

Par glissements et amalgames tout aussi étonnants, on en est également venu, au cours des dernières années, à confondre presque totalement la non-conception, avec les délais ou les difficultés de conception, et son impossibilité totale ; bref, on en est venu à assimiler largement l'infécondité à l'infertilité et à la stérilité, gonflant ainsi les statistiques, aiguisant la compassion du public, accentuant l'empressement des clientèles, stimulant l'essor des pratiques et camouflant dans de prétendus succès artificiels de nombreuses conceptions « naturelles »...

Nouveau paradigme de la biomédecine reproductive et point d'origine opaque de la genèse de la procréation artificielle, cette prétendue « rareté » de la fertilité est un bel exemple de construit sociohistorique, qui opère à la fois dans le discours, dans l'imaginaire et dans les corps. Ainsi, c'est entre autres par la force des mots que le désir frustré de fécondité, après un an d'essais infructueux, a été qualifié d'infertilité, pour devenir ensuite, par glissements sémantiques successifs, de la stérilité, et se transformer enfin en « indication médicale », bien que souvent, notamment dans les cas d'infertilité idiopathique, il n'y ait pas nécessairement incapacité ou difficulté biologique à procréer. L'infécondité, l'infertilité et la stérilité sont ainsi devenus des concepts à géométrie variable complémentaires, épousant les contours et les rythmes des technologies de procréation et de leurs besoins de légitimation sociale. C'est également dans le réel des corps que l'infécondité, l'infertilité et souvent la stérilité ont pris place, suite aux effets iatrogènes de la médecine, de l'environnement et des conditions de travail, ou encore de certains facteurs sociaux et de certaines conceptions de la sexualité et des rapports des sexes[13]. En fait, comme nous l'avons montré ailleurs, l'essentiel des difficultés et des impossibilités de procréer que les technologies de procréation prétendent pallier sont socialement produites, et elles pourraient, pour la plupart, être évitées ou amenuisées.

Sans tomber dans une lecture *a posteriori*, on peut se demander si, d'une part, l'hystérisation de l'infertilité et de la stérilité et l'absence d'interventions cohérentes visant à en freiner la production, et si, d'autre part, l'élargissement constant des indications et des clientèles, séduites entre autres par l'inflation des taux de succès, n'étaient pas essentiels à la mise en place de cette techno-économie de la procréation. Ces technologies peu performantes auraient-elles pu se développer de la même façon si elles avaient été appliquées selon les règles des pratiques expérimentales, et aux seules clientèles de stérilité tubaire ? Autrement dit, la production et la stimulation de la demande n'étaient-elles pas, comme dans tout secteur économique du *Science Push*, indispensables à la constitution des équipes et des centres, à l'expérimentation et à la mise au point des techniques, à leur légitimation sociale et à l'expansion des marchés ?

Ce dispositif complexe de légitimation, porté par le discours, intériorisé dans les corps et tenant à la fois du réel et de l'*idéel*, n'est pas sans rappeler celui qui a été développé, au cours des années 10-40, aux Etats-Unis, lors de la première phase des sciences reproductives. Comme le souligne Adele Clarke, c'étaient moins les problèmes scientifiques, techniques et conceptuels que les problèmes de légitimité qui entravaient alors la mise en place de véritables marchés pour ce type de recherche en reproduction humaine. Et c'est par d'étonnants quiproquo entre une demande sociale de contraception, portée par un concert de voix cacophoniques des milieux eugénistes, néo-malthusiens et féministes pour le contrôle des naissances, et une offre de contraception médicalisée ouvrant sur les sciences reproductives, que ce nouveau champ biomédical a trouvé la légitimation indispensable à son développement.

Cette fois, ce n'est pas la contraception, mais sa figure inversée, la difficulté de conception, objet de dramatisation individuelle et collective, qui sert de pierre d'assise à cette seconde phase des recherches en reproduction. Pour comprendre la force de ce discours de légitimation sur l'imaginaire individuel et collectif, il faut le resituer dans la dynamique de l'hystérisation-médicalisation du corps des femmes à l'œuvre depuis plus d'un siècle.

On sait que la prémisse d'une sexualité mystérieuse et envahissante avait permis, au XIXe siècle, de qualifier et de disqualifier le corps féminin prétendument saturé de sexualité, pour en faire l'un des pivots des pratiques médicales, notamment gynécologiques, hystérisation conduisant, pour reprendre Foucault, à l'un des quatre grands dispositifs de pouvoir et de savoir sur le sexe. A cette prémisse d'une sexualité envahissante s'est surajoutée, au début du siècle, la prémisse d'une fertilité proliférante et menaçante, conduisant à une nouvelle hystérisation du corps des femmes. Ainsi, les 24 heures mensuelles de fécondabilité féminine potentielle devenaient hautement problématiques, la fertilité des femmes devant désormais être contrôlée, médicalisée, comme l'avait déjà été leur sexualité. C'est d'ailleurs cette mise en circuit contraceptif, s'étendant progressivement de la puberté à la ménopause et conduisant près de la moitié des couples des sociétés anglo-saxonnes à la stérilisation, qui constituera l'un des piliers des sciences reproductives (Vandelac 1987 a)... Au cours des dernières décennies s'est ajoutée une troisième prémisse, celle d'une fertilité étiolée et toujours menacée, troisième hystérisation du corps des femmes, les conduisant, cette fois, dès les premiers ratés, aux cliniques d'infertilité et aux technologies de procréation.

Ainsi, en un siècle, l'hystérisation du corps des femmes à la sexualité prétendument débordante et menaçante, à la fécondabilité incontrôlable et à la fertilité étiolée, bref, cette triple hystérisation de la sexualité, de la fertilité et de l'infécondité a constitué la pierre d'angle de l'emprise du discours gynécologique et des sciences reproductives sur la sexualité et l'engendrement. Et c'est largement par son caractère polysémique et son pouvoir évocateur que cette hystérisation de l'infertilité a si profondément pénétré l'inconscient collectif.

Condensé métaphorique du risque de mort de la fécondité, de la génération et de l'espèce, sur fond de risque d'extinction nucléaire de l'humanité, représentation imagée d'une certaine stérilité des rapports hommes-femmes et d'une certaine jalousie masculine de l'enfantement, cette hystérisation de l'infertilité constitue la trame idéologique de la prétendue « rareté » de la fertilité. C'est également la charge émotive de l'infertilité et de son ombre stérilité qui, alimentée par des données souvent alarmistes, a littéralement imprégné le tissu social d'un risque diffus de non-conception. Et ces prétendus risques et fragilités biologiques, voire cette « rareté » croissante de la fertilité, appelèrent l'intervention de la biomédecine et sa nouvelle gestion de la procréation. Comment ne pas être séduit par ces nouvelles techniques permettant, dit-on, d'échapper à la vieille fatalité biologique présentée comme un terrible problème social ? Comment cette société du risque d'anéantissement total aurait-elle pu résister à cet acharnement contre la mort symbolique de la génération et à cette prétendue assurance biomédicale promettant « la suite du monde » et, si on en croit les prétentions de la génétique, « le meilleur des mondes » ?

SPERMAN[14] ET LA RARETÉ DU SPERME...

L'un des aspects les plus cocasses de la pénétration des catégories économiques dans le champ de la procréation est sans doute l'imposition du concept de « rareté » du sperme. Cette « rareté », pivot même de l'offre et de la demande, est en effet la condition préalable de sa conservation en banque et de son commerce. Et, à lui seul, le commerce américain du sperme implique annuellement plus de 11 000 médecins, 172 000 donneurs et 65 000 bébés, dans un marché estimé à plus de 164 millions de dollars (OTA, 1987,8).

Cette prétendue « rareté » du sperme dérive une fois de plus de déplacements d'objets et de glissements de sens. Ainsi, la plupart des cas d'insémination avec sperme de « donneur » sont de simples mises en scène médicales pour mises enceintes techniques, consistant à substituer un pistolet d'insémination à un pénis humain et une relation médicale à une relation sexuelle. Rares étant les hommes acceptant de révéler leur stérilité, rares étant les individus et les couples pouvant accepter dans toute la complexité de telles situations l'introduction sexuelle d'un tiers, on préfère réifier le géniteur, paillette congelée et anonyme. Dans les « IAD-assurance-procréation » après une vasectomie volontaire, la « rareté » est délibérément créée. Dans les IAD pour absence de partenaires, il n'y a pas « rareté » de sperme, mais « rareté » de géniteurs ou de relations viables d'engendrement, voire « rareté » des qualités préétablies. Pour y pallier, des compagnies comme Biogenetics, aux Etats-Unis, offrent des centaines de « géniteurs en paillette » identifiés selon leur race, leur ethnie, leur religion (*sic*), la couleur de leur peau, la texture et la couleur de leurs cheveux, la couleur de leurs yeux, leur poids, leur taille, leur ossature, leur scolarité et leur occupation. Pour l'instant, cependant, le choix se fait au menu et non à la carte... Mais, néanmoins, à la « rareté » initiale succède un certain embarras du choix... si bien qu'en cas d'hésitation la marchandise peut être retournée à Biogenetics dans les 7 jours ! Si c'est la « rareté » du temps de « recherches amoureuses » qui fait problème, alors Biogenetics y remédie en vous livrant le tout dans les 24 heures ! En prime, la qualité est assurée et vous bénéficiez de « garanties » prophylactiques non négligeables. Une telle mise en commerce du patrimoine génétique masculin, réification et instrumentalisation poussée ici jusqu'à la caricature, conduit à une impression de « rareté » croissante puisque ce ne sont plus des êtres qui sont recherchés, mais du matériel biologique, du matériel ciblé, de qualité contrôlée, anonyme, efficace et rapide... Avec le développement d'un tel « fast-food de l'insémination », la « rareté » elle-même semble basculer et ce seront bientôt les géniteurs — en chair et en os — qui risqueront de se faire rares...

Séparer les gamètes de leurs producteurs et artificialiser le cycle reproductif permet donc à la fois d'élargir la « rareté », allant de pair avec la sophistication de la sélection, du traitement et de l'acheminement des gamètes, tout en stimulant et en alimentant la demande. Ainsi, aux Etats-Unis, de nombreux hôpitaux proposent aux femmes voulant obtenir une ligature tubaire de subir d'abord une stimulation ovarienne et un prélèvement d'ovocytes contre un dédommagement de 600 à 1000 dollars, somme leur permettant de payer les frais de leur ligature tout en offrant aux centres de fertilité de « nouvelles sources d'œufs », pour reprendre les termes du *New York Times* (Vandelac 1988a).

LES MISES EN ÉQUIVALENCE

Pour légitimer ce commerce d'ovocytes, on l'a présenté comme figure inversée des banques de sperme, gamètes et organes reproducteurs mâles et femelles étant prétendument symétriques, absurde équivalence allant jusqu'à accorder, comme dans l'« Affaire Baby M », la primauté à un éjaculat sur une femme qui enfante.

Cette mise en équivalence, opération indispensable pour la mise en prix et la mise en marché de la procréation, s'inscrit dans la pénétration des schémas économiques dans les activités de procréation, amorcée dès les années 60, avec certains penseurs de la nouvelle droite économique de l'école de Chicago (Becker). Cette « économie de la fertilité », ancêtre de l'économie de la reproduction, n'était pensable, selon Becker, qu'à partir de la diffusion massive de la contraception orale, condition dite indispensable pour adopter des comportements rationnels en matière de procréation. Cette « rationalité » consiste en fait à programmer la conception en fonction de la maximisation des satisfactions, l'enfant, équivalence oblige, devenant un nouvel objet narcissique comparé à l'acquisition d'un bien durable.

ÉQUIVALENCE OU CHANGEMENT DE PARADIGME ?

La « rationalité » n'étant jamais seule au rendez-vous, c'est dans la parfaite confusion du réel et du symbolique, figure même de l'irrationalité, que s'est constituée l'équivalence la plus fondamentale et la plus lourde de sens pour cette technicisation de l'enfantement : celle de l'assimilation du désir frustré d'engendrement à la pathologie et à la mort. Ainsi, un récent article du *Journal of the Royal Society of Medecine* (1989) justifie les coûts de la FIV en les comparant à ceux des transplantations rénales ou cardiaques... Comme si l'intervention biomédicale contre la pathologie et la mort pouvait être assimilée aux interventions visant à donner la vie, comme si un espoir déçu d'enfant rêvé importait autant qu'un être humain réel dont la vie est menacée...

Pour en arriver à de telles équivalences économiques entre transplantations cardiaques et transferts d'embryons, il faut que la médecine ait littéralement pris au pied de la lettre la conception symbolique de la stérilité en tant que mort de la génération. Comme si les êtres mouraient deux fois, de leur propre mort et de celle de leurs impossibles enfants. Comme si l'intervention contre cette « mort de la génération » était aussi « vitale » que l'est l'intervention pour contrer la mort de l'individu. N'est-ce pas d'ailleurs sur cette équivalence implicite de la mort de l'être et de la génération que se fondent le financement public des technologies de procréation et les assurances pour traitements et palliatifs de l'infertilité et de la stérilité ?

QUAND LA PROCRÉATION ASSISTE LA MÉDECINE...

Le caractère réducteur et mystificateur de l'expression « économie de la procréation médicalement assistée » devient maintenant évident. Tous les éléments y sont. Ne reste que l'assemblage... et les coutures.

On l'a vu, c'est moins la médecine qui assiste la procréation que ce n'est la transformation de la procréation en opération techno-économique de reproduction d'humains qui assiste la médecine dans un de ses redéploiements les plus magistraux de l'histoire.

D'une pratique centrée depuis son origine sur l'intervention contre la pathologie et la mort de l'être, la médecine devient désormais entreprise de « fabrication » et de « gestion » d'humains. Comme le dit Ambroselli (1988, 20) : « Une nouvelle fabrique du corps humain, transformé avant la naissance et au moment de mourir, est aujourd'hui scientifiquement et techniquement en cours de construction : de la conception *in vitro* jusqu'à la conservation de "donneurs vivants", un contrôle biologique et médical du corps prend forme. »

Alors que le projet nosographique, à l'origine de la démarche clinique et de la constitution de la médecine comme science positive, s'est construit sur la mort comme référant absolu et sur le cadavre comme paramètre parfait du corps mort (Foucault 1983, 200), la médecine reproductive ouvre dorénavant la mort dans toute son ampleur. Elle modifie en effet le concept de mort pour en faire non plus seulement une mort d'après-vie, mais une mort d'avant-vie, comme une avant-vie-de-la-mort. Elle passe ainsi du corps mort au non encore corps, du cadavre à l'embryon, transformant en nouveau champ de recherche et d'expérimentation les franges incertaines de vie et de mort de ces êtres d'entre-deux, « précadavre », « préembryon » et « préenfant », nouvelles catégories médicales qui interrogent les représentations les plus profondes de l'être humain et de sa généalogie.

De la *Fabrique du corps humain,* première démonstration anatomique d'André Vésale, en 1543, où un public d'hommes assiste au spectacle d'une femme morte qu'on éventre — ce qui n'est pas indifférent au titre de *Fabrique du corps humain* —, jusqu'à la première fécondation *in vitro* réussie en 1978, semble fonctionner un même imaginaire, un même projet, un même univers fantasmatique... bien qu'en quatre siècles le regard, la pulsion scopique, se soit détourné de la femme éventrée... à l'embryon sous verre.

Et c'est cet embryon, continent noir des recherches génétiques, source fabuleuse de matériel biologique pour les greffes, les transplantations, le clonage des cellules, qui devient l'objet fétiche de cette biomédecine. Derrière les discours sur l'infertilité, qui ont permis l'accès, la recherche, voire l'exploitation des gamètes, des tissus et des organes reproducteurs, c'est l'embryon, ce nouveau laboratoire humain, et c'est l'ovaire, cette source fabuleuse d'embryons potentiels, qui constituent désormais les enjeux économiques majeurs.

Ce n'est donc pas la médecine qui assiste la procréation, mais la procréation qui assiste la médecine dans sa fascinante reconversion. Du cadavre on est passé à l'embryon, et à l'art de soigner s'est substitué un art de la fabrique, voire un art de l'artifice, dont les justifications passent de l'intervention contre la pathologie et les risques de mort de l'individu aux traitements, aux palliatifs ou au camouflage de la mort symbolique de la génération. Et pour faire tenir ce fragile édifice de justifications, pour masquer la question éthique fondamentale de cette emprise inégalée du biopouvoir sur les êtres et le corps social, s'élabore une éthique que l'on dit de plus en plus « bio ». Ce préfixe « bio », rappelle Higgins, traduit certes le fait que la médecine a valeur de paradigme pour les enjeux de notre temps, mais surtout qu'elle constitue « la pointe avancée d'une raison technologique qui entend produire un homme nouveau, sans religion, sans illusion, dont les désirs, le corps, ne seraient plus que l'objet d'une bonne gestion sociale, sécuritaire, diététique, sportive et médicale [...]. La bioéthique ne serait alors, conséquence logique, que la redéfinition, la traduction, dans des termes convenables pour le pouvoir technologique, de la question éthique ».

La médecine n'assiste pas la procréation comme elle assiste des personnes en danger, à moins de confondre une fois encore le réel et le symbolique, la mort de l'individu et celle de son impossible descendance... En outre, si l'enjeu véritable était d'assister médicalement la procréation, on remettrait rapidement en question la diffusion de ces technologies coûteuses, inefficaces, expérimentales et non dénuées de risques et d'effets secondaires, ponction considérable d'argent, de temps et de ressources humaines qui pourraient être affectés beaucoup plus efficacement à la prévention de l'infertilité et de la stérilité et aux soins de périnatalité et de néonatologie (Laborie 1989, Wagner et St. Clair 1989, Vandelac 1989b).

Ce paradoxe, voire cette aberration en terme d'allocation des ressources, tient certes à l'ampleur des enjeux économiques, mais tient aussi à la fascination de la « fabrication » du vivant, à la volonté de « forcer », de « maîtriser » la reproduction, projet aux accents guerriers qui n'est pas sans rappeler celui de « maîtrise scientifique de la nature ». Et le tout s'articule à un discours largement médiatisé, s'appuyant sur le repoussoir de la « stérilité », métaphore de l'impuissance et de la mort, et sur la force de séduction des photos des bébés-FIV heureux. Ce n'est pas la médecine qui assiste la procréation, mais nous qui assistons à un fascinant montage de fiction, à une vaste entreprise de gestion des gamètes et des corps, voire parfois des impossibles rapports amoureux...

Dans bon nombres de cas, il ne s'agit guère de médecine... A moins de qualifier de médecine l'IAD évitant une relation sexuelle extraconjugale ou palliant l'absence de partenaire ? Une telle « thérapeutique », un tel « palliatif » sert-il alors à contrer la jalousie, la gêne d'un homme devant l'aveu de sa stérilité, l'absence de partenaire ? La FIVETE dite pour « indication masculine », intervention lourde sur une femme parfaitement fertile dans l'espoir de faire du conjoint le géniteur, est-elle thérapeutique ? Si cette assurance biomédicale de paternité génétique est thérapeutique, c'est alors que l'aliénation du sperme dans l'acte sexuel est considérée comme pathologique.

Ces déplacements, du thérapeutique au palliatif, du curatif à l'idéologique, de l'intervention sur un malade à celle sur une femme en bonne santé au nom de la transmission des gènes de son conjoint, de la prévention des maladies à l'élimination des embryons atteints, de tels déplacements interrogent non seulement les présupposés et les orientations de cette « médecine », mais ils témoignent clairement d'un changement d'objet, de discours, de méthode, conduisant à une entreprise technologique de fabrication du vivant. Le projet médical est emporté, débordé par la fascination technologique et parler de « procréation médicalement assistée » est une perversion des termes qui masque la radicalité de cette nouvelle réalité...

D'ailleurs, s'agira-t-il pour longtemps encore de procréation et d'engendrement humains ? La scène primitive a changé de décors, de partenaires et parfois de corps. Elle est devenue, dirait Baudrillard, ob-scène... L'imaginaire à l'œuvre est déjà celui de la reproduction, de la duplication du même, marqué par l'éviction du sexuel, par l'aplatissement du sexué dans de fausses symétries pour jeux d'équivalences marchands, par l'abolition de la métaphore... Nous nageons déjà dans l'univers cloné des batraciens et maintenant dans celui de mammifères, notamment des bovins. L'humain pourra-t-il vraiment encore longtemps y échapper ? D'ailleurs, la production en série d'embryons dits surnuméraires, production iatrogène d'humains potentiels visant à pallier la non-maîtrise médicale de l'implantation des embryons et à gonfler les taux de succès, n'en est-elle pas la préfiguration ? Cette production technique, voire surproduction d'humains potentiels pour camoufler et réduire l'insuccès d'une pratique médicale, n'est-elle pas la démonstration même de l'emprise de la raison technique et des enjeux économiques sur la conception des êtres ? Et ce silence de l'éthique « bio » sur cette production iatrogène d'embryons de la technique, ne témoigne-t-il pas, pour reprendre Higgins, de la traduction de la question éthique dans des termes convenables pour le pouvoir technologique ?

S'agira-t-il pour longtemps encore de procréation et d'engendrement humains ? L'hystérisation du corps des femmes, son modelage de la puberté à la ménopause, sa réduction à un objet médical, éclaté, morcelé, ne sont-ils pas en train de transformer ce corps, ce roc du réel, cet encreux d'expérience, cette mémoire vivante de la génération, en simple lieu de passage, vidé de sens, jusqu'à ce qu'on puisse éventuellement s'en passer ? Cette pénétration des schémas économiques dans l'enfantement n'est-elle pas en train de transformer les métaphores corporelles qui marquent de leur empreinte le corps de la pensée ? N'est-on pas en train de mettre à mal l'altérité, cette altérité indispensable à l'émergence d'une langue plurielle, d'une langue défiant l'unicité, l'univocité et l'unilatéralité du sens ?

De la procréation, nous semblons glisser irrémédiablement vers la techno-économie de la reproduction. De sujet, l'être humain devient, dans sa conception même, et dans le double sens du mot conception, objet économique, objet technique, objet de la techno-économie. *Production de marchandises par des marchandises,* pour reprendre le titre du célèbre ouvrage de Piero Sraffa. Economie et technique, rêves incarnés d'omnipotence, enserrent l'humain, le transforment en simulacre vivant de l'« homo economicus », cette créature économique androcentriste, cette négation de l'altérité sexuelle, à la frontière du mort vivant et de l'automate, véritable référent inconscient à ce projet d'emprise sur le vivant...

Pourquoi chercher ainsi à oublier que la vie est une maladie mortelle transmise sexuellement ?...

PS : Je tiens à remercier Rosanna Baraldi, assistante de recherche, pour son repérage bibliographique, et Marion Léopold, sociologue à l'UQAM, pour ses commentaires.

BIBLIOGRAPHIE

AMBROSELLI, Claire, « Quarante ans après le Code de Nuremberg : éthique médicale et droits de l'homme », *Éthique médicale et droits de l'homme,* série La fabrique du corps humain, Actes Sud/INSERM, avril 1988, p. 19-40.

ANDERSON, John W., « "Scrambling for Biotech Bucks", Human Gene Transplants », *The Nation,* 10 avril 1989, p. 476-478.

ANDREWS, Lori B., *New Conceptions. A Consumer's Guide to the Newest Infertility Treatment,* New York, Ballantine Books, 1985, 330 p.

Australian In Vitro Fertilization Collaborative Group, « *In Vitro* Fertilization pregnancies in Australia and New Zealand, 1979-1985 », *Medical Journal of Australia*, vol. 148, 2 mai 1988, p. 429-436.

BEAUNE, Jean-Claude, *Les Spectres mécaniques, Essai sur les relations entre la mort et les techniques,* Le troisième monde, Col. Milieux, Ed. Champs Vallon, 1988, 387 p.

BEST, John, « Avoiding throwing the Baby Out with the Bath Water », *The Medical Journal of Australia,* vol. 149, juillet 1988, p. 97-102.

BLANC, Marcel, *L'Ère de la génétique,* Paris, Ed. La Découverte, 1986.

CLARKE, Adele E., *Emergence of the Reproductive Research Enterprise : A Sociology of Biological, Medical and Agricultural Science in the United States, 1910-1940,* Ph.D. University of California, 1985, 482 p.

COHEN, Jean, « Le coût social de la stérilité et, en particulier, des procréations médicalement assistées », *Contraception, Fertilité, Sexualité,* vol. 17, n° 3, p. 213-217, 1989.

Commonwealth Department of Community Services and Health, Canberra, *Commonwealth Perspectives of IVF Fundings,* avril 1988.

Conseil de l'Europe, *Proposition de décision du Conseil portant sur l'adoption d'un programme spécifique de recherche dans le domaine de la santé : médecine prédictive, analyse du génome humain.*

Conseil de recherches médicales du Canada, Lignes directrices du Conseil de recherches médicales, *Document de consultation concernant la recherche sur la thérapie génique somatique,* sept. 1989, Ottawa, 41p.

COREA et DEWITT, « Currents Development and Issues », *Reproductive and Genetic Engineering,* vol. 1, p. 292, 1988.

COREA, Gena, *The Mother Machine,* Harper and Row, NY 1985.

DE MOUZON, Jacques *et al.*, « Dossier FIVNAT : analyse des résultats 1987 », *Contraception, Fertilité, Sexualité*, 1988, vol. 16, nos 7-8.

DEBRY, J.-M., « FIVETE : l'option ULM », *Revue de l'association belge des technologues de laboratoire*, vol 16, n° 5, p. 231-237, 1989.

DODSON *et al.*, « Review of *In Vitro* Fertilization and Alternative Approaches », *Surgery, Gynecology and Obstetrics*, vol. 162, jan. 1986, p. 89-104.

DREYFUS, Hubert et Rabinov Paul, *Michel Foucault : un parcours philosophique*, Paris, Ed. Gallimard, 1984, 366 p.

DUFRESNE, Jacques, *La Reproduction humaine industrialisée*, Québec, Institut québécois de recherche sur la culture, 1986, 125 p.

FAULKNER W.L. et ORY H.W., *JAMA*, 235, 1851, 1979.

FOUCAULT, Michel, *Naissance de la clinique*, Paris, Gallien-Presses universitaires de France, (1963) 1983, 214 p.

FULAP, Marcel, « A Survey of the Literature on the Economic Theory of Fertility Behavior », *The American Economist*, vol. XXI, n° 1, printemps 1977.

GAVARINI, Laurence et VANDELAC Louise, *Sexe et économie ou certains dessous des sciences de la reproduction*, Projet de recherche comparée France-Québec sur les pratiques et les discours des NTRH, Paris, CNRS, 1988.

GAVARINI, Laurence, *Les Procréations artificielles aux regards de l'institution scientifique et de la Cité : la bioéthique en débat*. Thèse de doctorat nouveau régime, université de Paris VIII, sept. 1987.

GRAY, Charlotte, « High Tech Conception : Can Canada Afford Them ? », *CMAJ*, vol. 138, 15 mai 1988, p. 948-949.

HIGGINS, Robert William, « La mort, la psychanalyse et la question de la bioéthique », *Questions actuelles*, Paris, 1988, p. 83-94.

HUBBARD, Ruth, « Human Embryo and Gene Manipulation », *Science for People*, mai-juin 1983.

JAMA, 22-29 jan. 1988, vol. 259, n° 4.

JOHN E., LOO K., LiG., « Cost of Neonatal Intensive Care », *Australian Pediatric Journal*, 1983 ; 19, 152-156.

JORDAN, Bertrand, « Les cartes du génome humain », *La Recherche*, Paris, vol. 20, n° 216, p. 1486-1493.

KAVAL, Ramone, « What Price the Sale of Reproductive Technology ? », *Critical Social Policy*, n° 19, été 1987, p. 5-20.

LABORIE, Françoise, « De quelques faces cachées des nouvelles techniques de procréation », p. 89-114, *L'Ovaire-dose, Les*

Nouvelles Méthodes de procréation, Mouvement français pour le planning familial, Paris, Ed. Syros/Alternatives, 1989, 322 p.

LANCASTER, P., « Pregnancy Rates and Perinatal Outcome After IVF and GIFT in Australia and New Zealand », *VIe World Congress In Vitro Fertilization and Alternate Assisted Reproduction*, Israël, 1989.

LEXCHIN, Joel, *The Real Pushers,* A critical Analysis of The Canadian Drug Industry, New Star Books, Vancouver, B.C. 1984, 272 p.

LIMOGES, Camille, « Analyse évaluative et évaluation sociale des technologies : une pragmatique sociale », *Recueil des activités CIEST*. Université du Québec à Montréal, 1988a, p. 259-279.

LIMOGES, Camille, « Éthique médicale et évaluation sociale des technologies », *Éthique médicale et droits de l'homme*, Actes Sud/INSERM, avril 1988b, p. 307-312.

OTA, Office of Technology Assessment, *Infertility, Medical and Social Choices*. Congress of United States, Office of Technology Assessment, Library of Congress, Washington, mai 1988, 402 p.

OTA, Office of Technology Assessment, *Artificial Insemination*. Practice in the United States, Background Paper, mai 1987, 112 p.

PAGE, H., « Economic Appraisal of *In Vitro* Fertilization : A Discussion Paper », *Journal of the Royal Society of Medicine*, vol. 82, p. 99-102, fév. 1989.

PAPPERT, Ann, *The Reproductive Revolution*, Special Report, 1989.

Rapport du Comité de travail sur les nouvelles technologies de reproduction humaine, ministère de la Santé et des Services sociaux, Gouvernement du Québec, 1988, 120 p.

SRAFFA, Piero, *Production de marchandises par des marchandises*, (1959), Paris, Dunod, 1977, 124 p.

STANLEY, Fiona J., « *In Vitro* fertilization — a gift for the infertile or a cycle of despair ? », *The Medical Journal of Australia*, vol. 148, 1988.

VANDELAC, L., « L'enceinte de la maternité : sexes et sexualités », p. 220-234, *Maternité en mouvement*, de Vilaine, Gavarini et Le Coadic (éds.), Grenoble, Montréal, 1987.

VANDELAC, L., « Sexes et technologies de procréation, "Mères porteuses" ou la maternité déportée par la langue... », *Sociologie et Société*, vol. XIX, n°1, avril 1987b, p. 97-115.

VANDELAC, L., *L'Infertilité et la stérilité : l'alibi des technologies de procréation*. Thèse de sociologie, Doctorat nouveau régime (Ph.D.), université Paris VII, Jussieu, mai 1988a, 504 p.

VANDELAC, L., « La vulgarisation : entre scientisme et sensationnalisme... la presse "enceinte" des "mères porteuses" », D. Jacobi et B. Schiele (éds.), *Vulgariser la science*, Paris, Ed. du Champ Vallon, 1988b, p. 246-275.

VANDELAC, L., « Technologies de procréation : les mots de la stérilité et les effets iatrogènes des anovulants et du stérilet », p. 151-176, *L'Ovaire-dose, Les nouvelles méthodes de procréation*, Mouvement français pour le planning familial, Paris, Ed. Syros/Alternatives, 1989b, 322 p.

VANDELAC, L., « La face cachée de la procréation artificielle », *La Recherche*, Paris, vol. 20, sept. 1989, p. 1112-1124.

VÉSALE, André, *La Fabrique du corps humain*, Ambroselli, C., Fagot-Largeault, A. et C. Sinding (éds.), Vendôme, Actes Sud/INSERM, 1987.

WAGNER, MARSDEN G. et ST. CLAIR Patricia A., *Lancet*, 28 oct. 1989, p. 1027-1029.

SORTIR DE L'HISTOIRE

Anne-Marie de Vilaine

> Je trouve dérisoire toute théorie de la culture, toute analyse des conditions présentes qui ne place pas, au centre, les mécanismes de la terreur qui menèrent à la mort, en Europe et en Russie, du début de la Première Guerre mondiale à la fin de la Deuxième, par la faim et par des massacres systématiques, soixante-dix millions d'êtres humains.
>
> GEORGES STEINER

Les droits de l'homme deviendront-ils un jour les droits de l'humanité ? Une telle évolution tiendrait compte du fait que nous sommes avant tout des êtres relationnels et interdépendants, vivants et mortels, doués de parole et de mémoire, s'inscrivant dans une généalogie et faisant partie d'une histoire inséparable de celle de la planète Terre. Ces droits de l'humanité prendraient en considération des atteintes, directes et indirectes, à l'intégrité et à la dignité de la personne, concernant des femmes, des enfants, des personnes âgées ou handicapées, ainsi que les traitements infligés aux animaux et au « milieu ambiant ».

Ce n'est malheureusement pas cette évolution qui

se dessine à l'ère de la génétique et de la « révolution procréatique ». Au contraire. Sous couvert de secourir les malheurs des couples, et surtout des femmes inféconde, on règle, avec des techniques souvent hasardeuses, des conflits relationnels en perturbant des liens solidaires de la condition humaine. On détruit le mystérieux *continuum* de la relation mère-enfant, ce « premier lien humanisant » selon Françoise Dolto, et on écarte le compagnon de la femme au profit du père-scientifique.

J'aimerais partir de cette hypothèse : la « procréation médicalement assistée » n'est pas une réponse à une détresse individuelle (l'infécondité) mais une façon de contourner, par la conjugaison d'une rationalisation scientifique volontariste et d'une logique consumériste, une impossible transmission entre les générations et un certain désarroi dans les rapports homme-femme. En tant que telle, la PMA n'est pas une ouverture sur les droits de l'humanité, mais une forclusion par la technique de nouveaux rapports humains que de tels droits favoriseraient.

Depuis le début du siècle et les grandes fractures des deux guerres mondiales, les refus et les ruptures de transmission entre les générations n'ont cessé de se succéder. Prenons l'exemple de l'Allemagne et de la France. La génération des Allemands qui naquirent pendant la guerre ou dans l'immédiat après-guerre a souffert du non-dit des parents sur les atrocités commises ou subies sous le IIIe Reich. Qu'ils aient été enfants des coupables ou enfants des victimes, beaucoup auraient pu dire, comme Martha dont les deux parents sont des survivants des camps, qu'ils auraient aimé pouvoir « sortir de l'histoire »[1].

En France aussi, cette génération a souffert d'un

certain non-dit concernant la collaboration active ou passive des Français pendant la guerre et les horreurs de l'univers concentrationnaire. Horreurs qui font l'objet de dénégations maniaques de la part d'enseignants et d'historiens « révisionnistes ». Une autre façon de sortir de l'histoire...

1968, « la révolte contre le père » (G. Mendel), a été pour une bonne part une réponse ou une réaction mondiale au conflit également mondial de 1939-1945, faisant éclater au grand jour le défaut de transmission, la rupture entre les générations, entre ceux qui avaient vécu la dernière guerre et leurs descendants, qui proclamaient : « Nous sommes tous des Juifs allemands. »

Dans ce contexte, certains pensent que la technoscience — et plus spécialement la biologie aujourd'hui —, dont l'emprise n'a cessé de s'accroître sur nos vies depuis l'explosion de la première bombe atomique, peut conjurer ou réparer le souvenir du désastre humanitaire de la dernière guerre, en créant l'« homme nouveau », l'« homme régénéré[2] » dont avaient rêvé les citoyens de 1789. On fabriquerait ce « mutant », selon l'expression du gynécologue-accoucheur Jean Cohen[3], partisan enthousiaste de la fécondation *in vitro* (FIV), en arrachant l'être humain à son environnement premier, en brouillant les origines, en effaçant les traces.

Ces fantasmes et d'autres, sur lesquels nous reviendrons, semblent être à l'œuvre, au nom du Progrès, dans certaines applications des techniques de reproduction artificielles dites « procréation médicalement assistée » (PMA) où l'anonymat et le secret sont la règle. Anonymat et secret concernant le père génétique lorsqu'une femme est inséminée, ou son ovule fécondé, avec le sperme d'un inconnu

(IAD et FIV-D en sont les sigles aseptisés), anonymat et secret concernant la mère ovulaire en cas de don d'ovocyte, et des deux parents génétiques en cas de dons d'embryons. Il y a aussi les prétendues « mères porteuses », fécondées par IAD, mais là c'est le donneur de sperme qui sera le père reconnu tandis que les mères seront censées rester anonymes et annuler leur grossesse, gommant ainsi neuf mois de leur vie.

A l'anonymat et au secret s'ajoute l'inconnu. Personne ne sait, par exemple, de quelle façon la mentalité, l'imagination, les rêves, la créativité de l'être humain seront affectés par le changement de « scène primitive » et par la congélation pré ou postconceptuelle. Désormais, pour certains enfants, la rencontre programmée en éprouvette de l'ovocyte d'une femme et du spermatozoïde d'un homme — l'un étant obtenu après forçage de l'ovulation et extraction chirurgicale, l'autre par masturbation dans un placard d'hôpital — remplacera la diversité des scénographies fantasmatiques de la rencontre sexuelle et/ou amoureuse d'un homme et d'une femme...

Désormais aussi, on peut supposer que, pour certains enfants, le souvenir imaginaire d'avoir été un jour « à l'abri, au chaud, dans le ventre maternel », s'efface derrière une métaphorisation de l'attente, du suspens, du coït interrompu, du gel, de l'arrêt de vie ou d'une immortalité anonyme et glacée...

DIVISER LA MATERNITÉ, MORCELER LA MÈRE

Si le désir inconscient de « sortir de l'histoire » généré par la crise des valeurs depuis la dernière guerre mondiale a fait partie de l'air du temps dans lequel la PMA a pu se développer, la volonté pour les hommes de récupérer — *via* la science et la médecine — le pouvoir et le contrôle qui leur avaient été arrachés de haute lutte par les femmes en 1975 avec la loi Veil est certainement au cœur de la « révolution procréatique », révolution ou plutôt invasion du corps des femmes par des technologies à risque pour guérir un symptôme qui n'est pas une maladie et ne met pas leur vie en danger. Comme l'écrit J. Testart, « c'est bien d'une mécanisation de la pensée elle-même qu'il s'agit quand la démarche "innovante" consiste à instrumentaliser le corps féminin en expérimentant toutes les hypothèses possibles[4] ».

Paradoxe : c'est au moment où on œuvre le plus au nom du droit des femmes à être mères que se réalisent le plus les fantasmes masculins concernant la procréation... Ainsi, maintenant, grâce à la PMA, pour la première fois, c'est la mère qui peut être incertaine. Pour les hommes qui acceptent difficilement leur marginalisation biologique dans la reproduction, on comprend que ce soit une révolution...

Pourtant, la loi sur l'interruption volontaire de grossesse, qui accorde à la femme pendant douze semaines le droit de décider d'assumer ou non la gestation et le devenir d'un enfant qui nidifiera neuf mois dans son corps, tenait enfin compte, sur le plan législatif, de la différence d'implication corporelle, affective et culturelle des deux sexes dans la reproduction. Il en résultait une inégalité, relative et temporaire, des droits du père et de la mère par rapport à l'enfant à naître. Cette inégalité reste mal acceptée par les hommes et culpabilise certaines femmes imprégnées par l'idéologie égalitaire qui ne peuvent assumer ce « privilège » que serait la grossesse, dès lors qu'elles revendiquent l'égalité sociale avec les hommes.

Avoir des enfants grâce à la science, ce serait alors un peu désamorcer la rivalité entre les sexes par rapport à la procréation en s'en remettant l'un et l'autre à une instance tierce : la techno-science, qui rend les femmes fécondes, un peu comme le Saint-Esprit... Cela permettrait de nier en partie « cette chose fâcheuse qu'on essaye d'oublier : [...] chaque homme, chaque femme est sorti d'une femme et a été absolument dépendant d'une femme, puis l'a été relativement », comme le rappelle Winnicott. Selon lui, la Femme majuscule « qui domine toute la scène et influence tous nos débats est la mère non reconnue des premiers mois de la vie de tout homme et de toute femme ». Mais, ajoute-t-il, « les femmes ont en elles la faculté de résoudre leur rapport à la Femme en s'identifiant à elle », et il propose, à partir de là, une « nouvelle définition de la différence des sexes[5] ».

La hantise (peur et envie) de la toute-puissance maternelle fantasmée constitue l'infrastructure cachée d'une organisation politique et sociale qui ampute les femmes d'une part de leur identité en les empêchant de penser librement le rapport du féminin au maternel et du maternel à la loi.

Ainsi, à l'heure actuelle, la pression exercée sur les femmes par l'expansion et la diffusion des techniques de reproduction artificielles est si forte, tant sur le plan du vécu personnel de la maternité que sur le plan intellectuel et théorique, qu'elle les accule soit à une compulsion de répétition masochiste, soit à une impasse de la pensée. Impasse de la pensée dont je peux témoigner lorsqu'il m'a fallu réfléchir *ex nihilo* au « statut de l'embryon » à l'occasion d'un débat sur la PMA. Comment donner un statut objectif à l'embryon alors que j'en ai une représentation intime et chaque fois différente ? Comment évaluer un vécu subjectif qui fonde pour une part la relation future avec l'enfant dès lors que la mère l'imagine, réagit à ses manifestations *in utero*, lui permettant ainsi d'établir les bases de son identité ? Il m'est difficile, par ailleurs, de projeter l'embryon dans un espace neutre, comme une entité séparée, qui aurait un sens en soi : il se présente alors à mon esprit comme un organisme arraché à son milieu vital, en souffrance, agonisant. C'est une sorte de cauchemar conceptuel. Cauchemar vécu de manière bien différente lors d'un avortement et qui est aggravé ici par le fait que c'est de la valeur de l'embryon qu'il est question, donc de l'embryon en tant qu'enfant projeté, ayant fait sa place dans mon corps et mon imaginaire. L'embryon dont on avorte, on s'autorise peu à le « penser » : il est inconcevable — mais il n'est pas une chose... On garde toujours trace en soi de cet inconnu qui restera à jamais inconnaissable...

Serait-ce que pour réfléchir aux questions posées par la fabrication *in vitro* d'« embryons surnuméraires » une femme doit forclore la mère et métaphoriser l'avortement afin de pouvoir poser face à elle et hors d'elle, comme objet de débat, l'embryon qu'elle concevait jusqu'alors comme un sujet dont elle était en puissance* ?

* Cette expression veut marquer l'impossibilité de dissocier la mère en puissance, c'est-à-dire enceinte, du sujet en puissance qu'est l'enfant jusqu'à ce qu'elle le « mette au monde ».

UN VIEUX COMPLEXE...

Au-delà de la figure pathétique de la femme stérile mise en avant pour légitimer le développement des techniques de procréation artificielles, la « révolution » procréatique vise les femmes en tant que genre et la grossesse en tant qu'activité jalousement convoitée[6]. En effet, la PMA, qui, selon certains de ses fervents défenseurs, pourrait « libérer les femmes du fardeau de la grossesse » et « améliorer la reproduction humaine », constituerait en fait une sorte de « solution finale » au problème jusqu'ici insoluble que pose à l'homme son « envie de maternité » et son besoin compulsif de s'approprier ou de maîtriser le pouvoir reproducteur des femmes.

On oublie trop souvent que l'histoire de la puissance conquérante de l'homme et de l'infériorisation des femmes se double d'une autre histoire, qui commence à être un peu plus connue. Il s'agit du récit des simulacres et des parades inventés par l'homme pour pallier sa marginalisation biologique dans le processus reproductif et tenter de satisfaire son envie de maternité, constamment attestée par la mythologie, la religion et même la science tout au long de l'histoire[7].

Comme l'écrit Roberto Zapperi dans *L'Homme enceint* : « [...] Le désir masculin de frustrer la femme de la faculté de procréer est si fort qu'il affleure là où on ne le soupçonnerait pas, dans cette même médecine académique qui se garantit un statut scientifique en refusant constamment et de façon rigoureuse toute situation d'ordre mythologique[8]. »

Bien que Freud l'ait occultée en mettant l'accent sur « l'envie du pénis » des femmes, de nombreux psychanalystes apportent une confirmation supplémentaire à l'existence de « l'envie de maternité » ou de « l'envie de la matrice » chez les hommes — et chez Freud lui-même[9].

Karen Horney, entre autres, qui dit avoir été « impressionnée par l'intensité de cette envie[10] », ou Bruno Bettelheim, qui y voit la cause de l'« hostilité angoissée » que « les hommes éprouvent à l'égard des femmes[11] », ou encore Denise Demoy, qui s'étonne, dans un livre récent, que cette envie (*Gebarmutterneid*) « n'ait pas eu à ce jour l'honneur d'accéder à la consécration conceptuelle[12] ».

La misogynie des hommes d'Eglise — des « pères » de l'Eglise —, qui existe depuis toujours, s'articule à cette même « envie ». Ne prétendent-ils pas à la fois incarner la Mère, en faisant renaître et en nourrissant spirituellement les fidèles, tout en étant les seuls référents à l'autorité du Père ?

... LE MASCULIN MATERNEL

Il existe de nombreux saints à travers le monde qui allaitent des enfants trouvés, aussi bien, sinon mieux, que la mère qui les a abandonnés ou qui est morte. Selon Roberto Lionetti, le plus célèbre d'entre eux, saint Mamant, descend de saint Mama di Cesarea, qui fut l'un des saints les plus populaires de l'Orient byzantin. L'allaitement masculin est également constamment présent dans la culture juive. « L'image de l'homme qui allaite est souvent l'expression d'un rêve d'autarcie masculine tourné contre la femme, dont on affirme explicitement qu'elle n'est pas indispensable, quand on ne parvient pas à déclarer franchement la supériorité du lait viril sur le lait féminin », remarque Lionetti[13].

Du désir de retour dans le sein maternel à la jalousie du lien symbiotique mère-enfant en passant par l'envie de s'approprier ses pouvoirs et le besoin, à la fois, de l'idéaliser (en tant que « bon objet ») et de la contrôler totalement (en tant qu'objet persécuteur et terrifiant), il existe de multiples façons de réagir face à la Mère et au pouvoir des femmes d'enfanter...

Il est intéressant de voir s'exprimer tous ces fantasmes (qui, selon moi, marquent différemment les hommes et les femmes), dans les médias, qui répercutent avec complaisance les propos des scientifiques et des médecins et plus particulièrement de ceux que la presse a surnommés les « nouveaux maîtres de la procréation », les « faiseurs d'hommes » ou les « pères scientifiques ». Mais si ces fantasmes sont très anciens, ce qui est nouveau et plus inquiétant, c'est leur mise en acte, sur indication médicale, grâce à la PMA, et leur remboursement par la Sécurité sociale.

Ainsi, tandis que le journaliste Jean Grémion délire sur « L'homme enceint[14] », les professeurs Jean-Louis Touraine, Jean Bernard et Emile Papiernik appellent de leurs vœux l'utérus artificiel pour remplacer l'archaïque matrice et mettre enfin l'homme et la femme, ou plutôt le père et la mère, à égalité[15].

Quant au docteur Geller, directeur d'un centre d'insémination artificielle à Marseille et fondateur de la première agence de mères porteuses françaises, interdite depuis, il décrit la relation fœto-maternelle d'une façon particulièrement mortifère : « Le fœtus est, en fait, un véritable parasite qui "pompe" littéralement sa mère, c'est d'elle qu'il tire tous les matériaux biologiques... même si la mère doit en mourir, comme cela s'est vu, hélas ! dans les camps de concentration lors de grossesses survenues chez les femmes déportées faméliques », écrivait-il dans un récit autobiographique inédit[16] où il confesse par ailleurs sa vénération pour sa mère (« pour moi, elle était aussi mon père et plus que cela »)...

Il n'est pas le seul à mettre des images de mort sur la vie intra-utérine. Pour beaucoup de scientifiques, la matrice est un peu la boîte de Pandore contenant tous les maux de l'humanité. « L'utérus constitue aujourd'hui pour l'être humain le milieu le plus dangereux dans lequel il soit appelé à vivre », déclare sans sourciller le vulgarisateur scientifique anglais Gerald Leach[17].

Mortifère chez la femme, le pouvoir de créer la vie devient divin lorsqu'il est l'attribut de l'« Homme ». « En quelque sorte, nous devenons Dieu », n'hésite pas à déclarer le docteur Jean Cohen, tandis que Jean Schmidt écrit dans *Le Point* (3 décembre 1984), à propos des nouvelles techniques de reproduction : « Si nous ne dominons pas la mort, nous voici maîtres de la vie, c'est-à-dire demi-dieux, Prométhées un peu ébahis d'avoir volé la puissance divine. »

Mais, dira-t-on, si la PMA est une sorte d'OPA masculine sur la maternité et la reproduction, comment expliquer qu'elle ait lieu avec la complicité et même sous la pression des femmes ? En fait « les femmes » dont il est question ici sont souvent des individus en situation de vulnérabilité, culpabilisées par le diagnostic de stérilité, traversant souvent une crise dépressive grave qui s'accompagne d'une tendance accrue au masochisme. Masochisme qui s'articule au sadisme — parfois inconscient — du médecin : « [...] La projection du médecin sur le projet de maternité de la demandeuse joue un rôle important, notamment sur le fonctionnement sadomasochiste de cette relation : pour les médecins hommes, s'emparer du pouvoir maternel et rivaliser avec l'homme du couple, pour les femmes, jouer un rôle phallique », écrit le docteur Nicole Athéa[18].

HORS DU CORPS, DE L'HISTOIRE ET DE LA LOI

Si les motivations des médecins et le fameux « désir d'enfant » des femmes ont été amplifiés par les nouvelles possibilités techniques, ces dernières ont également été amplifiées par les médias, au point que la PMA a été surnommée avec justesse « procréation médiatiquement assistée » par le sociologue J. Marcus-Steiff.

Il y a collusion, aujourd'hui, entre les pouvoirs politique, scientifico-médical et médiatique pour faire du « progrès scientifique » une instance au-dessus de tout soupçon, et même au-dessus des lois. N'oublions pas que la naissance du premier bébé expérimental de la science a été due au pied de nez que le docteur Edwards a fait au consensus international qui régnait à l'époque contre toute expérimentation touchant à l'embryon humain. Le gouvernement britannique refusant de financer ses recherches, le futur père scientifique de Louise

Brown dut avoir recours à une fondation privée américaine[19].

Ceux qui ont embouché les trompettes de la renommée pour fêter l'auteur du premier être humain fécondé hors du corps maternel ont oublié qu'ils promouvaient ainsi une mentalité d'expérimentateur défiant certaines règles de l'éthique médicale[20], échappant au contrôle démocratique et ne tenant pas compte des leçons de l'histoire (récente) de l'humanité.

N'est-ce pas cet oubli ou plutôt ce déni de l'histoire (incluant celle du devenir conflictuel des rapports homme-femme dans la société) qui explique, entre autres, la légèreté avec laquelle un certain nombre de scientifiques et de politiciens avalisent les pratiques et les méthodes parfois aberrantes que recouvre l'appellation globale de « procréation médicalement assistée » ou son sigle banalisé de PMA ?

S'appuyant sur le simple fait que « la procréation médicalement assistée se pratique » et qu'« il convient de l'organiser », le projet de loi Braibant[21] reconnaît cependant que, « parce qu'elles sont un point de rencontre hautement symbolique de l'existence (de l'essence ?) de l'homme et de l'expression majeure du pouvoir de celui-ci qu'est la science, les techniques de procréation médicalement assistée posent à chacun et à la société des questions fondamentales ».

Pas assez fondamentales sans doute — ou trop fondamentales pour ceux qui détiennent ou contrôlent le pouvoir « majeur » de l'homme ? — pour exiger comme préalable à toute légitimation juridique une évaluation médicale, psychosociologique et économique rigoureuse des dites techniques. L'auteur du projet se contente de faire allusion à un consensus qui règnerait dans la société sur « de nombreuses questions posées par la PMA », alors que « l'accord quasi général » dont il se prévaut n'existait même pas dans la commission qui a travaillé sur cette loi, certains de ses membres étant hostiles au don d'embryon et le groupe ayant, du propre aveu de M. Braibant, « longuement hésité ». Hostilité, hésitations qui n'ont pas empêché ce dernier de déclarer licites le don d'ovocyte et le don d'embryon à un couple stérile, à condition qu'ils soient anonymes. Autrement dit : « L'auteur de la contribution au projet parental d'autrui ne peut en déterminer le bénéficiaire... » (Art. L. 668-7). Anonymat justifié par cet argument curieux : du fait qu'« on ne peut pas connaître sûrement l'origine biologique d'un enfant », « on ne voit pas pourquoi celui qui a été conçu artificiellement serait mieux traité » ! Ce raisonnement faussement logique ne fait que rationaliser le fait — obsessionnellement cité dans les débats sur la PMA — selon lequel il aurait été prouvé qu'au moins 10 % des enfants n'ont pas été conçus par le père légitime. Ah, la légèreté des femmes... Sourires en coin... Solidarité masculine...

L'EFFACEMENT DES TRACES

Jusqu'ici, la mère était certaine, sauf dans les cas très rares de maternité impossible (accouchements sous X). Aujourd'hui, la loi semble vouloir encourager ce malheur exceptionnel, la mère inconnue, et institue la possibilité de rendre inconnaissable l'origine génétique maternelle, après avoir banalisé cet autre malheur, plus répandu : le père inconnu.

Tout se passe comme si on assistait à un règlement de compte, une revanche des pères sur les mères[22], aux dépens des enfants — otages de cette guerre des sexes qui méconnaît, d'une part, la clinique psychanalytique concernant la fréquence des troubles psychologiques liés à la filiation et au non-dit, et, d'autre part, une des tragédies de la Deuxième Guerre mondiale, négligée par les historiens. Il s'agit de la lamentable histoire des 90 000 enfants des *Lebensborn*, dont la plupart, nés de père inconnu et abandonnés par leurs mères dans ces haras humains, étaient destinés à l'adoption, et des 200 000 enfants kidnappés dans les pays de l'Est pour être adoptés par des couples nazis stériles (dont les plus jeunes furent parfois confiés aux *Lebensborn*).

Dans *Au nom de la race*[23], Marc Hillel a rassemblé les témoignages déchirants de quelques enfants des *Lebensborn* qui recherchent depuis des années leurs origines, leurs parents. En 1973 encore, la Croix-Rouge faisait placarder sur les murs des principales villes allemandes des affiches représentant une série de photos d'enfants avec ce texte émouvant : « Qui nous connaît ? Qui connaît nos parents et nos origines ? Qui peut dire comment nous nous appelons ? D'où nous venons ? A quelle date nous sommes nés ? », etc.

Selon Marc Hillel, « le mot clé du vocabulaire nazi de la procréation dirigée dans les *Lebensborn* » était le secret, ce qui créa pour les enfants des situations irréversibles et désespérantes, comme dans le cas d'Ingrid de Fouw. Née dans une « clinique SS » à Lamorlay en 1944, elle faisait encore des recherches en 1973 et déclarait : « Ce père, cette mère, tant que je serai en vie, je ferai tout pour les retrouver[24]... »

Le tribunal de Nuremberg ne déclara pas criminelle l'organisation des *Lebensborn* (innocentée, faute de preuves, quant à sa participation au kidnapping des *Ostkinder*) et la considéra comme « une institution d'entraide [...], une maternité [...] qui s'est occupée de mères, mariées ou célibataires, et des enfants illégitimes »... Etonnant jugement qui réduit cette monstrueuse atteinte aux droits de l'homme — ou plutôt de l'humanité — que constituèrent l'idéologie et le fonctionnement des *Lebensborn* à une affaire germano-allemande, dont les victimes ne furent, après tout, que des femmes et des enfants... !

Cette myopie, due à une conception trop étroite ou trop étroitement masculine des droits de l'homme, nous empêche-t-elle encore aujourd'hui de constater certains phénomènes inquiétants dans le domaine de la reproduction médicalement programmée ?

Comment se fait-il, en effet, que personne n'ait remarqué qu'un certain nombre de pratiques de la PMA transgressent la quasi-totalité des règles du Code de Nuremberg, établi en octobre 1947 par un tribunal international amené à juger les crimes contre l'humanité commis par des médecins pendant la dernière guerre ? Je me bornerai ici aux transgressions les plus évidentes. Elles concernent les articles 1, 4 et 7 du Code de Nuremberg :

Article 1 : « Le consentement volontaire du sujet humain est absolument essentiel [...]. La personne intéressée doit être laissée libre de décider, sans intervention de quelque élément de force, de fraude, de contrainte, de supercherie [...]. Il faut aussi qu'elle soit suffisamment renseignée [...] sur les dangers et les risques encourus, et les conséquences pour sa santé ou sa personne [...]. »

1. La fraude, la supercherie concernant les taux de succès de la PMA ont été constantes. Le sociologue Joachim Marcus-Steiff les a dénoncées, démontrant par exemple que les grossesses extra-utérines étaient comptabilisées dans les succès de la FIV. Pendant les premières années où la FIVETE a été pratiquée, le taux de succès très bas (0 à 5 %) en faisait un procédé véritablement expérimental, dont les coûts physiques et psychologiques dépassaient de loin les bénéfices pour les femmes, cobayes sans le savoir, alors que leur vie n'était pas en danger.

2. La contrainte est présente dans certains cas. Par exemple lorsqu'on demande à une femme, la veille de son premier transfert d'embryons, si elle accepterait d'offrir ses ovocytes excédentaires à la science. Claude M. a dit oui : « Personne ne m'avait prévenue, je me suis trouvée prise en traître, dans l'impossibilité de dire “non”, ce jour même où l'on espère un enfant. Ceci est resté pour moi un point d'horreur », écrit-elle dans un témoignage publié récemment[25]. Ce type de contrainte se retrouve couramment dans le cas des dons d'ovocytes ou d'embryons pour un autre couple, demandés aux femmes en cours de traitement par FIV.

3. Le manque d'informations sur les dangers et les risques à court et à long terme de la FIVETE a été particulièrement scandaleux. Il a fallu, par exemple, que le docteur Fonty évoque à la télévision la mort d'une femme à la suite d'une cœlioscopie, sous le regard courroucé du professeur Frydman, pour que l'on prenne conscience du fait que le prélèvement d'ovocytes n'était pas une simple formalité. Depuis quelques années, la ponction sous échographie apparaît d'ailleurs comme une panacée par rapport à

la cœlioscopie, dont quelques médecins admettent enfin qu'elle est une technique à risque.

Enfin, il est inacceptable que les spécialistes de la PMA, lorsqu'ils sont réunis dans des colloques réservés aux spécialistes ou lorsqu'on les rencontre en privé, révèlent des faits ou se posent des questions qu'ils se gardent bien de répéter devant un micro ou une caméra. On apprend ainsi qu'il y a des réductions embryonnaires qui peuvent aboutir à la naissance d'enfants amputés des orteils des deux pieds ou des doigts des pieds et des mains[26], ou qui préservent le fœtus mongolien et détruisent le fœtus normal ; des possibilités de risques accrus de cancer pour les femmes qui auront subi des stimulations hormonales et n'auront pas eu d'enfants[27] ; des crises d'identité et des dépressions graves engendrées par la FIV avec donneur anonyme[28], etc. On trouve une partie de ces informations dans des revues médicales spécialisées, mais les médias n'ont jamais fait le lien entre cette presse confidentielle et l'information du grand public.

Article 4 : « L'expérience doit être pratiquée de façon à éviter toute souffrance et tout dommage physique ou mental, non nécessaires. »

Un exemple parmi d'autres nous montre que cette règle n'est pas respectée par les praticiens de la PMA. Après quelques tentatives d'IAD sans résultat, les médecins proposent de plus en plus souvent la FIVETE aux patientes dont le partenaire est stérile. Ils entraînent ainsi des femmes fécondes dans le « parcours de la combattante » (stimulations hormonales, échographies, ponctions, transferts d'embryons, etc.), avec les aléas et les risques secondaires que cela comporte. Autrement dit, on prend le risque d'altérer la fertilité et la santé ultérieures de femmes apparemment normalement fécondes, alors qu'il est statistiquement probable qu'elles changeront de partenaire dans les années à venir. On leur inflige également des dommages psychologiques en leur donnant le sentiment qu'elles sont stériles lorsque le traitement échoue, au lieu de souligner le fait que leur fécondité n'a encore jamais été mise à l'épreuve dans des conditions normales (avec un partenaire fécond).

Article 7 : « On doit faire en sorte d'écarter du sujet expérimental toute éventualité, si mince soit-elle, susceptible de provoquer des blessures, l'invalidité ou la mort. »

Un grand nombre de pratiques de la PMA contreviennent à cet article. Je n'en citerai qu'une : celle qui consiste à transférer trois à six embryons, comme cela se pratique actuellement en France dans la plupart des centres de PMA, d'une façon parfois autoritaire (« c'est à prendre ou à laisser »). Ce procédé, qui pallie actuellement l'ignorance de la viabilité individuelle des embryons et donc de leur faculté de s'implanter dans l'utérus, implique soit des réductions embryonnaires, qualifiées par certains praticiens d'« événement médical dramatique[29] » dont « il est impossible d'apprécier l'éventuel impact psychologique chez les embryons restants[30] », soit des grossesses multiples qui « exposent à la fausse couche tardive ou à l'accouchement de grands prématurés porteurs de séquelles psychomotrices graves[31] ». En fait, les femmes sont confrontées à un choix impossible : ou bien elles risquent d'avoir des enfants handicapés, ou bien elles risquent de les perdre tous.

Ces grossesses multiples sont très mal vécues par les femmes. Michèle Solère, mère de triplés, membre de l'Association nationale des parents de naissances multiples, évoque « l'enfer des premières années où l'on devient sept jours sur sept une machine à élever[32] ». Quant à Marie-Claude Adam, qui a accouché de sextuplés tous prématurés après une réduction embryonnaire de quatre embryons, elle a déclaré : « J'ai été un cobaye aux mains d'apprentis sorciers. » Atteinte d'une infection et opérée d'urgence après l'accouchement, elle a dû subir une hystérectomie[33].

Cette grossesse sextuple avait été induite par stimulation hormonale seulement et non par FIV, mais la FIV est responsable d'un très grand accroissement des grossesses multiples... et des stimulations hormonales dans le traitement de la stérilité. FIVNAT a comptabilisé, pour les grossesses conçues en 1987, 18,1 % de grossesses gémellaires et 3,9 % de triplés au lieu de 1 % et 1 ‰ dans la population générale, ce qui implique une augmentation des prématurés, des hypotrophes ainsi que de la mortalité périnatale. A cela s'ajoutent « un taux de grossesses extra-utérines très augmenté par rapport à la population générale : 6,5 % au lieu de 1 à 2 %, ainsi que des césariennes : 27 % pour une grossesse unique au lieu de 10,9 % pour la population générale[34] ».

Le professeur Relier, chef du service de médecine néonatale à la maternité de Port-Royal, est consterné — comme la majorité des pédiatres spécialisés en néonatologie — par l'augmentation considérable d'enfants conçus par FIV ou par GIFT transférés dans son service pour détresse vitale. Alors qu'il y avait, en 1987 et en 1988, 7 % d'admissions en réanimation, avec ventilation assistée, de prématurés provenant de la PMA, dans son service, ce chiffre a doublé pendant les dix premiers mois de l'année 1989 et il est monté à 42 % en décembre 1989. « En une nuit, a-t-il raconté à la télévision, j'ai vu arriver cinq enfants de 500 à 600 grammes dans mon service. Ils sont tous morts et souffraient de dégâts cérébraux irréversibles. »

En tant que pédiatre spécialisé en néonatologie, le professeur Relier juge de tels phénomènes intolérables. Il pense que l'information des femmes est mal faite et que les indications sont mal posées. Ainsi, deux des mères des prématurés issus de FIVETE hospitalisés dans son service n'avaient que 22 ans ! A la maternité de Port-Royal, des femmes viennent accoucher après une deuxième grossesse spontanée qui a suivi une première grossesse par FIV, tandis que d'autres demandent une IVG parce qu'elles se retrouvent enceintes « naturellement » après deux grossesses par FIV !

Au total, on peut dire que les praticiens de la PMA n'hésitent pas à infliger aux femmes et à leurs enfants des dommages importants et tout à fait prévisibles, ce qui est en contradiction absolue avec l'article 7 du Code de Nuremberg recommandant que l'on « écarte toute éventualité, si mince soit-elle », de blesser ou de rendre invalide le sujet expérimental.

L'« HOMME NOUVEAU » COMME SOLUTION FINALE

Comment expliquer un tel phénomène ? Y a-t-il retour du refoulé d'une crise majeure de l'humanisme engendrée par le nazisme, dont on n'aurait pas assez analysé les liens avec la médecine et la science ? Certains nouveaux « droits de l'homme » comme le « droit de donner la vie » par n'importe quel moyen[35], le droit à la recherche et à l'expérimentation, insuffisamment limités, ne risquent-ils pas de conduire à des crimes contre l'humanité ? Le refus de reconnaître la dépendance totale du début de la vie et la dette à la mère « suffisamment bonne » qui caractérise l'époque moderne empêche-t-il l'individu et la société de progresser et met-il la démocratie en danger, comme le pense Winnicott[36] ?

Une conception nouvelle de l'« homme » ou la conception d'un « homme nouveau », né de la science, serait-elle une réponse à cette question qui hante la génération de l'ère post-nazie : comment concevoir l'être humain (au propre et au figuré) et le sens de la vie — et quelles valeurs transmettre — après la Shoah qui fut destruction du sens et Hiroshima qui fut destruction de l'existence[37] ?

Les techniques de reproduction artificielles ne risquent-elles pas alors d'être une « solution finale » plutôt qu'une réponse à un « malaise dans la civilisation » qui s'étend aujourd'hui au malaise de l'espèce ? La finalité de la PMA, avec les dérives et les conséquences qu'elle entraîne dans le domaine génétique, étant, selon moi, l'extinction de l'être humain tel qu'il a été conçu jusqu'à maintenant au sens propre et au sens figuré. Extinction ou extermination douce, autoprogrammée, de l'être humain, race inférieure ou imparfaite parce que « née d'une femme », au profit d'un mutant d'une espèce supérieure, enfant des hommes ou plutôt de l'Homme. Pris dans son obsession de maîtrise de la reproduction, l'« Homme » n'est-il pas en train de devenir l'autre nom de la Mère phallique et toute-puissante, imaginée par le petit garçon qui n'a pu, comme la fille, relativiser ensuite, par l'identification à la mère, la menace qu'elle représente sur le plan fantasmatique pour l'affirmation de son identité ?

L'« homme nouveau » se construirait, en quelque sorte, par identification à l'agresseur fantasmé. C'est une conception idéologique de l'être humain, fondée sur l'auto-engendrement, la dénégation des limites, de la différence sexuelle, de la séparation, de la mort, du corps et de la dépendance. Autrement dit, une figure totalitaire qui prétend pourtant s'identifier le plus souvent à la Raison, à la Justice, au Progrès, et s'opposer à l'obscurantisme et à la tyrannie toujours rabattus du côté du féminin-maternel, comme en témoigne, par exemple, la métaphore brechtienne — « il est toujours fécond le ventre d'où sortit la bête immonde » — pour désigner l'horreur nazie...

EXPERTS ET LÉGISLATEURS DE LA NORMALITÉ DE L'ÊTRE HUMAIN : VERS UN EUGÉNISME DISCRET

Laurence Gavarini
Maître de conférence à
l'université de Paris-VIII

Une idée hygiénique, médicale et utilitariste de l'être humain paraît discrètement se mettre en place, loin des scénarios catastrophes et des « dérives de la science » ressassés par les médias. L'événement, feutré, se déroule peut-être là où on l'attend le moins, aux confins du social et de l'intime, sans projets idéologiques affichés, comme, autrefois, l'amélioration de l'espèce et de la race (eugénisme revisité par le nazisme), dont la plupart des observateurs prennent soin de démarquer la science médicale contemporaine. On peut même penser qu'il est étranger aux effets de fascination exercés par « la maîtrise du vivant » sur la pensée scientiste et post-moderniste. Il se jouerait plutôt de *façon banale*, dans l'intégration par tout un chacun de normes avant tout médicales et biologiques et dans l'affirmation d'attitudes et de revendications de type consumériste concernant la santé, la procréation, la vie et la mort.

Contribuent à l'acceptation de la biomédecine et de son hypertechnologie les multiples instances d'expertise et d'éthique qui font comme un sas entre la technoscience et la Cité, entre la technique et l'imaginaire. L'invention de la bioéthique, cette façon particulière de gérer socialement et éthiquement les progrès biomédicaux, d'en confier la régulation à des institutions *ad hoc* et à une multitude d'experts, serait à cette fin de XXe siècle ce que fut « l'invention du social[1] » au siècle précédent, une technique de gestion des antagonismes et d'apaisement des conflictualités, ainsi qu'un dispositif de production de nouvelles normes, à l'interface du politique, de la clinique et du scientifique. La bioéthique se donne pour mission d'inventer du sens pour répondre aux ruptures et à l'irreprésentable, produits par la technicisation d'activités humaines aussi privées que la procréation ou la mort. Plus confidentiellement, en effet, la biomédecine vient installer sa représentation technique de l'être humain au cœur des subjectivités et des représentations sociales, sous la forme d'intimes convictions et de nouveaux besoins. L'imaginaire de la procréation est perfusé d'images asexuées et désexualisées, d'images biologiques produites par les techniques biomédicales de pointe et relayées par les néo-concepts qu'elles inspirent, depuis l'échographie jusqu'aux « X nouvelles façons de faire un enfant » (*sic*) : stimulations hormonales, programmation de l'ovulation, prélèvements, fécondation en éprouvette, banques de sperme, insémination, dons de sperme, dons d'ovules, embryons « surnuméraires » congelés, dons d'embryons, « mères porteuses », « maternité génétique », « maternité gestatrice », « gestation pour autrui », anonymat du donneur, filiation plausible avec le receveur, dyade géniteur-père social, gratuité du don, appariement donneur-receveur, etc. Autant de séquences et plans du scénario biomédical de la reproduction biologique, évoquant plus les leçons de sciences naturelles et de dissection que les « rêves » et les limbes qui enrobent la naissance d'un enfant. Force est de constater que ce scénario technique progresse dans la pensée, au-delà de celle des patient(e)s de la procréation médicalisée, et a été déjà intégré par les experts que sont les membres du Comité national d'éthique, qui, en 1984, énonçait doctement que « trois agents entrent dans la procréation : l'utérus, le spermatozoïde et l'ovule[2] ». Cette façon technicienne de voir les choses est paradoxalement pleine d'une candeur saisissante, évoquant les histoires de « petites graines » de la sexualité racontées aux enfants...

UN CIVISME BIOLOGIQUE...

Cette nouvelle vision biologique et technique de la vie et de la conception de l'être humain est le résultat hybride de l'urgence des laboratoires et de l'expérimentation clinique, et d'un vaste processus de délégation et d'expertise marginalisant la population dont, par ailleurs, on sous-entend qu'elle est hyperconcernée et consentante *a priori* à tous ces « progrès ». Les patients et les patientes de techniques comme la procréation artificielle sont bien les derniers que l'on songerait à associer aux réflexions sur ces questions, même si les observateurs et les experts s'en font régulièrement les porte-voix. L'exercice de la citoyenneté s'efface devant les impératifs technoscientifiques ; il est comme anéanti par les situations d'expertise qui ravalent la société civile au rang de spectatrice, tout en l'impliquant fortement, en tant qu'entité abstraite — la société — ou, plus désincarnée encore, en tant qu'humanité collectivement concernée par le progrès scientifique (prometteur et menaçant simultanément). La nouvelle forme prise par la citoyenneté serait aujourd'hui la solidarité biologique, entretenue par un message médical qui feint de s'adresser à chaque individu personnellement et simultanément à un individu collectif dans lequel tous sont censés s'identifier et communier... Même s'ils ne font pas ces choix biomédicaux pour eux-mêmes... Un solidarisme biologique semble émerger, fondé sur l'appartenance imaginaire à un grand corps, somme et réservoir d'organes et de produits biologiques morcellés auxquels il donne une cohérence et une cohésion.

La « nationalisation des corps », visée chère au philosophe Dagognet[3], est l'expression politique extrême de ce qui se joue individuellement et collectivement dans le rapport au corps de l'autre. Ce projet d'un nouveau déploiement de l'Etat, sur fond d'une idéologie hyperlibérale, trouve son pendant dans les épopées populaires relatées, non sans relents morbides, par des médias amateurs du drame quotidien de parents en quête d'organes pour leurs enfants. On a vite fait d'oublier que derrière les organes en question il y a d'autres enfants... morts, et le deuil de leur famille... Le « droit à la greffe[4] » tout comme le « droit à l'enfant » s'érigent au moment même où l'on constitue médicalement et juridiquement une forme de disponibilité totale du corps des citoyens à la médecine (droit de prélèvement sur le mort n'y ayant pas volontairement consenti : loi Caillavet), une disponibilité de la personne à l'expérimentation (sans bénéfice thérapeutique pour elle-même : loi Huriet).

A défaut d'une conscience collective, c'est un *citoyen-patient* qui émerge actuellement, alliage du politique et de l'intime forgé par ce mouvement oscillatoire faisant de lui tantôt l'objet, tantôt l'acteur de cette nouvelle normativité en train de se mettre en place au nom de la santé et de la recherche. Nul n'échappe au statut de potentiel « usager » de la biomédecine, qui constitue tout un chacun comme solidaire biologiquement et corporellement des autres. Le civisme biologique est un acte en passe de devenir obligatoire, même s'il en appelle au « don » (d'organes, de sang, de sperme, d'ovocytes ou d'embryons). Il est la contrepartie du fantasme d'immortalité et de maîtrise de la qualité de la vie par lequel le citoyen-patient s'aliène à une biomédecine expérimentaliste et à un utilitarisme forcené.

Dernier avatar du civisme biologique intervenu dans le champ de la procréation, l'incitation au don des embryons « surnuméraires » de la fécondation artificielle, s'exerçant au profit soit de particuliers (don d'embryons à d'autres femmes), soit d'institutions scientifiques (don d'embryons à la recherche), ainsi mis en équivalence dans leurs quêtes respectives d'embryons. Le « don à un couple » (on notera l'expression philanthropique) consiste en fait à assimiler les embryons aux autres matériaux biologiques, à les traiter comme des produits du corps humain. La médecine se place en intermédiaire entre des « donneurs » et des « receveurs ». C'est elle qui décide, en son âme et conscience, et selon ses critères thérapeutiques, dit-elle, du placement de tel embryon chez tel couple... Par ailleurs, le civisme auquel il est fait appel ici est de même nature que celui des autres types de dons biologiques et d'organes, reposant sur les désormais classiques vertus cardinales du don médical : gratuité et anonymat. Comme s'il y avait dans toutes ces opérations médicales et ces dons (depuis les greffes d'organes jusqu'au transfert d'embryon) de l'équivalent universel. Le *biologique*, peut-être...

Les termes mêmes dans lesquels la biomédecine ou le droit prétendent régir les dits embryons appartiennent à un autre registre que celui du civisme ou de l'altruisme : celui des contrats de type commercial ou industriel. « Les auteurs des embryons *in vitro* », dit par exemple l'actuel projet de loi Braibant[5], « sont fondés à en exiger la conservation pour la réalisation de leur propre projet parental de procréation [...] pour un délai de cinq ans.[...] Le décès de l'un des membres du couple met obstacle à la réalisation de ce projet, [idem] du divorce et de la séparation. » Voilà pour ce qui règle les relations entre les détenteurs des embryons congelés et leurs « auteurs ».

La noble cause qu'est censé recouvrir le don d'embryon est stipulée en ces termes : « Les auteurs de l'embryon *in vitro* peuvent expressément faire don d'un de ces embryons pour la réalisation du projet parental d'autrui. La contribution au projet parental d'autrui par don d'embryon est subsidiaire relativement à la réalisation du projet parental des auteurs de l'embryon. Elle ne peut que porter sur des embryons excédentaires » (articles 670-671 de l'avant-projet de loi).

Selon nos habituels repères anthropologiques et culturels, c'est bien d'abandon et d'adoption que l'on parle ici, mais à la manière d'une cession de propriété ou de biens. D'ailleurs, les termes d'adoption et d'abandon qui auraient permis de s'y retrouver ont été significativement omis, laissant la place à un syncrétisme économico-biologico-philanthropique.

LA GROSSESSE : UN ÉTAT À HAUT RISQUE

En matière de procréation, ce nouveau type de civisme se manifeste aujourd'hui dans l'intériorisation de comportements prophylactiques maniaques, aboutissant à une hypersurveillance, qui dépasse parfois même une démarche thérapeutique raisonnée, comme l'a fait remarquer, en 1987, le Collège des gynécologues et obstétriciens à propos de l'inflation de l'échographie obstétricale. A l'occasion d'une maternité, tout se passe comme si chaque femme devenait son propre dispositif panoptique dès qu'affleure son désir d'enfanter, comme si le sentiment maternel se faisait de plus en plus responsabilité consciente et maîtrise. La grossesse finit par se vivre comme un acte social autant que comme expérience intime, dans une certaine forme d'extériorité corporelle tenant à la transparence obstétricale du ventre des femmes. Ce temps de la vie des femmes est stigmatisé par la médicalisation : depuis la programmation de la fécondation jusqu'au déclenchement de l'accouchement, l'ensemble de l'enfantement prend l'apparence d'une (co) production, avec la médecine, d'un programme médical. Au point que la grossesse évoque souvent un état pathologique, un état à haut risque. La notion de « risque » prend durant cette période un caractère diffus, comme si la barre de la grossesse « normale » (le mot finit par paraître incongru) était de plus en plus haute. C'est dans un même mouvement circulaire que se développent la médicalisation et la technicisation de l'enfantement (fécondation-grossesse-accouchement) et que se constituent de nouvelles pathologies et de nouveaux risques.

Outre la scansion par de multiples examens prénatals, une nouvelle conduite diététique, hygiénique et morale s'impose à l'occasion de la procréation, non plus calquée sur les tabous ou les croyances populaires transmis par les femmes des générations précédentes, mais sur le savoir scientifique de la gynécologie moderne. La procréation ordinaire, sans parler de la procréation médicalement assistée, apparaît comme un processus rationalisé, marqué par le double fantasme de gestion du désir d'enfant et de maîtrise du corps.

Dernier élément de ce dispositif préventif, le diagnostic prénatal, qui, dans sa forme la plus banale (échographie), est devenu le point de passage obligé de toute grossesse, tandis que les plus sophistiqués (analyses chromosomiques et génétiques) sont encore réservés à certaines populations jugées « à risque ». On attend de lui qu'il livre tous les secrets du fœtus, et surtout qu'il garantisse la normalité de l'enfant. Le médecin est à la fois l'instigateur et le contremaître de cette action prophylactique, il est préposé imaginairement à protéger des risques de pathologie et d'anormalité. On paraît attendre aussi de lui aujourd'hui qu'il engage sa responsabilité, qu'il offre toutes les garanties à ce contrat quotidien qu'est devenue la gestation d'un enfant. On a vu le concept de garantie médicale prendre toute sa dimension avec la condamnation de médecins pour diagnostic erroné. Comme ce jugement rendu en décembre 1989 à Montpellier qui a condamné un centre de diagnostic et sa compagnie d'assurances à verser une rente à vie à une enfant mongolienne et à ses parents parce que l'amniocentèse réalisée par ses soins n'avait pas révélé de pathologie[6]...

La nature assurantielle du diagnostic prénatal tend à prendre progressivement le pas sur sa fonction prophylactique et thérapeutique, et simultanément se déplace l'objet des examens biomédicaux durant la grossesse : de la recherche de pathologies vers un intérêt pour la qualité du fœtus et la vérification de la conformité (sexuelle ou esthétique, par exemple) aux vœux de ses parents.

Certes, les femmes sont (comme les citoyennes...) libres de mener comme elles l'entendent leur grossesse. Mais si l'on en juge par l'uniformisation des comportements, c'est une liberté individuelle conditionnée socialement, objet d'une surenchère permanente dans la surveillance technique, biologique et clinique (quelle femme refuserait aujourd'hui, par exemple, une échographie ou tel test « proposé » par son médecin ? Même la péridurale, pourtant encore assimilée à une anesthésie de confort et encore insuffisamment disponible dans certaines maternités, devient obligatoire, ou presque, dans certains grands hôpitaux). C'est une liberté dans le cadre d'un contrat tacite au terme duquel les femmes sont censées coller au nouveau modèle de comportement maternel médical. Une liberté dans la responsabilité, comme un *nouveau sens civique*. La liberté du « quand-on-ne-peut-pas-faire-autrement », prise entre la technique, d'une part, et la culpabilité, de l'autre. Position que résume bien, mais pour s'en réjouir, le gynécologue R. Frydman, qui écrivait récemment : « La mère, le couple, veulent un enfant non pas parfait, mais libre d'entraves, libre de handicap et qui les laissera libres eux aussi de toute accusation de ne pas avoir fait le maximum pour donner à cet enfant toutes ses chances [...]. Le foisonnement des techniques élève la barre de la liberté, puisque l'on est renvoyé à l'exercice du libre arbitre[7]. »

Cette nouvelle « liberté » acquise grâce au développement des techniques biomédicales de diagnostic n'est pas exempte de contrainte. L'expression « faire le maximum » est associée à une menace : il faut se comporter médicalement de façon à « être libres de toute accusation ». Ce propos rappelle d'ailleurs celui maintes fois entendu dans la bouche de femmes ayant recours à une fécondation *in vitro* : « J'ai fait dix tentatives, j'en aurais fait encore plus si on ne m'avait arrêtée, car je ne pouvais supporter l'idée de ne pas avoir tout essayé, puisque ça marchait pour d'autres femmes... » On est tenté de se demander à qui ces attitudes explicitement méritantes et superlatives donnent des gages, devant quelle instance le citoyen-patient est censé rendre des comptes. Peut-être que, les connaissances de la génétique progressant, l'emprise de la transmission héréditaire se fait plus sentir, augmentant le sentiment de responsabilité (biologico-morale), si ce n'est celui de culpabilité, moteur des nouvelles libertés selon Frydman.

Imprégné de transmission génétique, le modèle médical de la procréation vient s'inscrire au cœur d'une vacuité de la transmission mère-fille et d'une disqualification des savoirs traditionnels. Il s'affirme d'autant plus que la perte de confiance des femmes rencontre le courant d'hypernormativité ambiant et, à la limite, certaines phobies de la différence et du non-conforme. Toute grossesse est appréhendée comme exposition à un risque pathologique. Les fantasmes d'anormalité paraissent bien aussi tenaces et envahissants que ceux d'eugénisme...

UNE FENÊTRE OUVERTE SUR L'EMBRYON

L'autre facette de l'intégration de conduites sanitaires jouant sur l'inquiétude des femmes est la constitution progressive du fœtus comme « patient ». Cela va jusqu'à lui considérer des « droits », dont, de plus en plus, en Amérique du Nord, un droit à la santé pouvant, le cas échéant, être conflictuel avec les droits et les besoins de sa mère. Ce qui se profile à l'horizon de ces droits sanitaires, c'est un droit à la qualité, un droit à la normalité que Frydman, par antiphrase, invoque pudiquement en terme de droit d'être « libre de handicap ». C'est en fait une conception consumériste des droits et de la liberté qui voit le jour dans le secteur de la santé, assimilant le fœtus à un patient et à un consommateur au nom duquel se manifesteront des défenseurs, distincts de sa mère...

Justifiée thérapeutiquement à l'origine (il fallait diagnostiquer et traiter *in utero* pour sauver un enfant), la médicalisation du fœtus (« plus petit patient ») devient peu à peu une opération de séparation médicale de la mère et de l'enfant, l'image échographique ayant constitué une première en projetant le fœtus sur un écran, à l'extérieur du ventre maternel. Cette séparation opère dans le registre du réel (on parle par exemple d'« extraction » de l'enfant en cas de danger à poursuivre la grossesse), mais également dans les représentations de la gestation : l'*in utero* est progressivement constitué comme *in vitro*.

L'extension de la médicalisation du fœtus pourrait, à la faveur des développements techno-scientifiques actuels, trouver une assise juridique avec la constitution d'un statut de « personne » à l'embryon. Dans son intention première, ce projet vise à éviter les risques de dérives commerciales et eugéniques liés à la possible manipulation scientifique des embryons humains de la FIV. On tenterait en somme de tempérer le civisme biologique prôné par la biomédecine et de limiter les recherches en « humanisant » les embryons, c'est-à-dire en rappelant l'humanité de ces « tas de cellules », ainsi nommés par les scientifiques qui voulaient en faire « leurs » matériaux biologiques.

Il est inattendu de vouloir constituer l'embryon comme personne humaine à partir des embryons surnuméraires de la fécondation *in vitro*, de vouloir humaniser les « excédentaires » que sont ces embryons produits en série et réifiés par la biomédecine, par leur mode même de production (application de techniques vétérinaires aux femmes comme aux embryons : surovulation, programmation des cycles, ponction, congélation, etc.). L'argument humaniste consistant à faire échapper l'embryon au statut de chose constitue une sorte d'ondoiement moderne, par lequel on donne *in extremis* une humanitude à un embryon produit hors sexualité et hors intentionnalité. Mais cette réparation ultime ménage les processus techniques de la procréation qui, précisément, déshumanisent l'embryon...

A partir de la casuistique des embryons de la fécondation artificielle, on tend à extrapoler et universaliser la question de l'embryon. Au lieu d'une interdiction des recherches sur l'œuf, c'est une extension du statut juridique à l'embryon en général (y compris donc dans le ventre de sa mère) qui est proposée[8] comme rempart aux risques de dérive eugéniste. Cette façon d'isoler juridiquement l'embryon de sa mère ressemble à une reproduction, dans le droit, de la séparation physique des corps que la technique et l'iconographie médicale opèrent, au nom d'objectifs thérapeutiques, grâce à l'échographie, à la fécondation *in vitro* ou à la congélation. Comme si on avait métaphoriquement voulu intervenir sur le corps du texte de loi pour signer vraiment la discontinuité d'intérêts et d'avenir de la mère et de son embryon, ainsi que leur possible conflictualité. C'est donc sur le terrain du juridique que l'on compte trancher et garantir à l'embryon des droits et le respect des autres, dont celui de sa mère... Cette extension du droit révèle une représentation de la grossesse comme un acte essentiellement biologique et fusionnel, un acte de chair et de sang dans lequel la société se doit d'opérer législativement pour y mettre de l'ordre. Cette « opération » juridique est rigoureusement calquée sur l'opération médicale qui lui a présidé, mais elle semble se doubler d'un psychanalysme naïf. En instituant dans le droit la séparation mère-embryon, à la façon dont on les a séparés pour des raisons thérapeutiques, on prétend fabriquer de l'altérité, comme si la symbolisation faisait défaut dans le rapport des femmes à leurs enfants *in utero* ; comme si hors la loi les femmes étaient dépourvues de la capacité de construire leur enfant imaginairement et réellement, comme personne, dans le jeu subtil d'intériorité-extériorité que permet la grossesse. Au bout du compte, on paraît douter que la mère soit « suffisamment bonne », comme le dit Winnicott, pour œuvrer dans le sens de leurs devenirs respectifs.

On peut prédire qu'au nom de cet « embryon-personne », de nouvelles contraintes médicales s'imposeront de l'extérieur aux femmes enceintes (en termes de diagnostic, d'examens et de traitements, de mode de vie, voire de pressions à l'avortement, en cas de pronostic défavorable concernant le fœtus). Paradoxalement, les défenseurs de ce statut juridique de l'embryon, pourtant très méfiants et prévenus contre tout eugénisme, ouvrent, à leur insu, la voie à une normativité médicale accrue.

D'une question éthique (le rapport des chercheurs aux embryons), on s'est déplacé peu à peu vers des questions de santé (celle du fœtus, distincte de celle de la mère), et, enfin, vers un concept de responsabilité (la femme enceinte peut-elle, doit-elle être seule responsable du « conceptus » ?). Au terme de ce cheminement, l'image de la femme toute-puissante resurgit en même temps que les nouvelles considérations scientifico-morales sur l'embryon : le droit des femmes à l'avortement pourrait trouver comme contrepoint celui de l'embryon à vivre... à l'encontre de la loi Veil et des pratiques sociales qui, si elles n'en avaient pas fait un droit positif, ouvraient aux femmes, « en cas de détresse », la possibilité de refuser de mener une grossesse à terme.

On le voit, à la faveur des multiples expérimentations auxquelles la procréation donne lieu se constitue aussi un nouveau regard, un nouveau rapport, technico-normatif, de la médecine et de la société au ventre des femmes gestantes. La médicalisation du fœtus, voire de l'embryon, paraissent des faits acquis avant même que les techniques n'aient totalement résolu le problème de l'accès à ce nouveau patient. La personnalisation de l'embryon dès la fécondation fourbit de nouveaux arguments, moraux, à ceux qui, de longue date, prétendaient agir au nom de l'intérêt de l'enfant et au nom du bien, et pour lesquels l'intrication corporelle mère-enfant était une entrave à la santé de ce dernier. Comme l'écrivait un scientifique et vulgarisateur anglais, Gerald Leach : « Durant les neuf premiers mois de notre existence, nous sommes à peu près aussi étrangers au monde scientifique et privés de soins médicaux que l'était dans sa caverne l'homme du Neandertal[9]. »

L'obsession d'un contrôle médical permanent de la grossesse, conjuguée avec le fantasme de la mauvaise mère (celle qui « prive ») ou de la mère toute-puissante (qui accapare et fait de soi un « étranger » au reste de la société), révèle une phobie de l'opacité de la « caverne » utérine. Curieusement, les métaphores et le vocabulaire martial imprègnent même les discours apparemment les plus scientifiques, comme celui de l'immunologie, qui est plein de représentations anthropomorphiques piquantes concernant les « conflits immunologiques mère-enfant », le « conflit rhésus », les « réactions maternelles antipaternelles » qui se déroulent dans ce lieu hors de portée immédiate (il y a toujours la « barrière placentaire »). Au point que l'on ne s'explique plus le « paradoxe de la grossesse », immunologiquement s'entend : « Pourquoi la femme enceinte ne rejette-t-elle pas son fœtus qui est, à n'en plus douter, un corps étranger pour sa mère puisque la moitié de son matériel génétique est d'origine paternelle ?[...] Le conflit immunologique ne peut pas ne pas exister. Il existe bien mais il faut admettre qu'il y a un état de paix, "paix armée" pourrait-on dire, puisque la mère conserve sa capacité de réponse immunitaire normale tandis que son fœtus dispose d'un système de protection très particulier où le placenta joue un rôle essentiel[10]. »

La curiosité scientifique de l'immunologie est contemporaine du projet technologique d'un utérus artificiel et d'une gestation totale en machine, auxquels certains scientifiques et médecins se sont laissés aller à rêver. Un rêve que condense le généticien américain Joseph Fletcher : « La perspective d'avoir une fenêtre ouverte sur un fœtus en développement est attendue par la plupart des embryologistes, placentologistes, fœtologues [...]. La possibilité qu'ils auront de suivre la vie fœtale au grand jour, en dehors de l'obscurité du ventre, apportera énormément à notre connaissance et nous aidera à réduire les hasards auxquels sont confrontés les obstétriciens et leurs patients[11]. »

L'ARBITRAGE DE L'HUMANITÉ PAR L'ARBITRAIRE MÉDICAL

La grossesse fait donc l'objet, au-delà des politiques sanitaires de la PMI et d'un suivi thérapeutique rigoureux, de nombreux fantasmes emmêlant prophylaxie, phobies et volonté de maîtrise médicale totale. Le même J. Fletcher qui préconise la solution technologique de la « fenêtre ouverte » avance parallèlement en des termes moraux et normatifs l'idée de restreindre les « droits » à la procréation : « Les droits touchant à la reproduction ne sont pas des droits absolus ; ceux qui ont un risque connu de transmettre des gènes identifiables et sévèrement délétères et des maladies génétiques débilitantes ne devraient pas avoir le droit d'exercer leurs prérogatives de reproduction[12]. » Une idée largement renforcée par sir Francis Crick, qui n'hésitait pas à déclarer : « Aucun enfant nouveau-né ne devrait être reconnu humain avant d'avoir passé un certain nombre de tests portant sur sa dotation génétique [...]. S'il ne réussit pas ces tests il perd son droit à la vie[13]. » Ces deux citations volontairement extrêmes évoquent le classique eugénisme fondé sur l'idée de sélection et d'élimination, ainsi que sur l'incitation à la reproduction de certaines populations en fonction de leurs « qualités ». On pense au mouvement qui dans les années 30 porta, dans plusieurs pays occidentaux, les idées eugéniques du siècle précédent à un début de réalisation sociale.

Le plus intéressant dans les propos de Crick et Fletcher tient précisément au fait qu'ils dépassent une acception idéologique stricte de l'eugénisme : ils suggèrent que le pouvoir d'« instituer » l'être humain dont parle Pierre Legendre[14], ce pouvoir de le référer à une généalogie, devrait moins relever d'une légitimation civile, du socio-symbolique donc, que d'un contrôle médical et de critères de normalité génétique scientifiquement établis. Instituer l'être humain équivaut alors à médicaliser totalement son entrée dans la vie, non pas à des fins thérapeutiques mais sociales, à normaliser également son activité de procréation. La biomédecine se verrait attribuer ainsi un pouvoir de juridiction et de définition de l'être humain, d'hominisation. Elle deviendrait la dépositaire et celle qui décrète ni plus ni moins que le droit de vie des individus (« le droit à la vie », selon Crick), le fondant sur un savoir biologique et non pas philosophique ou anthropologique et social. L'idée de non-vie, de non-droit de vie pour les individus ne répondant pas à ses normes, devient légitime du même coup. Logiquement, c'est donc elle qui donnerait ou retirerait son autorisation aux actes de procréation, déniant par conséquent ce pouvoir aux citoyens ordinaires... Dans ce transfert de légitimation symbolique de l'être humain, et dans le nouveau rapport d'assujettissement qu'il implique, pourraient se réincarner la question du gouvernement biologique des populations et l'eugénique moderne. Et non plus dans des politiques autoritaires visant des populations et leur amélioration, ou dans des processus d'étatisation. Reste à savoir si la normativité médicale et biologique qui sert de référence pour l'exercice clinique a suffisamment prise pour s'imposer comme nouvelle normativité dans la société. En clair, si les critères biomédicaux qui établissent ce qui est médicalement supportable peuvent s'universaliser et devenir des critères d'appréciation sociale de la normalité.

L'eugénisme contemporain est loin de faire l'unanimité, même s'il est ici porté par deux personnalités scientifiques de premier plan, l'un, Crick, prix Nobel, « découvreur » en 1953 de la structure de l'ADN, et l'autre, Fletcher, généticien et éthicien américain de renom. Au contraire, les « dérives eugénistes » sont évoquées la plupart du temps en termes de *risques* : risques inhérents à la puissance de prédiction des techniques de diagnostic, risques d'inflation des manipulations de l'embryon, à la suite de la fécondation *in vitro*, d'effets d'emballement des demandes de sélection et de prédétermination des enfants à naître. Le *risque majeur*, systématiquement présenté comme un « spectre », est celui d'un pouvoir totalitaire s'emparant des techniques[15]. Mais personne n'y croit vraiment, tout en feignant d'y croire... Car les discussions sur ces questions sont le plus souvent très « désincarnées », présentant certes un panorama des techniques biomédicales présentes (et futures !) et des « drames humains » auxquels elles sont censées répondre, mais sans que l'on comprenne comment elles sont mises en jeu, par qui et pourquoi. L'imaginaire peut se débrider et laisser libre cours à la sinistre prophétie du *Meilleur des mondes*, véritable repoussoir et exutoire. Si sophistiquée que soit l'intervention biomédicale prénatale, ce sont ses « dérapages » qui sont redoutés, sur le mode de l'amalgame et de la démonisation ; tout est confondu : le clonage, la parthénogenèse, la manipulation génétique, le séquençage, le sexage, l'amniocentèse, la thérapie génique. Ce qui préside à ces angoisses paraît être un mélange de vitalisme, de sacralisation et de religion du vivant indifférencié.

Une autre rhétorique voit actuellement le jour qui prétend dénier que la médecine produise de l'eugénisme, tout en revendiquant qu'elle puisse pratiquer un « eugénisme doux » pour répondre à un droit légitime, aujourd'hui, à l'enfant normal. L'argumentation est schématiquement la suivante : de l'eugénisme, nous sommes protégés par le fait que la médecine n'est pas coercitive, que les patients y sont totalement libres et consentants, qu'elle s'adresse à des individus, à des cas à chaque fois particuliers et non pas à des populations en fonction de nosographies déterminées, qu'elle ne définit pas d'anormalités, pas plus qu'elle ne dessine et n'impose de solution à partir de politiques étatiques : « La ligne de séparation essentielle passe entre l'individuel et le collectif. [...] C'est bien dans la définition collective du bien et du mal que réside le danger » (Frydman, *op. cit.*).

Les auteurs de cette nouvelle rhétorique en appellent par ailleurs à la bonne foi de leurs contradicteurs. Comment taxer d'eugénisme des praticiens qui, s'identifiant soit aux malheureux parents n'ayant pu bénéficier d'un diagnostic prénatal, soit au malheureux enfant anormal du fait de l'inconscience ou de l'ignorance de ses parents, apportent une *réponse thérapeutique* ? Enfin, ils rappellent à ceux qui craignent un néo-eugénisme que la médecine n'est pas infaillible, que des anormalités sont toujours possibles et que c'est à la société de tolérer ces « loupés » de la reproduction humaine, dans cette tolérance collective résidant la véritable parade au néo-eugénisme redouté.

Ultime argument à la décharge du malthusianisme eugénique que l'on rappelle souvent par antiphrase, le diagnostic prénatal permet « dans l'immense majorité des cas de rassurer car il s'inscrit dans une politique optimiste et nataliste donnant à des couples, qui jusque-là pouvaient le redouter, la possibilité d'avoir les enfants qu'ils désiraient[16] ». Les contradicteurs des généticiens et des biomédecins sont renvoyés à leurs « fantasmes » et à leurs « phobies », et mis face à leurs responsabilités de citoyens...

Cette rhétorique, marquée au coin d'un bon sens certain, teinté d'une foi raisonnée dans le progrès, repose cependant sur une représentation naïve de la séparation entre l'individuel et le collectif, entre le psychisme et le social. L'eugénique actuelle, et c'est en cela qu'elle est difficile à mettre au jour, n'emprunte pas les formes historiques connues, elle s'appuie sur de nouveaux comportements procréatifs, plus conscients et plus enclins à la normativité. Elle ne passe plus, avec l'évidence d'autrefois, par des traitements autoritaires de populations, mais s'intègre, *de manière discrète*, aux conduites individuelles. Le social ne s'empare plus des individus de l'extérieur, en les massifiant de force, il s'impose à eux de l'intérieur, en jouant sur leurs demandes les plus personnelles.

LE CONTRAT DE CLIENTÈLE ET LA DEMANDE COMME GARDE-FOU ?

C'est dès les années 60, aux Etats-Unis, que les cliniques de conseil génétique tinrent à affirmer le principe de *liberté de consultation* et de *liberté de décision* dans le cadre du conseil génétique. Elles se démarquaient ainsi explicitement des formes *autoritaires* de l'eugénisme historique, qui s'était adressé le plus souvent à des *populations*, sans se soucier de leur consentement. L'Américain Fraser définissait, en 1974, les buts du conseil génétique moderne : aider les « clients » à « comprendre leurs options et choisir le champ d'action qui leur semble le plus approprié au regard de leurs risques et des buts poursuivis par leur famille, et à agir en accord avec cette décision[17] ».

D'emblée donc, le conseil et le diagnostic anténatal se sont agencés, outre-Atlantique, mais ici aussi, autour de la nécessité d'associer, de responsabiliser des *couples* (plutôt que des patients), en dénommant significativement les gens ayant recours au conseil génétique ou au diagnostic par l'expression de « clients ». Cette distinction lexicale est significative d'un déplacement du rôle de la médecine prénatale : elle prodigue une aide à la décision, à la façon d'un service ; cette nouvelle fonction est à la lisière du thérapeutique, voire tend à faire sortir ce nouveau contrat généticien-clients de la stricte médecine, en faisant un acte supplémentaire de consommation, un choix raisonné dans une économie libérale et de marché, censée garantir la liberté des contractants. Comme le soulignait une généticienne, M. L. Briard : « Le conseil génétique et le diagnostic anténatal doivent demeurer une prévention personnalisée pour des couples qui le sollicitent en dehors de toute référence eugénique[18]. »

Le Comité national d'éthique fait partie des instances qui ont produit cette acception contractuelle du conseil et du diagnostic génétique prénatal. On peut lire dans son *Avis sur les problèmes posés par le diagnostic prénatal et périnatal* (mai 1985) : « La décision de poursuivre ou d'interrompre la grossesse appartient en dernier ressort aux parents en vertu de la loi. Ainsi se trouve écarté le risque d'un eugénisme collectif. » Certes, l'individu et ses libertés sont une parade non négligeable à l'imposition autoritaire. Mais la fameuse liberté des patient(e)s est, en France en tout cas, théorique. On y est « libre » d'accepter (ou de refuser, peut-être est-ce vraiment là une liberté...) la proposition, par son médecin, d'un diagnostic type amniocentèse. Libre aussi de consulter pour conseil génétique. Mais les critères d'un tel diagnostic sont purement médicaux et ne comprennent pas, et c'est peut-être tant mieux, l'initiative des patient(e)s, pas plus que leur inquiétude quant à la normalité de leur enfant. De plus, l'exécution du diagnostic est conditionnée par l'acceptation tacite d'une interruption de grossesse en cas de pronostic défavorable. La « liberté » de parents confrontés à une susceptibilité de pathologie chez leur enfant, ou à l'éventualité qu'ils transmettent eux-mêmes une telle pathologie, paraît plus que dérisoire. Comment décréter libres, à la façon consumériste, des individus plongés dans l'angoisse par un accident ou une maladie génétique ? Qui plus est quand un tel handicap est rendu tangible à l'aide de statistiques, comme le fait remarquer lucidement un généticien : « Que peut bien signifier, pour un couple dont le frère des conjoints est mort de *spina bifida aperta*, la notion d'un risque de 1,4 pour 100 de voir naître son propre enfant atteint de ce terrible handicap[19] ? »

Voir dans le diagnostic un choix et une pratique individuelle revient aussi à occulter comment cet acte élémentaire relève de processus complexes, conduisant à la standardisation des attentes des patients. En effet, dans les sociétés développées, le « collectif » est généré aujourd'hui moins par des politiques de santé ouvertement dirigistes (comme celles qui sont pratiquées en Chine ou en Inde) que par l'agrégat de conduites individuelles. Celles-ci, en apparence spontanées, sont en fait induites par des mécanismes largement inconscients.

A l'insu des acteurs, s'exercent des politiques sanitaires et de l'hygiène publique, de l'économie de la santé, de l'épidémiologie, qui donnent une dimension collective aux pratiques des « usagers », toutes singulières, individuelles et « libres » qu'elles paraissent. Le diagnostic et le conseil génétique s'adressent à des individus, mais en ce qu'ils appartiennent à des « groupes à risque » constitués comme tels scientifiquement par l'épidémiologie (femmes de plus de 38 ans, couples dont l'un des conjoints est porteur d'anomalie chromosomique, ou ayant un précédent enfant atteint). Les cas vraiment individuels de diagnostic sont les patientes ayant fait l'objet d'un dépistage clinique ou empirique, à la suite de « signes d'appel » repérés durant une des échographies de surveillance de la grossesse. Elles y entrent de plein droit en tant que patientes « à risque ». La notion de « risque » et sa collectivisation (groupes à risque) sont à l'origine, depuis 1977-1980, d'une convention entre un organisme corporatif regroupant les praticiens du diagnostic (Association française pour le dépistage et la prévention des maladies métaboliques et des handicaps de l'enfant) et la Sécurité sociale (Caisse nationale d'assurance maladie des travailleurs salariés). Cette convention établit les règles du dépistage et régit son financement direct aux praticiens par la Sécurité sociale. Le monopole des praticiens sur une telle structure (si transparente et rigoureuse soit-elle) interroge l'éthique ainsi que l'eugénique médicale à l'œuvre, qui limite drastiquement les concepts d'individu et de liberté. Le « client » du diagnostic prénatal est un patient référé à un groupe théorique, et dépendant d'une taxinomie (le « risque ») aussi théorique qu'arbitraire mais qui édifie désormais un champ de prescription et d'intervention médicale.

DU RISQUE D'ANOMALIES AU DROIT À LA NORMALITÉ

Le « risque » est une construction médico-sociale, au sens strict. Il y a encore quelques années, l'âge auquel on proposait systématiquement le dépistage des maladies chromosomiques aux femmes enceintes était de 40 ans. Il est aujourd'hui de 38. Non pas pour des raisons épidémiologiques (parce que la tranche d'âge où s'exprime le fameux risque se serait abaissée) mais en raison de considérations socio-économiques.

Développés au nom du thérapeutique, les actes biomédicaux de diagnostic n'ont plus grand rapport avec une fonction de soin et concrétisent une extension du concept de médecine, vers un modèle assurantiel, un modèle de « gestion de risques[20] » faisant intervenir, outre la génétique et l'épidémiologie, la statistique dans la façon de gérer le symptôme avec les patients : « Il faut qu'une fois la décision prise en toute connaissance du risque, une fois la grossesse débutée, le couple sache être optimiste jusqu'au résultat en se disant qu'en réalité ils ont trois bonnes chances sur quatre d'avoir un enfant normal. Par ailleurs, le conseiller génétique, en précisant la hauteur du risque, dédramatise bien souvent une situation[21]. »

Optimisme et dédramatisation ne semblent pourtant pas être au rendez-vous des jeux d'angoisse en miroir qui lient durant la grossesse les médecins et leurs patientes au travers de ces jeux de probabilité de risques. Les risques ou pronostics négatifs sont incomparablement inférieurs à la « chance » d'avoir un enfant en bonne santé. Mais plus la gestion statistique et la maîtrise somatique progressent et plus en effet la balance risques-chance penche du côté des risques. La grossesse, comme déjà dit, devient un état pathologique. Non pas que les risques augmentent quantitativement, mais parce que l'anormalité, les anormalités, sont de plus en plus constituées comme insupportables. « Au cours des années, le concept de conseil génétique s'est modifié [...] avec les possibilités du diagnostic prénatal, de plus en plus nombreuses. Celui-ci permet de remplacer une probabilité — le risque — en une certitude : l'enfant est atteint ou normal[22]. »

Les « clients » associés aux décisions diagnostiques et thérapeutiques sont en fait les obligés du modèle prophylactique, hygiénique et statistique qui inspire les interventions biomédicales en amont de la fécondation, puis durant la grossesse. L'inflation d'actes médicaux et biologiques les constitue en gestionnaires de leur capital santé (dans la tradition de la prévention) et, maintenant, de leur capital génétique : ils sont en mesure (en demeure ?) de gérer au mieux leurs actions... procréatives. Exemple manifeste de cette gestion de risques, à la façon d'un capital, le conseil génétique préconceptionnel, qui « ne se limite pas à un simple calcul mathématique ; certains facteurs viennent moduler le risque [...] ; caractère plus ou moins invalidant et pronostic vital de l'affection, expression variable au sein de la famille, possibilité d'un traitement efficace ou/et d'un diagnostic anténatal. Le conseil génétique pose des problèmes de conduite et de comportement : révélation du risque, vécu du handicap, désir de compensation, notion d'union dangereuse[23] ».

L'autorité du médecin sur la procréation se dissout dans cette fonction de conseil. Parallèlement s'imposent de plus en plus des critères biomédicaux pour juger des anomalies ou des risques, prenant la place des critères sociaux. L'éradication et la sélection génétiques autoritaires ont cédé la place à un *consumérisme génique*. A la proposition de Crick ou Fletcher (ne point reconnaître d'humanité aux enfants nés tarés), on préfère donner une réponse d'une autre nature — diriger, assister la procréation — qui pourrait s'avérer plus efficace et adaptée aux mentalités françaises de la fin du XXe siècle. A la notion près d'« union dangereuse », survivance en ce siècle d'une épithète qui, au XIXe, servit à qualifier la classe ouvrière... Ce déplacement du signifiant de la dangerosité montre bien l'évolution des urgences sociales. Le concept de dangerosité a le mérite de souligner une menace, médicalement parlant, pour un certain ordre, vraisemblablement *l'ordre génétique*. La gestion du risque génétique consisterait en l'adoption d'attitudes sanitaires et de stratégies matrimoniales de prévention du risque dysgénique.

La notion de « risque » est elle-même appelée à subir des variations au gré de l'évolution du normal et du pathologique, qui se calque sur une ligne de séparation plus subjective et sociale, celle de l'acceptable et de l'inacceptable. C'est à la frontière de cette distinction que vont se jouer d'éventuels dérapages vers un nouvel arbitraire.

Deux autres notions sont apparues qui pourraient

bien être clés pour l'appréhension d'une nouvelle eugénique, au travers desquelles les médecins donnent leur lecture des nouveaux rapports patients-praticiens. Plus ou moins explicité, le « droit à la normalité » : « Le droit à la normalité pousse à l'obligation de résultat. [...] Les juges ont tendance à dédommager les parents d'un enfant [handicapé], donc à imputer la faute à l'échographiste[24]. » Et, immédiatement liée à ce nouveau « droit », la notion de *préjudices*, apparue avec les procès intentés par des couples : « Pour les couples, la naissance d'un tel enfant [*handicapé*], n'apparaît plus comme une fatalité douloureusement acceptée, mais est ressentie comme une injustice, voire comme un préjudice pour lequel il convient d'obtenir réparation[25]. » « Lorsqu'une malformation passée inaperçue échappe à toute ressource thérapeutique ou constitue un état incompatible avec une survie acceptable dans notre société, les parents peuvent à juste titre se plaindre d'un préjudice moral, celui d'une grossesse menée à son terme alors qu'il eût été possible de faire plus tôt le deuil de cet enfant[26]. » La notion de préjudice se double de celle de *perte de chance* : « Les dommages [...] sont très variés. Il peut s'agir de la mort du fœtus ou du nouveau-né, d'une souffrance morale des parents, ou d'une perte de chance, préjudice “nouveau” admis par quelques arrêts depuis 1965 [...]. La perte de chance n'est pas encore prévue dans le Code pénal. Peut-on encore appeler préjudice une grossesse normale non diagnostiquée, la naissance d'un enfant anormal, l'impossibilité de recourir à l'ITG (interruption thérapeutique de grossesse) par méconnaissance du diagnostic de malformation fœtale ? » (*ibid.*)

C'est donc sur le terrain du droit et des assurances que risque désormais d'être tranchée la question des anormalités néo-natales, au moins autant que dans les instances éthiques... Le pragmatisme médical, et ce qu'il pouvait revêtir d'arbitraire par rapport à d'autres critères (philosophiques, sociaux, subjectifs...), vient donc se confronter, au fil des procès, à de la normativité sociale en train de se constituer à la frontière de la médecine et du droit.

AU NOM DE L'ENFANT PARFAIT OU DE LA QUALITÉ DE LA VIE ?

La demande parentale à qui l'on prête communément la vertu de limiter les dérapages eugénistes est aussi qualifiée par les médecins à qui elle s'adresse de « demande d'enfant parfait », comme en atteste l'intitulé d'une communication récente de M.-L. Briard : *Le Droit à l'enfant parfait. Fantasme ou réalité*[27] ? En collaboration avec J. Frézal, autre généticien, elle écrivait par ailleurs : « La procréation est privatisée [*sic*] en ce sens qu'elle est envisagée comme une gratification [...]. Ainsi l'enfant désiré doit-il être conforme à l'image que les parents s'en sont fait. Il doit être exempt de toute infirmité[28]. »

Cette sociologie hâtive de l'évolution des comportements sociaux cautionne l'idée d'une perfectude de l'enfant, d'un état virtuel, mais absolu, de conformité aux attentes parentales, que la science permettra, un jour, d'atteindre. Le « parfait » étant l'aboutissement de la maîtrise des imperfections. Vision toute scientifique de l'enfant idéal qui projette sur les parents une attente quasi médicale et entretient l'idée d'un enfant recombiné et résolument adapté, normé MF : médecine française. Tandis que le fantasme narcissique des parents n'est pas objectivable et ne peut être résolu médicalement. Par contre, parce qu'il rencontre une injonction sociétale et médicale de production d'enfant de qualité, il est pleinement légitime.

La mutation qui s'est opérée depuis l'eugénisme des années 20-30 s'exprimerait avant tout dans l'intégration, l'intériorisation au plus intime des comportements individuels et conjugaux en matière de procréation d'une prétention quasi scientifique, communément partagée, à discriminer la valeur des vies humaines auxquelles on veut donner corps, une valeur de la vie, les vies valant la peine d'être vécues soigneusement distinguées de celles qui ne le vaudraient point. « Les couples que nous voyons ne viennent pas pour nous parler de mort mais de la vie d'un enfant à naître, et cette vie doit être de bonne qualité[29]. » Il s'agit de « donner tous les moyens nécessaires pour apprécier la qualité de vie des possibles futurs nouveau-nés » (Frydman, *op. cit.*).

L'édification d'une valeur de la vie qui ne s'interroge pas en tant que telle, mais s'estime *a priori*, est une application du raisonnement économique à la procréation. Cela peut consister dans le fait de chiffrer par exemple le coût social et financier des handicaps et d'évaluer les coûts-bénéfices du dépistage systématique d'une maladie génétique comme la trisomie[30].

Il est aussi des pratiques qui, sans s'afficher eugéniques, renouent avec les systématismes en matière d'élimination de certaines tares au nom d'une qualité supposée de la vie ou d'un décret biogénétique arbitraire. On apprenait ainsi lors d'un récent colloque de la Société de gynéco-pédiatrie française qu'après conseil génétique et diagnostic prénatal les « syndromes de Turner » aboutissaient presque toujours à des avortements thérapeutiques[31]... Les femmes qui en sont atteintes ne font que « souffrir » de leur petite taille et d'un non-fonctionnement ovarien qui les rend stériles. Paradoxe que cette attitude de sélection prénatale, alors que contemporainement plusieurs équipes de PMA tentent de répondre à la stérilité de ces femmes en leur proposant la fécondation *in vitro* avec donneuse d'ovocyte...

La « détresse » de la femme, qui était l'argument central de la loi de 1975 sur l'avortement, s'est en quelque sorte déplacée vers celle que ne manquerait pas de subir l'enfant s'il venait à vivre. Simultanément, la légitimité de l'interruption de grossesse s'est elle aussi déplacée, du droit des femmes à disposer de leur corps et de leur sexualité à celui plus indécis de ne pas mettre au monde d'enfant atteint de graves malformations ; et, maintenant, se profilerait le droit de l'enfant à ne pas naître, décrété par l'adulte, il va sans dire... L'idée de contrôle génétique se voit affirmer en même temps que l'idée de motif thérapeutique d'interruption de grossesse s'élargit à tout ce qui est constitué dans la plus grande discrétion, et aux antipodes d'un discours eugéniste autoritaire, comme misère humaine insoutenable.

UNE MÉDECINE DE L'APPARIEMENT...

C'est au point de contact des techniques de diagnostic prénatal et de la PMA que se manifestent les micro-mutations sociales les plus marquantes. Deux nouvelles possibilités s'ouvrent virtuellement aux « consommateurs » de la biomédecine : premièrement, encore futuriste, le contrôle dans l'œuf (si je puis dire !) de la qualité de leur futur enfant, grâce à des sondes génétiques qui permettront bientôt un diagnostic *in vitro* sur l'embryon ; deuxièmement, d'une actualité immédiate, l'assistance médicale à la procréation, venant répondre aux « difficultés de procréation », mais aussi aux problèmes génétiques de l'un ou l'autre partenaire. L'avant-projet de loi Braibant précise les ayants droit des actes de PMA : « Stérilité du couple ou s'il existe une forte probabilité de transmettre une affection considérée comme incurable » (article L. 668-10).

A ce point de contact se situent en particulier les CECOS, organisateurs de « croisements artificiels médicalement dirigés[32] », qui orchestrent les dons, sélectionnent et « apparient » donneurs et receveurs. L'affinement des critères de sélection des donneurs et d'appariement, définis par leur Commission génétique, tend *de facto* à inscrire ces pratiques, si ce n'est dans l'eugénique, en tout cas dans la volonté de prévention de la dysgénie : « Ces partenaires ne sont pas accouplés au hasard » (*ibid.*) car le médecin « du fait de sa fonction se trouve investi avec l'accord tacite de la société, d'un pouvoir singulier, celui d'accorder ses semblables afin de constituer des couples reproducteurs » (*ibid.*). En choisissant « les partenaires du croisement », le médecin est engagé sur le plan médico-légal. Quant aux « indications génétiques de l'insémination artificielle », « solution génétique de remplacement » (*ibid.*) pour les couples connaissant chez l'un ou l'autre partenaire un problème d'hérédité génétique, elles mettent inévitablement les CECOS marieurs biologiques dans une position de réparation et d'intervention eugénique préfigurant ainsi une orientation possible de la PMA : la recombinaison sociobiologique de « couples reproducteurs ».

Au terme de cet examen des diverses pratiques biomédicales, apparaît l'image condensée d'un enfant programmé et de qualité, produit hors sexualité par la rencontre de gamètes anonymes *in vitro*, diagnostiqué normal dans l'œuf. Ne lui manquerait plus que la greffe d'un gène du sommeil nocturne spontané, du sourire et babillage à la demande, et de la propreté « innée »... Continuons avec Rostand de rêver à l'enfant imparfait :

« Demain nos propres enfants serviront de matériel d'expériences. On déterminera leur sexe, on leur imposera, à coup d'hormones supplémentaires, une personnalité physique et morale... Ce sera "le meilleur des mondes". A cet égard tout au moins, ne portons pas trop d'envie au futur. Ne tenons pas à malchance le fait d'avoir vécu à l'époque barbare où les parents devaient se contenter des présents du hasard, car il est douteux que ces fils rectifiés et calculés inspirent les mêmes sentiments que nous inspirent les nôtres, tout fortuits, imparfaits et décevants qu'ils sont[33]. »

POUR UNE ÉTHIQUE SANS GARDE-FOUS

Valérie Marange
Animatrice d'associations écologiques et de défense des droits humains

> Lorsque le fil de la tradition se rompit finalement, la brèche entre le passé et le futur cessa d'être une condition particulière à la seule activité de la pensée et une expérience réservée au petit nombre de ceux qui faisaient de la pensée leur affaire essentielle. Elle devint une réalité et un problème tangible pour tous, ce qui veut dire qu'elle devint un fait qui relevait du politique.
>
> HANNAH ARENDT

Qu'est-ce qui fait courir l'« éthique » ? Comment expliquer qu'après les hôpitaux, les centres de recherche, la fièvre ait gagné les universités, les corporations, les entreprises et les cercles financiers, les gouvernements, les parlementaires et les instances intergouvernementales ? Que des milliers d'intellectuels, dans le monde entier, s'adonnent aujourd'hui à l'examen de cas de conscience, à la recherche de fondements universels pour une nouvelle métaphysique des mœurs ? Que l'on embauche des philosophes, des théologiens, des anthropologues, des psychologues, des juristes... pour qu'ils nous disent ce qu'est l'Homme, si l'embryon est une personne, quel est l'intérêt de l'enfant, si une femme célibataire a le droit de se faire inséminer, si la vie d'un vieillard grabataire vaut encore d'être vécue, si les entreprises ont une âme ?

A lire les traités de « bioéthique », le vertige m'a saisie plus d'une fois : cette « hamletisation[1] » sans fin sur d'insolubles dilemmes, cet étalage aussi détaillé que réprobateur des agissements et des fantasmes, digne de la curiosité des anciens confesseurs, ces enthousiasmes dogmaticiens qu'on croyait pour toujours relativisés par la modestie (originelle) de la démarche scientifique... Quelle mouche a donc piqué les intellectuels occidentaux pour les transformer ainsi en « maîtres à penser[2] », vingt ans après mai 1968 ? Comment se fait-il qu'un consensus semble régner sur le besoin que nous aurions aujourd'hui d'un savoir normatif, pour nous fournir les clés, sinon de notre action, du moins de nos « comportements » ? Qu'est-ce qui justifie, aux yeux des experts et à ceux du public, des acteurs biomédicaux et des « patients », une telle demande de sens, de norme, d'autorité morale ?

LA VIOLENCE DU BIOPOUVOIR

La question peut sembler impertinente à tous ceux et celles qui s'inquiètent aujourd'hui, et j'en suis, de la « violence très spécifique, administrativo-technico-scientifique[3] », à l'œuvre dans le monde contemporain. Ce que Michel Foucault nommait le « biopouvoir », « l'entrée des phénomènes propres à la vie de l'espèce humaine dans l'ordre du savoir et du pouvoir[4] », a en effet produit, dans la première moitié de ce siècle, des dérapages majeurs dont l'eugénisme et les crimes nazis constituent certainement l'expression culminante. A ceux qui se sont penchés sur cet événement, mais encore sur sa généalogie ou sur ses réminiscences contemporaines, il n'échappe pas que de telles politiques criminelles s'inscrivent dans un paradigme plus vaste, aux contours imprécis, quelque part aux points d'intersection de la médecine et de la raison d'Etat, du pouvoir et des subjectivités, et qu'elles sont parfois justifiées par un discours humanitaire qui les rend pratiquement invisibles, comme elles ont été invisibles aux bons citoyens des années 30. Tel est notamment le sens d'une recherche que j'ai menée récemment avec les médecins d'Amnesty International sur la médicalisation de la torture et de la peine de mort, qui met en lumière l'insensible dérive entre les petits glissements quotidiens des institutions médicales et les dérapages extrêmes des médecins tortionnaires[5].

La violence rôde dans la médecine contemporaine, malgré et parfois à cause même de l'euphémisation de la cruauté qui lui est associée : à trop vouloir éviter les enjeux frontaux de la souffrance ou de la mort, de la maladie ou de l'infécondité, du dégoût ou du trouble que peuvent nous inspirer un vieillard incontinent ou un enfant « débile », on assiste aujourd'hui à la banalisation d'interventions contestables sur le corps et la vie des gens. Je pense bien sûr à la torture « blanche », aux exécutions capitales légitimées par des expertises psychiatriques et « humanisées » par l'adjonction de techniques médicales, à l'emmurement de prisonniers isolés sous surveillance médicale. Mais qui veut bien se pencher sur les témoignages de femmes consentant des mois durant au parcours du combattant de la fécondation *in vitro*, ceux qui ont vu leurs proches — à leur demande même parfois — éprouver dans leurs corps les ravages de l'acharnement thérapeutique ont pu s'interroger sur le coût humain, pour parler comme les technocrates, de tels progrès. « Après ouverture de l'abdomen de la mère puis incision de la paroi utérine, les chirurgiens californiens ont extrait le bras gauche du fœtus, puis, ce fœtus demeurant *in utero*, réalisé l'intervention proprement dite. Celle-ci a consisté à replacer les organes en position physiologique, puis à implanter une prothèse plastique destinée à colmater l'orifice diaphragmatique. L'enfant de sexe masculin est né prématurément et a dû être maintenu durant un mois sous respiration artificielle... » (*Le Monde*). On peut saluer la maîtrise technique, se féliciter de cette vie sauvée, mais se sentir un peu troublé, voire fasciné, par le cauchemar technologique dans lequel est né ce bébé très branché.

Qu'on m'entende bien. Je ne prétends nullement ici revendiquer une fatalité de la maladie ou de la stérilité ni préférer les anciens supplices aux cellules d'isolement. La sensiblerie ou la peur d'interventions médicales salutaires ne peuvent nous tenir lieu de pensée en la matière. Si l'humanité s'est dotée d'une médecine, c'est qu'elle en a besoin, disait Georges Canguilhem. Mais cette médecine, constatait-il aussi, est bien souvent « entraînée, par les conditions sociales et légales de son intervention au sein de collectivités, à traiter le vivant humain comme une matière à laquelle des normes anonymes, jugées supérieures aux normes individuelles spontanées, peuvent être imposées ». A l'heure où la *Fabrique du corps humain* chère à Vésale (1543) devient réalité, quand on dépose les premiers brevets sur des cellules humaines, quand on lit que la recherche sur le SIDA a donné lieu, en Afrique, à de « véritables safaris sanguins[6] » ou encore qu'une agricultrice française s'est retrouvée internée en psychiatrie pour s'être opposée au remembrement de ses terres[7], faut-il s'étonner « si l'homme moderne appréhende confusément, à tort ou à raison, que la médecine en vienne à le déposséder, sous couvert de le servir, de son existence organique propre et de la responsabilité qu'il pense lui revenir dans les décisions qui en concernent le cours[8] » ? Comment ne pas avoir à l'esprit cette question, en lisant l'étude d'une psychanalyste sur la « fécondation *in vitro* avec donneur », qui, dit-elle, suscite chez les femmes des « angoisses schizo-paranoïdes d'intrusion, d'effraction, d'éclatement et de mort[9] » ?

Jusqu'où assister le vivant de techniques, sans le soumettre à des violences insupportables ? La « folle balade des organes sans corps[10] », ou l'application au vivant humain de techniques productivistes expérimentées dans l'élevage industriel[11] donnent à cette question une actualité angoissante. Parallèlement, la médicalisation croissante de l'orientation pénale ou sociale des individus, l'entrée sur le marché de produits biologiques d'origine humaine, la promotion toujours plus noble de modèles de santé discriminant pour les plus faibles, vieux ou handicapés, posent à tous les niveaux des problèmes de respect des personnes et de leur autonomie. Violence des techniques, des institutions, des normes et de leur conjugaison.

C'est ce sentiment diffus d'une violence, d'une dépossession, qui motive aujourd'hui les inquiétudes et l'engagement d'une réflexion éthique sur le terrain. L'origine des comités d'éthique, les règles sur l'expérimentation humaine, ont pour arrière-plan le code issu du procès de Nuremberg, qui a condamné les expérimentations nazies. Des praticiens et des infirmières, des scientifiques et des travailleurs sociaux se posent aujourd'hui la question de la légitimité de certaines de leurs interventions sur le corps et la vie d'autrui, sur l'interférence des objectifs de la recherche, de la raison d'Etat ou des comptes de la Sécurité sociale dans leurs pratiques, sur leur fonction dans la médicalisation croissante de la procréation ou de l'agonie. Il faut se réjouir de ces interrogations. Mais, pas plus que la « grand-peur biologique » du public, elles ne suffisent à interpréter la fièvre éthique, qui touche d'ailleurs bien d'autres domaines que la médecine.

UNE « CRISE » TRÈS POLITIQUE

La crise éthique, la perception diffuse de dangers liés aux pratiques biomédicales, sont invoquées pour activer l'élaboration de lois ou de règles, la mise en place de comités, la production de valeurs. C'est à une crise très politique que cette élaboration tente de répondre. Derrière la crise des valeurs se profilent celles de la représentativité politique, de l'autorité morale, des institutions, des procédures décisionnelles — dans le monde de la santé comme dans d'autres. Crise de confiance, certes, et le mot d'éthique, ainsi que les brusques emballements écologiques, vient à point pour redorer le blason des technocrates comme des juristes, des religieux comme des politiques. Mais l'« Ethique » n'est pas une simple vitrine. Les médecins sont confrontés à une « incertitude » (Renée Fox) qui croît au fur et à mesure que les techniques et les choix se multiplient. La complexification des systèmes de santé inscrit toute décision médicale dans une chaîne d'« effets d'effets » difficilement prévisibles. Des experts en santé publique, en démographie ou en épidémiologie, mais aussi des psychologues ou des juristes, s'emploient à les maîtriser. Le médecin est placé devant des choix, comme l'explique Jacques Donzelot[12], « où le mode de production de ses diagnostics n'a plus aucune pertinence, et lui rend nécessaire l'adjonction d'un spécialiste de l'indécision, d'un psy, qui, préalablement, vérifiera que là est bien le désir de l'individu ». La nouveauté réside dans l'adjonction d'un niveau supplémentaire de compétence morale.

De tels problèmes concernent aujourd'hui tous les décideurs, politiques compris, qui sont demandeurs d'une « aide à la décision ». Dans le microcosme bioéthique, on expérimente aujourd'hui une façon de gérer la crise, de nouvelles formes de pouvoir. Nous tentons, a dit le Conseil d'Etat sur le dossier bioéthique, une « nouvelle manière de faire la loi ». Des parlementaires se sont rebiffés contre cette « adhocratie », mais eux-mêmes s'appuient continuellement sur d'autres sages, d'autres experts. Les instances bioéthiques constituent aussi un système normatif se dispensant du droit, se glissant dans ses failles. La bioéthique est encore le champ d'alliances et d'affrontements entre le juridique en crise et le scientifique en crise, le politique et le religieux, etc. Les nouvelles formes du biopouvoir s'accouchent dans la douleur, malgré les appels constants au consensus... C'est peut-être ce dernier qui est le plus périlleux, en ce qu'il contient la tentation d'une issue totale à la crise, sous couvert de pluralisme et d'interdisciplinarité.

GÉRER DES RISQUES... ET DES ÂMES

Dans le domaine du « risque » éthique, comme dans celui du risque technologique majeur, la crise génère une nouvelle expertise, liée à la première et corrigeant son régime. Prenons l'exemple du vide juridique, souvent dénoncé dans ces domaines, et en particulier, jusqu'en décembre 1988, dans celui de l'expérimentation des médicaments. Jusqu'à cette date, en France, certaines expérimentations étaient à la fois obligatoires (en vertu des réglementations du médicament) et interdites (par le Code pénal). Il y avait « vide juridique », ou plutôt contradiction entre des normes et une loi. Depuis 1975, les comités d'éthique instaurés à l'initiative de l'Association médicale mondiale (déclaration d'Helsinki) ont géré ce vide. Aujourd'hui, en France, une loi encore dépourvue de décret d'application prévoit de remplacer ce niveau de régulation déontologique par de nouveaux comités dits de protection des personnes, eux aussi principalement composés de professionnels mais contrôlés par le préfet. La loi définit un cadre politique et juridique, son interprétation et son application continuent d'être confiées à une sorte de première instance non judiciaire, qui décharge à la fois les expérimentateurs et les tribunaux. L'avis d'un comité d'éthique a une fonction d'aide à la décision, de partage de la responsabilité et de légitimation préventive. Il limite les risques de conflits entre sujets et expérimentateurs, couvre les uns en protégeant les autres.

Comme celui de l'accident technologique, le message de la « panne bioéthique[13] » ou du « vide juridique » est un message sécuritaire, justifiant le déploiement de nouveaux dispositifs de sûreté. « Le corps social est divisé entre les experts et le public incompétent, irrationnel. Il revient aux premiers de prévoir au mieux les besoins des autres ; les experts ont la responsabilité de trouver des solutions à des problèmes donnés, dans le cadre de contraintes données », écrit Patrick Lagadec à propos de la gestion des risques technologiques[14]. Le rapport du conseiller d'Etat Braibant, « Sciences de la vie et droits de l'homme », quand il proclame à plusieurs reprises que la procréation médicalement assistée est « un fait » qu'il « convient d'organiser », que les comités d'éthique, composés de personnes « compétentes », doivent garder le secret sur leurs débats, n'est pas très éloigné de cette logique.

La panne ne remet pas en cause le fait. Elle alimente un processus de réforme permanente, tendant à reformuler en termes techniques toute interrogation politique. Si le stockage des embryons pose problème à certains, qu'on se rassure, la congélation des ovocytes nous dispensera bientôt de ces cas de conscience. Ou encore : pourquoi ne pas congeler les embryons avant la fusion des deux patrimoines génétiques, avant qu'ils ne deviennent une « personne » ? Ou enfin : un bon usage de l'embryon surnuméraire est possible, qui respecte sa « potentialité de personne humaine », le don à un couple stérile.

Les normes bioéthiques s'appuient sans les questionner sur les normes instituées par la biomédecine : les notions de stérilité, de pathologie, sont tenues pour évidentes alors qu'elles sont l'objet de vives polémiques et que les indications fantaisistes se multiplient dans les domaines de la fécondation *in vitro* et du diagnostic prénatal[15]. La bioéthique confirme la thèse selon laquelle l'ordre médical est aussi et d'abord un ordre juridique[16], en légitimant des choix épistémologiques, cliniques ou politiques qui mériteraient de véritables débats. Pourquoi telle option théorique, tel choix technique sont-ils préférés à d'autres ? Pourquoi investir davantage dans la FIV que dans la prévention de la stérilité, dans la biologie moléculaire que dans la psychosomatique ? En fonction de quels critères apprécier ce qui justifie un avortement thérapeutique ? Des critères esthétiques, par exemple, peuvent-ils intervenir dans une sélection prénatale ? De nouvelles normes fabricatrices se déploient sans être débattues à travers les appariements sélectifs dans les banques de sperme, les explorations du génome humain, ou encore la programmation du cycle féminin.

Gérer des risques, dans le domaine du vivant humain, c'est aussi gérer des populations. Celle, par exemple, des pensionnaires des établissements médico-sociaux qui peuvent être recrutés pour des expérimentations. Mais des populations plus étranges sont en jeu, composées de matériaux plus que de personnes[17] : du sang, du sperme, des embryons sont stockés et redistribués par les institutions biomédicales. Bien sûr, ce sont les personnes entières, donneurs ou receveurs de sperme ou de sang, qu'il faut recevoir, sélectionner en fonction de critères biologiques et psychologiques. Mais ce suivi des individus vise ici principalement à leur imposer la règle de l'anonymat, l'abandon complet à la banque de leurs matériaux anonymisés. Il légitime l'entremise obligée d'une institution entre donneurs et receveurs.

Un contact direct entre donneurs et receveurs, disent des psy travaillant dans ces institutions, serait un encouragement à la « perversion » des différents partenaires d'une procréation, livrés à leurs « fantasmes homosexuels[18] ». « L'altruisme ne saurait être sélectif », moralise le rapport Braibant, qui entend « protéger les couples d'une ingérence extérieure » par l'anonymat. C'est même un devoir de don qui est institué par la loi Caillavet sur les dons d'organes, une forte incitation au consentement dans la partie du projet Braibant consacrée aux enquêtes épidémiologiques. Pas vraiment obligatoire, mais fortement conseillée, la générosité biologique anonyme a toutes les apparences d'une morale d'Etat. C'est parce que cette morale a des ratés que le gouvernement français vient d'autoriser les dons de sang à des proches, jusqu'alors interdits.

L'approche bioéthique emprunte une partie de ses acteurs et de ses méthodes au champ du social, du conseil psychologique, des dispositifs protecteurs de la mère et de l'enfant qui entourent particulièrement, depuis des décennies, la procréation et l'enfance. Le célibataire, l'homosexuel (ici plutôt considérés au féminin), repoussoirs traditionnels de la « police des familles », resurgissent du placard pour définir encore une fois les contours de la transgression. La « mère porteuse » occupe à peu près, dans ce nouveau discours, la place de la prostituée dans l'ancien[19]. La « médecine du désir » vantée par René Frydman se double d'une expertise du désir. Les bioéthiciens, nouveaux « spécialistes de l'indécision », organisent un compromis entre la logique « bancaire » du stockage de matériaux biologiques atomisés et la norme médico-familiale d'une famille nucléaire, sans « ingérence extérieure », si ce n'est toutefois celle des médecins. La psychanalyse est centrale dans cette opération, comme en témoigne ce dialogue entre « psy » et juriste relevé par Dominique Memmi : « Le juriste pressant l'analyste ("mais il faut bien répondre") sur le "deuil de la fertilité" ou le "mystère des origines" et l'analyste empruntant au juriste ses catégories de pensée pour le soumettre à de fortes suggestions : "Est-ce qu'au nom de l'intérêt de la femme on doit autoriser... ou bien est-ce qu'au nom de l'intérêt de l'enfant on doit interdire ?..."[20] »

Certains juristes, d'ailleurs hostiles à l'anonymat, parlent aujourd'hui d'instituer un « ordre juridique de l'inconscient », pour faire barrage à des pratiques qui risquent de « détruire le processus de construction de l'identité[21] ». Anonymat ou non, les avis des experts divergent sur les dispositifs propres à assurer le « ficelage institutionnel des subjectivités », selon le mot de Pierre Legendre. Tous (sauf l'exception notable de Robert Badinter avec quelques autres) sont du moins d'accord sur l'objectif. La préservation dans la tourmente du triangle œdipien et de la généalogie paternelle fait l'objet d'un consensus dans le discours bioéthique, aux carrefours de la psychanalyse, de la normativité médico-sociale et du droit.

UN NOUVEAU POUVOIR PASTORAL

Des théologiens, des personnalités ecclésiastiques ou religieuses sont également très actifs dans les débats et les structures bioéthiques. Les traditions religieuses, celle du catholicisme en particulier, ont une longue expérience de production de savoir sur la création, la vie, mais aussi d'élaboration morale et juridique sur les usages du corps, du sexe, de la procréation. Il n'est pas étonnant qu'elles se retrouvent en première ligne, et que la véritable bipolarité idéologique de ce débat soit le couple science-religion.

Cette bipolarité entre une approche mécaniste et spiritualiste du vivant produit un syncrétisme assez curieux, dont témoigne par exemple la définition de l'embryon forgée par le Comité national d'éthique comme « personne humaine potentielle ». Une aile radicale (le Vatican, notamment) conteste de telles définitions intermédiaires et réaffirme son attachement à la notion de personne concernant l'embryon. Cette controverse ne doit pas nous cacher le fait majeur : science et religion se retrouvent en tout cas sur un terrain commun, sur une question commune : la volonté de savoir ce qu'est l'embryon, l'affirmation de son caractère d'entité indépendante du corps maternel. Et, sous couvert de réglementation des pratiques scientifiques sur l'embryon, on assiste à une réédition des polémiques théologiques classiques, qui entendent fonder une morale procréative sur une ontologie de l'embryon.

Comme celui du prêtre et celui du médecin, le pouvoir bioéthique est un pouvoir « pastoral[22] ». Il veille à la santé et au salut des populations, se souciant de chaque individu, même du plus petit (l'embryon), pénètre et dirige la conscience de chacun. Quand le Dr Patrick Steptoe, « père » médical du premier bébé éprouvette, joue au piano un petit air de sa composition intitulé « Requiem pour un embryon[23] », ne fait-il pas de la fièvre productiviste un feu sacré, de la production biotechnologique une véritable transubstantiation ? Dans la proposition médicale du don d'embryon, ne faut-il pas voir une transmutation de l'acte médical en geste « éthique », par la réalisation d'une « potentialité de personne humaine[24] » ?... Le rapport biologie-éthique est ici presque circulaire : la « potentialité », terme emprunté à la biologie, se trouve sanctifiée par sa réunion avec celui de « personne ». Le personnalisme renforce l'utilitarisme, et le « respect de la vie » légitime indirectement la surproduction d'embryons... Toucher à la vie, c'est certainement, dans l'esprit de tous, toucher au sacré. L'approche bioéthique donne un peu corps (ou âme !) à cette sacralité dont le biologiste est déjà investi, en même temps qu'elle calme les soupçons de sacrilège qui pèsent sur lui.

N'est-ce pas également cette figure pastorale qui s'affirme dans la « protection des personnes » mise en place par l'éthique de l'expérimentation, dans l'expertise du désir d'enfant ? Ne faut-il pas voir dans la bioéthique la forme la plus actuelle, peut-être la plus ambitieuse, du « compromis entre l'expertise et la confession[25] » ? Au centre d'un dispositif panoptique à entrées multiples, enserré par le discours médical, la psychanalyse, le droit et la métaphysique, l'humain biomédicalement mais aussi bioéthiquement assisté ne livre-t-il pas aujourd'hui un aveu, une transparence plus complète, un savoir plus global que tous ceux qu'il a jamais suscités ?

DES « SUJETS » SOUS INFLUENCE

Un tel déploiement n'est pas sans conséquences politiques. Les bioéthiciens ôtent au citoyen toute responsabilité face aux transformations en cours, sauf à devenir soi-même un pasteur. Cette considération vaut évidemment pour l'embryon, pourtant érigé en objet sacré. En lui donnant statut de personne, potentielle ou actuelle, lui confère-t-on une once de citoyenneté ? Il en serait bien incapable ! Le personnalisme de l'embryon est condamné à l'ambivalence, il ne fait qu'instituer celui-ci comme sujet-objet d'une protection, d'une thérapeutique, d'une exploration. La personnalisation de l'embryon ne peut être qu'un assujettissement, plus bienveillant sans doute que sa réduction à un vulgaire matériau, mais qui implique, au nom de ses « droits » (ou plutôt encore de sa protection), l'assujettissement d'autres sujets, les femmes, qui en constituent le plus couramment l'« environnement ». Dans sa version euphémisée comme dans sa version radicale, le statut de l'embryon ne peut que générer, à terme, un renforcement du contrôle médico-social sur la procréation.

Cette considération vaut aussi pour les mauvais sujets des procréations artificielles. Comme nous l'avons vu plus haut, donneurs et receveurs voient leur générosité ou leur demande passées au crible de l'expertise... Les sujets d'expérimentation sont protégés de leur possible vénalité, le même soupçon n'étant guère porté sur les équipes biomédicales ou les laboratoires. La gratuité des matériaux est exigée (en France) des seuls donneurs, les industriels conservant le droit de faire des bénéfices sur ces matériaux gratuits. Le « bon » donneur est anonyme comme, d'une certaine façon, le bon malade perçu par sa seule maladie, ses seuls organes ou molécules[26]. Quant aux usagers des procréations artificielles, ils sont en permanence soupçonnés de déraison, de demandes excessives, d'une « volonté de toute-puissance démiurgique ». Plus encore que dans la liberté de la recherche ou dans celle d'entreprendre, c'est dans la liberté des sujets que la bioéthique identifie la menace, le risque. C'est de nous-mêmes, plus que de la science ou de ses acteurs, que l'on entend nous protéger.

L'avant-projet de M. Braibant fournit encore une expression claire, significative d'un certain usage des « droits de l'homme ». La grande innovation de ce texte, en la matière, est l'instauration d'un « droit au respect de son corps », dont la violation peut donner lieu à des interventions directes d'un juge. Mais même dans cette démarche de droit, le modèle de la tutelle reste dominant. Ce respect, en effet, est défini comme un principe différent, et supérieur, de celui de la « liberté » des personnes. « Le consentement ne justifie pas tout, précisément parce que au-dessus de la liberté individuelle et du pouvoir qu'elle confère à l'individu sur son corps, se situe le principe primordial du respect dû au corps humain. Seul un intérêt légitime peut fonder une atteinte consentie à l'intégrité du corps humain. » Mais si ce n'est la personne elle-même, qui dira donc ce qu'est ce respect, cet intérêt légitime, sinon, encore une fois, des maîtres à penser ? Tout comme le vide juridique, la liberté des usagers fonctionne comme un repoussoir. C'est la présupposition d'une liberté sans éthique qui fonde la tutelle des bioéthiciens.

L'intention de telles dispositions est bien compréhensible : livrés au seul jeu du libéralisme, ne serions-nous pas tentés de vendre nos organes, de louer nos utérus, notre corps, pour la procréation ou la recherche ? Le « droit à disposer de son corps » n'est-il pas évoqué, outre-Atlantique, pour justifier de telles pratiques[27] ? Nous ressentons les risques d'entraînement entre de nouvelles techniques d'intervention sur le corps et un certain état de décomposition des liens sociaux et des subjectivités. Il n'est pas faux que, comme le constatent quotidiennement les fivistes, les femmes inféconds soient parfois prêtes à tout. Il est arrivé aux Etats-Unis qu'un homme en demande de transplantation de moelle épinière dépose une requête devant un tribunal pour contraindre son cousin à lui servir de donneur[28]. Et les récents appels médiatiques au « don » de poumons pour sauver deux petites filles atteintes de mucoviscidose témoignent encore du véritable emballement des subjectivités que suscitent les nouveaux pouvoirs de la médecine fabricatrice. Notre liberté, définie comme un droit à bénéficier des prestations de la biomédecine — droit à l'enfant, droit à la santé, droit à naître en bonne santé, droit aux greffes, etc. —, semble bien mettre en péril les liens sociaux.

Si je reste toutefois réticente à de telles interrogations, c'est qu'il me semble qu'il y a quelque abus de terminologie à imputer de tels risques à notre liberté, à nos droits. Ne faut-il pas voir dans de telles dérives, au contraire, une forme de servitude ? Est-ce bien notre « seule volonté », comme dit M. Braibant, qui est en jeu dans de telles pratiques ? Celui qui vend ses reins, celle qui loue son utérus, exercent-ils un droit ? La femme stérile qui essaye des années durant les traitements les plus lourds est-elle toute-puissante ? L'acharnement procréatif est-il un nouveau pouvoir ou un nouveau « must » ? La demande d'un « enfant parfait » est-elle l'expression d'une liberté ou celle d'une aliénation à l'idéologie de la performance, d'une suradaptation à un marché de la compétence de plus en plus exigeant ? Est-ce bien « moi » seul qui parle en exprimant de telles demandes ?

A travers de telles questions, c'est celle du régime de la liberté des sujets modernes qui est posée. Et il ne faut pas seulement constater aujourd'hui, avec Benjamin Constant, que cette liberté est réduite à la sphère du privé, à l'exclusion d'une participation plus active aux décisions politiques, y compris d'ailleurs dans le domaine des politiques de santé publique. Mais cette sphère privée est de plus en plus sous la tutelle d'institutions-providences pourvoyeuses de bien-être, de la protection maternelle et infantile (PMI) à la procréation médicalement assistée (PMA)[29]. Cette tutelle se décline de façon variée : dans les établissements médico-sociaux, le modèle libéral du contrat de soins est dépassé par les logiques institutionnelles, et la liberté de sujets mal informés, infantilisés, est souvent réduite à une patience ou à un consentement. Mais les « clients » de la « médecine du désir », ceux qui lui font des demandes dites de convenance, n'échappent pas non plus à une forme de dépendance plus complexe face à des pratiques médicales supposées miraculeuses, largement mises en scène par les médias. C'est l'arraisonnement des désirs par l'offre de réalisation technique : désir d'enfant rabattu sur un « projet » unidimensionnel et impératif, flottements de l'identité sexuelle ramenés à une demande univoque d'intervention chirurgicale ou de médications hormonales. C'est encore la dépendance psychologique de patients et de patientes véritablement hystérisés vis-à-vis de thérapeutes qui leur proposent non seulement la santé, mais encore le bonheur ou la réalisation de leurs fantasmes. Il suffit pour s'en convaincre de se rendre aux conférences données par les « magiciens de la vie », et d'y entendre les femmes (mères porteuses, femmes en FIV, y compris ayant échoué...) venues témoigner leur reconnaissance au bon docteur X ou Y.

Bien sûr, les sujets sont impliqués dans une telle relation, et il serait faux de les présenter comme de simples victimes. Dans le prolongement de la demande générale de santé et de longévité adressée à la médecine, des fantasmes de dépassement des limites corporelles (stérilité, identité sexuelle, vieillissement) sont à l'œuvre. Le besoin d'expérimentation des firmes pharmaceutiques découle d'une attente de sécurité du public, et il rencontre aussi chez les sujets qui « s'y prêtent[30] », dans certains cas, un véritable désir d'expérimenter sur eux-mêmes. La morale du don anonyme rencontre aussi, chez certains, le plaisir trouvé à faire partie d'une sorte de grand « corps » social. Et l'eugénisme consumériste qui se développe actuellement pourrait bien être une clé pour l'interprétation de l'ancien eugénisme autoritaire, indiquant combien il rencontrait déjà alors des aspirations générales à la « qualité de la vie ».

Mais il ne peut être fait abstraction, dans l'analyse de ces désirs et de ces aspirations, de la part d'assujettissement qui s'y joue. Nous sommes ici dans la zone des dangers telle que la voyait Tocqueville, où « les petites passions des hommes de nos jours » font craindre une forme de despotisme « tutélaire » plutôt que « tyrannique ». Nous abdiquons pour notre bien, voire au nom d'un fantasme de liberté, certaines libertés concrètes, en nous soumettant à des contrôles sanitaires, à des politiques de prévention. Une telle tendance ne peut que se confirmer avec l'expansion des médecines prédictives. Le désir de bien-être ou de sécurité porte en lui le désir d'être protégé, il nourrit le pouvoir pastoral. D'une certaine façon, ce pouvoir se trouve en partie intériorisé, par le jeu de la norme, quand un individu se soumet lui-même à une rationalisation de ses désirs, et entend disposer de son corps en pièces détachées, ou le contraindre à procréer malgré tous les obstacles. Le sujet des procréations artificielles est ainsi souvent un sujet clivé, qui s'impose des « injonctions surmoïques[31] », une programmation draconienne entraînant des dommages physiques irréversibles, au nom du projet d'une volonté autonomisée, dans la pure tradition cartésienne. Les subjectivités et les institutions se travaillent au corps à corps, et plus que jamais la fiction d'un sujet libre passant librement contrat apparaît comme un leurre. En ne voyant dans ces formes contemporaines de soumission volontaire que l'expression naturelle d'un sujet débridé, en faisant des « petites passions » la base d'une anthropologie pessimiste, les bioéthiciens se privent de tout moyen de dénouer de tels rapports d'aliénation. Pis, ils tendent à les renforcer, en surajoutant leur propre tutelle morale.

QUI A PEUR DE L'AUTONOMIE ?

Peut-on interdire l'hystérie encouragée par les nouvelles technologies du corps[32] ? Peut-on faire face à l'infantilisation des patients-clients par un argument d'autorité ? Peut-on combattre la déresponsabilisation des soignants et des patients en instaurant de nouvelles normes ? Peut-on répondre à la crise éthique par de nouveaux « impératifs catégoriques », à celle de la démocratie par de nouveaux « philosophes rois » ? Il y a quelques bonnes raisons de répondre négativement à ces questions, à commencer par celles que nous donne l'histoire : « L'expérimentation est interdite là où le consentement n'a pas été obtenu », proclamait une circulaire du IIIe Reich. Elle n'a nullement empêché que les médecins allemands des années 30 et 40, pétris de morale kantienne, soient dans leur majorité insensibles aux violations dont ils ont été largement complices. Le sentiment d'avoir fait son devoir est, d'après les observations de Primo Levi comme d'Amnesty International, une constante des tortionnaires qui voient généralement dans leurs victimes, Juifs ou fellaghas, débiles mentaux ou terroristes, des êtres dépourvus de toute humanité. Le vrai problème de la violence, dans les « zones grises » (P. Levi) des sociétés modernes, est souvent son invisibilité. C'est pourquoi l'enjeu éthique, pour les médecins d'Amnesty International, apparaît aujourd'hui comme le développement d'une sensibilité au dérapage, assortie d'une responsabilité de chacun. La « crise des valeurs », c'est d'abord le constat historique que l'enfer a été plus d'une fois pavé de bonnes intentions, que presque toutes les valeurs, anciennes ou modernes, ont servi de porte-drapeaux aux violences les plus horribles. Que les morales de l'intentionnalité sont souvent inefficaces ou dangereuses.

« Ni philosophe, ni théologien, ni juriste, ne sauraient être admis à dire la norme » dans des matières où il n'existe pas d'« index infaillible », écrivait Georges Canguilhem. Que les autorités et leurs universaux soient faillibles, tel est bien le sentiment qui fonde aujourd'hui la « crise de l'autorité[33] ». Le vide de valeurs n'est pas un simple effet mécanique du développement économique et social, du déchirement des tissus sociaux et des anciennes solidarités. C'est aussi le résultat d'une volonté portée depuis plusieurs siècles par des courants intellectuels et sociaux, de la Réforme au féminisme, contre les directions de vie traditionnelles. Le fil de la tradition s'est rompu, et, comme l'écrit Hannah Arendt, « on ne pourra pas le renouer », sauf à suivre les voies régressives des divers intégrismes, dont certains courants bioéthiques ne semblent pas très éloignés. Le défi éthico-politique contemporain est que ce vide nous met dans la condition d'avoir tous à penser, par nous-mêmes, une éthique en rupture avec les formes anciennes ou modernes d'assujettissement.

Comment construire des conditions de réflexion et de communauté qui permettent l'expression d'une éthique autonome des gens, un travail démocratique de la société contemporaine sur ses choix anthropologiques et subjectifs ? Telle pourrait être la question alternative au jeu de l'individualisme sous tutelle ou de la norme morale. « L'homme n'a pas à être sauvé de lui-même », écrivait l'ethnopsychanalyste Georges Devereux[34]. Plutôt que de leçons d'hominisation, de recettes ou de lois sur le « ficelage » de l'humain, plutôt que de la restauration des morales du devoir qui n'ont pas empêché la violence moderne de se développer, nous avons besoin d'humains responsables qui ne se déchargent pas sur des sages auto-institués de la question de leur humanité, de leur éthique subjective, sociale, de leur façon d'être et d'être ensemble.

Cette question a des aspects directement politiques et juridiques, dans l'affirmation d'une citoyenneté dans et face à la médecine : le malade psychiatrisé, le sujet soumis à l'expérimentation biomédicale, devraient être des sujets de droit plutôt que protégés par une tutelle. Elle a aussi des aspects plus subjectifs. La déconstruction des impasses du désir de bien-être et de tuteurs implique un véritable travail sur elles-mêmes des subjectivités contemporaines. Nous avons besoin de travailler la « sensibilité de l'être humain à travers son éthique impliquée dans sa propre objectivation médicale[35] ». Nous avons à nous déprendre de nos petites passions — des passions tristes, aurait dit Spinoza — plutôt qu'à les rétrécir encore par une surcharge moraliste. Nous avons à nous poser non pas la question : « Qu'est-ce que l'embryon ? » mais plutôt : « Qui sommes-nous, à ce moment précis de l'histoire[36] » ? Que signifient nos comportements devant la mort, la naissance, la maladie, la stérilité, le risque, la productivité du corps, les institutions ? Que pouvons-nous, que voulons-nous y changer ?

Une telle pragmatique éthique s'ébauche dans des lieux de la société civile : des associations de patients, des regroupements de soignants, de travailleurs sociaux ou encore de chercheurs, le mouvement des infirmières de 1989, ont posé ou posent de telles questions. La réponse associative (AIDES en France) au SIDA est un bel exemple d'éthique pratique, en situation, face aux problèmes posés par la médicalisation des êtres humains. Remise en cause des divisions entre médecins et malades, constitution d'une communauté discutant entre égaux, respect des singularités et des décisions des personnes... Dans différents mouvements sociaux se manifestent les ferments d'une éthique nouvelle, faisant de l'autonomie une véritable valeur, affirmant le droit à la différence, tentant de combattre l'isolement des individus, rejetant les effets de pouvoir liés à la compétence, la violence de l'inquisition scientifique ou de la norme sociale. Les féministes, par exemple, n'ont cessé pour la plupart d'exprimer ces dernières années leurs réserves sur les projets de maîtrise scientifique du vivant, comme elles ont récusé le contrôle étatique des comportements procréatifs. Chez les soignants comme dans d'autres domaines, on voit proliférer aujourd'hui des groupes de parole[37], où chacun tente d'élaborer avec les autres, loin du mimétisme ou des abstractions universelles, une parole propre, en prise sur la réalité subjective et situationnelle : « le » juriste n'interpelle pas ici « le » psychanalyste, mais chacun travaille à partir de sa propre position, de sa propre angoisse, de son propre désir[38]. L'éthique fragmentaire qui se dégage de ces groupes et courants de pensée est une éthique impliquée, spécifique, autonome et incompétente. Une éthique sans pasteurs ni impératif catégorique.

On pourrait bien sûr relever dans ces courants des directions contraires, et ils ne sont nullement à l'abri de phénomènes d'autorité ou de dogmatisme, de recherches d'identité figées ou de demandes infantiles adressées aux institutions. Les valeurs parfois mises en avant sont elles aussi susceptibles de dérapages incontrôlés. Mais il me semble que de telles tentatives pratiques comportent une leçon à laquelle chacun peut être sensible : c'est dans la conquête d'un espace de liberté mentale, dans un travail de déprise, que pourrait résider l'enjeu éthique comme celui de la psychanalyse, plus que dans l'accès à la « Loi » ; dans la recherche d'un véritable « je », plutôt que dans la mise en place de garde-fous. La morale et le psychanalysme se résignent un peu vite à diriger dans le droit chemin des ouailles dépendantes dans leurs transgressions mêmes. Le vide des valeurs n'existe pas, il n'y a que la peur du vide. Cette société mineure produit des désirs de chefs, de compétence, d'autorité, d'identité, d'appartenance. Qui a peur de l'autonomie ? C'est peut-être de cette peur, de ce désir d'impératifs catégoriques — encore une passion triste —, que nous devrions d'abord nous déprendre.

L'ÉCHANGE PROCRÉATIF

Michel Tort
Maître de conférence à
l'université de Paris-VII

ANONYMAT DE QUI ?

L'anonymat est présenté comme une règle éthique permettant la circulation du don dans certaines des figures de la procréation artificielle (IAD, don d'ovocytes). En fait, don et anonymat résultent directement des opérations de transaction sur les substances procréatives. Les considérations et interventions psychologiques sur la dynamique du don chez les donneurs, les receveuses, les variations relativistes, ethnopsychologiques sur le don de substances corporelles, effacent et relativisent cette dépendance du don et de l'anonymat par rapport à l'offre de demande biomédicale. Le don est considéré comme un problème psychologique à résoudre ou comme un des ressorts de l'ordre symbolique, jamais pour ce qu'il est dans cette affaire, un échangisme procréatif rationnel soumis à tous les scénarios techniquement possibles.

LA DEMANDE DE DON

Le don est la forme des transactions qui réquisitionnent les substances nécessaires aux opérations biomédicales. Soit le cas du transfert d'embryon et du don d'ovocytes : le don d'ovocyte se présente comme le symétrique féminin de l'IAD, à ceci près qu'il passe par l'intervention plus sophistiquée qu'est la FIV. On saisit là la filiation de l'ensemble des opérations techniques de la procréation artificielle et comment elle engendre inéluctablement des demandes nouvelles d'intervention. Il n'y a donc rien de surprenant à ce que, du même mouvement que se forment des indications possibles, des femmes qui pourraient en bénéficier se manifestent : c'est l'harmonie préétablie qui domine le mouvement apparent de la demande dans toute la procréation artificielle.

Mais il faut approfondir l'examen de cette harmonie. Le transfert d'embryon est, à cet égard, tout à fait intéressant. Il permet, en effet, de saisir très clairement une relation plus subtile entre l'indication et la demande, celle que recouvre d'ailleurs la dualité transfert d'embryon-don d'ovocyte.

Dans la représentation biomédicale, indications et méthodologie seraient, comme toujours, postérieures aux questions posées par les sujets. Pourtant les termes mêmes invitent à se représenter la situation tout autrement. Car il n'y a don « d'ovocyte » que dans l'espace du transfert d'embryon : les sujets y nomment eux-mêmes une opération réglée par le discours biomédical, en reprennent les signifiants, s'offrant en retour à l'opération. On commence à parler de « mes ovocytes, ovules » comme avant de « mon utérus, mes trompes », etc. « Mes ovaires sont présents mais inaccessibles, rendant la FIVETE impossible, voire trop dangereuse. » « Mes ovaires sont déficients (anomalie génétique, endométriose ovarienne, ménopause précoce). » « Mes ovaires ont été retirés par intervention chirurgicale, mais je conserve un organe utérin », etc.[1].

D'autre part, la biomédecine tend à définir, à partir des possibilités techniques, en l'occurrence la possibilité par la FIV d'introduire un gamète étranger, des rapports de transaction entre les sujets. Qui dit transfert dit, en effet, nécessairement transaction sur les éléments de la reproduction. Or la transaction est toujours représentée dans le discours biomédical comme émanant des sujets, soit sous la forme de l'offre d'un don, soit sous celle d'une demande de recevoir. Mais elle est d'abord le corrélat inéluctable de l'opération par laquelle les éléments du corps d'un sujet deviennent substituables à ceux d'autres sujets. La transaction ouvre l'espace de la libre circulation, de l'échange de ce qu'il faut considérer comme des produits corporels plus que comme des organes.

Du sperme à l'utérus en passant par l'ovocyte, l'artificialisation qui branche des corps étrangers décrit aussi la courbe d'une aliénation du corps propre soutenue par la biomédecine. La classification même des donneuses laisse apparaître que la spontanéité du don correspond très précisément à une sollicitation biomédicale. Frydman distingue ainsi la donneuse occasionnelle qui *accepte* (je souligne) que l'on prélève un ou plusieurs ovules « au cours d'une intervention chirurgicale programmée pour raison médicale » (*sic*), ou bien lors d'une demande de contraception définitive par ligature des trompes. Quant à la donneuse « additionnelle », ce serait celle qui, en cours de traitement par la FIV, *accepterait* de donner un de ses ovules supplémentaires « à partir d'un seuil de trois[2] ». La donneuse « relationnelle »... « *est prête* à subir une mini-intervention chirurgicale pour aider la personne de son choix ».

Dans cette situation même, où l'initiative a donc toutes les apparences de venir des sujets, de leur « demande », ou plutôt de leur offre d'ailleurs, le mouvement réel de la transaction est inverse. Car si le désir de réparation peut conduire à offrir à l'autre, on ne peut donner « ses ovocytes », qui n'ont aucune réalité subjective comme telle, qu'en transitant par le lieu biomédical, qui seul donne corps au projet d'une telle opération, et sans lequel elle est impensable.

C'est donc bien une proposition d'aliénation des ovules qui est adressée par la médecine « pour acceptation ». Les deux premiers cas font, certes, pendant à ce qui se présente comme des démarches « autonomes », celles des donneuses « relationnelles » et « passionnelles ». Mais l'autonomie de ces dernières est apparente ; elles ne font que répondre, dans leur style propre (dit relationnel, passionnel), à la sollicitation latente. Si la proposition des sujets permet de refouler cette sollicitation, c'est qu'elle révèle très rapidement, derrière l'asepsie de l'idéologie du don, le versant moins rassurant des transactions subjectives sur le corps propre, c'est-à-dire les opérations auxquelles les sujets sont disposés à exposer les parties de leur corps. Les entretiens avec les donneuses[3] lèvent un coin du voile sur ces opérations.

DU TRANSFERT D'EMBRYON À LA « MÈRE DE SUBSTITUTION »

Dans le chapitre consacré aux mères dites porteuses, R. Frydman commence par un savant *distinguo* entre la mère porteuse *stricto sensu* (qui reçoit un embryon génétiquement étranger) et ce que « la presse » appellerait mère porteuse ou de substitution (qui donne son temps de location utérin [*sic*] et son patrimoine génétique)[4]. La distinction est apparemment claire, mais elle dérobe son enjeu. Elle se présente comme une leçon de rigueur scientifique et médicale, répartissant dans une belle netteté d'un côté le sens médical, de l'autre le sens médiatique. Mais cette séparation refoule la continuité toute naturelle entre les deux pôles et avec le transfert embryonnaire, selon la logique biomédicale. On passe, en effet, sans solution de continuité du transfert embryonnaire et du don d'ovocyte à la mère porteuse au sens de Frydman : « Porter un embryon conçu en éprouvette est une possibilité qui découle de la mise au point de la technique de fécondation *in vitro*. » Apparemment, c'est avec l'opération suivante (la femme qui donne non seulement son « temps de location utérin », mais aussi son patrimoine génétique) que l'on basculerait dans un tout autre registre. Or on ne voit guère pourquoi placer là l'hiatus entre la science et « la presse », car les deux premières possibilités engendrent tout naturellement la troisième ou, plus exactement, il y a là ni plus ni moins d'abord trois possibilités à partir du moment où l'on dispose de la FIV et de la transaction portant sur des gamètes étrangers. La différence n'est pas indifférente, mais enfin elle se distribue tout de même dans le même espace des possibles que produit la biomédecine.

On peut donc se dire que le *distinguo*, en mettant l'accent sur le fait que le sperme n'est pas celui du mari pour la « mère de substitution » fécondée, tend à effacer la solidarité biomédicale des opérations. Après tout, en effet, cette situation n'est que le décalque de la variante IAD.

Que la « maternité de substitution » pose des problèmes plus radicaux — pourquoi plus ? — que l'IAD apprivoisée, c'est possible. Mais il n'empêche que toutes les variantes se distribuent à partir du même mode de gestion de la procréation. De ce point de vue, il est tout à fait insuffisant de mettre en avant, pour la rejeter hors de la biomédecine, que la maternité pour autrui ne repose sur aucune innovation technologique. « Son amalgame à d'authentiques travaux scientifiques ne vise qu'à lui donner un vernis de respectabilité[5]. » L'argument est dangereux. Il fait de l'« innovation technologique » le ressort de la définition du biomédical. Mais en quoi celle-ci garantirait-elle que l'on ne sorte pas de la médecine, sur un mode simplement différent, plus sophistiqué que la « maternité pour autrui », avec un coït fécondant, « nature », en proposant des artifices technologiques ?

On peut ajouter qu'en toute hypothèse la « maternité utérine » — la seule qui justifierait rigoureusement parlant ce vocable de mère porteuse — tombe sous le coup des critiques qui sont adressées à la maternité de substitution quant à son traitement de la fonction maternelle. Frydman fournit d'ailleurs lui-même de quoi manifester la continuité et la solidarité entre la pratique et l'artisanat de la maternité de substitution, lorsqu'il s'étend, avec quelque détail, sur le cas de telle ou telle patiente. On y saisit très clairement comment la découverte supposée d'une solution à la stérilité d'origine immunologique conduit à insister auprès d'une patiente qui a consulté cinq ans auparavant, pour qu'elle s'engage dans le cycle de la FIV, sans succès ; après quoi, celle-ci reviendra consulter pour son enfant né ultérieurement d'une « mère porteuse[6] ». Notre biomédecin connaît, par ailleurs, par sa psychothérapeute, la lourde pathologie d'enfant de la DASS de cette « mère porteuse », parricide à l'endroit d'un père incestueux, engagée dans la maternité de substitution pour se faire adopter et développant de puissants désirs de mort à l'égard de l'enfant porté.

La présentation de cet exemple laisse rêveur. Il faut prendre acte de ce mouvement de recul du biomédecin devant les effets de son offre d'intervention. Mais, cependant, on peut aussi y repérer une autre forme d'intervention potentielle, qui est pour ainsi dire la face cachée de l'anonymat médical, à savoir la circulation du savoir sur un patient d'un praticien à l'autre. Il ne suffit pas de préconiser l'anonymat du don d'ovocytes aux fins de court-circuiter les identifications possibles entre sujets, pour se débarrasser de la possibilité, réalisée pour le biomédecin, d'avoir accès lui-même, au moins éventuellement, à la problématique des deux sujets entre lesquels s'opèrent les nouveaux arrangements de la procréation.

D'autre part, le tableau très dramatique qui est

présenté de la maternité de substitution vient renforcer le *distinguo* initial et ce qu'il a de leurrant. Car il laisserait volontiers supposer que la misère psychique qui apparaît derrière la façade de l'offre et de la demande de porter un enfant est le propre de ces seuls sujets. On peut aussi faire l'hypothèse que cette situation se retrouve dans l'immense majorité des situations où s'opère un recours à la FIVETE, sans parler de l'IAD. En fait, la « réussite » de l'intervention biomédicale dans le cadre de la FIVETE (l'« innovation technologique ») tend à refouler de la vitrine médicale cette nappe souterraine de la misère psychique, anonyme. L'anonymat, c'est le voile jeté sur cet état, aussi.

Une chose est certaine : il y a une solidarité des éléments du champ biomédical qui régit les déplacements des sujets d'une demande à une autre, et fera que, dans tel autre cas, une jeune femme deviendra mère porteuse pour avoir elle-même un enfant, après un refus des CECOS de pratiquer une IAD à une femme seule[7].

Il est vrai que les pratiques de « maternité de substitution » représentent un passage à la limite du fonctionnement biomédical : le rapport entre l'« offre de soin » et la demande des sujets change de nature, tout en maintenant une référence de plus en plus instrumentale à la médecine.

INSTITUTION DE L'ANONYMAT

La question « médicale » se concentre tout entière autour du problème de savoir comment faire jouer ou non l'anonymat du don. Ici, comme ailleurs, l'anonymat vise, en théorie, à ménager une distance par rapport à des effets pervers de l'échange des corps, à séparer un corps à corps. L'échange des parties du corps, fût-il médicalisé, mobilise des fantasmes. L'anonymat est censé garantir que l'économie des objets partiels détachés du corps propre et rattachés à un autre corps demeurera séparée de l'image du corps total de l'autre avec ses effets de fusion, d'identification, de séduction, de rivalité.

« Le don d'ovocyte ne pose pas de problème technique majeur. La discussion tourne autour des deux démarches possibles : l'une réclame l'anonymat de la donneuse, l'autre n'en a que faire. Les donneuses passionnelles, occasionnelles, additionnelles, sont dans le premier groupe, une partie des donneuses relationnelles dans le deuxième (transaction directe). »

L'anonymat coupe l'identification possible d'un côté à la partie détachée, pour la rendre possible de l'autre. Plus la sollicitation médicale est centrale — comme dans le cas des propositions de prélèvement d'ovocyte en cours de FIV[8] —, plus la nécessité s'impose de séparer ce que la médecine disjoint et réunit, pour tenir à distance la représentation possible des scénarios agis par elle. Il en résulte cependant que cette représentation reflue du côté du regard organisateur qui définit les nouveaux arrangements de la procréation. L'anonymat est aussi — d'où la curieuse expression d'anonymat absolu (car pour le médecin qui sait, il est rien moins qu'absolu) — l'exercice du refoulement de ces scènes chez le biomédecin.

L'ANONYMAT ET LE FANTASME

Cependant, quand s'impose la conviction, tout imaginaire, que le don d'ovocyte réalise un fantasme qui a toujours existé (c'est le retour de l'idée que la demande s'origine dans les sujets), quand les sujets semblent se présenter d'eux-mêmes à l'échange d'organes, et que la culpabilité de la représentation d'un arrangement des scènes par le seul médecin se trouve ainsi déplacée, l'exigence de l'anonymat vacille. Voici le médecin séduit par le tableau touchant des amies de longue date qui n'ont rien à se refuser, des sœurs, des mères et des filles qui prennent la situation en main. « Lors de la ponction sous anesthésie locale, l'une garde le sourire, l'autre lui caresse les cheveux. Un certain silence les enveloppe. On peut voir une scène de *Cris et chuchotements*, le film de Bergman. Une telle qualité relationnelle rassure ma confiance parfois bousculée en l'humanité[9]. » Comment, d'ailleurs, appliquer l'« anonymat » à ces situations où les sujets se présentent de concert ? Pourtant, curieusement, c'est en terme « de libre choix » que la question de l'anonymat est posée. « Le roman familial est souvent trop passionnel pour qu'il soit possible d'établir des normes. L'institution médicale doit favoriser la transaction anonyme, sans pour autant interdire le don relationnel s'il est le fruit d'une longue réflexion et d'un libre choix entre ces deux possibilités[10]. » Mais, si le roman familial est passionnel, on peut s'interroger sur la signification de la réflexion longue et du libre choix. En fait, la norme disparaît au profit d'un libre choix passionnel des sujets. Mais non sans qu'organisant le libre choix — dans des situations où l'anonymat peut s'appliquer, c'est-à-dire celles où seul le médecin peut le lever et mettre en relation les sujets (et plus seulement des organes discrets) — le biomédecin n'apparaisse comme le maître du jeu des parentés additionnelles.

L'exemple suivant donne une idée des enjeux « passionnels » et de la réalité que recouvre le « libre choix ». Une femme, après avoir essuyé un refus de la part d'une équipe parisienne d'un don d'ovocytes provenant de sa belle-sœur, s'adresse à une équipe médicale de province, qui accepte. Les entretiens qui succèdent à l'accouchement font apparaître clairement à quel point la proposition de donner peut être antérieure à toute demande du sujet : c'est la belle-sœur, en conflit avec la mère de la patiente, et une amie proche qui persuadent la patiente de faire la démarche en proposant « leurs ovocytes ». D'autre part, le médecin, qui a réalisé la FIV, proposera immédiatement une autre tentative pour un deuxième enfant. Cependant, la patiente déclarant sa résolution de ne plus jamais recourir à la même procédure, s'entendra proposer par un autre biomédecin une stimulation ovarienne. Bref, l'enjeu passionnel, c'est aussi la passion médicale.

Mais on voit aussi se profiler, au-delà du caractère extérieur flagrant de la proposition, la dynamique sous-jacente de l'opération, dans sa dimension incestueuse, et les effets du passage à l'acte. La mère de la patiente refuse de « reconnaître » l'enfant, né « d'une manipulation génétique ». Façon de déplacer la blessure narcissique pour la mère d'avoir une fille qui donne naissance à un enfant par le pouvoir d'une autre, sa « belle-fille ». Tout se passe entre femmes, le mari ne servant que d'intermédiaire, comme le frère.

Comme à propos de l'IAD, l'organisation d'un secret de famille déplace et subvertit le moment symbolique de la reconnaissance et lui substitue la scène de la révélation, future, du secret. En attendant, la patiente s'interroge avec angoisse sur la ressemblance de l'enfant qui ne porte aucune marque du père, selon elle, et semble en danger d'être revendiqué par la belle-sœur. La mère de la patiente, pour sa part, récupère, au moment de l'accouchement de sa fille, le fils du frère de celle-ci.

L'anonymat du don est présenté comme un moyen de court-circuiter la mise en acte de tels scénarios incestueux. Mis en place pour l'IAD, avant de s'appliquer au don d'ovocytes, l'anonymat a donné lieu à une justification « psychanalytique » : « Le rôle de l'institution médicale, médiatrice de la dette, devenue par son intermédiaire abstraite grâce à l'anonymat, est de garantir que cette transmission s'effectuera sans léser les uns au profit des autres[11]. » Je ne reviens pas ici sur la critique que j'ai développée à l'endroit de cette opération de rationalisation psychologisante, principalement sous l'angle où elle prétend faire intérioriser aux sujets la transgression biomédicale[12]. C'est ici sur la dénégation de cette transgression que je voudrais insister.

La critique de l'anonymat du don s'est développée à propos de l'IAD en fonction de l'évolution des conceptions concernant le secret de l'origine. Les techniques psychologiques qui entreprennent d'aider les « parents par l'IAD » à délivrer dans les meilleures conditions la révélation du secret portant sur l'origine (IAD) butent sur l'impossibilité de principe dans laquelle l'enfant demeure de connaître son géniteur. Or c'est précisément ce principe qui, au-delà de l'IAD, est radicalement mis en cause d'une manière générale. L'argument selon lequel l'enfant né par IAD, comme l'enfant né de père inconnu, se trouverait dans le même rapport que les autres enfants au fantasme laisse le problème entier... La question, du point de vue du psychanalyste, est de savoir si, comme on le soutient, l'anonymat peut avoir la portée « symbolique » qu'on lui prête. « Le géniteur inconnu pourra alors s'inscrire, grâce à la reconnaissance de sa place symbolique par les parents par IAD et par le groupe social, comme un des avatars du Père Mort, comme figure exemplaire porteuse des valeurs et du sens de la paternité, dans la construction de l'idéal du Moi[13]. » Déduction purement spéculative du futur idéal du Moi de « l'enfant né par IAD ». On serait au moins aussi fondé à s'interroger, si ce genre de raisonnement n'avait le même défaut, sur le seul poids du sigle « enfant-né-par-IAD » pour un sujet.

Mais le sophisme consiste à considérer le vécu de transgression du côté des parents comme un fantasme dépassable ; du côté de la médecine, la transgression comme effaçable par la visée thérapeutique. La sollicitation biomédicale d'un don anonyme n'opère qu'en réalisant un fantasme sous le couvert d'un pseudo-interdit médical. Le discours des donneurs-donneuses ne laisse guère de doute, par le retour insistant du vécu de transgression dans l'IAD (fantasme d'adultère et d'inceste ; par exemple, le fils né par IAD ne doit pas rencontrer la fille du donneur). En fait, l'interdit de nommer permet, le temps des opérations, l'escamotage de l'interdit (de l'inceste). La règle d'anonymat garantit la possibilité de la transgression, elle assure que celle-ci sera réalisée sans conséquence. Elle permet les branchements de couples dans un contrat pervers.

L'EFFACEMENT DU NOM

Surtout, l'anonymat, promu par la science au rang de valeur éthique, s'inscrit en toute méconnaissance dans la ligne de l'effacement du nom. Celui-ci figure étrangement au cœur des institutions symboliques, positives, de la filiation : accouchement anonyme, statut de l'enfant né de père inconnu, de l'enfant illégitime, sans nom du père jusqu'à la loi du 3 janvier 1972. Autrement dit, l'anonymat scientifique du don est au service des mêmes forces d'effacement du nom. Ainsi, la problématique des rapports donneurs-receveurs dans l'IAD mobilise exactement les mêmes opérations que, par le passé, l'illégitimité. L'anonymat produit le même effacement du statut symbolique, par la loi elle-même, que la règle *pater is est* naguère. Le donneur est un père inconnu. Ce qui apparaît au grand jour quand l'on finit par se placer du point de vue de l'enfant, en refusant le secret organisé sur l'origine (interdiction de l'anonymat). Inversement, le père inconnu supposait déjà la même réduction au biologique, avant la lettre.

Mais quel est l'enjeu assez puissant pour imposer l'anonymat du don ? Le même qui a prévalu, sans doute des siècles durant, pour maintenir le statut de l'enfant illégitime. L'anonymat, dans tous les cas, vise, en l'effaçant, la nomination du représentant du désir. Le nom effacé dans l'illégitime est celui de l'autre homme — autre que le père légal, mais sans doute plus fondamentalement autre que le père de la fille. La stigmatisation par l'anonymat est au cœur du système de filiation, mue par la revendication vengeresse, incestueuse du père sur la fille, tempérée par la loi.

L'histoire de l'accouchement secret, dit « sous X », et les raisons alléguées de son maintien, attirent l'attention, cependant, sur le fait que l'anonymat est une sorte de moindre mal, un meurtre symbolique (c'est ce qu'argumentent ceux qui s'opposent, au nom du droit de l'enfant, à l'anonymat du don). Meurtre symbolique à la place du meurtre pur et simple (cas des femmes du Maghreb venant accoucher sous X en France). On ne tue plus la femme, on se contente de ne pas nommer l'enfant. Qu'on le veuille ou non, l'anonymat biomédical s'inscrit dans cette filiation de l'effacement de la filiation.

Il innove, cependant, en produisant un montage réglementaire, d'allure juridique, en détournant l'idée de paternité symbolique et, plus difficilement, de maternité. A la limite, le don de sperme, d'ovocytes, serait volontiers présenté comme l'illustration idéale de la vraie paternité symbolique. Comme les sujets ne l'entendent pas de cette oreille, il sera dévolu au psychologue de réaliser cette symbolisation artificielle. Pour les seuls parents réels de l'affaire (la médecine), la fantasmatisation singulière, transgressive, est de l'imaginaire à dépasser au profit du Grand Œuvre. On constate — c'est la portée redoutable des réglementations médicales *ad hoc* — que la biomédecine tend, du même coup, à se représenter comme l'incarnation de l'ordre symbolique. Au moment où elle organise la transgression, et pour l'organiser, elle revêt du manteau de Noé de la loi morale le consensus symptomatique qu'elle tend à imposer.

USAGERS ET PMA, DE L'ASSISTANCE À LA CITOYENNETÉ

Jean-Pierre Cambier[1]
Pharmacien. Animateur du Collectif national des usagers de la santé

J'interviens ici au titre de mes relations avec de nombreuses associations de familles, de malades, d'infirmes, de paralysés qui se reconnaissent « usagers de la santé » comme d'un bien à gérer en commun. Cette invitation, qui m'honore, me plonge cependant dans un certain embarras ! Y a-t-il des usagers des PMA, comme il y en a pour les transports en commun, ou les services hospitaliers ? On ne parle pas des usagers de l'assistance médicale gratuite, pourquoi parlerait-on des usagers de l'assistance médicale à la procréation ? Il s'agit, en fait, de bénéficiaires d'une assistance accordée aux seules personnes présentant une difficulté à assurer par elles-mêmes, ici la part de financement laissée à leur charge par l'organisme de protection sociale, et là la finalité de la fonction reproductrice. L'assistance supplée à une défaillance par un moyen technique extérieur à la personne ; elle présente le caractère d'une urgence vitale ; d'autres diront si la PMA répond toujours à une telle nécessité... ou la suscite.

Mais il me semble qu'il faut garder en mémoire cette distinction essentielle quand on pense « usagers des PMA ». En ce domaine, les confusions, ou plutôt les amalgames volontaires, me paraissent si fréquents qu'ils méritent réflexion, et particulièrement deux d'entre eux. Le Conseil d'Etat, ou tout au moins l'avant-projet dit « Braibant » élaboré par la commission qu'il a mise en place, propose d'entériner contre tout bon sens un premier amalgame : celui entre PMA et acte de soin. Etrange thérapie que celle où les patients se retrouvent aussi stériles après le traitement qu'avant ! Le second amalgame consisterait à accepter la notion d'usagers en matière de PMA, et, pour ma part, je m'y refuse et m'en explique plus loin.

La première confusion, sciemment entretenue, entre PMA et soin ne vise-t-elle pas, tout simplement, à persuader l'opinion que ces techniques sont sorties du stade expérimental ? Pourquoi la PMA n'est-elle plus déjà considérée comme un acte de recherche biomédical, sinon pour échapper ainsi au cadre de la loi qui prétend assurer « la protection des personnes[2] » ? Attitude bien surprenante, quand on connaît son faible taux d'efficacité, et la possibilité, pour les chercheurs, d'en faire varier, *ad libitum*, les modalités techniques ! Disparaissent ainsi et la nécessité du contrôle par un comité d'éthique, et l'obligation de recueillir un consentement réellement éclairé sur les risques de la méthode, qu'imposerait la loi du 20 décembre 1988. C'est par le flou entretenu sur de telles ambiguïtés que les pouvoirs publics, et ceux qui les poussent, font accepter à l'opinion des finalités tout autres que celles servant d'alibi à la reconnaissance légale d'une activité de recherche nouvelle. On vient récemment encore de voir jouer le même processus pervers : sous prétexte de « protection des personnes se prêtant à des recherches biomédicales », a été mis en place un nouveau devoir de participation physique des citoyens à la recherche, qui constitue en fait un impôt sur la chair, auquel les plus fragiles et les plus dépendants paieront le plus lourd tribut[3].

Pourtant, qui pourrait contester la nécessité d'une telle protection, ou celle du développement de la science biomédicale ? De même, qui contesterait la souffrance des couples stériles et leur besoin d'assistance ? Mais cette assistance doit-elle être uniquement médicale, et derrière ce qui n'est sans doute que prétexte, ne s'agit-il pas en fait d'autoriser le maximum de recherches sur l'embryon, en favorisant la production de « matière première » ? De la même façon, la « protection » des personnes vise, en fait, à légaliser certaines pratiques de recherche sur les « volontaires sains », et à multiplier ce qu'on appelait, il n'y a pas si longtemps, le « matériel d'essai ».

Mais il ne suffit pas de rassurer l'opinion et de limiter le recours au consentement libre et informé des personnes : les textes qui seront prochainement soumis au Parlement visent encore à assurer l'impunité des chercheurs qui outrepasseraient certaines interdictions. Il n'est pas nécessaire de lire l'avant-projet Braibant entre les lignes pour comprendre ce que signifie une remarque comme celle-ci, placée dans le rapport de présentation : « Il convient de ne pas alourdir à l'excès, de sanctions pénales dissuasives, des actes qui relèvent encore de la recherche » (p. 31). Car, les auteurs le reconnaissent clairement, si la PMA est, à leurs yeux, une thérapeutique, « un lien indissociable existe avec la recherche pour améliorer cette technique » (p. 34). Voilà pourquoi, en fait, les diverses interdictions solennellement posées ne sont plus que poudre aux yeux ; c'est ainsi que sont déclarés interdits : et le développement de l'embryon au-delà de sept jours, et les « pratiques eugéniques », et les « atteintes à l'intégrité du genre humain »... Interdits, mais non pénalisés !

Faut-il aussi rappeler que l'interdiction faite aux couples de livrer leurs embryons à la recherche avant la naissance de l'enfant désiré n'est guère qu'une clause de style, puisqu'elle disparaît « si l'absence de naissance d'enfant résulte d'une cause médicale » (article L.676). Mme Evelyne Pisier, professeur de sciences politiques à la Sorbonne, n'a-t-elle pas raison de discerner dans de tels projets « une sorte de chantage politique, un compromis, un marchandage avec des opposants », à qui on aurait dit : « Je vais vous donner un peu d'ordre moral, et, en échange, vous nous laisserez jouer sur le corps humain et dire à la science qu'elle peut continuer[4] » ?

Quand j'étudie ces textes, je me demande si les « usagers » n'ont pas été trop bien entendus, dans la particularité de leurs besoins : les citoyens ne seraient-ils bientôt plus que des usagers, voire des assistés, de la médecine, abandonnant la question des finalités et des valeurs à la classe politique ? Les usagers des PMA ne seraient-ils pas utilisés par la PMA à ses propres fins ?

Voilà pourquoi, ici, je veux parler en citoyen et non pas en usager, en comprenant ce terme au sens de consommateur seulement soucieux de profiter des bienfaits de la science, du don d'organes, de la « constitution d'embryon », des études épidémiologiques, avec toute la sécurité nécessaire et la meilleure qualité des produits obtenus...

Comme citoyen, je crains bien que certains éléments essentiels des droits de l'homme ne soient déjà plus que des fictions, au nom d'un développement scientifique dévoyé, et cela dans l'indifférence quasi générale ; le 24 juin 1989, dans un colloque tenu au Sénat, un de nos plus éminents gynécologues n'a-t-il pas publiquement, et sans déclencher de protestations, invité une journaliste à suivre ses consultations pour stérilité, « à travers une glace sans tain » ? On croirait assister à la mise en place d'un nouveau dilemme de la part de certains chercheurs : ainsi, pour le directeur de l'INSERM, la recherche épidémiologique n'est possible que si tous les citoyens renoncent à l'exercice de leur droit d'opposition à la transmission des données médicales les concernant, droit pourtant accordé par la loi sur l'informatique et les libertés[5] ; la société serait donc placée devant le choix suivant : ou bien la protection des droits de l'homme, ou bien les bénéfices de la science[4] !

Et mon inquiétude s'aggrave encore à lire les efforts déployés par certains auteurs, non plus scientifiques mais juristes cette fois, à mettre toute leur science, et leur renommée, au service d'un véritable détournement de l'esprit même du pacte international relatif aux droits civils et politiques, dans le seul but de relativiser la portée d'une des garanties fondamentales de la dignité humaine, celle qui interdit, en les assimilant à des « traitements inhumains ou dégradants », les « expériences médicales ou scientifiques » qui seraient réalisées sans le « libre consentement » des personnes concernées. L'article 7 du pacte, qui est la référence de tous ceux qui luttent contre la torture, constitue un des rares cas de protection accordée de façon absolue (même en cas de « danger public exceptionnel menaçant la vie de la nation »), c'est-à-dire qu'il n'admet aucune dérogation, exception ou restriction, parce qu'il relève du domaine du respect de la dignité de la personne, au même titre que l'interdiction de l'esclavage.

Or, selon Mireille Delmas-Marty[6], on peut aussi considérer le droit au libre consentement comme une « extension » du droit à la liberté ; cette simple remarque, d'apparence anodine, permet à la célèbre juriste de conclure que sont licites certaines exceptions à l'exigence fondamentale et absolue posée par le pacte : en effet, le droit à la liberté admet des exceptions, strictement définies, il est vrai, et énumérées limitativement par l'article 9, mais qu'importe ! D'approximations en approximations, Delmas-Marty assimile successivement le droit au libre consentement (à protection absolue) au droit à la liberté (aux exceptions strictement définies) puis aux droits encore plus relatifs comme celui du respect de la vie privée et familiale, qui admettent « une marge nationale d'appréciation », variable avec les domaines concernés. En quelques pages, voici transformé un droit absolu en une vague garantie soumise, par un dernier dérapage sémantique — je cite le terme même de l'auteur —, à « une marge médicale d'appréciation », sans que soit prise en compte la différence de catégorie entre « expériences scientifiques » et « expériences médicales[7] ». Dès lors, Delmas-Marty peut faire jouer cette fameuse « logique floue » qu'elle veut introduire dans le droit, pour remédier aux doutes de « beaucoup de juristes » concernant « la possibilité d'une argumentation logique [...] quand il s'agit des droits de l'homme » (p. 172).

Redoutable efficacité de cette nouvelle logique[8], destinée à remplacer la trop simpliste logique binaire du permis et du défendu : elle « pourrait ainsi permettre d'étendre l'encadrement juridique aux pratiques complexes, diversifiées et évolutives de l'expérimentation sur l'homme ; permettre même, en posant un seuil de compatibilité plus bas, un certain encadrement juridique des expérimentations sur l'animal ». Elle « peut être l'un des instruments nécessaires pour compléter le jeu des interdits, et coordonner des ensembles aussi hétérogènes et évolutifs que normes juridiques et normes biomédicales » (p. 177).

Comment ne pas frémir de voir ce jeu logique réussir à englober droits de l'homme et droits de l'animal, normes juridiques et normes (?) « biomédicales » ? Il semble désormais que le juriste soit en mesure de satisfaire, « logiquement », à toutes les exigences nées de « l'évolution de la science et de la société », comme s'en félicite Delmas-Marty.

Jusqu'à nos jours la philosophie ne connaissait, pour la pensée des relations interhumaines, que les domaines de l'éthique, du politique et du juridique ; depuis une dizaine d'années, les scientifiques anglo-saxons nous ont apporté la « bioéthique », l'épistémologue François Dagognet fait actuellement la promotion d'une « biopolitique[9] », et il me semble voir naître ici le « biojuridique ». Comme si les efforts des hommes de bonne volonté pour respecter la personne humaine devaient être remplacés par la technique de « biomédecins », acharnés à faire, coûte que coûte, le bien-être de ce qui ne serait plus à leurs yeux qu'un être biologique comme un autre.

Nous refusons ce « meilleur des mondes » dont l'avant-projet Braibant veut nous faire bénéficier, de gré ou de force, et cette « nationalisation des corps », chère à Dagognet. « Usagers de la santé » comme d'un bien à gérer collectivement, les membres des associations que je fréquente n'entendent certainement pas renoncer à leurs responsabilités de citoyens à l'égard du respect des droits de l'homme. Fallait-il, deux cents ans après, rappeler à nos gouvernants cette phrase d'un des contemporains de la Révolution, le philosophe allemand Fichte : « Non, Prince, tu n'es pas notre Dieu ; de lui, nous espérons la félicité, de toi nous attendons la justice. »

3.

NOUVEAUX DROITS
NOUVEAUX DEVOIRS

LE DROIT AUSSI A SES LIMITES

Dominique Thouvenin
Maître de conférence à
l'université de Lyon

LA FILIATION N'EST PAS LA PROCRÉATION

Ce n'est sans doute pas un hasard si les procréations médicalement assistées ont, plus que toute autre question relative à la « bioéthique », attiré massivement l'attention des juristes[1]. En effet, le recours à ces nouvelles techniques de reproduction non seulement met en cause certaines évidences culturelles et sociales, mais met également à l'épreuve le système juridique lui-même. Jusqu'à présent, il était acquis et nécessaire qu'ait lieu une rencontre subjective entre deux individus pour produire un nouvel individu rattaché à ce couple par un lien de filiation. Ce dernier, fondé sur la *vraisemblance,* assigne une mère et un père à cet enfant et se contente de décrire[2] des mécanismes de rattachement dont découlent un système de droits et de devoirs réciproques.

Les techniques de procréation médicalement assistée mettent à mal ces représentations, parce qu'elles contribuent à permettre une production

« objective » de l'individu, mais surtout parce que, opérant une dissociation entre le rapprochement sexuel et la reproduction, elles ont induit une *séparation* entre le géniteur et le père, voire la génitrice et la mère, elle-même fondée sur la biologie. Or le système juridique de la filiation, s'il n'ignore pas l'existence de la reproduction sexuée comme fait, puisqu'il en tire les conséquences d'un point de vue social, n'avait jusqu'à présent rien eu à en dire, puisqu'il a seulement pour fonction de décrire les liens juridiques existant entre parents et enfants.

Le champ de son intervention légitime est d'abord et avant tout le *social* ; le droit est un système de représentations sociales et culturelles raffinées, et l'on voit mal dans ces conditions comment il aurait pu s'intéresser à une question aussi ordinaire[3] que celle des façons de se reproduire. Il n'est donc pas étonnant que, s'attachant à définir les modalités d'appartenance à un groupe familial, il ne se prononce pas sur l'acte de procréation lui-même. Le droit français connaît trois types de filiation : la filiation légitime, la filiation naturelle, la filiation adoptive. Dans le premier cas, c'est le mariage qui crée la légitimité des enfants et qui les affilie *ipso facto* au groupe familial[4]. Dans le deuxième cas, la filiation est dite naturelle, non parce qu'elle serait fondée sur la nature, mais bien parce qu'entre la mère et le père n'existe pas de lien matrimonial à lui seul légitimant ; de ce fait, elle est établie par la reconnaissance volontaire de chacun des deux parents[5]. Enfin, la filiation adoptive est créée par un jugement sur le fondement d'un acte de volonté privée. Ainsi peut-on affirmer avec F. Héritier-Augé[6] que « la filiation n'est jamais un simple dérivé de l'engendrement ».

Dans ces conditions, les techniques de procréation « artificielles » ne devraient pas remettre en question le droit de la filiation ; pourtant, tel est bien le cas parce qu'elles ont conduit à poser la question de la parenté — mais surtout de la paternité — en termes de vérité ; comme on sait exactement comment a eu lieu la procréation — par exemple, on a utilisé le sperme d'un donneur pour inséminer une femme mariée —, on met en lumière de manière évidente que la notion de père s'appuie d'abord et avant tout sur un mécanisme de présomption. En effet, l'enfant aura pour père, si le couple est marié, le mari de sa mère, alors que celui-ci n'est pourtant pas son géniteur.

Qu'importe, dira-t-on, puisque la notion de père n'a jamais été réductible à celle de géniteur. Certes, mais si la confusion a pu être entendue, c'est en raison des failles introduites dans le système juridique lui-même. En effet, la filiation légitime comme la filiation naturelle peuvent être contestées ; le Code civil, pour la première, énonce que le mari de la mère « pourra désavouer l'enfant en justice s'il justifie de faits propres à démontrer qu'*il ne peut pas en être le père* », tandis que pour la seconde il prévoit que « la reconnaissance peut être *contestée par toutes personnes* qui y ont intérêt, même son auteur[7] ». Il s'agit de textes formulés en termes extrêmement généraux, qui ne disent jamais que la filiation pourra être remise en cause parce que le père ne saurait être le père sans être aussi le géniteur. Cependant, si les textes ne le disent pas expressément, ne le sous-entendent-ils pas ? Une telle affirmation ne peut pas être déduite des règles de la contestation de filiation naturelle ; en revanche, n'est-ce pas le cas de la formule qui invoque les faits propres à démontrer que le mari ne saurait être le père ?

Cette formule fixe les limites de la vraisemblance sur laquelle est fondée la filiation légitime : si la réalité contredit l'apparence, celle-ci doit s'incliner devant celle-là ; par exemple, si l'enfant est né durant une absence du mari si longue qu'il ne peut l'avoir conçu, alors il peut[8] le désavouer. Mais un tel exemple ne remet pas en cause les fondements mêmes du système de la filiation. En revanche, ces derniers ont été ébranlés à partir du moment où les juges ont admis des preuves de nature biologique. En effet, dire que le désaveu est fondé parce que le compagnon apporte « la preuve de son incapacité absolue de procréer[9] », c'est reconnaître expressément que la « vérité » biologique peut l'emporter sur la vraisemblance. Le progrès des connaissances et des moyens techniques a permis ainsi petit à petit de légitimer l'idée que la vérité est du côté de la biologie, tandis que la vraisemblance est du côté du social, et, partant, de légitimer la supériorité du biologique sur le social au nom de l'idée simpliste que la vérité serait toujours préférable à une présomption. Certains — car tout le monde n'est pas d'accord sur cette idée — voudraient faire dire au droit que le géniteur peut seul être le père, alors que notre système admet que si le géniteur peut être aussi le père, le père n'est pas nécessairement le géniteur[10].

Alors que la filiation n'a jamais été réductible à la procréation, le développement des techniques de procréation artificielles est l'occasion de chercher à rabattre le fait social de filiation sur le fait biologique de reproduction. Mais il faut bien comprendre que si cette revendication a pu s'exprimer, c'est aussi parce que le système juridique le permettait. La faille dont nous venons de décrire les effets offre aux acteurs sociaux[11] la possibilité, selon leur propre convenance, de se référer soit à la filiation sociale, soit à la vérité biologique. C'est donc moins la définition sociale de la filiation qui pose problème que sa possible remise en cause par le seul jeu de demandes individuelles. En outre, la tentation de réduire la filiation à un fait purement biologique risque également d'être aggravée par les pratiques en matière de procréation, car elles impliquent peu ou prou une sélection génétique. De là à penser une parenté purement génétique, il n'y a qu'un pas, qui pourrait être franchi puisqu'elle s'appuierait alors sur l'idée que la parenté ne serait accessible qu'aux individus « capables », c'est-à-dire non porteurs de facteurs de risque[12].

Jusqu'à présent, nous n'avons abordé les procréations médicalement assistées que du point de vue de leurs effets, puisque nous voulions saisir les questions qu'elles posent par rapport aux règles juridiques existantes. Mais la question clé de la filiation n'est pas la seule. En effet, dans la mesure où des techniques biomédicales sont mises à la disposition des couples, elles créent une demande sociale, qu'il faut bien réguler d'une manière ou d'une autre. La régulation de la demande est opérée essentiellement par les techniciens[13] de la biomédecine, c'est-à-dire par ceux-là mêmes qui offrent leurs services ; par ailleurs, faute de règles sociales admises — puisqu'elles se cherchent encore —, les revendications purement individuelles peuvent l'emporter. On ne sera donc pas étonné que le droit, le législateur et les juristes soient requis d'apporter des réponses. Les procréations médicalement assistées et les questions qu'elles soulèvent obligent donc le droit à s'interroger sur ses propres concepts et sur ses capacités à répondre à des demandes sociales nouvelles, alors qu'il est massivement sollicité comme mode de régulation sociale[14]. D'une façon générale, il est rare que le droit propose des solutions en inventant des catégories nouvelles ; il les trouve généralement dans les catégories déjà disponibles. Or, on le constatera, elles ne sont pas si nombreuses que cela ; par ailleurs, il est important de prendre conscience que le système juridique résiste à certaines demandes, non pas parce qu'il ne veut pas les entendre, mais parce que les catégories dont il dispose ont leur logique propre et ne peuvent pas toujours les absorber.

De ce point de vue, la lecture des différents projets relatifs à ces questions est instructive ; il s'agit de l'avant-projet Braibant sur les sciences de la vie et les droits de l'homme, de la proposition de loi Sénat n° 237 relative à la filiation des enfants nés par procréation médicalement assistée, ainsi que de la proposition de loi Boutin (Assemblée nationale n° 1156) tendant à assurer le respect de l'intégrité de la personne. Tous ces projets ont à résoudre la question suivante : comment admettre les demandes individuelles tout en empêchant qu'elles s'expriment aux conditions qui seraient les leurs ; tout à la fois, ils se proposent de ne pas imposer sans cependant autoriser n'importe quelles pratiques. Pour prendre en compte les volontés individuelles, les projets se réfèrent à une figure classique, celle du sujet de droit, dont on sait que, titulaire de droits, il peut les exercer librement en exprimant son consentement. Toutefois, ce modèle porte en lui-même ses propres limites lorsqu'il est, comme en l'espèce, appliqué au corps humain.

En effet, si des personnes sont amenées à consentir aux prélèvements, à la congélation, à la conservation, à la remise de gamètes et d'embryons ainsi qu'à la fécondation *in vitro,* cela implique qu'elles aient des droits sur leur propre corps ; et elles pourraient alors comme tout propriétaire en faire ce que bon leur semble, l'exercice de tels droits se faisant classiquement dans un champ interindividuel, puisque comme tout propriétaire elles pourraient aliéner ces « choses ». Autrement dit, si le modèle du « sujet de droit » est très intéressant puisqu'il permet l'expression des volontés, il est insupportable dans sa représentation d'un individu conçu comme propriétaire de lui-même. De ce fait, l'avant-projet Braibant ne retient du sujet de droit que le seul consentement puisqu'il permet de mobiliser les éléments du corps, puis il en bloque les effets en se référant à la figure du citoyen qui ne peut agir que sous le contrôle de l'Etat. Les personnes sont ainsi rattachées à deux modèles abstraits, celui du sujet individu et celui du genre citoyen, et il est rendu compte de leur situation à la fois dans les deux catégories ; autrement dit, elles ne jouent pas l'une contre l'autre, mais au contraire s'appuient l'une sur l'autre... Toutefois, elles ne permettent pas de régler tous les problèmes et l'on assiste à un déplacement de la catégorie citoyen vers une notion inspirée du droit international public, celle d'humanité.

LE SUJET CONSENTANT : SUJET JURIDIQUE OU SUJET MÉDICAL ?

L'individu dont il sera question ici, c'est l'individu juridique et non la personne humaine, charnelle. C'est un concept abstrait[15] qui se définit comme l'aptitude à être titulaire de droits et d'obligations et qui emprunte la figure du contractant quand il exerce ses droits et fait circuler ses biens. L'expression de sa volonté libre et autonome permet la gestion rationnelle des particularités individuelles.

Dans sa définition de la personne juridique, le concept ignore complètement le corps ; il semble qu'il ne s'agisse ni d'un oubli ni d'une indifférence, mais bien au contraire d'une volonté du système juridique de préciser son champ légitime d'intervention. Ecarter le corps avec son intimité et ses passions permet d'ignorer dans une société démocratique libérale cé qui différencie les individus. Or les problèmes induits par la recherche biomédicale, par les procréations médicalement assistées, etc., mettent nécessairement en scène le corps humain. Dès lors, se trouve posée la question suivante : comment intégrer le corps,ses passions, ses affects dans le système juridique par nature abstrait ; Est-ce pensable ? est-ce possible ?

L'absence du corps, du moins en tant que concept juridique[16], a en outre évité pendant longtemps qu'un sujet de droit se pense comme ayant des droits sur son propre corps pris comme objet. C'est pour éviter ce résultat que la doctrine juridique a théorisé le principe de l'indisponibilité du corps humain[17], qui implique que ce dernier ne peut être considéré comme un bien appropriable et donc aliénable. Il existe, en effet, une difficulté propre au sujet de droit, qui est que ce concept fonctionne selon un principe dichotomique : dès qu'on pose un sujet, on l'oppose aux objets, aux choses, sachant que le sujet a des rapports avec les biens. En quelque sorte, là où il y a du sujet, il y a de l'objet.

Affirmer que le corps humain est indisponible permet d'éviter, lorsqu'un sujet de droit est une personne humaine, que son corps puisse être approprié, vendu, loué, etc. On remarquera qu'en disant cela les juristes ne prennent pas parti sur le point de savoir ce qu'il est, mais disent seulement qu'il ne peut pas circuler dans le commerce juridique ; au fond, cela n'a rien d'étonnant car c'est moins la chose qui pose problème que les rapports avec la chose.

C'est cette habile construction qui est mise à mal depuis environ quinze ans[18] ; alors que le corps apparaît comme un gisement précieux, comment faire pour que certains éléments circulent tout en sauvegardant le principe de son indisponibilité. Les solutions qui ont été trouvées sont toutes identiques : les questions sont réglées sur le modèle du service public, dont un des principes, la gratuité, permet d'écarter le risque de mercantilisme. On légitime par ce biais la circulation des éléments du corps ; toutefois, pour en arriver là, encore faut-il qu'on ait pu procéder à leur mobilisation. Or, puisque l'on raisonne dans un modèle de service public, donc de droit public, on n'a plus affaire à des sujets privés gérant au mieux leurs intérêts sur un modèle contractuel ; et parce que c'est un *service public*, donc une mission d'intérêt général, un refus émanant des individus est impensable.

On se heurte alors à une autre impasse : comment admettre qu'il puisse être fait violence au corps des intéressés ; dès lors, le soupçon se déplace des individus à l'Etat lui-même : alors qu'on voulait éviter qu'ils tirent un profit quelconque, voilà l'Etat manifestant un autoritarisme insupportable. Chaque modèle a donc ses limites ; aucun n'est satisfaisant, puisqu'il ne peut régler à lui seul la double question du comment mobiliser les éléments du corps, assurer leur circulation sur un modèle non marchand tout en respectant la volonté des intéressés. Or quel est le modèle juridique qui implique le consentement, sinon celui du sujet de droit considéré comme un contractant potentiel ? Le caractère le plus intéressant du sujet de droit, c'est qu'un sujet consent ; si l'on veut transformer le corps en objet mobilisable, il faut imaginer que le sujet se prend lui-même comme objet. Mais on revient alors à un sujet propriétaire de lui-même : on est donc à nouveau dans l'impasse. Pour s'en sortir, l'avant-projet Braibant garde la référence au consentement, qui permet d'enclencher le processus de circulation, mais il fait du sujet un propriétaire sans droits de propriété. Comme on ne peut pas donner ou vendre — caractéristiques du propriétaire — quelque chose dont on ne dispose pas, le sujet n'est autorisé à consentir que dans les hypothèses prévues par l'Etat.

Cela étant, de quel consentement est-il question ? Habituellement, ce terme désigne avant tout l'expression de la volonté présente dans les contrats : les volontés individuelles qui se rencontrent se mettent d'accord sur la nature, le contenu et la portée de ce qu'elles conviennent. Les consentements s'échangent et permettent de nouer des relations juridiques. Ils créent un *engagement* à la charge des parties parce qu'elles l'ont voulu[19]. Mais, ici, c'est ce rapport juridique qui est empêché d'être noué. Il n'y a personne avec qui s'engager puisque la personne qui consent ignore le destinataire ; il n'y a qu'une personne tierce, et c'est l'Etat, sous le contrôle de qui se déroulent les opérations. De ce fait, en matière de PMA on décrit d'une part ceux qui donnent et d'autre part ceux qui reçoivent en prenant toutes les précautions pour qu'aucun lien entre ces deux catégories ne puisse s'établir.

Ainsi, le don de gamètes ne peut se réaliser qu'avec le consentement du donneur et, s'il vit en couple, avec l'accord de l'autre membre du couple : le texte prend le soin de préciser que les auteurs du don ne peuvent ni en déterminer les bénéficiaires, ni en autoriser l'utilisation à des fins de recherche ou contribuer au projet parental d'autrui sauf aux conditions fixées par la loi. Une fois ces barrières établies, on peut passer à la procréation elle-même. Elle exige le consentement des deux membres du couple ; mais celui-ci est-il du même ordre que celui des donneurs ? Dans la mesure où il est fait allusion très souvent au projet parental, ne peut-on penser que, de même qu'il existe un projet de mariage qui se concrétise par l'échange des volontés devant l'officier d'état civil, de même les membres du couple échangeraient également leurs consentements à propos de leur projet parental. Si tel était le cas, ce projet serait de type contractuel puisque le mariage, même s'il est une institution, est pensé sur le modèle des accords de volonté libre producteurs d'effets juridiques[20].

En réalité, ce consentement s'apparente au concept médical de consentement éclairé ; la formulation même du texte suggère cette interprétation, qui prévoit que « l'*opération* exige le consentement des deux membres du couple » et sa réitération à chaque nouvelle insémination ou fécondation *in vitro*. Le texte fait référence à un geste médical et décrit les conditions nécessaires à sa bonne conduite ; comme le malade consent à ce qu'une intervention soit pratiquée sur lui, le couple consent aux gestes nécessaires à une procréation. Dans ce système, le consentement est seulement une condition qui permet l'intervention ; il s'apparente à une *autorisation* en ce sens qu'en consentant le couple rend possible la ou les interventions, mais il ne crée pas un accord juridique, du reste impossible faute de contractant.

On touche là une difficulté propre aux questions qui, après avoir été posées dans le champ médical, paraissent mériter une organisation juridique parce qu'elles ont des incidences sociales importantes. Du fait même du cadre dans lequel elles sont nées, elles ont été pensées, aménagées, régulées par les techniciens de la médecine eux-mêmes, et, quand apparaît la nécessité de créer des règles juridiques, il est tentant de prendre en l'état les règles inventées dans le cadre médical et de leur donner l'estampille de « règles juridiques ». Mais c'est oublier que les deux disciplines que sont la médecine et le droit fonctionnent selon des rationalités différentes qui ne sont pas superposables. Ainsi, dans les deux cas, le consentement est une référence essentielle, mais il n'a absolument pas la même signification : dans le champ médical, il fonctionne comme une limite du pouvoir du médecin sur le corps du malade ; le médecin doit s'assurer de l'accord de son patient s'il ne veut pas être soupçonné de violence pure et simple. Il assure donc un effet pacificateur. Dans le champ juridique, l'expression du consentement a le pouvoir de créer des relations dont découlent des obligations[21].

La référence au consentement est donc entendue différemment selon qu'il joue dans un champ plutôt que dans un autre. Or, si la référence au sujet de droit a été retenue pour l'avantage inestimable qu'il représente de pouvoir consentir, on est en droit de se demander si ce sujet qui doit consentir est encore le sujet juridique : n'est-ce pas plutôt ce qu'on pourrait appeler le sujet médical, c'est-à-dire un sujet qui est mis en scène par des règles juridiques mais qui n'est plus référé à la rationalité juridique, mais bien à la rationalité médicale ? La mise en forme juridique de règles inventées par le corps médical conduit ainsi à la médicalisation des modèles juridiques. Sans doute assiste-t-on sur le terrain de questions nouvelles à la poursuite de la guerre de tranchées — entamée dès la seconde moitié du XIXe siècle[22] — que se mènent les médecins et les juristes à propos des représentations des rapports qui s'établissent entre les médecins et leurs patients. La question n'est pas de savoir qui l'emportera, mais d'attirer l'attention sur le fait que le droit a sa rationalité propre et qu'il ne suffit pas d'appeler règles juridiques des règles conçues sur un modèle médical ; en tout cas, si l'on procède ainsi, il faut s'attendre à des difficultés importantes.

La question des procréations médicalement assistées en est une vivante illustration : il y a bien des sujets qui consentent, mais ils n'ont pas de droits —

pour les raisons que nous avons expliquées — et ils expriment « quelque chose » qui se nomme consentement, mais qui n'est pas un consentement au sens juridique. Autrement dit, les auteurs de ce projet se sont appuyés sur les catégories juridiques disponibles, mais en leur faisant subir une transformation telle que leur énoncé cesse de renvoyer au contenu qui leur est normalement affecté. Aussi l'interprète se trouve-t-il affronté à un exercice périlleux de décodage, puisqu'il se trouve dans l'obligation de démontrer que des concepts courants subissent des modifications de sens importantes quand ils sont utilisés pour rendre compte de réalités qui en sont relativement éloignées. Ainsi avons-nous dû nous référer faute de mieux au sujet médical pour montrer que c'est un sujet qui a certes son mot à dire, mais qui ne consent pas au sens juridique habituel de ce mot. Si tel avait été le cas, il aurait pu faire de son corps ce qu'il voulait ; c'est pour éviter un résultat aussi fâcheux qu'il n'est autorisé à donner son accord qu'aux conditions fixées par l'Etat. Après avoir retenu le modèle du sujet de droit pour les avantages qu'il présente, on en bloque les inconvénients en utilisant une autre référence : celle du citoyen.

LE GENRE CITOYEN : LE CONTRÔLE DE L'ÉTAT

Si les questions mettant en jeu le corps humain étaient réglées sur un modèle strictement libéral, elles se résoudraient dans le cadre du contrat, les contractants se mettant d'accord sur l'objet et le contenu de l'engagement ; les particuliers seraient maîtres du jeu et pourraient faire ce que bon leur semble. Pour les raisons que nous avons amplement expliquées, une telle liberté n'est pas acceptable, aussi faut-il la contrôler. Il existe pour cela un modèle tout trouvé : celui de la santé publique ; s'y référer permet de sauvegarder l'expression des consentements sur un modèle privé tout en précisant à quelles conditions la demande individuelle est *socialement* acceptable. C'est donc pour éviter l'exercice de droits dans un champ interindividuel que le contrôle s'appuie sur la référence implicite au citoyen.

Ainsi, bien que les articles relatifs à la procréation médicalement assistée n'y fassent jamais expressément allusion, il est évident que l'avant-projet Braibant s'appuie sur le modèle du droit à l'enfant, et non sur celui du droit de l'enfant, c'est-à-dire sur un modèle public, celui des droits de l'homme, et non sur celui du droit subjectif privé[23]. Si l'on avait admis un droit pour les individus d'avoir un enfant, c'est l'intérêt égoïste qui aurait déterminé la naissance d'un nouvel individu et toute demande aurait pu alors être entendue. En revanche, le droit à avoir un enfant renvoie la demande vers l'Etat, chargé de mettre en place les conditions objectives de la naissance d'un citoyen. Et s'il est directement sollicité d'intervenir, on imagine sans trop de peine qu'il fixe des conditions à son intervention. C'est pour cette raison que la demande d'insémination ou de procréation ne peut émaner que d'un couple, car entendre la demande d'une personne isolée reviendrait à reconnaître un droit subjectif individualisé.

On ne manquera pas de relever par ailleurs que cette conception s'appuie aussi sur un modèle médical, celui qui a été mis en place par les CECOS. L'intervention médicale implique en principe un projet thérapeutique ; dans la mesure où un seul des partenaires présente une anomalie, pour pratiquer l'insémination artificielle puis plus tard les procréations médicalement assistées, il a fallu se référer au couple pour pouvoir présenter ces techniques comme un *remède* à son infécondité. En dehors du couple, l'infécondité n'est pas pensable ; aussi est-ce pour cette raison qu'il a été reconnu comme seul capable d'énoncer une demande. Cette référence au couple est reprise dans l'avant-projet Braibant, ce qui écarte les demandes des femmes seules, sans doute parce qu'à elles seules elles ne représentent pas l'humanité. Le modèle médical conforte donc le modèle public, puisque l'institution « couple » peut s'adresser à l'institution médicale.

Cela étant, il est essentiel de rappeler, ainsi que le relève si pertinemment J. Michel[24], qu'« il n'y a personne à soigner », car « personne n'est malade ». « Certes, ajoute-t-il, il y a souffrance, mais celle-ci n'a pas pour origine une maladie au sens précis du terme sauf à considérer que la présence du médecin induit d'elle-même la perception d'une souffrance comme issue de la maladie, ce qui est évidemment excessif. La stérilité à laquelle il s'agit de porter remède relève davantage de l'anomalie ainsi que Georges Canguilhem l'a distinguée de la maladie. » L'*anomalie,* écrit celui-ci[25], « éclate dans la multiplicité spatiale, la maladie dans la succession chronologique. Le propre de la maladie c'est de venir interrompre un cours, d'être proprement critique... On est donc malade non seulement par référence aux autres, mais par référence à soi. Le propre de l'anomalie c'est d'être constitutionnelle, congénitale, même si l'apparition retarde par rapport à la naissance et n'est contemporaine que de l'exercice de la fonction... Le porteur d'une anomalie ne peut donc être comparé à lui-même ».

Or, et G. Canguilhem l'a fort bien montré, ce terme, en raison d'une confusion d'étymologie (anomalie vient d'*omalos,* régulier, et non de *nomos,* règle), a fini par désigner un concept normatif. Cela provient de ce que le terme de normal désigne non seulement un fait — ce qui se rencontre dans la majorité des cas — mais aussi une valeur attribuée à ce fait par celui qui parle. Ainsi, en affirmant qu'une anomalie est une anormalité, on est conduit à prononcer un jugement normatif, en l'espèce négatif. La norme étant d'avoir des enfants, donc d'être fécond, l'anormalité considérée comme une pathologie réside dans la stérilité du couple et mérite pour cette raison d'être soignée. C'est donc un projet thérapeutique qui fonde la demande du couple. Mais à cette référence médicale classique s'en ajoute une autre, celle de la prévention, puisque l'avant-projet Braibant reconnaît la possibilité d'une procréation médicalement assistée « s'il existe une *forte probabilité* de transmettre une affection considérée comme incurable ». Ici, il ne s'agit pas de « guérir » la stérilité d'un couple mais d'éviter la naissance d'un citoyen porteur d'une maladie grave. Cette fois ce n'est plus la norme sociale qui permet de définir l'anormalité, mais la norme biologique.

Doit-on voir là une forme de connivence partagée entre certains acteurs sociaux eux-mêmes et l'Etat ? L'intrusion de la génétique ne signifie-t-elle pas que, tant du côté du droit privé — on l'a montré plus haut dans le cadre du droit de la filiation — que du côté du droit public, il existe des tentatives de réduire les fonctions sociales aux seuls acteurs jugés capables, cette capacité s'originant dans la génétique. En outre, n'est-ce pas une fois de plus, sinon le modèle médical, du moins le modèle de la biologie qui l'emporte sur le modèle juridique ? En effet, l'Etat définit moins les conditions d'un véritable contrôle, du moins dans le cas précis des maladies incurables, qu'il ne le confie à certains acteurs sociaux ; bien qu'il ne les désigne pas[26], on peut penser qu'il s'agira des médecins, chez qui existe actuellement un véritable penchant à l'élimination des fœtus atteints de maladies d'ordre génétique. Dans ces conditions, on peut se demander, en tout cas sur ce point, si en recourant au modèle de la santé publique l'Etat parvient aussi efficacement qu'il paraît le souhaiter à contrôler les demandes individuelles.

Du point de vue des catégories juridiques disponibles, les technologies des procréations médicalement assistées posent un autre redoutable problème : l'amélioration des techniques de stimulation a conduit à féconder plusieurs ovocytes lors des fécondations *in vitro*. On les a congelés, et leur conservation — pour le cas où — pose la question de leur vacance, de leur mise à disposition, de leur destruction ; bref, qu'en faire et à quoi a-t-on affaire s'ils ne sont ni des sujets juridiques ni des choses ?

DE L'EMBRYON *IN VIVO* À L'EMBRYON *IN VITRO*

Le fait que l'embryon puisse se développer en dehors du corps d'une femme l'autonomise ; cette situation entraîne du point de vue juridique une modification complète des perspectives, puisque les problèmes soulevés se posent dans des termes entièrement différents : dans le cas de l'embryon *in vivo*, la question est celle de sa suppression, donc de l'avortement ; la réponse du droit se fait dans le cadre des sanctions pénales parce qu'une vie a été atteinte. En revanche, les questions soulevées par l'embryon *in vitro* sont d'un tout autre ordre , à l'instar des organes et des éléments du corps, c'est son utilisation qui pose problème. Du point de vue juridique, elle conduit à s'interroger sur la qualification qui pourrait lui être donnée ; mais on se heurte alors une fois de plus aux deux seules catégories disponibles que sont le sujet et les choses. Or ni l'une ni l'autre ne sont aptes à rendre compte de ce « peut-être » auquel on a affaire, ni ne peuvent permettre de se prononcer sur la nature juridique de l'embryon *in vitro*.

Bien que l'embryon *in vivo* et l'embryon *in vitro* questionnent le droit selon des modalités différentes, on ne peut pas les dissocier les unes des autres parce que l'opprobre qui s'attache à l'avortement ne manque pas de rejaillir sur le sort des embryons *in vivo*. Il n'est donc pas inutile de rappeler dans quel cadre juridique s'inscrit l'avortement, et ce d'autant plus que le débat relatif à l'utilisation des embryons a relancé celui de la légitimité de l'avortement. On l'a déjà dit, toutes les atteintes portées à la vie ou au corps des personnes sont régies par le Code pénal, ce qui signifie que la société, les considérant comme répréhensibles, estime que leurs auteurs doivent supporter une peine. Ces comportements sont répertoriés sous un chapitre intitulé « Des crimes et délits contre les personnes », et l'avortement en fait partie. L'*avortement* constitue toujours un délit sanctionné par le Code pénal[27] ; mais, depuis la loi de 1975, les peines prévues cessent d'être applicables si des faits justifient cette infraction, en l'occurrence si l'*interruption volontaire de la grossesse* est pratiquée dans les conditions fixées par le Code de la santé publique.

Un tel fait justificatif s'analyse en une permission de la loi ; mais, traditionnellement, la vérification qu'un fait justifie bien l'infraction commise s'opère dans le cadre du procès pénal, dont l'objet est de demander des comptes à une personne sur sa moralité sociale. Or, dans le cas présent, le système mis sur pied ne correspond plus à ce modèle. On peut penser que, si le législateur a conservé la dimension fautive de l'acte, c'est moins pour que ceux qui l'auront commis soient renvoyés devant les tribunaux répressifs que pour légitimer la mise en place d'une procédure de contrôle des demandes d'avortement. Il n'a jamais été question, en effet, d'accorder à la femme le droit d'avorter. Si tel était le cas, on aurait affaire à un droit subjectif, et, conformément à ce modèle, la femme disposant en sa faveur d'une prérogative pourrait contraindre un médecin à pratiquer un avortement ; s'agissant de l'exercice d'un droit individuel privé, elle aurait la maîtrise de l'intervention. Il n'est donc pas pertinent d'affirmer, comme le fait B. Edelman[28], que « l'avortement a été pensé comme un droit de la femme sur son corps, c'est-à-dire que c'est au nom du droit que la femme a sur son corps qu'elle peut avorter ».

Cependant, s'il nous paraît indispensable de prendre la peine de vérifier ce que le droit dit sur cette question, nous ne négligeons pas pour autant le fait que le discours juridique actuel tend à considérer que la femme a le droit d'avorter. Cette évolution de l'interprétation prend sans doute sa source dans la distribution des règles relatives à l'avortement entre le Code pénal et le Code de la santé publique ; cette situation permet d'oublier qu'il existe une infraction d'avortement, pour n'examiner que les seules règles qui autorisent l'interruption de grossesse. Cela permet d'énoncer les conditions à remplir pour qu'une femme puisse « bénéficier » d'un avortement, et donc progressivement d'affirmer qu'elle a le droit d'avorter. Cela revient à admettre que dès qu'une femme fait une demande elle est acceptée, alors pourtant que la loi l'autorise seulement à faire une demande dont le contenu sera vérifié. Bien qu'il s'agisse à l'évidence d'un droit *à*, ce qui signe la présence de l'Etat, on voudrait y voir l'expression d'une demande subjective.

Toutefois, prétendre que l'on a affaire à un droit subjectif présente un grand intérêt ; cela permet de faire accroire l'idée que l'interruption volontaire de grossesse est utilisée au gré des convenances individuelles. Par la même occasion, cela permet d'affirmer que ce jeu purement personnel est aggravé par la création d'embryons : de même que la femme a le

« droit » de supprimer un fœtus, le couple a le « droit » de créer à sa guise des embryons. Suppression et création des fœtus sont donc présentées comme obéissant à une même logique : celle qui consiste à ce que des personnes traitent des fœtus comme des choses. On en arrive ainsi à la nature de l'embryon, qui, là encore, ne peut être envisagée que dans les catégories disponibles, celle de sujet de droit et celle de chose. Comme il n'est guère possible de voir dans un ensemble de cellules un sujet titulaire de droits et capable de les exercer, le système dichotomique décrit plus haut conduirait à considérer l'embryon comme une chose. Cette impasse supplémentaire a conduit certains[29] à se référer à la notion d'humanité tirée d'un concept de droit international, celui de patrimoine commun de l'humanité[30] ; de même qu'il s'agit de protéger l'« humanité » contre le comportement des Etats, de même pourrait-on affirmer que l'embryon n'est pas réductible à une chose, à la mesure de l'humanité dont il est porteur.

Cela dit, est-il nécessaire que le droit définisse ce qu'est un embryon[31], alors qu'il a jusqu'à présent échappé à ce redoutable exercice ? Ainsi peut-on remarquer que le Code pénal punit « la femme qui se sera procuré l'avortement » ; certes, avorter, étymologiquement, c'est empêcher de naître, mais le droit ne définit pas de qui ou de quoi on avorte. Pas plus que le corps, le fœtus n'a jusqu'à présent été défini, mais, comme celui-ci, il est pris en considération en tant que manifestation de la vie ; c'est donc lorsqu'il subit des atteintes que le droit intervient sous la forme de sanctions pénales. On peut donc constater qu'entre le corps et l'embryon, l'un et l'autre jamais définis juridiquement, existe un étroit parallélisme : de même que la circulation des éléments du corps se fait sous le contrôle de l'Etat pour éviter leur gestion sur un mode d'échanges interindividuels, de même la « constitution[32] » d'embryons humains se ferait aussi sous son contrôle.

Le recours au modèle de la *santé publique* pour régler ces questions n'est donc pas un hasard ; il apparaît comme la seule modalité juridique permettant d'éviter que l'embryon comme les éléments du corps ne soient traités comme des objets, prélevés ou produits à la demande, utilisés selon des projets personnels fondés sur des calculs d'intérêts. Même si un tel modèle n'est pas exempt d'autoritarisme et peut faire craindre une gestion administrative des corps, il n'en demeure pas moins qu'il présente l'avantage d'éviter que la création et l'utilisation d'embryons soient le fait de demandes purement individuelles.

Le choix des références juridiques en ce domaine n'épuise pas toutes les questions, puisqu'il reste à régler la question de la filiation de l'enfant ainsi conçu : produit de deux volontés privées, il faut éviter que son sort ne soit remis en cause au moyen de l'expression d'une volonté tout aussi privée, mais contraire. Mais du fait même des conditions de la « production » de l'enfant, certains prônent la nécessité d'admettre pour l'enfant un droit à connaître ses origines, auquel cas, au-delà de la filiation, est posée la question de la genèse de l'enfant.

DE LA FILIATION DE L'ENFANT À SA GENÈSE

Etant donné les dispositions actuelles du droit de la filiation, un mari ou un concubin peuvent contester leur paternité ; pour cela, il leur suffit, ainsi qu'on l'a vu, de démontrer qu'ils ne peuvent être le géniteur biologique. C'est pour ces raisons que la proposition de loi Sénat n° 237 comme l'avant-projet Braibant proposent des solutions visant à en limiter les effets ; toutefois, ces deux projets n'ont pas la même philosophie. La proposition de loi lie la filiation au projet parental du couple, et s'inspire des modalités de l'adoption : ainsi, pour qu'on puisse s'assurer de la réalité de son accord, le couple doit-il exprimer sa volonté devant le juge d'instance, et, si un enfant naît, le désaveu de paternité n'est plus possible. Cette règle s'appliquerait que la filiation soit légitime ou naturelle.

Tout au contraire, l'avant-projet Braibant dissocie la filiation de la procréation ; certes, le projet de procréation est un projet parental, mais qui ne s'exprime pas selon le modèle de l'accord des volontés mais sur celui du consentement donné à un acte médical et qui est donc recueilli par le médecin. Aucun formalisme n'étant attaché à ces consentements, il a fallu prévoir que si le mari ou le compagnon de la mère n'a pas donné son accord, il peut désavouer l'enfant. En outre, en raison du fait que la paternité naturelle résulte d'une reconnaissance, le projet estime que le consentement à l'insémination ne saurait valoir reconnaissance, mais il le considère comme un véritable engagement et en déduit le principe d'une responsabilité de l'homme envers la mère et l'enfant.

Les deux projets, bien qu'ils se proposent le même but, sont en réalité très différents, la filiation de l'enfant étant mieux protégée par le premier système que par le second. En revanche, ils sont d'accord sur un point : aucun lien de filiation ne pourra être établi sur une base génétique ; autrement dit, il n'est pas question qu'un lien puisse être établi entre l'enfant et les donneurs de gamètes. Toutefois, la proposition de loi Boutin prévoit qu'un lien de filiation pourra être établi entre l'auteur de la contribution et l'enfant qui en est issu ; ce texte revient à fonder la filiation sur des données strictement biologiques. On fera deux remarques à son sujet : une telle disposition ne manquerait pas de tarir les dons ; on peut du reste imaginer aisément que ce texte vise très précisément cet effet. Dans ces conditions, il serait plus pertinent de prévoir une interdiction[33], laquelle ne saurait figurer dans le Code civil, puisque c'est un système de lois descriptives et non pas prescriptives[34].

Plus généralement, la levée de l'anonymat du donneur est invoquée dans un but d'ordre psychologique. On assure qu'il est préférable pour l'enfant qu'il connaisse ses origines ; encore faut-il s'entendre sur la portée de cette formule. Pour certains, il s'agit de mettre un nom sur ce donneur qui a permis à l'enfant d'advenir à la vie ; pour d'autres, il s'agit simplement de lui assurer une connaissance des circonstances exactes de sa naissance. Mais savoir de qui on s'origine n'est pas du même ordre que savoir comment on s'origine. Si la première interprétation devait l'emporter, on aurait affaire à une règle établissant, comme la proposition Boutin — et même si elle n'est pas exactement du même ordre —, la primauté du lien biologique. Alors que la filiation est un lien entre un créancier et un débiteur, une règle de ce genre reviendrait à se prononcer sur la genèse de l'enfant, ce qui n'a plus grand-chose à voir avec la filiation.

Notre propos n'est nullement de dire si une solution est préférable à une autre, car tel n'est pas le registre dans lequel nous nous sommes placée. Nous avons seulement voulu attirer l'attention sur le fait que le droit a une sphère légitime d'intervention, mais qu'au-delà de celle-ci il n'a pas à intervenir. S'il a pour fonction d'organiser les rapports sociaux, il n'a en revanche rien à dire sur la manière d'assurer l'équilibre psychologique, voire le bonheur, des individus. Nous ne nions pas que ce soient des questions importantes, nous disons seulement que le droit n'a pas vocation à les régler.

On l'aura compris, nous nous sommes contentée d'essayer de montrer les difficultés qu'éprouve le droit à absorber de nouvelles questions dans les catégories qui sont à sa disposition. Toutefois, nous pensons qu'une telle démarche est indispensable, parce qu'elle permet de comprendre — du moins espérons-nous l'avoir montré — que pour espérer produire des règles juridiques sur ces questions, il faut aussi tenir compte de la manière dont le droit peut les appréhender.

L'EMBRYON ALÉATOIRE

Marie-Angèle Hermitte
Directeur de recherche au CNRS,
Paris

A Las Casas

Contourner la stérilité par une fécondation *in vitro*, ce fut d'abord une idée ; pour la mettre en œuvre, Robert Edwards avait besoin de crédits. Pour avoir les crédits, il lui fallait un avis favorable du comité d'éthique de son hôpital. Mais le comité refusa car la technique envisagée lui paraissait susceptible de créer des problèmes de société qui seraient difficiles à résoudre. Sans se décourager, le professeur demanda les crédits à une fondation privée qui n'y vit pas malice, et Louise Brown put naître. Y a-t-il une morale à cette histoire ? Il y en a plusieurs, bien sûr... Les uns parleront de la voix de la sagesse que l'on n'écoute jamais, les autres s'en serviront pour montrer que les considérations éthiques bloquent le progrès.

Essayons de distinguer deux périodes. Dès les premières années de la FIV, il y eut certes des problèmes, mais il fallait anticiper pour parler de « problèmes de société » : on pouvait bien s'empoigner sur les taux de réussite, le caractère expérimental ou invasif de la technique, cela n'était pas forcément convaincant car il était facile d'admettre que ces défauts passeraient avec le temps. Quant aux dissertations sur la sexualité ou l'artificialisme, c'était bien abstrait au regard des bébés qui naissaient.

Aujourd'hui, les problèmes de société commencent à devenir tangibles. Les premières difficultés restent prégnantes, et le caractère routinier des PMA pose autant de problèmes que leur caractère expérimental. De plus l'« exposition » de l'embryon qui résulte de la FIV crée une situation extrêmement difficile à penser puisque l'embryon, « être charnel », est dans le même moment un « objet technique » créé en laboratoire par des techniciens. Comme tout nouvel objet technique, il est au centre de revendications, ce qui est normal ; mais ici elles sont largement contraires à sa qualité d'être : certaines manipulations et destructions ne sont intéressantes que parce qu'il est humain et qu'expérimenter sur l'embryon est le seul moyen d'expérimenter sur l'homme, mais elles ne peuvent être réalisées que s'il n'est pas vraiment considéré comme un humain, sinon on ne pourrait pas le détruire dans l'expérimentation. Un nouveau problème de société est donc apparu : que fait l'humanité si elle accepte de détruire certains membres des générations futures au nom de ces mêmes générations futures ?

Mais la question la plus délicate n'est sans doute pas celle-là : l'« exposition » de l'œuf humain advient au moment précis où l'on a entrepris le séquençage du génome humain. Autrement dit, on s'apprête à connaître les composantes génétiques des caractéristiques humaines, à situer avec précision sur la carte du génome de l'espèce humaine les causes génétiques de nos maladies, mais aussi de tous nos caractères, pathologiques ou non. On pourra donc à moyen terme, en articulant diverses techniques les unes aux autres, manipuler le génome des embryons de telle manière que l'on puisse corriger des défauts, juger des caractères génétiques de tel ou tel embryon, et plus largement intervenir dans ce qui commande partiellement l'élaboration des êtres humains. La domestication de l'espèce humaine est à notre portée.

Il devient donc essentiel de savoir comment nous allons réguler ce pouvoir d'intervention, ce qui implique de dire ce qu'est un embryon pour notre société. La tâche n'est pas vraiment nouvelle car les hommes ont toujours été dans l'obligation de penser « le produit de la conception », selon l'expression du début du siècle. On disputait sur la date à laquelle l'âme « descendait » dans le corps de l'embryon[1] ; on dispute aujourd'hui sur l'apparition de son humanité, ou de sa raison ; est-ce, au fond, si différent ? Un mystère épais entourait tout cela : on soupçonnait les femmes d'accoucher de produits monstrueux, et, curieusement, j'en viens à douter que les connaissances scientifiques aient tellement éclairci notre perception des choses ; les brumes se déplacent, mais ne se lèvent pas vraiment[2].

Qu'est-ce qu'un embryon ? Un destin humain aléatoire ; pour lui, tout peut s'arrêter tout de suite, ou dans un an, ou dans cent ans. En proposant d'en faire un objet d'expérimentation que l'on conduit jusqu'à la destruction, certains biologistes captent un destin et le désignent pour le sacrifice ; retour du sacrifice au cœur de la modernité — l'aléa change alors de nature. L'enjeu est fondamental pour la société, et les diverses disciplines prennent position.

Tout ne pourra pas être dit ici. Il sera peut-être suffisant de décrire schématiquement l'embryon aujourd'hui ; celui des scientifiques, celui des philosophes et celui des juristes. Et advienne que pourra !

L'EMBRYON DES SCIENTIFIQUES

Les scientifiques ne savent pas encore tout de la vie intra-utérine, tant s'en faut, mais ils maîtrisent bien la description du développement embryonnaire, depuis les tout premiers instants de la fécondation jusqu'à la naissance. Au départ, l'embryon se dépêche de multiplier ses cellules initiales. Il sera successivement semblable à tous les vertébrés, puis à tous les mammifères. Et, progressivement, une forme apparaît : rognant ici, rajoutant là, il prend forme humaine au cours du deuxième mois.

Les descriptions de ce développement font l'objet d'un consensus scientifique. Mais les difficultés commencent dès qu'il s'agit de déterminer la portée exacte de l'activité de nomination qui accompagne la description[3]. Autrement dit, l'œuf, la morula et le blastocyte — que certains regroupent sous le terme pré-embryon —, l'embryon puis le fœtus sont-ils des termes commodes pour rendre compte de l'observation et communiquer la connaissance de cette évolution, ou bien recouvrent-ils des phases de nature différente ? La vie intra-utérine est-elle un *continuum* ou peut-elle être divisée en étapes distinctes ayant chacune un sens ? Peut-on parler d'une hominisation progressive de l'amas cellulaire initial, non seulement au niveau physiologique, mais encore quant à son être même ?

Certains scientifiques penchent en faveur du *continuum*, expliquant que chacune des étapes est indispensable à la constitution de l'être humain, et que toute erreur dans cette construction se marque avec plus ou moins de gravité dans la chair de celui qui en est la victime. Les autres pensent qu'il faut distinguer les trois grandes phases caractéristiques : le pré-embryon (moins de quatorze jours), l'embryon (jusqu'à deux mois et demi), le fœtus enfin, qui prend son autonomie s'il naît viable. Chacune de ces périodes définirait un mode d'être propre qui obligerait à une approche philosophique et juridique différenciée. Ce faisant, on passe de la constatation expérimentale purement scientifique à l'interprétation des résultats qui, elle, mélange les données scientifiques et le jugement ontologique sur l'objet observé.

Imposer, depuis le champ scientifique, le terme de pré-embryon à l'ensemble des autres champs constitue un enjeu fondamental pour ceux qui veulent obtenir la légalisation des expérimentations. L'offensive est dirigée à la fois vers les centres de décision nationaux (commission Warnock, commission Braibant...) et vers les centres de décision internationaux (Conseil de l'Europe par exemple). Elle a pour objectif de faire admettre une dualité dans le régime juridique applicable à l'être humain au cours de sa vie intra-utérine : le pré-embryon — intermédiaire entre la chose et la personne — pourrait être donné à des couples stériles ou à la recherche. Contrairement aux règles du droit commun de l'expérimentation, la recherche sur le pré-embryon pourrait (et dans la plupart des cas devrait) aboutir à sa destruction. Au bout de 7, 14 ou 20 jours selon les auteurs, le pré-embryon, devenu embryon, retrouverait la protection de droit commun. Il faut donc examiner quelles sont les caractéristiques de ce pré-embryon, qui justifient un régime exorbitant du droit commun. On le fera essentiellement à travers un volumineux rapport élaboré par le docteur Palacios pour la commission des sciences et des techniques du Conseil de l'Europe, institution judicieusement choisie puisqu'elle appartient à la constellation d'institutions qui dépendent de la Convention européenne des droits de l'homme. Le groupe frappait donc au cœur mythique de la protection de la personne[4].

Le pré-embryon n'est pas sympathique

Toute la description du pré-embryon va tendre à démontrer que ces cellules attachées à leur propre multiplication ne peuvent pas raisonnablement témoigner de la condition humaine. Pendant le temps que dure la fécondation, les deux patrimoines génétiques, celui du père et celui de la mère, jouent leurs partitions séparément. Le nouvel être en formation n'a donc pas encore son identité génétique propre, qui n'est élaborée qu'au bout de vingt-quatre heures. Pour beaucoup, il n'y a là qu'un « amas cellulaire » cumulant une bonne dizaine de caractéristiques qui le discréditent[5].

Le premier faisceau de critiques qui lui sont adressées tient à l'incertitude constitutive de sa substance. L'embryon pré-implantatoire « peut avoir plusieurs destinées », dit M. Palacios, « entre autres, celle de devenir un ou plusieurs embryons ». Le destin de ces premières cellules est certes de devenir un humain achevé, et cet objectif est si fort, il dirige le développement de manière si magistrale, que certains ont pu parler des « stratégies de l'embryon ». Mais la réussite de ce « projet » est aléatoire, et passe par des étapes qui paraissent antinomiques de la finalité humaine annoncée. En effet, la nature élimine une énorme proportion des œufs fécondés, sans même que les mères le sachent (80 %). Rien n'empêcherait donc de les détruire comme le fait la nature, ce qui revient à dire qu'un fait de l'homme ne se différencie pas d'un fait de la nature ! De plus, ces cellules sont indifférenciées sur le plan sexuel. Or il n'y a d'individu que sexué, disent nos auteurs (ce qui est inquiétant pour les hermaphrodites). Cette indétermination se marque encore par le fait qu'à ce stade l'œuf peut être hybridé avec d'autres œufs humains ou avec d'autres espèces animales. Enfin, une partie de cette matière cellulaire va donner naissance au placenta, et, dans certains cas particulièrement défavorables, elle va évoluer non pas vers l'embryon, mais vers un môle hydatiforme qui se transformera en tumeur maligne !

On lui fait bien d'autres reproches : on remarque que pendant cette période il « migre », il « nage », il est « en divagation » à l'intérieur du corps de sa mère, avec laquelle il n'a pas encore établi de relations. Seront retenus en sa faveur à l'étape ultérieure, quand il sera embryon, le fait de s'implanter dans l'utérus, de se fixer enfin, et le fait de devenir dépendant de l'alimentation que lui fournit sa mère.

On va encore lui faire grief de n'avoir pas de propriétés immunologiques, alors que c'est ce qui « définirait le mieux la personnalité humaine » (ce qui pourrait être inquiétant pour les malades atteints du SIDA ou les enfants-bulles). Dépourvu de système nerveux, il n'a pas de sensibilité, pas même une amorce de cerveau, jusqu'au quatorzième jour fatidique où apparaît enfin la « ligne primitive », qui dit bien son nom ! Car tout se passe comme si l'on ne pouvait reconnaître un être humain que lorsque la première ébauche du siège de la raison va apparaître sous le microscope : ce qui explique que Lucien Sève puisse proposer que la personne humaine soit définie par deux électro-encéphalogrammes, celui du début, celui de la fin. On va enfin lui reprocher de ne pas être sensible aux tératogènes, comme si l'aptitude au handicap était un signe indispensable à la reconnaissance de la qualité d'être humain.

Tous ces traits composent un être peu sympathique. La description qui en est faite concentre pas mal de nos fantasmes, de nos dégoûts, voire de nos haines. Elle fait de ce pré-embryon un être dangereux, un peu au sens où l'on parlait des « classes dangereuses ». Le processus de son individuation, témoignage de la phylogenèse, est très mal vécu ; et pourtant, la phylogenèse peut être entendue de manière positive, comme un parcours commémoratif, initiatique, venant marquer à la fois notre intégration dans l'ensemble de la nature et la singularité qui est la nôtre en son sein ; mais au lieu de s'enorgueillir de la richesse de cet héritage, on cherche à éliminer la part animale, comme étant le siège de toute violence, le boulet qui nous attache au passé, aux cavernes, à la peur primitive, à l'irrationnel.

Végétal imbécile, têtard obstiné, le pré-embryon n'a rien de commun avec nous. Alors, comment reconnaître une dimension humaine, donner des droits à cet amas de cellules fourbes, qui peut devenir tout et n'importe quoi, une chimère, un être double, triple, une femme, un homme, et même une tumeur maligne qui se retournera contre sa mère et la tuera ?

Pour finir, comment admettre dans la communauté des humains cette tension cellulaire, si totalement étrangère à la raison, et qui, pourtant, est autonome, puisqu'en ses tout débuts le pré-embryon migre dans le corps maternel, nomade, passager clandestin, vagabond. La vieille peur des « sans domicile fixe » resurgit, violente, emportant les mêmes conséquences, l'exclusion hors du droit.

Il en résultera que « l'embryon ne pourra pas faire l'objet d'une protection en tant qu'être humain, car rien ne garantit ni son destin futur ni son état actuel d'être humain individualisé ». Et pourtant, c'est à ce « non-être humain » que M. Palacios va demander de contribuer, « par solidarité, pourrait-on dire, au progrès scientifique, pour le bien de ses congénères et de l'humanité ». Je n'insisterai pas sur le mot « congénère », mot louche par excellence ; mais peut-on vraiment demander de la solidarité — l'un des sentiments les plus difficiles de l'effort d'humanisation de l'humanité — à un non-humain ?

Une gueule d'existence

Après avoir défini le pré-embryon par ce qu'il n'est pas, et non par ce qu'il est, M. Palacios et ses amis prennent parti sur la définition, juridique cette fois, du pré-embryon, et de manière beaucoup plus large sur le rôle de la science dans les choix de société, et sur ses rapports avec les autres disciplines, éthique et droit en particulier.

Tout part de trois constatations simples : la science avance plus vite que le droit, créant des tensions qu'il importe de résoudre au plus vite ; elle est inexorable, procédant par « coups de force » qui doivent être intégrés par une modification du droit et de la morale ; enfin, la science relève de l'universalisme, alors que le droit comme la morale se rattachent au relativisme. Le rapport revient de nombreuses fois sur cette idée : toute réflexion éthique lui paraît être de nature intrinsèquement nationale pour ne pas dire cocardière, particulariste, bornée par un cadre géographique étroit.

Ces contradictions culturelles lui paraissent pouvoir être résolues, à la condition d'utiliser les connaissances scientifiques pour fonder de nouvelles valeurs sociales qui pourront à leur tour fonder une éthique et un droit universels. Cela dit, ce mouvement ne sera possible que si l'on admet de ne laisser à l'éthique et au droit qu'un rôle réduit, qu'il rattache à une « exigence morale minimale », expression utilisée à plusieurs reprises. Ce caractère à la fois second et marginal des normes sociales fondées sur la science est un gage de réussite ; il faut que le droit, même lorsqu'il sera universel, reste second, sinon il risque de constituer malgré tout un « frein au progrès de l'humanité ». Le refus des manipulations génétiques est qualifié de « simpliste », et il demande que l'on adopte des positions « matures », ce qui peut prêter à sourire lorsque l'on observe d'un œil un peu critique la conduite habituelle des affaires humaines.

C'est pour commencer à élaborer ce processus qu'il s'attache à penser « le statut biologique » de l'embryon, statut déclaré « fondateur » : la dissociation entre pré-embryon et embryon, qui résulte de l'observation scientifique, « oblige à les évaluer selon des critères biologiques, éthiques et juridiques différents », ce qui montre bien la contrainte exercée par la science sur les productions normatives.

Malgré cela, M. Palacios évite, tout au long de son volumineux rapport, de qualifier avec précision le pré-embryon, en ayant recours à deux techniques complémentaires : d'une part, il utilise des désignations destinées à réifier le pré-embryon, tout en évitant de le qualifier de chose ; il l'appelle « produit embryonnaire humain », par exemple, ce qui l'assimilerait aux produits du corps, comme le sang ou le lait. D'autre part, il s'applique à rester dans le flou ; il dit que le pré-embryon n'est pas l'équivalent de l'embryon implanté, mais qu'il n'est pas non plus un simple objet de laboratoire, sans valeur éthique ni existence juridique. C'est « une existence biologique, d'une importance et d'un intérêt particuliers, qui doit être protégée par des mesures spécifiques ». Cette qualification comme « existence » est en fait une position moyenne qui n'est pas admise par tous les scientifiques ; certains ne le définissent que comme un « potentiel à devenir plusieurs individus » (Helga Kuhse à la rencontre du groupe de Milazzo, *La Croix*, 26 juillet 1989). Il faut noter toutefois que cette « existence » n'a tout de même pas assez d'évidence pour que l'on tente de la définir pour elle-même ; elle n'est appréhendée que par l'intermédiaire des mesures destinées à la protéger.

Or ces mesures l'excluent de la communauté des humains puisqu'il est prévu de pouvoir mener à bien des recherches qui aboutissent à sa destruction. Cette volonté s'exprime dans une position de principe qui a le mérite de la clarté, même si elle n'est qu'indirecte : en effet, il est affirmé que ce pré-embryon sera protégé par une approche éthique qui doit mettre en avant le « principe d'immunité des personnes à titre d'orientation plus que de doctrine ». Or l'intangibilité de la personne ne peut s'entendre que comme un principe. En parlant de simple orientation, on aboutit à créer au sein de l'humanité une nouvelle catégorie. A côté des personnes — divisées en personnes capables et incapables —, il existerait des non-personnes qui auraient pourtant un certain rattachement (non précisé) à l'humanité.

De plus, il est réclamé que ces recherches ne soient pas encadrées par le droit, ce qui ne pourrait pas être le cas s'il s'agissait d'êtres humains, mais seulement par la morale du chercheur et des règles déontologiques destinées à éviter « les fantaisies » que pourraient imaginer certains scientifiques (il s'agit sans doute des hybridations avec une espèce animale, ou des clones...).

Cette référence à la morale du chercheur laisse évidemment rêveur, car elle semble s'inscrire en contradiction avec les prémisses du raisonnement. Il était en effet parti de l'idée que la science, universelle, devait fonder une morale universelle. En laissant à chaque chercheur le soin de se conduire en fonction de sa morale, il renoue avec le relativisme qu'il avait entendu exclure.

Pour terminer, il importe de comprendre comment M. Palacios organise les rapports entre science et morale, car c'est un schéma de pensée très répandu parmi les scientifiques et les médecins qui participent de près à ce genre de débats : il pose d'abord le principe de « la valeur humaine de ce genre d'interventions scientifiques » (il s'agit de l'expérimentation sur le pré-embryon) ; il va jusqu'à affirmer que « l'homme peut faillir à sa nature en renonçant, sciemment ou non, à la pleine réalisation de son être, en ne saisissant pas l'occasion d'améliorer ses connaissances, de progresser [...] », et il en déduit que la valeur humaine de ces expérimentations « prime sur les réserves morales qu'elles peuvent susciter ».

Que l'on soit d'accord ou non avec cette hiérarchie des valeurs, le propos a, au moins, le mérite d'être clair. Pourtant, dès le paragraphe suivant, il prend des positions qui ne semblent pas s'intégrer à sa propre hiérarchie. En effet, cherchant à dégager les interdits qui lui paraissent devoir être posés par le législateur, il stipule que la création d'embryons humains à des fins de recherche devra être considérée comme un délit, et que cela « ne paraît pas justifier d'explications ». Or nul ne peut nier que la possibilité de créer et utiliser librement des embryons pourrait sans doute permettre de faire avancer les connaissances plus rapidement. Dans la logique de sa pensée, il devrait donc autoriser la création d'embryons à des fins de recherche. Pourtant, tout d'un coup, la valeur humaine de ce progrès ne lui paraît plus suffisante ; il a donc inversé, sans s'en rendre compte, la hiérarchie : ici, c'est le jugement éthique porté *a priori* sur la création de vies destinées à la destruction au nom du progrès qui lui paraît condamner un projet de recherche qui est pourtant aussi valable qu'un autre sur le plan purement scientifique, et même sur le plan éthique si on prend en compte la finalité poursuivie et non les moyens mis en œuvre pour le faire.

Il ne faudrait pas réduire l'analyse des scientifiques à ce seul discours ; s'il a été présenté ici de manière détaillée, c'est parce qu'il est représentatif du discours tenu dans les instances de décision. Cette offensive monolithique est mal vécue par ceux qui n'y participent pas ; ainsi, John Kelly faisait récemment remarquer, dans un courrier adressé le 13 janvier 1990 au *Lancet*, que le terme de pré-embryon, que l'on attribue souvent au rapport de la commission Warnock, n'y figure pas ; et il rappelle ce que disait David Davies, membre de cette commission : « Ceux qui sont en train d'introduire pré-embryon dans le vocabulaire savent bien que la recherche [sur l'embryon] ne fait pas l'objet d'un consensus et que les problèmes fondamentaux n'ont pas été résolus [...] ils manipulent les mots pour influencer le débat éthique. Le vrai problème est de savoir si l'on peut justifier, dès lors qu'un œuf a été fertilisé, que l'on puisse faire des expériences sans but thérapeutique direct pour cet embryon particulier ; c'est un problème complexe et difficile : l'utilisation de ruses de langage n'aide pas à le résoudre. »

L'EMBRYON DES PHILOSOPHES

Si l'on se réfère au courant philosophique rationaliste dominant en la matière, l'embryon des philosophes ressemble comme un frère à l'embryon des scientifiques. Les scientifiques voient dans le développement de l'embryon une valeur humaine qui s'accroît ; nos philosophes observent, quant à eux, une « ontologie progressive de l'embryon[6] ». Ce concept, qui pourrait apparaître bizarre dans la tradition métaphysique, résulte d'un mécanisme de transaction, ou du moins de recherche d'une « troisième voie ». En effet, les spécialistes de bioéthique estiment être pris entre deux extrêmes philosophiques dont les excès bloqueraient toute solution concrète : d'un côté, ils constatent une sorte d'alliance objective entre une vision génétique sommaire de l'embryon et les positions de l'Eglise catholique, qui aboutissent l'une comme l'autre à définir l'embryon comme personne humaine dès l'origine, ce qui mettrait en péril la législation sur l'avortement et ses fondements, bloquerait le progrès technique et contredirait le sens commun. De l'autre côté, on trouverait un courant de pensée, principalement anglo-américain, très utilitariste, où l'embryon comme le fœtus, et parfois l'enfant lui-même, sont de véritables propriétés des parents, ce qui pourrait conduire à des excès.

Pour chercher « les bases d'une entente pratique », il faudrait « abandonner le terrain de l'ontologie », ne plus se poser la question de savoir si l'embryon est ou n'est pas une personne, mais « définir les règles de bonne conduite à son égard ». Dans leur analyse des diverses réflexions portant sur l'embryon, Anne Fagot et G. Delaisi de Parseval donnent donc le même cadre de réflexion que celui qui était proposé par M. Palacios : l'embryon n'est défini qu'à travers le comportement d'autrui. Comme il n'a pas d'existence propre, les règles de comportement qui lui donnent son régime juridique seront le résultat d'une négociation entre des intérêts divergents ou des courants de pensée opposés.

Une histoire d'ontologie progressive

Les cadres de la réflexion des scientifiques et des philosophes étant identiques, on ne s'étonnera pas qu'ils arrivent au même résultat. Il est finalement affirmé que « ce qui se cherche actuellement sous le couvert du pragmatisme est une éthique fondée sur une ontologie progressive, en accord avec l'intuition toute simple et commune que l'être embryonnaire est un être en développement, et qu'à l'égard d'une cellule vivante, puis d'un fœtus de cinq mois, puis d'un enfant de cinq ans, nos obligations morales ne sauraient être les mêmes ». L'ontologie progressive de l'embryon est une traduction exacte de la théorie scientifique des stades embryonnaires. Reposant sur la même idée d'une acquisition progressive de l'humanité de l'homme, elle produira les mêmes résultats juridiques, exprimés par le concept de personne humaine potentielle : la protection de l'embryon est définie par des règles de conduite qui s'alourdissent à mesure que le temps passe, comme si l'embryon gagnait des droits à chaque fois qu'il franchit un obstacle.

Associer l'idée de progressivité à l'idée d'ontologie est une entreprise qui mérite quelque explication. Par nature, l'être est antinomique de toute notion de progressivité. On peut donc se demander ce qui a pu conduire des philosophes à cette association hérétique.

La bioéthique comme piège

La réponse se trouve probablement dans la simple considération de la bibliographie, très complète, de l'article précité : on trouve des références à des travaux d'épistémologie. La tradition philosophique non théologique est peu représentée : il y a bien quelques réflexions sur Kant, mais l'application de son analyse de l'humanité de l'homme à l'embryon est jugée délicate. Il y a quelques éléments de la réflexion sur l'avortement. On trouve enfin, et cela constitue l'essentiel des soixante-sept références, des articles de « bioéthique » d'origines très diverses. Ils sont représentatifs de ce mélange désormais bien connu d'articles faits par des médecins, des biologistes, des moralistes, des juristes, tous très spécialisés dans l'étude du phénomène médical. Or la bioéthique tend à se constituer comme une discipline nouvelle, avec son corpus, ses spécialistes, ses fondements propres. Il me semble que ce qui caractérise la bioéthique est justement d'arracher chacune des disciplines concernées à sa tradition, à ses principes généraux, à ses sources classiques, pour élaborer un type de discours autonome, où les liens transdisciplinaires sont beaucoup plus forts que le rattachement de chacun à sa communauté d'origine. Cette transdisciplinarité est vécue intensément, philosophes, moralistes et juristes travaillant en prise directe sur la découverte scientifique et la pratique médicale de pointe. Il en résulte une identité des manières de penser que l'on peut vérifier sur la question de l'embryon. On a l'habitude d'y voir un effort positif, et ce n'est pas faux[7], mais on n'a pas encore aperçu les dérives qui en résultent.

Ce qui paraît manquer, c'est une réflexion philosophique pure, à partir des outils de la pensée philosophique, éclairée mais non influencée par les données scientifiques et les pratiques médicales.

En effet, il est bien certain qu'à partir de la réflexion des scientifiques sur leurs savoirs notre époque forge une nouvelle analyse du réel et de l'imaginaire, qui est adaptée à l'âge scientifique ; les livres de vulgarisation font de véritables succès de librairie, ce qui est positif puisqu'on sort ainsi du laboratoire les productions de la modernité pour les soumettre au débat. Mais, si la divulgation des connaissances ne se fait pas trop mal, malgré les distorsions qui résultent de la vulgarisation et de la médiatisation, la phase de critique n'arrive pas à trouver sa juste place, car toute critique d'une piste de recherche particulière est assimilée à une critique de la science en général et par là du progrès, voire de la valeur même de la connaissance. Toute critique est par hypothèse obscurantiste. On pourrait donner mille exemples de cet état d'esprit : prenons simplement le cas d'un article récent de P.-A. Taguieff sur l'eugénisme, sujet délicat entre tous[8]. L'auteur stigmatise ce qu'il appelle « l'humanisme de la méfiance et du soupçon » : il entend fustiger ceux qui, au nom de l'humanisme, refusent de distinguer entre un bon et un mauvais eugénisme et qui opposent une méfiance de principe à un grand nombre de développements de la génétique contemporaine.

Mais la démocratie, et de manière plus large la maturité politique, ne reposent-elles pas, précisément, sur une attitude critique fondamentale à l'égard de tout ce qui est proposé par les différents pouvoirs en place. Faire confiance serait plutôt une attitude théologique, ou idéologique : l'individu s'en remet alors à Dieu — et plus généralement à ses prêtres —, ou au système philosophique, ou au parti, pour penser à sa place. La confiance peut être une valeur positive dans les relations entre les individus, sans que cela soit le cas dans les relations entre l'individu et les pouvoirs.

Tel est probablement le piège dans lequel est en train de s'enfermer la bioéthique : elle accompagne les productions de la techno-science pour les rendre acceptables sans révolution, mais se révèle incapable de les apprécier à leur racine.

Le légume et la raison

Il ne serait pourtant pas exact d'affirmer que l'analyse philosophique classique est totalement niée. Elle est seulement sommaire, comme discréditée par une contradiction que les éthiciens pensent découvrir entre les deux principes de base de la morale kantienne lorsqu'on cherche à les appliquer au cas de l'embryon. « Agis de telle sorte que tu traites l'humanité, dans ta personne comme dans celle d'autrui, toujours en même temps comme une fin, jamais comme un moyen », dit Kant ; ce premier principe aboutirait à interdire toute utilisation des embryons impliquant leur destruction. Mais Kant dit aussi que seuls les êtres raisonnables sont appelés des personnes. L'interprétation de cette deuxième proposition paraît plus délicate aux spécialistes de bioéthique : le sens commun leur paraît imposer l'idée que si toutes les personnes sont des êtres humains, tous les êtres humains ne sont pas forcément des personnes, la référence à la personne introduisant une notion juridique étrangère au raisonnement philosophique. Ainsi, les êtres humains en devenir, privés de raison, qualifiés successivement de végétal, puis d'animal, ne deviennent que progressivement des personnes. Pour bénéficier d'une protection, il faut, d'une part, qu'ils soient appelés, élus par les parents, et, d'autre part, qu'ils aient atteint un certain degré de développement, représentatif d'une fiction de raison.

Cette approche, qui mélange l'ontologie et des données contingentes, peut facilement dégénérer :

sur le plan pragmatique, la personne en état végétatif chronique n'a plus de raison, moins que le nouveau-né ou certains déments. On retrouve alors la nécessité de la fiction ontologique pour contrecarrer le pragmatisme et les traiter malgré tout comme des personnes : c'est l'objet même de la catégorie d'incapable dans le droit des personnes.

De manière plus générale, on peut se poser la question de la légitimité d'une approche de l'humanité en des termes qui lient le développement biologique et la raison, l'être et la potentialité : tout être humain a une composante potentielle, comme l'embryon, et cela jusqu'au moment où il a achevé de vivre sa mort. L'individuation de la personne est un devenir jusqu'à la dernière seconde, et nous ne sommes tous que des personnes humaines potentielles, définitivement révélées à la vie par notre mort : la mort des amants n'est pas celle du héros.

Les fondements philosophiques de la personne humaine potentielle

Mais alors, pourquoi donc les penseurs de la bioéthique ont-ils pris le risque considérable de scinder l'unité de la personne humaine en utilisant, parmi d'autres arguments, une approche biologique de la raison ? Il me semble que l'on peut ramener leurs présupposés à trois propositions : celle de la valeur humaine de la technique, celle de l'exaltation du régime libéral-pluraliste, et celle de l'adaptabilité de l'homme comme seul invariant de sa nature.

— La valeur humaine de la technique.

Elle est à peu près universellement acceptée aujourd'hui, même par ceux qui adoptent une position critique à l'égard du système technicien. Production de l'homme, elle est une des mesures de l'humanité de l'homme. Il y a un certain accord sur cette proposition. Les débats portent sur le caractère neutre ou non du système technicien, sur son caractère totalitaire ou non, sur les possibilités que nous avons de le contrôler...

La question principale reste de savoir si tout peut devenir sans dommage objet technique, y compris la procréation, et pourquoi pas le désir, l'amour, l'intelligence, stimulés par des moyens chimiques ou biologiques comme on essaye de le faire depuis si longtemps ? Et si l'on veut imposer certaines limites, au nom de quoi et sur quels fondements ? Les plus optimistes pensent que des limites sont possibles à tenir ; les pessimistes pensent que, dans des domaines aussi sensibles que la biologie, il est préférable que la technique ne soit pas sur le marché, car dans le cas contraire elle serait automatiquement utilisée. On cite souvent en exemple le diagnostic du sexe pour éclairer cette position[9]. L'avenir fournira une réponse.

— L'exaltation du régime libéral-pluraliste.

Tel que le décrit P.-A. Taguieff à travers son étude de l'eugénisme, le régime libéral-pluraliste semble être celui dans lequel nous vivons. Autrement dit, des techniques sont proposées, sans intervention de l'Etat, auxquelles les citoyens sont libres de se soumettre ou non, et qu'ils sont libres d'interpréter à leur guise. Pour le courant de pensée dominant, ce régime éloigne tout risque éthique, qui ne peut prendre forme que dans le cadre d'un Etat totalitaire. Il faudrait donc distinguer entre l'« eugénisme doux », fondé sur une offre médicale libre et sur la responsabilité des parents, et l'eugénisme raciste de type nazi. Cette distinction entre différentes formes d'eugénisme a pour but louable d'éviter les amalgames entre eugénisme et nazisme. Or, curieusement, elle fait renaître l'amalgame. En effet, l'Etat nazi était eugéniste et raciste. Autrement dit, il éliminait les races et les sujets indésirables au sein de la communauté qualifiée d'aryenne. La part eugénique de la politique familiale des nazis n'était d'ailleurs qu'une reprise de la politique eugéniste que souhaitaient grand nombre de laïcs à cette époque, ainsi que des associations protestantes[10]. En réalité — qui ne le sait aujourd'hui ? —, la pression eugéniste rationalisée vient de Grande-Bretagne et ne saurait en aucun cas être confondue avec le seul nazisme. Mais le nazisme n'a pas pratiqué uniquement l'eugénisme autoritaire et raciste : une partie de l'entreprise de stérilisation des individus dont l'hérédité était jugée indésirable a été réalisée de leur plein gré, parce qu'ils étaient convaincus du bien-fondé de cette politique de santé. Toute critique de l'eugénisme ne se confond donc pas avec une critique du nazisme[11].

Il faut ensuite réaliser que le régime libéral-pluraliste ne saurait à lui seul constituer une protection suffisante des personnes. Il est curieux de constater que la génération des militants de gauche de 1968, qui constitue aujourd'hui la classe intellectuelle dominante, a rejoint les rangs du libéralisme avec la même conviction que celle qu'elle avait portée à sa critique. Malheureusement, elle en a compris les avantages sans bien en comprendre les limites et les dangers. Il est encore plus curieux de constater qu'elle se retrouve au coude à coude avec une partie de la droite traditionnelle, séduite par l'application généralisée du libéralisme, qu'il s'agisse de la déréglation des transports aériens ou de la gestion du corps humain.

Et pourtant, on devrait savoir depuis longtemps que le principe d'autonomie de la volonté appliqué dans tous les domaines et sans entraves conduit à l'aliénation[12] : tant que des hommes ont pu librement se vendre comme esclaves, l'esclavage a existé, et il fallut que ce contrat soit déclaré contraire à l'ordre public pour que l'esclavage puisse être résorbé[13]. Le libéralisme ne respecte l'homme que si on limite son emprise à certains secteurs, et que l'on pose des limites à l'action des hommes les uns sur les autres.

Les résultats de l'eugénisme « doux » commencent déjà à être visibles : le diagnostic prénatal, encore assez bien tenu par la déontologie médicale aujourd'hui, est tout de même soumis à de rudes pressions. Le chromosome Y a repris du service, et de nombreuses maladies de gravité moyenne, voire des malformations bénignes, font l'objet de décisions d'interruption volontaire de grossesse, parfois très tardives[14]. L'obligation n'est évidemment pas de type totalitaire, mais l'intolérance parentale en face de handicaps parfois légers ne conduit pas forcément à une société enviable.

Cet eugénisme doux, fondé sur la volonté des parents, est, pour l'instant, un eugénisme d'élimination. Il risque de se transformer en eugénisme de choix entre des embryons multiples dûment analysés, avant de conduire aux manipulations génétiques.

— L'adaptabilité comme essence de l'homme.

Pendant longtemps, les philosophes ont cherché à

situer l'essence de la nature humaine du côté de la pérennité, de l'invariance. C'était difficile et, apparemment, d'une grande naïveté. La philosophie contemporaine a trouvé mieux. Elle a transféré la dialectique hégélienne dans un darwinisme de type individuel, non autoritaire. Autrement dit, l'Esprit, non content de se réaliser dans l'histoire, trouve aussi à se réaliser dans une évolution biologique, qui sera de plus en plus redressée par la science : l'histoire humaine est également une histoire biologique, subie d'abord, construite après. Elle est peut-être même biologique avant que d'être historique[15]. Cela convient parfaitement bien à nos nouveaux libéraux, puisqu'ils retrouvent l'idée hégélienne d'autoréalisation de la nature humaine, une approche du progrès qui est parfaitement idéologique car elle refuse la possibilité d'une attitude critique, et l'immersion dans la culture biologique à laquelle il est bien difficile d'échapper aujourd'hui.

C'est ce mélange explosif que pratique P.-A. Taguieff lorsqu'il affirme : « Car, pour un esprit moderne ne récusant pas expressément l'ensemble des croyances formant l'idéologie du progrès, l'idée d'un autoperfectionnement indéfini de l'espèce humaine, par action sur l'environnement ou intervention dans le patrimoine génétique, ne saurait apparaître comme mauvaise en elle-même. »

La phrase est curieuse à plus d'un titre ; retenons simplement la référence à un acte de foi nécessaire pour fonder l'idée d'autoperfectionnement de l'espèce humaine. Non raciste, non totalitaire, l'eugénisme n'en garde pas moins sa nature profonde, qui est de croire que l'épanouissement de l'individu et de la société peut venir d'une action rationnelle de type médical sur la procréation. L'élimination des marges reste à l'horizon.

L'adaptabilité, comme nature humaine, conduit inévitablement, dans le contexte scientifique et technique actuel, à la manipulation de l'espèce, nouvel avatar de l'effort humain pour se dépasser. Or, pour manipuler l'espèce, il faut disposer d'embryons. C'est donc de ce côté, du côté du désir profond d'eugénisme, qu'il faut chercher le fondement philosophique du statut de l'embryon comme personne humaine potentielle, et non pas du côté de son absence de raison. On a toujours cherché à améliorer l'homme, par la religion, puis par l'idéologie ; les idéologies sont mortes ? Vive la génétique, qui pourra tout aussi bien en tenir lieu !

L'EMBRYON DES JURISTES

Il va falloir distinguer les données fournies par le droit positif et celles qui sont fournies par les projets de loi et la doctrine contemporaine, et bien situer chaque corpus dans son contexte. Le droit positif fournit des indications éparses sur le régime juridique de la vie intra-utérine ; il n'y a pas de définition directe de ce que sont un embryon ou un fœtus, car, jusqu'à une époque récente, il n'y avait pas d'intérêt à cette définition. Mais il n'y a pas pour autant le vide juridique que l'on stigmatise trop souvent. On trouve de multiples données qui tendent à reconnaître l'être humain comme tel, dès la conception, tout en lui accordant des droits très variables, depuis la négation du droit à la vie jusqu'à la protection la plus absolue. En somme, le régime juridique de l'embryon n'est pas défini en référence à un droit subjectif unitaire ; il dispose d'un régime juridique complexe, qui n'est pas uniquement lié à la temporalité, comme on le croit trop souvent, mais plutôt à la situation dans laquelle il est inséré et à la personne en face de laquelle il se trouve.

Il faut aussi situer l'enjeu : en l'état, l'embryon ou le fœtus *in utero* sont dans une situation assez claire, que les progrès techniques n'ont pas fait tellement évoluer. C'est l'embryon *in vitro* qui est en danger. Tout d'abord, il n'y a pas de règles juridiques de droit positif le concernant, et la jurisprudence mettra encore du temps à venir. On peut bien sûr lui appliquer certaines des règles définies pour l'embryon *in utero*, mais on ne peut le faire qu'avec prudence, car la situation n'est pas la même : la relative maîtrise laissée à la mère n'a pas ici la même raison d'être. A l'inverse, il est beaucoup plus à la merci des interventions extérieures dont il conviendrait de le protéger.

L'enjeu est simple : beaucoup de chercheurs anticipent des progrès médicaux considérables si l'on peut expérimenter largement sur l'embryon humain — ce qui est contesté par d'autres, qui demandent que l'on passe par l'embryon animal. Des industriels veulent pouvoir breveter des interventions sur l'embryon humain, ainsi que diverses utilisations. Pour cela, il faut non plus quelques embryons, comme aujourd'hui, mais de larges stocks. Or, pour expérimenter, manipuler et commercialiser de tels stocks, il faut auparavant avoir mis l'embryon *in vitro* hors de la catégorie des êtres humains, ce qui est probablement impossible à partir de la jurisprudence ; il faut donc faire un coup de force législatif.

Les différents projets tentent de définir le régime juridique de l'embryon en tant que tel. Selon les projets, il sera personne humaine potentielle, ce qui permettra à plus ou moins long terme de réaliser le projet de commercialisation, ou un être humain dès l'origine.

Les données du droit positif

On trouve deux sortes de textes de droit positif concernant l'embryon et le fœtus : ceux qui le reconnaissent au stade embryonnaire ou fœtal, et ceux qui établissent un lien entre lui et l'enfant né, textes qui sont d'un maniement plus délicat.

Se rattachant à la première catégorie, plusieurs textes affirment clairement la personnalité de l'embryon, pour lui-même, dans l'instant présent. Le premier n'appelle pas de commentaires ; c'est le Pacte international relatif aux droits civils et politiques, entré en vigueur depuis mars 1976, qui stipule qu'une sentence de mort ne peut être exécutée contre des femmes enceintes. Ce texte dissocie le sort de la mère du sort de l'embryon ou du fœtus, faisant de ce dernier un être humain ayant un droit autonome à la vie.

Le deuxième texte affirmant le caractère humain de l'embryon dès la conception est, contrairement à ce que beaucoup croient, la loi sur l'avortement. L'article 1 de la loi de 1975 dispose : « La loi garantit le respect de tout être humain dès le commencement de la vie. Il ne saurait être porté atteinte à ce principe qu'en cas de nécessité et selon les conditions définies par la présente loi. » Ce texte peut être jugé hypocrite, puisqu'il affirme l'humanité d'un être pour prévoir aussitôt la possibilité de porter atteinte à sa vie ; il peut paraître choquant pour les sentiments religieux ; cela ne lui enlève rien de son intérêt dans un Etat de droit laïque, et montre au contraire la distance qu'il peut y avoir entre une morale du caractère sacré de la vie et les règles juridiques visant à réguler une société qui produise le moins de malheur possible. On ne doit pas s'étonner non plus qu'il soit possible de reconnaître des droits à l'embryon dans une hypothèse alors qu'ils lui seraient refusés dans une autre. Le droit est un monde de fictions dans lequel il est possible de superposer des régimes juridiques qui peuvent paraître contradictoires lors d'une lecture non juridique alors qu'ils sont le reflet de la multiplicité des relations dans lesquelles un même être est inséré. Prenons l'exemple de l'animal, qui est particulièrement éclairant : on avait le droit (jusqu'en 1988) de tuer un chat retourné à l'état sauvage, mais pas le droit de tuer le chat du voisin. Ce même voisin ne peut pas faire souffrir son chat ; mais le scientifique en a le droit, si une expérimentation requiert absolument cette souffrance. Enfin, s'il fait partie d'une race en voie de disparition, il ne pourra même pas être vendu. Un seul chat, multiplicité de régimes juridiques. Il est donc parfaitement inexact de penser que l'on peut s'appuyer sur l'avortement pour exiger le droit à l'expérimentation[16].

La seule chose que l'on doive craindre en formulant une règle juridique, c'est l'effet de système : une loi imprudente sur l'avortement aurait consisté à définir le fœtus de moins de 10 semaines comme une chose ou une potentialité d'être humain que l'on pouvait détruire à titre de propriétaire. Les effets de système auraient alors automatiquement conduit à tirer toutes les conséquences de ces qualifications. Si l'embryon avait eu, en lui-même, la substance d'une chose ou d'un potentiel humain (difficile d'en définir la substance !), cela aurait été vrai en tout état de cause et dans toutes les situations : vis-à-vis de la mère, de l'Etat, du chercheur. A l'inverse, en instituant dans l'article 1 l'embryon comme être humain, la loi sur l'avortement limite la possibilité d'y porter atteinte à une situation déterminée et à une seule, celle qui met face à face une femme et un embryon non désiré. Métaphoriquement, mais non juridiquement, on peut dire qu'il s'agit d'une légitime défense[17].

En fait, il apparaît que la loi sur l'IVG a changé l'analyse juridique que l'on peut donner de la conception, sans changer pour autant la qualification de l'embryon ; jusqu'à cette loi, la conception, fait biologique, était dans le même instant un fait juridique donnant naissance à un intérêt juridiquement protégé en faveur de l'embryon, qui avait dès lors droit à la vie. Désormais, la conception, fait biologique, est toujours un fait juridique, puisque l'on ne peut pas avorter dans n'importe quelles conditions, mais ne débouche plus sur un droit à la vie. L'embryon n'a de droit à la vie que lorsque sa mère a confirmé sa conception en laissant passer le délai légal de l'avortement (ce délai n'est pas la manifestation d'une temporalité biologique liée à l'embryon, mais plutôt celle de la temporalité de la prise de décision de la mère). L'embryon n'en reste pas moins un être humain, et l'atteinte contre sa vie ne peut être portée que par la mère. Il n'est pas concevable, dans cette logique, que la mère puisse transmettre les droits dont elle dispose du fait de sa situation spécifique à une équipe de recherche qui ne pourrait invoquer le parallélisme des situations.

Et pourtant, de nombreuses analyses de la doctrine juridique ont, malgré les termes clairs de la loi, abouti à la conclusion qu'il en résultait une transformation totale de la qualification de l'embryon, qui passait du statut de sujet de droit appelé à devenir personne humaine sous condition d'une naissance viable au statut de chose, de chose protégée ou de personne humaine potentielle selon les auteurs. Cette conclusion est curieuse quand on regarde attentivement les textes, et l'on peut y voir une vengeance exercée contre les femmes. On dénature ainsi une loi bien faite et on donne prise à toutes les dérives, qui seraient, du coup, imputables aux femmes. La pratique des femmes sert d'ailleurs de butoir et de légitimation perverse dans l'argumentaire : puisque les femmes avortent, les chercheurs peuvent expérimenter, puisqu'elles demandent la création de stocks d'embryons pour leurs FIV, on peut bien utiliser les restes, mais on ne créera pas d'embryons spécialement destinés à la recherche. L'expérimentation sur l'embryon apparaît donc de bout en bout comme une retombée des décisions prises par les femmes. Il est d'ailleurs parfois ajouté que cette utilisation est bénéfique car elle permet de les déculpabiliser[18] !

Les anciennes dispositions pénales qui condamnaient les personnes impliquées dans un contrat ayant pour objet d'abandonner un enfant à naître ont retrouvé une actualité avec les contrats de mères porteuses. Mais les développements les plus intéressants viennent du droit civil : contre un courant de pensée qui entendait faire de la maternité de substitution l'objet possible d'un contrat d'entreprise, le juge a réagi par plusieurs jugements et arrêts[19]. Le plus révélateur d'entre eux est celui du tribunal de grande instance de Marseille du 16 décembre 1987 qui a déclaré le caractère illicite du prêt d'utérus en distinguant deux aspects négatifs, « une relation intra-utérine perturbée avec la seule véritable mère génitrice et gestatrice », et, à la naissance, « le traumatisme de la séparation ». Le jugement distingue donc un préjudice causé au fœtus par une mauvaise qualité de la vie intra-utérine, et un préjudice causé à l'enfant né par la séparation.

Enfin, un arrêt de la cour d'appel de Toulouse du 21 septembre 1987[20] a reconnu, dans le cadre d'un conflit sur une insémination artificielle avec donneur, la nécessité de préserver le droit de l'enfant à naître, qui, dès sa conception, c'est-à-dire dès la formation de l'embryon, possède pleinement, en virtualité tout au moins, tous les attributs de la personne humaine.

Une autre catégorie de textes appréhende l'embryon ou le fœtus à travers l'enfant né, ou en relation avec lui, ce qui pose de considérables problèmes d'interprétation. Toutes les solutions qui sont données reposent sur un vieil adage du droit romain, l'adage *infans conceptus* : l'enfant conçu est considéré comme né toutes les fois qu'il y va de son intérêt. Cette maxime constitue sans doute l'une des plus célèbres fictions juridiques, et elle mérite que l'on s'y attarde, tant pour son contenu que pour ce qu'elle révèle du raisonnement juridique. Remarquez d'abord la sobriété et la prudence de la méthode : le

« considéré comme né » évite d'assimiler purement et simplement l'enfant conçu à l'enfant né, ce qui pourrait conduire à des excès. Le « toutes les fois qu'il y va de son intérêt » contribue encore à n'effectuer cette assimilation que dans les cas, somme toute limités, où cela présente un intérêt.

Certaines applications du principe sont traditionnelles : il s'agit tout d'abord de l'établissement de la filiation. Chacun sait qu'un enfant, conçu dans les liens du mariage, est inscrit dans la lignée paternelle, même si son père est mort quand il vient au monde[21]. La solution a aussi des effets patrimoniaux bien connus : on peut tester en faveur d'un enfant seulement conçu, effectuer une donation en sa faveur. La solution est la même pour le versement du capital-décès dû par une compagnie d'assurances au profit des enfants à charge au moment du décès. Les enfants conçus au moment du décès sont assimilés aux enfants nés.

Mais ce mécanisme de protection ne sera mis en œuvre que si l'enfant naît vivant et viable. Cela se comprend, car un enfant mort-né n'a pas d'intérêt propre à se voir attribuer un patrimoine qui ne profiterait qu'à ses proches. La fiction est en quelque sorte d'interprétation restrictive : elle ne joue que dans l'intérêt d'une personne vivante, susceptible d'en jouir effectivement. Or le cas de l'embryon *in vitro* est particulier puisqu'il est vivant, mais que l'expérimentation destructrice empêcherait qu'il naisse.

Toute la question sera donc finalement de savoir si la naissance de l'enfant vivant et viable constitue une condition suspensive ou résolutoire : s'il s'agit d'une condition suspensive, il faut conclure que cette fiction juridique confirme l'idée que l'embryon et le fœtus ne sont que des potentialités ; leur arrivée dans le monde des personnes rétroagit fictivement sur leur vie intra-utérine, mais seul l'enfant né a, en soi, la qualité de personne. Mais on peut aussi admettre qu'il s'agit d'une condition résolutoire. Autrement dit, l'être humain ne change pas de nature au cours de son existence, mais sa mort annule rétroactivement son existence juridique ; il n'y a plus d'intérêt à établir une filiation ou à recevoir un héritage. Dans cette hypothèse, sa qualité originelle d'être humain est reconnue dès la conception, et la naissance ne fera que la confirmer ; tout s'efface si l'enfant n'est pas viable. C'est cet effacement rétroactif qui conduit à des solutions qui ont parfois obscurci le débat.

Il est difficile de savoir où en est le droit aujourd'hui dans ce débat ; l'idée d'une personnification prénatale était plus totalement rejetée il y a quelques années que maintenant, et c'est probablement l'évolution des sciences et des techniques qui provoque à la fois la réification et la personnalisation, ce qui inciterait à penser que l'on se trouve en ce moment pris entre deux courants scientifiques contradictoires. Une note de jurisprudence du substitut du procureur général de la cour d'appel de Paris montre bien le deuxième terme de l'évolution : « Ainsi, la pratique des dernières techniques d'examen, notamment l'échographie, a permis de mettre en évidence l'existence de fonctions particulières du fœtus : on peut entendre son cœur battre un mois et demi après la conception ; la rétine est prête à jouer son rôle de photorécepteur dès la deuxième moitié de la gestation ; les pores du goût sont en place dès la deuxième semaine [...] », et il conclut par cette affirmation que la vie de l'*infans conceptus* ne paraît plus être le résultat d'une simple fiction[22].

— Les projets législatifs.

L'évolution rapide des techniques est en décalage avec le temps de la jurisprudence, ce qui rend souhaitable une législation, mais celle-ci est du fait même prématurée puisque le temps de la réflexion n'a pas pu avoir lieu. Mais on commence à entrevoir l'enjeu de la qualification de l'embryon *in vitro* : le diagnostic du sexe permet d'anticiper sur d'autres diagnostics et des modes d'intervention qui font de l'embryon non seulement l'objet de la FIV, mais aussi l'objet du marché des kits de diagnostic, et derrière, des interventions et utilisations diverses. Le projet de brevetabilité de la matière vivante n'exclut que l'« homme en tant que tel ». Si l'embryon est un « homme en tant que tel », il n'entre pas dans la sphère de la commercialisation ; s'il n'est qu'un « amas de cellules », il y entre. Or, on l'a vu, la seule jurisprudence conduirait plutôt à conclure à sa qualité d'être humain. Il faudrait donc une loi pour le déclasser.

— L'avant-projet sur les sciences de la vie et les droits de l'homme.

Il repose sur deux concepts : celui de personne humaine potentielle et celui de projet parental. Le premier est nettement utilitariste ; il permet d'essayer de concilier le désir d'expérimenter sur l'embryon avec l'affirmation, résiduelle, d'un lien non défini avec le genre humain. Dans son rapport au Comité d'éthique sur la personne humaine,

Lucien Sève rappelait que la société doit se sentir « comptable des effets de civilisation » dont sont porteuses nos décisions concernant la recherche sur l'embryon[23]. Curieusement, cette affirmation, que l'on ne peut que partager, ne débouche pas sur une réelle protection de l'embryon, représentatif de notre lien avec les générations futures. Les conséquences qui en sont tirées ne visent, une fois de plus, qu'à éviter les recherches « fantaisistes ». Depuis, Lucien Sève a précisé sa pensée en affirmant que le début de la vie humaine devrait être défini, comme la fin, par la possibilité, au moins théorique, d'un électro-encéphalogramme. Il en résulte que, tant que la ligne primitive n'est pas apparue, il n'y a pas de vie humaine (*Le Nouvel Observateur*, 10 au 16 mai 1990).

En réalité, l'utilisation du concept de personne humaine potentielle a pour effet d'insérer l'embryon dans la logique de ce que l'on appelle la « théorie du bilan », qui permet, en pesant cas par cas les avantages et les inconvénients, de vérifier l'« intérêt général » d'une recherche nécessitant de détruire des embryons. Si la recherche est sérieuse, présente un grand intérêt scientifique... elle pourra être entreprise sous contrôle du Comité d'éthique ; sinon, elle ne sera pas autorisée[24].

Le concept de projet parental est d'origine psychanalytico-sociologique : je n'ai pas réussi à dater avec précision l'apparition de l'emploi de cette expression. Elle appartient à une vulgate selon laquelle chaque individu est lié à la parole et à l'imaginaire des autres. En ce sens, l'embryon existe, bien avant d'être conçu, dans l'imaginaire de ses parents, de ses grands-parents, etc.

Or tout cela s'est coulé assez facilement dans le moule de la pensée juridique, ce qui peut paraître bizarre après l'exposé que j'ai fait du droit positif. Mais il suffisait d'abandonner le terrain traditionnel du droit de la famille et du droit des personnes, où la volonté s'intègre à un statut légal contraignant, pour rejoindre le terrain du droit des contrats, de l'autonomie de la volonté, en faisant jouer un rôle plus secondaire au statut légal. Du seul fait de ce glissement, la tradition juridique de l'indisponibilité de tout ce qui a trait au domaine de l'être s'efface, et l'embryon des juristes peut ressembler à celui des philosophes et des scientifiques, personne humaine potentielle prise dans une logique utilitariste.

En effet, l'embryon, appelé « processus de vie », « source de vie », ou assimilé à la réunion de deux gamètes, est pris dans un double contrat ; le contrat du « projet parental » d'un côté et un contrat social plus flou, aux conséquences plus paradoxales, de l'autre.

Il est d'abord objet du projet parental, et donc soumis aux volontés qui animent ce projet : on ne le crée que pour la réalisation d'un projet parental (pas pour la recherche ni pour la commercialisation) ; support du projet, sa vie est très précieuse, mais son sort est lié à ce projet ; en cas de divorce, de séparation, de mort des « parents auteurs », les embryons ne peuvent plus être conservés (art. L 668-3). Mais le projet ne dit pas ce qui est possible dans cette occurrence : va-t-on procéder à une destruction pure et simple, ou effectuer des recherches au passage ? Le don semble exclu par l'article L 676. Les parents auteurs peuvent abandonner le projet parce que les premières tentatives n'ont pas marché pour des raisons médicales : dans ce cas, ils peuvent donner les embryons excédentaires. S'ils abandonnent pour d'autres raisons, le don à un autre couple est exclu par l'article L 676, mais rien n'est dit sur le don à la recherche. Si les parents ont satisfait leur projet procréatif, alors ils peuvent faire don des embryons excédentaires, soit à d'autres couples, soit à la recherche. Des formules contractuelles existent déjà aujourd'hui, très probablement nulles.

Dans tout ce système, la volonté est très puissante puisqu'elle entraîne la mort ou le don. Mais elle n'est pas toute-puissante, car une sorte de contrat entre la société et les couples infertiles apparaît en filigrane. La société aide des couples à mettre des enfants au monde ; elle entend donc protéger les conditions de leur développement — c'est l'exigence d'une structure familiale comprenant un père et une mère —, mais elle entend aussi que l'intérêt général y trouve son compte. C'est ainsi que l'exposé des motifs du projet Braibant affirme (p. 34) le lien indissociable entre la fécondation *in vitro* comme remède à la stérilité et la recherche sur l'embryon pour améliorer la technique. Ce lien a de multiples composantes perverses : il accrédite l'idée que tout se paye, et que l'on peut bien, pour un progrès, modifier le droit des personnes ; d'autre part, c'est pour les couples stériles que l'on doit expérimenter, et ils seront donc quelque peu responsables de la transformation de notre rapport aux générations futures.

Mais la logique du projet parental est une logique dangereuse, car, si l'enfant à naître est le résultat d'un concours de volontés, il sera difficile de tenir l'interdit de l'eugénisme puisqu'il est bien certain que le projet parental est aussi un projet de qualité.

Cela se profile déjà dans les contrats qui avaient été mis au point pour la maternité de substitution, dans lesquels la mère porteuse était tenue à un certain nombre d'obligations visant à assurer la qualité de l'enfant. On voit aussi apparaître ce souci dans la demande faite par certains centres de FIV de pratiquer le tri génétique des embryons avant leur transfert.

— La proposition de loi tendant à assurer le respect de l'intégrité de la personne.

L'inspiration en est tout à fait différente, ce qui se marque dès le titre. Conçue sur un mode défensif, la proposition fait état du devoir du législateur de « défendre le droit contre les faits qui le nient, le travestissent ou l'inversent ». Les auteurs reprennent ainsi, probablement inconsciemment, la tradition de Jean Bodin, qui remarquait que les coutumes ne faisaient bien souvent qu'entériner les rapports de domination et les folies humaines[25]. Tout le texte a donc pour but d'adapter techniquement le droit des personnes à de nouveaux sujets — l'embryon *in vitro* par exemple —, à de nouvelles situations — la biologisation du corps humain —, sans transformer les fondements des droits de l'homme. L'idée est de faire rentrer la biomédecine dans le cadre des droits de l'homme et non d'adapter les droits de l'homme à la biomédecine. Il est donc rappelé que « dès la première étape de la conception, l'être humain est une personne » à laquelle on ne peut porter atteinte que dans le cadre de la loi sur l'IVG. Il aurait sans doute été préférable de dire que l'embryon était un être humain, pour laisser le soin à la jurisprudence de décider en quoi cet être humain n'avait pas le même régime juridique que des personnes adultes armées de leurs bulletins de vote. Les embryons ne peuvent être créés que pour un transfert immédiat, ce qui exclut tout don à la recherche ou à un autre couple. Le génome humain est déclaré indisponible, ce qui exclut toute possibilité de modification, mais ne précise malheureusement pas s'il faut distinguer entre la disponibilité des cellules somatiques et celle des cellules germinales.

Où l'on ne conclut pas autrement que par l'annonce du

DISCOURS AUX EMBRYONS

« Depuis dix-sept ans, quand vient le mois de mai, que les inondations menacent les couvées, Ryoji vérifie l'état de chaque nid et récupère les œufs abandonnés. Avec un soin et une patience infinis, il les couve dans un incubateur de son invention. La tâche est lourde : brosser les œufs, les retourner toutes les cinq heures, et puis surtout parler à l'embryon comme le ferait leur mère. Un mois plus tard, l'œuf se fend. Takahashi parle toujours. Ses onomatopées font se retourner l'oiseau. Takahashi ne quitte pas d'une semelle ses protégés. [...] Il leur apprend à manger, à marcher, à éviter les obstacles, à sentir le danger. [...] Incroyable dialogue entre les oiseaux et un homme dont petit à petit ils perçoivent le langage, qui chante pour eux et pour qui ils dansent. Scène superbe que celle où Takahashi apprend à son dernier-né à voler, mimant les gestes de l'envol devant le grand oiseau attentif. Des dizaines de tentatives, du découragement de part et d'autre, et enfin des ailes déployées dans l'air, et un petit homme resté à terre, et qui pleure[26]. »

Il est vrai que ce sont des oiseaux. Et nous, qu'allons-nous faire de nos embryons, comment allons nous nous traiter à travers eux ? Avant de répondre, il faudrait clarifier des notions juridiques utilisées trop souvent de manière floue[27]. Le sujet de droit se dit de toute entité ayant la capacité d'ester en justice, directement ou par l'intermédiaire de ses représentants. A ce titre, l'animal est sujet de droits, même s'il s'agit de droits limités. A l'inverse, l'esclave n'était pas sujet de droit. Tous les sujets de droit ne sont donc pas des personnes, encore moins des personnes humaines.

Parmi les personnes au sens juridique du terme, il n'y a pas que des humains : il y a les personnes physiques d'un côté, et les personnes morales de l'autre. Les personnes morales sont des regroupements abstraits d'êtres humains ; certains de ces regroupements ont la personnalité juridique et peuvent ester en justice, d'autres ne l'ont pas. Les personnes physiques sont divisées en personnes capables et incapables ; au sein des incapables, on distingue les majeurs et les mineurs.

Parmi toutes ces catégories et sous-catégories, il y a probablement place pour l'embryon, qui peut être un sujet de droits limités, et une nouvelle catégorie d'incapable. L'essentiel est que l'utilisation du concept de personne humaine potentielle n'aboutisse pas à recréer une nouvelle catégorie d'êtres humains vis-à-vis desquels nous n'aurions que des devoirs de bonne conduite sans qu'un représentant puisse faire valoir leurs droits. Ce serait recommencer la structure de l'esclavage alors qu'elle n'a été éliminée du monde occidental que depuis bien peu de temps et persiste dans de nombreuses parties du monde, toujours prête à renaître là où on s'y attend le moins. La relation d'expérimentation entre un chercheur et un embryon implique un tuteur aux embryons qui puisse fixer la notion d'expérimentation à but thérapeutique, et les droits qui en découlent pour l'embryon.

LE DÉSIR D'ENFANT GÉRÉ PAR LA MÉDECINE ET PAR LA LOI[1]

Geneviève Delaisi de Parseval

L'ENFANT À TOUT PRIX

Les trente dernières années ont vu le paysage des PMA se modifier de façon extraordinairement rapide. Au plan technique, on peut repérer trois temps principaux : la décennie 1960-1970, temps de la conservation du sperme pour des hommes jeunes avant une chimiothérapie qui risquait de les rendre stériles, ou avant vasectomie ; ces autoconservations ont donné lieu à des IAC (inséminations artificielles avec sperme du conjoint), premières PMA. La décennie 1970-1980, qui a été celle de l'IAD (insémination artificielle avec donneur). La décennie 1980-1990, qui est celle de la FIV et des techniques connexes.

D'un point de vue psychologique, le clivage se fait un peu différemment : les FIV et autres techniques (l'IAC en particulier, et le GIFT) se pratiquent avec les gamètes du couple et s'inscrivent en général dans de longs traitements de stérilité ; elles posent donc tout spécialement le problème de l'état psychologique des couples et des enfants après ces traitements, qu'il y ait ou non naissance d'enfants. L'IAD et les FIV-D (celles qui se font avec des dons de gamètes d'individus extérieurs au couple) soulèvent, elles, des questions plus complexes encore, liées à la présence de ces donneurs dans l'imaginaire des différents protagonistes, problèmes liés à la fois à ces filiations atypiques et au secret qui existe souvent sur ce mode de conception. Elles posent également le problème du statut réel et symbolique des donneurs, et, tout particulièrement, la question de la véritable raison du maintien à tout prix de l'anonymat dans la pratique française de l'IAD.

En dépit des différences indiquées, remarquons que les diverses techniques des PMA ont cependant un dénominateur commun qui court à travers ces trente ans : le fait que le recours systématique et officiel à des pratiques médicales « poussées » pour avoir un enfant « qui ne vient pas » nous a fait insidieusement passer, nous société, à un système de valeurs nouveau dans lequel un recours à la médecine, encore exceptionnel il y a quelques années, est devenu banal, presque normal. Il s'agit maintenant d'un véritable système alternatif (médicalisé et hors sexualité) de la reproduction de l'espèce humaine.

Et pourtant... en dépit de ce que donne à voir la médecine de la reproduction, il y a tout lieu de penser que la transmission de la vie continue à échapper partiellement, voire totalement, à ceux qui la transmettent. Même pour les scientifiques, les conceptions restent mystérieuses. Quant aux spécialistes de la psyché, ils ne savent pas davantage pourquoi l'être humain est pris par un désir d'enfant quelquefois impérieux : se reproduire, retrouver des ancêtres, recréer des états idéaux de l'enfance, recréer des relations parents-enfants idéales qu'on n'a pas eues. Le désir d'enfant est compliqué et contradictoire. Il ne faut pas lâcher ce « fil rouge » si on veut comprendre ce qui se passe dans l'imaginaire des futurs parents en PMA. Certains enfants sont « durs à venir » et ne peuvent arriver qu'après une longue patience ; d'autres naissent par hasard (ça existe encore...) ; d'autres n'arrivent pas, empêchés par la peur ou le rejet inconscient de leurs parents ; d'autres naîtront, mais n'auront jamais leur place ; d'autres enfin n'existeront vraiment que plusieurs mois après leur conception, ou même bien plus tard. Car ce qui est désiré, ce n'est pas un enfant, mais un désir d'enfant, un enfant imaginaire qui est parfois difficilement comblé par l'enfant réel.

Que se passe-t-il donc quand un couple désire un enfant et qu'un obstacle, appelé stérilité, contrarie ce désir ? Celui-ci flambe alors, comme souvent les désirs contrariés, d'autant qu'il trouve désormais une offre médicale fantastique, qui va même parfois au-delà de ce que le couple souhaitait au départ. Nous voici entrés dans l'ère de l'« enfant à tout prix[2] ».

Annonçons la couleur : notre société est allée trop vite, s'est trop vite emballée (sans doute à cause de l'intérêt fantastique de ces techniques pour l'accès direct qu'elles permettent à l'embryon humain[3]), en « traitant » la stérilité comme une maladie qu'il faudrait guérir par tous les moyens possibles, même les plus coûteux et les plus risqués ; comme on le ferait pour une « vraie » maladie, une maladie à enjeu vital. Rappelons tout de même ce truisme : on ne meurt pas de stérilité (sauf parfois quand elle a été trop soignée ; les PMA comptent déjà quelques mortes[4]...) Rappelons aussi que la stérilité n'est pas une « maladie comme les autres » pour la raison profonde que l'arrivée d'un enfant ne guérit pas les parents de façon automatique ; le succès d'une IAD ou d'une FIV (c'est-à-dire la naissance d'un enfant) n'efface pas *de facto* les blessures d'années de souffrances antérieures ; le deuil de la fertilité ne se fait pas de façon évidente à la levée du symptôme. A l'inverse, on le sait, de nombreux couples guérissent sans enfants nés d'eux-mêmes, à commencer par les parents adoptifs. Les couples demeurent stériles et « cassés », qu'il y ait ou non naissance d'enfant.

On assiste actuellement à un glissement du désir d'enfant du couple à un besoin d'enfant, voire à un droit à l'enfant. La métaphore médicale jouant ici à plein, on fait comme si une souffrance humaine (ne pas vivre en compagnie d'enfants, ne pas pouvoir donner de petits-enfants à ses parents, ne pas pouvoir jouer avec le fantasme de « la chair de sa chair ») était un symptôme relevant de la médecine et renvoyant à une « maladie » qu'on pourrait traiter, traitement tout naturellement pris en charge par les systèmes d'assistance de la société. Situation, au demeurant, tout à fait paradoxale puisqu'on ne s'occupe, par ces traitements, que du symptôme (l'absence d'enfant), non de la cause (l'hypofertilité ou la stérilité d'un individu ou du couple). Le couple, en effet — faut-il le rappeler ? — reste toujours stérile après une IAD ou une FIV ; il ne pourra avoir (éventuellement) un autre enfant que s'il se fait « soigner » à nouveau.

Les questions psychologiques posées par ces techniques sont alors celles liées à l'équilibre du couple après les traitements ; dans le cas de naissances d'enfants, mais aussi en cas d'échec. Un mot sur les échecs : plus de la moitié des couples, il faut le savoir, ressortent sans enfants de ces programmes (les grossesses débutantes qui avortent ensuite ne sont pas des succès pour les couples !) ; certains ressortent aussi « cassés », notamment au plan de l'entente sexuelle ; nombre de bébés naissent, en outre, avec des problèmes physiques (liés principalement à la prématurité) ; or les problèmes physiques sont cause de risques psychiques, on le sait. Une vraie réussite pour les couples, rappelons-le, c'est de rentrer à la maison avec un bébé en bonne santé[5].

La stérilité est un symptôme qui, comme tout symptôme, a tendance à se déplacer si on ne l'écoute pas, si on le court-circuite systématiquement ; c'est alors le futur enfant qui risque de le reprendre à son compte, de l'« éponger », d'en devenir le porteur plus tard. L'expérience clinique avec ces parents montre en effet que la souffrance d'années de traitement de stérilité entame, quelquefois empêche l'élaboration psychologique que fait naturellement la future mère dans les grossesses et les conceptions non médicalisées. Il y a alors danger que l'enfant soit investi difficilement par les parents : comme un enfant-remède, comme un enfant-prothèse, dont la naissance serait à la fois la signature du fait que le couple a vaincu sa stérilité, mais dont la présence rappelle en même temps les souffrances passées et présentes de ses parents ; comme un enfant témoin de la stérilité du couple (surtout quand il y a eu participation d'un donneur de gamètes). Les enfants nés après traitements de stérilité sont, il faut s'en souvenir pour comprendre les enjeux psychologiques des PMA, des enfants de couples stériles. Ce qui n'est pas toujours facile à porter[6,7].

LE DÉSIR D'ENFANT RÉGLEMENTÉ...

Ces remarques de départ avaient pour but de souligner à quel point il est difficile de « réparer » une faille, un manque dans le domaine de la fertilité humaine, de le réparer de façon objectivante, par un seul traitement médical et social. A quel point il est difficile de réglementer le désir d'enfant d'un couple, difficile d'en faire, comme dans certains systèmes législatifs, un « projet parental » — concept dont on parle beaucoup dans l'effervescence législative actuelle —, projet quasi estampillé, auquel on donne un délai d'expression précis (un an par exemple dans la loi suédoise sur la FIV, cinq ans dans la loi australienne, cinq ans aussi dans l'avant-projet « Braibant »).

Voici un exemple pris précisément dans ce dernier texte, exemple illustratif de cette difficulté de gestion institutionnelle du désir d'enfant dans les différentes techniques de PMA ; il s'agit des choix qu'auront à faire les couples qui ont des embryons congelés, embryons dits surnuméraires, créés à l'occasion d'un traitement de FIV. On lit à l'article L. 670 de cet avant-projet : « Les auteurs de l'embryon *in vitro* sont fondés à en exiger la conservation pour la réalisation de leur propre projet parental de procréation, mais seulement pour un délai de cinq ans. Le décès de l'un des membres du couple met obstacle à la réalisation de ce projet. Il en est de même du divorce et de la séparation de droit ou de fait. » Et à l'article L. 671 : « Au cours de ce délai de cinq ans, les auteurs de l'embryon *in vitro* peuvent expressément faire don d'un des embryons pour la réalisation du projet parental d'autrui. La contribution au projet parental d'autrui par don d'embryon est subsidiaire relativement à la réalisation du projet parental des auteurs de l'embryon. Elle ne peut porter que sur des embryons excédentaires. Lorsque, pour la réalisation du projet parental d'autrui, les auteurs de l'embryon en ont autorisé la congélation, celle-ci ne peut avoir lieu que si le projet parental primordial a été réalisé avant le délai légal. » Ce texte est embrouillé et lourd... Et la notion d'expiration du « délai légal du projet parental primordial » laisse quelque peu sceptique...

Il est difficile de gérer le désir d'enfant avec une logique aussi administrative ! Ce texte évoque plutôt un plan de financement d'achat d'un appartement ou la gestion de capitaux boursiers ! En tout cas, les couples que nous voyons dans notre pratique clinique et qui sont dans ce cas (ceux qui ont actuellement des embryons dans le congélateur d'un hôpital) envisagent avec appréhension le devenir de leurs embryons s'ils n'ont pas l'occasion de les utiliser pour eux. Tel couple de nos patients a fait huit tentatives infructueuses de FIV (il « possède » des embryons congelés), puis a décidé d'abandonner le traitement au profit d'une démarche d'adoption qui avance bien. En bonne logique, ce couple pourrait demander la destruction des embryons ; pourtant cela n'est pas si simple pour eux, pas plus d'ailleurs que l'idée de donner ces embryons, que ce soit à la recherche médicale ou à un autre couple.

Il est quelque peu dérisoire de régler d'avance et de façon contraignante un projet qui porte sur un enfant « possible » (c'est le concept qui semble philosophiquement le plus adéquat pour penser le statut d'un embryon congelé, à la fois excédentaire et involontaire[8]). C'est comme si un couple décidait par avance de recourir à l'IVG si une grossesse advenait dans les trois ou quatre années à venir. Certains seraient susceptibles de le faire, certes, mais combien aussi changeraient d'avis... On sait que certains enfants non désirés peuvent être par la suite aimés tout autant que les autres. Et d'ailleurs que signifie exactement l'expression « enfant non désiré » ? La ligne de démarcation est floue et souvent difficile à repérer entre l'enfant souhaité et celui qui ne l'a pas été. Les démographes ont montré, dans des enquêtes longitudinales, la très forte versatilité des parents en la matière. Telle femme qui, dans un premier temps, déclarait ne pas vouloir d'enfant, en avait un, « supplémentaire », trois ans plus tard. La situation inverse n'est pas rare non plus[9].

Avant d'aborder une autre question, épineuse entre toutes, dans l'analyse du désir d'enfant « saisi par la médecine et par la loi » (comme aurait pu le dire, peut-être, Jules Romains...), marquons une pause pour souligner ici un point essentiel, étrangement escamoté dans le débat actuel : aucun des penseurs des différentes réglementations sur les techniques de procréation artificielles ne semble remettre en cause l'existence, la raison même de ces traitements. Les différents textes semblent considérer ces techniques comme des acquis scientifiques qu'il faudrait seulement réglementer et dont il faudrait canaliser les dérives éventuelles. Alors même que, on l'a vu, les différentes techniques des PMA sont éminemment paradoxales puisqu'elles ne traitent ni la cause physique de la stérilité, ni sa cause psychologique. Ce sont des techniques très sophistiquées, certes, mais, psychologiquement, ce ne sont que des techniques de remplacement.

LES SYSTÈMES DE VALEURS EN PRÉSENCE

Que faire de cette difficulté de fond ? Chacune des disciplines concernées a pris des options déontologiques, parfois philosophiques. Certains psychanalystes en particulier — pour parler de notre propre discipline — donnent l'impression de vouloir jeter le bébé avec l'eau du bain, c'est-à-dire de rejeter en bloc les techniques de la PMA, taxées de simulacres dérisoires de réparation de la fonction paternelle et maternelle. D'autres, au contraire, travaillent dans et avec les centres médicaux, donnant une caution explicite aux techniques de procréation artificielles, faisant, en quelque sorte, mieux « tourner la machine ».

Notre position personnelle a été, dans puis hors institution, depuis plus d'une décennie, de cheminer avec ces couples, étape par étape, problème après problème, de les aider à faire un travail d'élaboration mentale au travers de leur parcours médical, de les aider à faire, quand c'est possible et nécessaire, leur deuil d'enfant. Nous considérons que ces techniques existent, qu'elles répondent à un besoin, même si le désir qui sous-tend ce besoin peut et doit être questionné, aussi bien dans la demande des couples que dans l'offre médicale. Cela ne nous empêche évidemment pas de prendre position dans le débat sur les enjeux et les conflits de valeurs qui sous-tendent les questions liées aux PMA. Comme psychanalyste, comme observateur de la société et comme citoyenne.

La référence à la bioéthique est ici essentielle pour se repérer dans les différents systèmes de valeurs sous-jacents. Comme c'est presque toujours le cas dans les sociétés pluralistes, il n'existe pas aujourd'hui en France de consensus sur de nombreux points qui touchent la question des procréations artificielles. Pas de consensus de la morale collective à propos du recours systématique et officiel aux pratiques médicales. Pas non plus de consensus sur la question fondamentale du statut de l'embryon, qu'il soit *in vitro* ou *in vivo* ; remarquons au passage que le problème philosophique de l'avortement reste, en non-dit, au centre des débats. On peut illustrer ce non-consensus sur la question du statut de l'embryon par l'article 1 d'une autre proposition de loi, toute récente (janvier 1990), « tendant à assurer le respect de l'intégrité de la personne » ; la première phrase de cet article est la suivante : « Dès la première étape de la conception, l'être humain est une personne[10]. » On peut s'interroger sur l'interprétation qui serait donnée à cette phrase si cette proposition de loi était votée ; n'est-ce pas une remise en question déguisée de la loi Veil, qui a, on le sait, dépénalisé l'avortement ?

ANONYMAT DES DONNEURS ET INTÉRÊT DE L'ENFANT

Il n'existe pas de consensus non plus sur un sujet aussi important que celui de l'anonymat du donneur (en IAD ou FIV avec donneur pour les dons d'ovocytes, ou dans les cas possibles de dons d'embryon). On semble même, en France — sous la pression quelque peu conformiste des CECOS —, vouloir clore le débat alors qu'il n'a jamais été ouvert, alors qu'on n'a jamais engagé aucune recherche sur ce point. Tout à fait symptomatique est le fait que l'avant-projet « Braibant » avalise, sans le discuter, le fonctionnement de l'IAD « à la française » ; alors que, si une loi rendait incontestable la paternité du père, une levée de l'anonymat deviendrait au moins envisageable. Sait-on que les deux lois principales qui existent actuellement sur l'IAD, toutes deux dotées d'une certaine ancienneté, la loi australienne de l'Etat de Victoria (1984) et la loi suédoise (1985), se sont toutes les deux prononcées pour une levée de l'anonymat du donneur[11] ?

Il faut bien comprendre qu'il n'y a pas ici de vérité absolue, c'est une question de choix de société et de référence aux valeurs. Dans le cas de l'anonymat, par exemple, deux systèmes de valeurs s'affrontent : le premier défend à tout prix la vie privée des couples et des familles ; c'est ce courant de pensée qui érige l'anonymat des donneurs en règle absolue ; cela même si on légifère et qu'aucune filiation ne puisse alors être établie entre donneur et enfant ; même si la paternité du père IAD est donc devenue irréfutable. Le deuxième système de valeurs défend, lui, le droit absolu de l'enfant à avoir accès à la vérité sur ses origines. Ce courant de pensée préconise une levée possible de l'anonymat à la maturité de l'enfant et à sa demande, à la condition que toutes les parties soient consentantes. C'est cette option qu'ont prise les deux lois mentionnées, à propos d'IAD ou de dons de gamètes, et que recommandent aussi plusieurs rapports officiels des pays voisins (la Suisse, par exemple).

Chaque système à sa manière, à partir de considérations éthiques et psychologiques différentes, a fait des donneurs de gamètes (et de leurs compagnons) des partenaires, au moins symboliques, de la famille ; avec sinon une identité, comme en Suède, du moins une silhouette individuelle, comme en Australie. A titre indicatif, et ayant observé nous-même comment ce système fonctionnait en Australie, nous citerons les quelques lignes qui figurent en tête du document d'informations non identifiantes rempli par le donneur de sperme pour l'IAD dans l'un des hôpitaux de l'Etat de Victoria (Melbourne). On lit : « Un nombre croissant de parents IAD ont l'intention d'informer leurs enfants de la méthode de conception qui a été la leur. Nous vous demandons de remplir cette feuille concernant vos antécédents pour permettre à ces enfants d'avoir des informations *non identifiantes* [souligné dans le texte australien] sur leurs antécédents paternels » (notre traduction). A la fin du même document, on trouve cette information, à l'usage du donneur : « En Angleterre, les enfants adoptés peuvent avoir des informations sur leurs parents biologiques ; seulement 10 %

d'entre eux cherchent à obtenir cette information, et seulement 1 % parmi ceux-ci souhaitent réellement rencontrer leurs parents d'origine. Il a été estimé que les pourcentages seront probablement plus bas pour le cas des enfants IAD. » Signalons que c'est l'opinion qui prévaut également en France en matière d'adoption. C'est aussi l'esprit des textes législatifs sur l'adoption[12].

La doctrine australienne a été résumée par la commission Waller (travaux concomitants de ceux de la commission Warnock en Grande-Bretagne), qui examina là-bas les problèmes posés par les procréations artificielles (1983) : « Le législateur a vite fait d'effacer le lien légal entre parent génétique et enfant, mais il ne peut ignorer le droit moral de l'enfant à connaître son origine génétique[13]. » On voit que dans ce système (de l'IAD « à l'australienne »), le lien volontaire l'emporte sur le lien biologique, mais ce dernier n'est pas entièrement gommé. Les principes éthiques qui ont fondé ces choix (en particulier le respect de tous les protagonistes de la procréation artificielle, y compris les donneurs de gamètes et leurs conjoints) ont conduit à exiger que les risques psychologiques soient minimisés pour tous les participants et à ce que les liens humains soient préservés autant qu'ils peuvent l'être. On voit que, loin d'être réduit à une goutte de semence, à la manière d'un étalon, comme dans notre pays, le donneur — un homme, père en général — devient ici un partenaire discret de la famille.

Quant à la législation suédoise sur l'IAD, elle est, elle, partie des principes suivants : « Avoir un enfant n'est pas un droit imprescriptible de l'être humain [...], l'insémination ne doit être autorisée qu'à la condition d'offrir à l'enfant à naître la possibilité d'une croissance favorable[14]. » L'objectif a été pour le législateur suédois de faire en sorte qu'être né par IAD ne soit pas une chose inavouable et que cette situation soit pleinement assimilable à celle des enfants adoptés[15]. Les travaux sur l'adoption montrent en effet que l'enfant adopté a un grand besoin de connaître son origine, et que les possibilités qu'il a de pouvoir se renseigner sur ce point sont très significatives pour son développement psychologique ultérieur.

Nous pensons que les résistances psychologiques à la levée de l'anonymat viennent autant de craintes quelque peu irrationnelles autour de la connaissance de renseignements sur le donneur que de craintes qui concernent le secret sur l'IAD elle-même, secret qui sert principalement à protéger le narcissisme de l'homme stérile, et, par extension, l'image du couple (valeur typiquement protectrice des intérêts des adultes). Or l'expérience clinique des pédopsychiatres et des psychanalystes montre que tout secret qu'on fait peser sur un enfant est en fait un mensonge et exerce un effet pathogène. En ce qui concerne l'IAD, nous pensons qu'il est plus sain pour un enfant d'avoir un père désirant, bien que stérile, plutôt que de vivre dans une atmosphère de mystère qui, à long terme, étouffe l'enfant et bloque sa liberté de pensée[16].

Les enfants à problèmes de filiation (en dehors de l'adoption et de l'IAD, on connaît le cas d'enfants « naturels », adultérins, légitimés, mais aussi les enfants « à secrets de famille » — ceux qui ont eu par exemple une sœur ou un frère aîné mort avant leur naissance et qui portent un prénom double, qu'on appelle « enfants de remplacement ») interrogent tous, à un moment ou à un autre, leur entourage, avec des questions, mais aussi avec des symptômes (maladies, accidents). En général, l'enfant sait qu'on lui cache quelque chose, mais ne sait pas quoi ou fait semblant de ne pas le savoir puisque c'est un sujet tabou. Il se sent exclu du savoir familial, comme si le fait de ne pas avoir accès à un élément de la connaissance faisait « tache d'huile », l'enfant « préférant » ne plus rien savoir du tout. Aussi la question est-elle bien pour nous de réfléchir sur le devenir de ces couples — et de ces enfants — « habités » par des tiers anonymes. Il existe un risque d'« irrepérage parental » — irrepérage paternel le plus souvent — inhérent à ces situations.

Comme psychanalyste, soulignons avec force que tout être humain a le droit de savoir de qui il est issu, qui sont les divers relais génétiques et humains à qui il doit la vie. Le langage de la filiation charnelle ne peut se passer d'une forme ; ce qui veut dire que tout enfant ou adulte a le droit de savoir comment est (au sens de « quel genre de personne est ») l'être qui lui a donné la cellule germinale. Tout enfant a envie de savoir qui est son « père de naissance » (comme disait Françoise Dolto). Il a au moins le droit qu'on ne le lui interdise pas. Une authentique transparence est le « prix à payer » pour éviter la déshumanisation découlant des nouvelles techniques de procréation.

Les partenaires en présence dans la procréation artificielle ne sont pas traités de façon égale, on l'a vu, dans les différents systèmes existants. En schématisant un peu — mais rien qu'un peu —, on peut dire que cela revient à : intérêt des adultes *versus* intérêt de l'enfant, selon les différents systèmes. En

France, la famille IAD est en position fragile. La clause d'anonymat préserve certes le couple de toute irruption du donneur, mais lui interdit de pouvoir jamais révéler à l'enfant qui est son géniteur biologique. La paternité du père en IAD est précaire, puisque contestable au nom de l'absence de lien génétique, même s'il a consenti à l'IAD. La femme, elle, doit supporter de ne rien savoir de cet homme dont le don a permis la conception d'un enfant qu'elle va porter neuf mois en elle. Elle possède, enfin, un pouvoir pour le moins ambivalent sur son mari puisqu'elle peut contester sa paternité, elle dont la maternité est incontestable. L'enfant, quant à lui, se voit dénier le droit de savoir son origine exacte : ou bien il restera toute sa vie « protégé » par le mutisme de ses parents, ou bien il saura que sa conception est due à un don de sperme anonyme, transformé en « paillettes codées » après avoir été congelé — ce qui abolit la dimension temporelle — et conservé dans une banque de gamètes.

Est-il si simple pour cet enfant, pour ces parents, de faire le deuil de « rien » ? Les psychanalystes savent qu'on ne peut faire le deuil que du connu (d'un père mort, par exemple, ou d'un père disparu — les très nombreux enfants nés d'un père mort à la guerre de 14-18 l'ont montré) ; mais de « rien », du non-dit, du non-symbolisable : impossible.

Les enjeux psychologiques et éthiques posés par les actuelles et futures banques de gamètes sont immenses ; redoublés désormais par la rapidité des avancées techniques. On sait par exemple que les biologistes parviennent maintenant à congeler des ovules non fécondés : plusieurs bébés sont déjà nés après congélation, puis décongélation de l'ovocyte de leur mère. Les banques d'ovocytes existeront dans un avenir sans doute proche. Les membres de la commission Warnock, comme nombre de chercheurs de différents pays, appellent de leurs vœux ces créations de banques de gamètes (stockage de sperme d'un côté, d'ovocytes de l'autre) ; d'après eux, cela permettrait de « résoudre » une grande partie des problèmes éthiques posés par les procréations artificielles : il n'y aurait plus alors à demander le consentement de tel ou tel donneur ! C'est la *storage authority* (expression anglo-saxonne pour « banque ») qui deviendrait seule « propriétaire » des embryons conçus à partir des gamètes anonymes stockés en banque. Plus d'individus derrière les cellules germinales : l'enfant né de ces embryons sera alors absolument « né de rien » (d'humain).

L'enjeu français de tout cela est d'autant plus important qu'il existe déjà dans notre pays près de trente mille enfants nés de « géniteur inconnaissable » : enfants nés pour la plupart par insémination artificielle avec donneur. A ces enfants ou adolescents (nombre d'entre eux seront bientôt majeurs, les CECOS fonctionnant depuis 1972), il faudra dorénavant ajouter ceux nés après dons d'ovules, ceux nés après FIV avec donneur de sperme, et. à l'avenir, ceux qui naîtront après dons d'embryons (les géniteurs étant tous les deux anonymes).

Est-ce vraiment l'intérêt de l'enfant qui prévaut lorsqu'on lance ainsi dans la vie des individus qui n'auront jamais accès à aucune information humaine sur leur origine ? N'est-ce pas prendre un chemin opposé à l'esprit des textes législatifs français sur l'adoption (lois de 1978 et 1984, décret de 1985) fondés, eux, sur le droit de tout enfant à savoir d'où il vient[17] ?

Démembrement de la filiation ; chosification technologique de l'être humain à ses origines ; ce sont les risques de ce qu'on a appelé la « procréatique[18] ». La Suède et l'Etat de Victoria, nous l'avons montré, ont plutôt cherché à encadrer ces risques par des législations spéciales, qui, en régulant les flux d'information, donnent aux individus plus de liberté (au prix sans doute d'une perte d'intimité) et plus de sécurité psychologique (au prix, certes, d'une directivité forte). La France, elle, ne se sort pas, pour l'instant, d'un certain nombre de paradoxes et de contradictions que nous avons soulignés.

« Cessons de nous auto-protéger, place à l'intérêt de l'enfant[19] », écrivait à propos de l'IAD, dès 1979, George Annas, un des meilleurs spécialistes américains des questions biomédicales. Nous pensons qu'à travers le souci prioritaire de l'intérêt de l'enfant il s'agit aussi de ne pas laisser l'activité procréatrice de l'espèce se déshumaniser. Espérons qu'une future loi, en France, en tiendra compte. Qu'elle tiendra compte aussi du danger d'institutionnalisation de ce « mode alternatif » de la reproduction humaine.

4.

L'INCONSCIENTIFIQUE

LE FACE-À-FACE DE LA SCIENCE ET DU SEXUEL

Monette Vacquin

Imaginez un observateur assez proche de notre planète pour en distinguer les remous, assez distant aussi pour en percevoir quelques constants et souterrains ressorts. A califourchon sur son étoile, il porterait sur le destin humain un regard tantôt d'étonnement, tantôt de compassion. Il aurait vu les hommes s'arracher à la longue et nocturne gestation dans l'animalité et inaugurer la culture dans de premiers et glorieux actes inutiles. Il aurait surpris des regards déconcertés par des découvertes inopinées, aurait entendu des cris rauques se redoubler, se répéter, s'articuler, et porter le signe de la présence au-delà de celle du corps visible. Il aurait vu des mi-bêtes s'unir et protéger leurs petits, puis se choisir enfin et pleurer leurs semblables, marquer d'un renflement la terre où ils les auraient ensevelis, pour y revenir grogner un chagrin qui peut-être constituait la première mémoire. Le temps était alors infini, les transformations minimes, de misérables savoirs se transmettaient, peut-être anéantis par quelque catastrophe, sans doute l'humanité fit-elle des brouillons, emprunta-t-elle des impasses.

Plus tard, il aurait vu d'antiques pâtres adresser

aux étoiles l'ode flûtée de l'amour de la vie, tandis que s'esquivaient dans les grottes les filles des dieux au pied ailé. Il aurait vu des harems, des conquêtes de femmes et de terres, des croisades, et s'élever des temples, s'écrire des livres et en brûler, de brefs moments de paix et d'accablantes durées de guerre et de misère. Partout la même lancinante ignorance des sources et du sens de cette présence, la même irritante incompréhension d'eux-mêmes, la même compulsion à chercher, se chercher, se trouver, se déprendre. Au creux de chaque alcôve enfin, il aurait vu une force irrésistible jeter l'un vers l'autre des corps semblables et pourtant différents, la vie éclore de cette étreinte, et partout la clameur du monde, les hommes faire la guerre et sauvagement tuer des hommes qu'ils ne connaissaient pas, les hommes et les femmes se faire la guerre pour des raisons qu'ils ne comprenaient pas, les ennemis d'hier oublier leurs inoubliables griefs et jusqu'à ce qui les avaient jetés les uns contre les autres dans l'impitoyable destruction. Alors, il aurait compris que la force qui rapprochait les corps et celle qui s'acharnait à les anéantir était une, qu'elle posait de sérieux problèmes aux hommes, et que les cultures et les temples variés qu'il avait vus naître et mourir n'avaient d'autre mission que d'en canaliser la puissance et d'assurer la transmission du père au fils[1] du pauvre savoir si difficilement acquis en ce domaine et inlassablement menacé, à chaque génération, et par chaque homme.

Aussi, quand, se tournant une nouvelle fois vers la terre bleutée où un temps de mutation semblait succéder au temps infini des lentes métamorphoses, il vit les hommes et les femmes confier leurs corps au laboratoire et se défaire de l'aliénation réciproque où les avait tenus les conditions biologiques de leur reproduction, pas un instant il ne pensa qu'il s'agissait là d'un simple progrès de la médecine, d'un processus purement opératoire et étranger aux forces qu'il avait observées. « Tiens, ils ont descellé ce qui leur faisait obligation d'alliance, se dit-il. Voyons ce qu'ils vont en faire. »

Prouesse pour les uns, menace pour les autres, l'artificialisation de la procréation humaine occupe une place singulière dans le mouvement déferlant des sciences de la vie. Chacun peut sentir qu'il s'y joue autre chose que le strict contournement des stérilités tubaires. Cette réflexion a pour objet de faire apparaître quelques-unes des forces inconscientes qui s'y déploient, forces communes au monde occidental, au-delà de la réalité où couples infertiles, médecins et biologistes (eux-mêmes enchaînés par la dialectique obscure de l'offre et de la demande) tentent de pallier la stérilité.

En 1978, quand naquit Louise Brown, première enfant de l'histoire de l'humanité conçue hors du corps et que le monde émerveillé salua légitimement la prouesse médicale, peu anticipèrent les incalculables conséquences, dans tous les domaines de la pensée, de ce petit tour du dedans vers le dehors, de cette brève excursion hors de l'ombre et vers la lumière.

A posteriori, cependant, on peut considérer que des frémissements du côté du discours signalent que les inconscients en savaient plus long sur l'importance de la chose que la parole maîtrisée. Plus de vérité dans ces murmures que dans le tapage des rationalisations.

« Les hors la mère », titrait un article de R. Frydman et A. Raoul Duval[2], comme si le contenu technique du propos anticipait en même temps et malgré lui la longue histoire qui allait le lier au droit, voire faisait l'aveu d'un obscur sentiment de transgression.

« Stérilité tubaire, on déclenche le plan "hors sexe" ? », plaisantaient les gynécologues quelque peu grisés et inquiets, et élaborant d'utiles défenses contre le vertige que donne le pouvoir — on ne savait alors combien diabolique — de faire des enfants sans faire l'amour.

« De l'éprouvette au bébé spectacle », ou « L'œuf transparent », titraient encore les ouvrages de Jacques Testart, sensible entre autres choses à l'exhibition chosifiante et à la dimension panoptique de la FIV, tandis que la couverture de son livre, empruntée au *Jardin des délices terrestres* de J. Bosch, rappelait la tyrannie et l'intemporalité de la pulsion scopique...

La partie visible de l'iceberg, comme il est d'usage, est, elle, à peu près claire : l'humanité a acquis un degré d'excellence, dans ses outils, qui permet de réaliser, aujourd'hui ou demain, ce qui hier appartenait au rêve. Des femmes stériles enfantent, des maladies incurables seront décelées et guéries avant même l'apparition des premiers symptômes, des animaux chimériques sortent de nos songes et brouteraient dans nos prés, si leur finalité industrielle ou cognitive ne les vouait plutôt au parcage ou au laboratoire. Cependant qu'une autre réalité se dessine, aux contours flous, brouille les catégories les plus fondamentales, l'animé et l'inanimé, l'humain et la chose, la vie et la mort, et nous sommes saisis d'angoisse face à l'effondrement de nos repères identificatoires.

Au fond, plus le « qui sommes-nous, d'où venons-nous, où allons-nous » s'exerce dans l'activité accélérée de la technoscience et moins nous savons qui nous sommes. Jusqu'à être saisis de terreur, quelquefois, par l'externalisation brutale et soudaine sur la scène de la réalité de ce qui appartient à celle de l'inconscient. Si la biologie contemporaine est habitée de forces profondes et invisibles qui la meuvent à son insu, comment la psychanalyse peut-elle contribuer à les éclairer ?

Poser cette question se heurte immédiatement à de multiples obstacles : d'une part, la psychanalyse s'est forgée dans le microcosme et le singulier, elle n'est pas une sociologie des forces collectives. D'autre part, ne fournissant jamais de savoir normatif, elle ne saurait en aucun cas proposer des fondements plus légitimes que d'autres pour fonder une éthique particulière, une supposée « bioéthique ». En revanche, elle est un irremplaçable instrument de lecture, et se soutient elle-même d'une éthique du sujet et de la subjectivation dont la connaissance peut être d'une utilité fondamentale pour les questions que pose à l'homme le développement des sciences dites de « la vie ».

En dépit de ces difficultés, la psychanalyse pourrait-elle aujourd'hui ignorer les problèmes posés par le développement de la biomédecine, quand celui-ci concerne la sexualité, la procréation, la filiation, l'identité, la transmission ? Pourrait-elle considérer le fait que l'homme modifie les conditions biologiques de sa reproduction comme un simple progrès médico-scientifique, exempt des forces les plus complexes et les plus obscures, alors que le fantasme de procréer, ou d'être né, hors rapport sexuel est immémorial ? Alors que l'enfant est le lieu où les sexes — que tant d'attraction réunit et tant d'enjeux opposés séparent — s'aliènent l'un à l'autre ? La psychanalyse peut-elle ne pas entendre, dans le désir de l'homme de se rendre « maître et possesseur de la nature », la présence irritante de l'énigme qu'est pour lui sa propre nature, alors que « le savoir cherche à se faire possesseur et maître des hommes[3] » ? Peut-elle ne pas reconnaître, dans la visée annexioniste de la biologie sur le corps, l'ambivalence fondamentale de l'homme par rapport au champ de la maîtrise et à celui de la possession, ces forces de destruction mais qui sont aussi, chez l'homme, au cœur même du sexuel et de l'amour ? Peut-elle voir la biologie investir ces zones sensibles entre toutes de la procréation, du début et de la fin de la vie, sans penser au rêve de l'homme de se constituer en dehors de ces deux limites que sont la sexualité et la mort ?

Heidegger disait que la technique a le projet d'arraisonner le monde. Le monde est vaste et la question pourrait bien être : que cherche-t-on à arraisonner quand on cherche à arraisonner le monde, sinon peut-être ce qui nous arraisonne ? Dominer ce qui nous domine ? Autrement dit, donner un contenu scientifique au désir ?

Les mythes font du savoir l'objet par excellence de l'interdit, l'extrême limite de ce que l'homme ne doit pas transgresser sous peine de se voir condamner au châtiment suprême. Ce que la psychanalyse nous permet d'affirmer, c'est que le savoir a le rapport le plus étroit au désir, et au dévoilement de ce qui en est la cause[4]. Freud a montré que le désir de savoir, que l'on nomme aussi pulsion épistémophilique, se fondait chez l'enfant sur le besoin de réponses aux mystères de l'origine, sur le moment où, interrogeant ou s'interrogeant sur l'énigme de la naissance, il n'obtient en réponse que la fable de la cigogne et bâtit ses propres théories sexuelles infantiles. Sur le chemin de cette conquête du savoir, que tout sujet mènera dans la transgression continuelle du su à la recherche d'un non-su jamais épuisable, ce désir rencontrera un savoir de la Loi : ce que le Père énonce en venant interdire au sujet de connaître la Mère. Ce principe, nommé « loi du Père », « épreuve œdipienne » ou « castration » en psychanalyse, ne signifie nullement un interdit à l'activité libidinale du savoir, mais met une limite où est signifiée la réalité du désir parental, l'exclusion de l'enfant de ce champ et son ouverture à la dimension de l'inaccessible et du manque.

Cette épreuve, indispensable à la subjectivation, est génératrice de différenciation et ouvre à l'enfant l'espace du symbolique, puisque la transgression des tabous psychiques est le moteur de toute création ultérieure, artistique, littéraire ou scientifique. Au plan collectif, cette épreuve fonde la séparation des générations et ouvre la temporalité.

Quel saisissement alors de voir cette dernière, ainsi que la séparation des générations, voler en éclats avec la congélation de l'œuf, les « cigognes » revenir parmi nous[5], et des scénarios universels délirants touchant l'origine s'inscrire dans la réalité, comme si, dans le secret de la découverte, un enfant illusionniste et tout-puissant matérialisait ses réponses à la question première, « d'où viennent les enfants » !

En 1988, à Bologne, ce n'est pas une fécondation *in vitro*, mais bien une implantation *in vitro* d'embryons humains qu'a réussie le Dr Berletti dans un utérus de femme séparé du corps, obtenu après hystérectomie, dont l'irrigation sanguine et hormonale a été assurée artificiellement.

Est-ce la raison, ou bien le délire, qui a conduit à produire dans la réalité une situation où une femme, Pat Antony, est à la fois mère et grand-mère des enfants qu'elle a mis au monde, comme Jocaste était à la fois mère et grand-mère d'Antigone ?

Quelle sensibilité fait dire au biologiste Philippe Granet, dans un documentaire sur la fécondation *in vitro*[6] présenté à la Cité des sciences de la Villette, qu'après leur recueil et leur mise en présence, ovule et sperme disposés dans une étuve se rencontreront « à l'abri des regards »...

Qui parle, la science ou l'inconscient — on pourrait dire « l'inconscientifique », tant la technique favorise l'irruption du fantasme dans la réalité —, quand l'embryon est fabriqué, congelé, stocké, animable à volonté, objet de contrat, en un mot « achetable dans les magasins » comme naguère on contait aux enfants que l'on irait chercher leur petite sœur ? Où quand François Dagognet, argumentant en faveur du don d'ovule et reconnaissant que la grossesse tisse — en effet — des liens difficiles à déchirer entre la mère et le fœtus, écrit : « Il n'en faut pas moins briser également le concept de maternité[7]. »

Brisé, pulvérisé même, ne l'est-il pas quand la mère peut être « d'emprunt, d'accueil, de substitution, porteuse, ovulaire, génétique, utérine, sociale, adoptive », etc.[8] ? Ces représentations en termes d'effraction, de destruction, seraient-elles scientifiques ? Et Jacques Testart n'en percevait-il pas les dimensions profondes quand il affichait à la porte de son laboratoire : « Jacques Testart, Eprouveur, Inventreur » ?

Que penser — enfin — de la multiplication des voies et modes d'introduction de l'embryon ou des gamètes dans le corps maternel relevée par J. Testart[9], les mille et une façons modernes de faire un enfant à une femme ?

On le voit, sous cet aspect au moins — il y en a d'autres —, l'enjeu semble être un corps de femme, et l'objet de l'affrontement un droit de propriété, tel qu'il s'exprime en termes peu déguisés aujourd'hui, entre la science et le droit ; ce dernier, mis en demeure, sommé de répondre à un « Pourquoi pas ? » dont la limite recule sans cesse, comme si elle abritait une ultime question.

Plus que complexe est en effet la volonté, omniprésente dans les sciences dites de la vie, de mettre le droit en échec, de le débouter de sa fonction de gardien de l'indisponible. Considérée sous cet angle, si les NTR pulvérisent le droit de la filiation, diffractent la parenté, font éclater la maternité en fonctions morcelées, ce ne serait nullement fait du hasard, mais visée inconsciente dissociative[10], « effort obscur pour faire sortir l'essence humaine de ses gonds et de ses limites[11] ».

Dans ce forçage de la limite par la proposition expérimentale, on peut entendre une dimension plus œdipienne que prométhéenne. Il s'agit moins de défier les lois de la nature — cela, la science le fait depuis toujours —, que la Loi symbolique, celle qui, issue des différenciations successives, soutient l'ordre du langage et des représentations. Là réside sans doute le motif de notre inquiétude, beaucoup plus vive. Accès à la rationalité et désir de satisfaction illimité semblent se confondre dans un même mouvement qui porte en lui le germe de sa propre tyrannie.

Je crois que nous aurons beaucoup progressé dans la compréhension de ce qui habite la biomédecine aujourd'hui, tout particulièrement la technicisation de la reproduction, quand nous serons parvenus à faire apparaître Œdipe sous Prométhée. N'oublions pas que c'est aussi la stérilité qui régnait à Thèbes. S'il est question de maîtrise du feu, il s'agit moins de feu prométhéen, le feu du dehors, que du feu interne, celui qui nous brûle au-dedans et exige des lois et des outils de transmission pour nous éviter la barbarie. « Le désir d'Œdipe, c'est le désir de savoir le fin mot sur le désir », disait J. Lacan à la fin du séminaire « L'éthique de la psychanalyse[12] ».

Si, pour les esprits éclairés que nous sommes, la connaissance n'est jamais mauvaise, si le champ que la raison peut embrasser est illimité, d'où vient alors la très vive angoisse que certains commencent à ressentir face aux avancées de la biologie ? Certes, de la menace qu'elle contient d'agir tous les possibles, de l'omnipotence qui s'y rattache, pulvérisant la démocratie, se jouant de la séparation des pouvoirs ou prenant le pouvoir dans les esprits, à caresser ainsi l'inconscient dans le sens du poil. Mais peut-être et plus secrètement se dessine l'intuition qu'elle est aujourd'hui le lieu où siègent les pulsions dédifférenciantes issues de l'inconscient, et que, élargissant le champ de l'indifférencié, elle menace la source même de toute pensée.

Si la biologie est annexioniste par définition même (son objet est le vivant, elle ne peut se passer d'une matière première jamais assez abondante), s'il n'y a pas pour elle de différence de nature entre l'amibe et le tissu fœtal, l'industrialisation de l'élevage ou les manipulations du végétal, la mise dans l'échange des gamètes ou des organes, c'est-à-dire si la spécificité de l'homme, sa vie psychique et de relation — consciente et inconsciente — sont escamotées, alors l'instrumentalisation de l'humain clôt inéluctablement le programme expérimental.

Le sourd combat entre la science et la culture, l'histoire récente de la législation l'illustre clairement. En 1976, la loi Caillavet, rompant avec la situation qui lui préexistait, faisait de chaque citoyen un donneur d'organe de fait, sauf s'il en avait exprimé le refus de son vivant. Fondant en droit la seule logique de l'efficience, de l'utilitarisme immédiat, elle révèle l'obscénité de l'extraction violente parce que silencieuse des organes. Loi viol, elle joue de l'ignorance ou du refoulement massifs dont elle est l'objet dans le grand public, de la difficulté d'assumer un refus face aux leitmotive de la solidarité. Mais, aujourd'hui, certains prônent la « nationalisation des corps[13] » à des fins d'intérêt général...

En décembre 1988, la loi relative à la « protection des personnes qui se prêtent à des expérimentations biomédicales » étendait la possibilité d'expérimenter — sans bénéfice pour eux-mêmes — à des personnes hors d'état de donner leur consentement (mineurs, malades mentaux, majeurs sous tutelle, états végétatifs chroniques, etc.). Elle fait de l'agonisant un précieux capital expérimental et satisfait les revendications du Pr Milhaud d'expérimenter sur les malades en coma prolongé, « modèles humains presque parfaits et intermédiaires entre l'animal et l'homme ».

On voit bien qu'on est loin des supposées questions du progrès scientifique et de la liberté de la recherche. La finalité thérapeutique clôture toute discussion et pulvérise l'impératif catégorique kantien, qui nous gardait de la perversion : « Agis toujours de manière à ne traiter jamais la nature humaine, ni en toi ni dans les autres, comme un moyen, mais traite-la toujours comme une fin en soi. »

La propagande savamment orchestrée du don et de la générosité masque cette prise de possession générale des corps et oblitère des questions pourtant fondamentales : celle du prix culturel de ce « tout à la science », celle de l'enthousiasme ambigu avec lequel l'humanité y consent, se constitue prisonnière et se transforme en chose pour la science.

C'est pourtant par la réduction de tout le vivant à un statut d'objet expérimental que les sciences dites de la vie menacent précisément d'être coupables de crime antivie, mais aussi, paradoxalement, de crime antiscience : abolissant les différences entre les règnes ou les espèces, brouillant les repères fondamentaux de la vie et de la mort, générant des confusions d'identité, instituant le règne de l'interchangeable ou de l'indifférencié, les sciences dites de la vie attaquent la source même de toute pensée, de toute créativité : la séparation des identités.

Cela n'a pas échappé au grand prophète de la modernité qu'est Huxley : Dans « le meilleur des mondes » où les prédéterminations ont fixé les destins, où l'interchangeabilité d'une sexualité hygiénique annule la différence de potentiel liée à une altérité imprévisible, « le tout à la science » a conduit à l'anéantissement de l'esprit scientifique lui-même. La science ne progresse plus parce que l'imagination est gelée, le monde n'est plus qu'un vaste espace de répétition. En annulant la liberté et ses risques, en portant atteinte à la catégorie de l'Autre, donc du sujet, la science a tari sa source obscure : tout est visible, tout est prévisible, tout est mort.

En substituant la catégorie de l'expérimentation à celle de l'expérience, en démétaphorisant les questions inconscientes qui la soutiennent, en authentifiant par la loi cette perversion qu'est l'instrumentalisation de l'autre, en somme en s'exposant à sa propre dévoration, la science menace de rencontrer le point aveugle où elle s'origine et nous expose aux effondrements symboliques liés à la confusion des repères et à l'annulation de l'altérité.

Dans le champ de la biologie de la reproduction, la congélation de l'embryon humain occupe probablement une place de paradigme. Rendant l'un maître du temps de l'autre, propice à toutes sortes de délicieuses propositions expérimentales ou ludiques, la congélation opère une réification indépassable, en même temps qu'elle crée une nouvelle catégorie objectale, impensée, aux confins de la vie et de la mort. Humain par sa potentialité irréfutable, chose par la condition qui lui est faite, l'embryon congelé est un otage — de sa lignée et de la technique — entièrement placé sous le signe du vouloir et de la maîtrise.

Pour qui ne considère pas son existence comme strictement opératoire, mais veut bien se rappeler que ses quelques cellules constituent — qu'on le veuille ou non — la matérialisation première de l'alliance de l'homme et de la femme, sa présence au congélateur mérite un examen épistémologique particulier. Encombrants, surnuméraires, les embryons congelés, forme inédite et imprévue de l'humain, sont parmi nous depuis le début des années 80. Entre 10 000 et 30 000 rien qu'en France, stockés dans les containers de la science, à imposer dans leur ontologie de pierre de penser leur statut, leur devenir, et bien moins souvent hélas ce qui a conduit là, et ce qu'ils pourraient éventuellement nous apprendre de nous-mêmes.

Les possibilités ouvertes par la congélation ont conduit d'abord à de séduisants vertiges temporels entrecroisant propositions au caractère mythique et gestion de type managérial : enfants transgénérationnels, jumeaux nés à des années — ou plus — d'intervalle, fantasmes de production d'enfants *epsilon* voués à servir de réservoir de tissus ou d'organes, projets de recueil d'ovocytes sur des fœtus non viables, précieuse source alternative de matériel génétique et permettant à des enfants non nés d'avoir des enfants.

C'est un véritable rapt de la raison, et même de la possibilité de penser, qu'opère l'ivresse de ces propositions intersidérales. Si la réflexion éthique aujourd'hui impose la résistance au sensationnalisme, et plus encore à l'abstraction dépersonnalisante, ce n'est pas vers l'aval enchanté de ces innombrables possibles qu'il convient de se tourner, mais vers la compréhension plus prosaïque de leur avènement.

Au début des années 80, le taux de réussite de la

FIV piétinait aux alentours de 1 à 2 %. Une des raisons de ce très faible taux de succès était que les chercheurs ignoraient — et ignorent encore — ce qui permet à un ovule de devenir un embryon capable de s'implanter dans l'utérus. Alors, on transposa à l'espèce humaine des astuces techniques qui avaient fait leurs preuves dans l'industrialisation de la reproduction animale. Dans les pratiques vétérinaires, notamment chez la brebis, on avait observé qu'en obligeant les ovaires à augmenter le quota des ovocytes naturellement produits on augmentait considérablement le taux de gestation. On provoqua alors, chez les femmes, par stimulation hormonale, des « super-ovulations », de telle sorte que, disposant en même temps de plusieurs ovules à féconder *in vitro*, plusieurs embryons soient disponibles pour être transplantés dans l'utérus. Ceux-ci furent alors déposés par lots de 2, 3, 4, voire davantage. Grâce à ce procédé, le taux de réussite de la FIVETE augmenta jusqu'à atteindre 10 à 15 %.

L'ignorance n'a donc pas conduit à l'approfondissement de la recherche fondamentale, mais au « choix » empressé et séduisant de l'agir technique, du bricolage expérimental. Peut-on même parler légitimement de choix quand un agir aussi impérieux précède la pensée ? La formidable pression inconsciente, la compétition entre équipes, le poids de l'espoir des couples, l'enthousiasme médiatique n'y sont naturellement pas étrangers.

J'engage le lecteur à accorder toute son attention à ce moment où la technique supplée à l'ignorance : il ne peut se donner pour scientifique. Produisant une matière première humaine surabondante et conduisant de fait à d'innombrables problèmes parfaitement insolubles, il permet d'observer avec le plus de clarté la confusion si dommageable entre science et agir technique expérimental. Il conduit à l'aporie logique, multiplie les impasses et les situations d'indécidable absolu, lesquelles sont à leur tour génératrices de fuite en avant peut-être induite par la transgression initiale et auxquelles certaines propositions législatives se proposent de donner un habillage juridique.

Cette nouvelle pratique induisait en effet de nouvelles réalités, sources d'épineux problèmes éthiques : celle des embryons surnuméraires, qui furent congelés, celle des grossesses multiples. Cette dernière question est résolue par la pratique de « réductions embryonnaires » *in utero*. Cette formule abstraite abrite en fait la très concrète destruction *in utero*, à 8 ou 10 semaines, d'embryons excédentaires dont l'excès de vitalité menace la santé de la mère, et dont la compétition réduit la viabilité de chacun. La gémellité est déjà considérée comme une grossesse à risque, de prématurité notamment, et on ne peut exposer une femme aux dangers d'une grossesse multiple pouvant aller jusqu'à cinq, six embryons, voire davantage.

Les médecins appelés à réaliser des « réductions embryonnaires » s'appuient sur cette évidence pour légitimer, non sans malaise souvent, la situation impérieuse dans laquelle ils se trouvent, d'autant plus qu'ils en sont rarement les auteurs : au stakanovisme de l'hyperstimulation répond le taylorisme de la division du travail. Il n'en reste pas moins que cette technique — pour le moins problématique — escamote dans la banalité d'un acte abortif l'induction qui y a conduit.

Le choix impossible entre différents embryons s'opère par commodité, leur proximité par rapport au « lasso métallique échogène », mais peut aussi se faire sur la suspicion d'une malformation mineure, ou sur critère de sexe.

Ce bref détour dans les coulisses de l'exploit montre assez combien on y nage dans une situation de non-sens, issue du non-sens, et essaimant le non-sens à son tour. Il laisse entière la question — à déchiffrer — du sens profond d'une telle activité de fabrication-destruction[14] à l'intérieur du ventre des femmes, comme de la compulsion de notre génération à fabriquer du survivant[15].

Quant à la question des embryons surnuméraires, qu'en faire, et quel statut leur donner ? Des débats eurent lieu sur la définition de la personne, qui la reconnaissant dès la fusion des gamètes mâles et femelles, qui à la différenciation des organes, qui à l'apparition du système nerveux central, débats évoquant de modernes querelles byzantines sur l'apparition de l'âme... Comme si la définition de la personne pouvait être autre chose qu'un arbitraire, un jugement de valeur[16] renseignant davantage sur celui qui l'énonce que sur ce qu'il définit. Le Comité national d'éthique proposa le concept de personne humaine potentielle, qui permettait de voir venir, et des projets de législation s'échafaudèrent.

L'avant-projet français, après avoir entériné l'ère des embryons fécalisés, donc jetables, en fixa la date de péremption à cinq ans. Il est tout à fait saisissant de voir selon quelle implacable logique marchande l'hyperproduction de l'humain a conduit à son immédiate dévaluation.

Nous en sommes là. Dans toute la gravité d'un

débat dont certains sentent qu'il pourrait être le dernier. Moins parce qu'il produirait des êtres de chimère que la libération sans frein des forces dédifférenciantes issues de l'inconscient, ou parce que l'échec de la métaphorisation amènerait — amène déjà — la science à expérimenter sur des corps concrets ses questions inconscientes, ce qui ne peut se penser. Dernier débat qui scellerait, derrière l'alibi de la rationalité, le triomphe de l'excitation pulsionnelle sur la capacité de penser, sur le jugement, en même temps que sa réduction pure et simple, si ce que nous connaissons aujourd'hui préfigure la fabrication d'êtres sériels, reproductibles, presque robots exempts de doute, d'ambivalence, de censure ou de culpabilité.

Notre génération a été marquée par le cataclysme d'un héritage impossible à assumer entraînant de profondes ruptures dans les identifications, dans la transmission des institutions humaines symbolisantes. Parallèlement et sous le poids d'innombrables facteurs, les rapports de sexe atteignaient un maximum de tension, livrant les hommes et les femmes à l'irréconciliable de leur désir, sans tiers, sans médiation, sans parole organisatrice faisant sens pour eux.

Où vont les forces pulsionnelles de maîtrise et de destruction quand manquent ou échouent les outils symboliques qui les transforment, ou quand est contenue la guerre qui les décharge purement et simplement ? La science est une sublimation. Quel est, au regard des pulsions, le statut de la technique ?

Parce qu'il est le plus petit dénominateur commun de la différence et qu'il constitue un véritable « arrêt sur image », l'embryon est peut-être l'indicateur le plus apte à révéler les forces souterraines à l'œuvre dans le champ des procréations artificielles, et à faire apparaître notamment que ces forces sont sexuelles.

Parce qu'elle se situe à l'exact carrefour de la différence des générations et de celle des sexes, la congélation de l'humain, avec le cortège d'épineux problèmes qu'elle soulève — brisure de la temporalité, soustraction à l'altération, statut inconnu dans l'altérité —, pourrait être la figure condensée des caractères fondamentaux du malaise de notre génération : quelque chose comme un froid dans la civilisation. Sous cet aspect, l'embryon congelé constituerait une sorte de corps sans corps, corps idéologique où viennent se briser les forces antagonistes qui ne trouvent pas leurs issues dans le social.

L'embryon, ce représentant de l'union de l'homme et de la femme, de leur nécessaire aliénation réciproque et bienfaisante dans la parentalité, se transformerait en une zone froide et muette placée entre la vie et la mort, marquant l'échec de la symbolisation de l'actuel de leur conflit.

Le désir se soutient d'un jeu d'attraction et de fuite entre l'homme et la femme, à l'instar des corps célestes qui hésitent entre les forces contraires de la gravitation et de l'expansion. L'univers entier se soutient de cet équilibre. Plus, et c'est la fusion dévoratrice, la matière noire qui capte à soi toute vie. Moins, et c'est l'accroissement infini des distances.

L'absence de corps de l'embryon congelé signalerait en creux, et par son abstraction même, l'excès de corps pulsionnel à l'œuvre dans la problématique inconsciente, et le gel du temps, le gel du symbolique ou son effondrement. Rabattement du futur sur le passé, ultime chosification, statut consommable ou jetable de l'objet humain, l'embryon congelé signalerait quelque chose comme un retour à Chronos dévorateur, comme un amont de l'invention par l'homme de l'espace de la parole et du désir.

La congélation, qui rabat la mort sur l'avènement, constituerait une image condensée de notre rapport au temps, de l'accélération du pouls du temps – selon la belle expression de Georges Steiner —, corrélative du développement des sciences modernes, de l'industrialisation et de la consommation.

Congélation d'embryons, numérotation, abstraction, rabattement de la question du semblable sur celle du même indiqueraient-ils que nous sommes passés de l'autre côté du miroir, là où l'abolition de la métaphore transforme celui-ci en glace, et le verbe en sigle ?

Que faire, et où mettre la limite dans un monde désorienté, reconnaissant peu de valeurs collectives ? Comment se déprendre du saisissement qui fait obstacle au jugement ? Comment distinguer ce qui est authentique progrès pour l'humanité de ce qui est transgression ou bravade des lois de différenciation ? Comment dépassionnaliser un débat qui ne l'est que parce qu'il abrite des forces de possession, souterraines et combien agissantes ? Comment nous garder de tout ce qui menace la pensée, de la superstition religieuse comme de la fascination scientifique ?

Que peut le droit, si le délire est aujourd'hui dans la science, et si ce qui lui est soumis a la forme d'une gigantesque démétaphorisation à l'échelle sinon planétaire, du moins du monde occidental ?

Jamais peut-être la tâche du législateur n'a été si complexe, si lourde de responsabilités devant le présent et l'avenir. Peut-il aujourd'hui faire l'économie du questionnement sur les obscures forces de l'amont, ou au contraire est-ce leur interrogation inlassable qui permettra de construire un avenir qui ressemble moins à un destin ?

Fixant des limites, gardiennes non seulement des pratiques mais du sens des mots et des espaces de représentation, seul le droit aujourd'hui dans nos sociétés laïques peut — peut-être — être encore l'opérateur de véritables greffes du symbolique, et fournir aux générations à venir d'autres issues à leur problématique inconsciente que la manipulation du réel des corps.

En matière de procréations artificielles, l'avant-projet de loi Braibant entérine à peu près toutes les pratiques de fait, sans analyse de l'amont ni anticipation de l'avenir : la congélation, sans interroger son caractère de fait accompli, ses implications immensément iatrogènes ; le don d'ovocyte, une première dans l'histoire de l'humanité, sans modèle, dissociatif de la maternité, entérinant la représentation des gamètes comme simple matière première, mettant chaque mère le vivant, chaque enfant qui en est issu, en statut d'expérimenté psychique. C'est possible, ce pourrait être légal, est-ce éthique ? Le don des embryons à d'autres familles, au nom d'une angélique représentation de la solidarité (à peu près aussi indiscutable que les arguments vitalistes — « c'est pour la vie » — ou thérapeutiques — « c'est pour soigner »). Mais ce don supposé escamote toute la chaîne de production dont il est l'aboutissement.

Soit : arrachés à la fausse séduction de l'entreprise, considérons l'ampleur de la dimension expérimentale. L'histoire qui préexiste à la naissance d'un tel enfant a eu lieu, elle est ineffaçable. Elle lui sera transmise, ou pas, dans la vérité ou le mensonge, entière ou par bribes. Récapitulons : une naissance dans la technique, pour des parents inconnus qui désiraient un enfant, pas cinq, pas dix. La congélation et le statut encombrant de surnuméraire. L'ambivalence sociale profonde qui hésite entre la destruction et d'autres destinations, par exemple le don à la recherche. La transplantation et la gestation, mais alors qui décide de l'appariement de l'embryon et de sa famille ? Qui délivre à certains des permis de procréer, à d'autres des permis de naître ? La naissance, enfin, mais aussi l'anonymat de l'origine, la loi faisant, en l'occurrence, alliance avec le silence. Les ressources de l'enfance sont immenses et imprévisibles. Doit-on pour autant le faire, et sceller par cet acte, et combien d'autres, un droit de propriété sur l'humain, la mise à l'épreuve de la plasticité de son psychisme ?

Le don des embryons à la recherche, enfin. Soit encore. Mais alors, qu'on nous épargne la candeur. Que l'on sache que, tandis que le « projet parental » tourne notre intérêt attendri vers la nurserie, le projet techno-scientifique, lui, avance ses pions avec efficacité. Que l'accès aux gamètes et aux embryons ouvre d'innombrables possibilités d'application aux techniques de la génétique moderne. Que le marché et l'industrie ne l'ignorent pas[17]. Et que ce que l'on nomme aujourd'hui liberté de la recherche — et qui seule, peut-être, occupe la position du sacré ! —, c'est le droit supposé de la recherche scientifique à la propriété du vivant.

A l'heure où j'écris ces lignes, une autre proposition de loi[18] a été déposée, affirmant dans son prologue l'indépendance du droit et du fait, son refus de tirer le droit de faits accomplis, son devoir d'énoncer les principes sans lesquels il n'y a plus d'humanité de l'homme et plus de sujets de droit.

Puisse-t-elle contribuer à susciter enfin le débat démocratique et rappeler que le droit n'a pas seulement aujourd'hui à régir les rapports d'une altérité supposée donnée et indestructible, mais à se souvenir qu'il est d'abord celui qui la fonde.

Car nous pouvons tout faire, au sens de l'illimité de la technique. Nous ne ferons pas que nous ne soyons aliénés au langage et à ses lois. Stockage, libre disposition, instrumentalisation légale appartiennent à la catégorie des choses et non des personnes, et nous ne pourrons empêcher que cette chosification ne nous chosifie à notre tour.

A la fin du séminaire sur « L'éthique de la psychanalyse[19] », Jacques Lacan remarque : « Je crois qu'au long de cette période historique, le désir de l'homme, longuement tâté, anesthésié, endormi par les moralistes, domestiqué par les éducateurs, trahi par les académies, s'est tout simplement réfugié, refoulé, dans la passion la plus subtile, et aussi la plus aveugle, comme nous le montre l'histoire d'Œdipe, la passion du savoir. C'est celle-là qui est en train de mener un train qui n'a pas dit son dernier mot. » Et plus loin, il conclut sur cette énigmatique observation : « L'important n'est pas de savoir si l'homme est bon ou mauvais à l'origine, l'important est de savoir ce que donnera le livre quand il aura été tout à fait mangé. »

Avec le séquençage du génome humain, c'est au

plus intime que la pulsion épistémophilique s'est logée (et de part en part, c'est l'origine, la mort et la transmission qu'interroge la biologie contemporaine). C'est comme un livre obscur que le génome se donne à déchiffrer, et les instructions héréditaires s'y traquent avec un dictionnaire de gènes. Mais les sondes d'ADN ne révéleront ni l'énigme de notre origine ni le secret de notre destin, pas plus qu'elles ne nous délivreront du fardeau de la condition humaine, qui est une maladie héréditaire et sexuellement transmissible, ô combien ! Elles ne donneront pas davantage de loi organisatrice des rapports avec nos semblables qui nous protège de la perversion, de la tentation toujours renouvelée de l'emprise sur l'Autre, comme de la proposition de notre propre servitude.

Dans son livre *Le Sacrifice interdit*[20], la psychanalyste Marie Balmary écrit : « La lecture du monde a du moins le réel comme guide et comme sanction. Mais la nature ne suffit pas pour ouvrir l'intelligence de l'homme à la connaissance de son être ni de ses alliances. Et la science s'avère impuissante à le faire grandir et surgir comme être parlant. Il y faut la présence de l'Autre. »

Que le grand livre du monde menace de périr sous les assauts du désir de savoir, c'est ce que ne cesse de montrer l'histoire contemporaine. Que la science aujourd'hui soit travaillée par la tyrannie de l'Autre comme question, c'est ce dont elle fait l'aveu dans le mouvement qui conduit au clonage ou à la parthénogenèse. L'Autre, l'humanité n'a pas manqué d'imagination pour le réduire, le maîtriser, le posséder, en abolir la catégorie. A l'occasion du colloque « Patrimoine génétique et droits de l'humanité[21] », la juriste

M.-A. Hermitte montrait ce que révèle l'histoire du Droit : les mille tours grâce auxquels l'humanité retire ce qui confère statut d'altérité aux uns ou aux autres de ces représentants : esclaves, nomades, peuples colonisés, femmes, Juifs, et aujourd'hui peut-être embryons.

Le récit de la Genèse, qui longtemps soutint dans la psyché des Occidentaux leur représentation de l'origine, s'ouvre sur un interdit de la dévoration : tu ne mangeras pas... Il n'est pas de meilleure représentation de la possession, de la maîtrise, que ce « manger » qui est un acte d'incorporation, de mise à l'intérieur de soi, de confusion de l'Autre avec soi. Ainsi compris, l'interdit de la dévoration — qui s'adresse à la différence — génère le Verbe. Ouvrant le champ de la parole, il préserve celui de l'identité et de l'altérité.

Sans doute avons-nous là une leçon à entendre aujourd'hui où la dédifférenciation génératrice d'effondrements symboliques se donne pour le progrès et où la raison se dissout dans son accomplissement même.

L'homme saura-t-il se garder de se constituer en objet de sa propre passion épistémophilique ? Jusqu'où peut-il se constituer sujet quand s'accroissent les espaces de détermination, voire de prédétermination, que le champ de la possession générateur de tyrannie se substitue à celui de l'appartenance ? Choisi par ses parents, déterminé par une technique prédestinatrice, le sexe d'un enfant lui appartiendra-t-il jamais ? Comment la psyché s'accommodera-t-elle de l'identification à une semblable chose, de la perte des repères induite par la confusion des catégories ? Qui serons-nous demain si, en touchant aux sources mêmes de la subjectivation, c'est notre capacité de penser elle-même que nous mettons en péril ?

Ces réflexions seraient incomplètes si elles omettaient de décrire une autre réalité : progressivement et à travers le monde, on voit se rapprocher pour débattre le biologiste et le juriste, le généticien et le psychanalyste, le politique et l'homme de la rue, le philosophe et l'enfant. Passé le temps des dénégations violentes et des affrontements, chacun peut sentir qu'il s'agit là d'un débat qui nous lie tous et dont les conséquences seront incalculables.

Que la philosophie méprisée, le droit ensommeillé, la psychanalyse en crise ou la métaphysique que l'on croyait morte se réveillent : nous avons à comprendre pourquoi nous fabriquons un monde où les embryons sont froids et les cadavres chauds. Faute de quoi, et sous couvert de modernité, nous risquerions d'aborder en des temps inconnus et gothiques où le gouvernement de la science masquerait mal le gouvernement des pulsions.

DÉSIR DE SAVOIR ET OBSCURITÉ DE L'ORIGINE

Silvia Vegetti Finzi
Professeur de philosophie,
universités de Pavie et Milan,
Italie

Dans son article « Des femmes, des hommes, des embryons et des blouses blanches », Laurence Gavarini relate son observation dans un laboratoire FIV, telle qu'elle l'a vue du côté des techniciens. Parmi ses nombreuses remarques, toutes importantes, j'ai retenu surtout sa constatation du refus, chez les couples stériles, d'assister au maniement de leurs matériaux biologiques : ils ne veulent pas voir leurs gamètes se joindre dans une éprouvette pour donner lieu à des embryons destinés à être immédiatement congelés. Selon L. Gavarini, à l'augmentation progressive du voyeurisme médical s'oppose, chez les parents, la volonté de ne pas voir et de ne pas savoir. Ce qui confirme l'attitude de délégation des parents aspirants, que les techniciens ont souvent remarquée.

La première question qui se pose alors peut être formulée de la façon suivante : qui sont les parents aspirants qui ont recours à la FIV ? C'est évidemment un couple stérile, qui pendant plusieurs années a essayé en vain de réaliser son irrésistible désir d'un enfant. Un désir légitime, qui a pourtant amorcé une longue série de déceptions et frustrations, en partie conscientes, pour la plupart inconscientes.

Les effets inconscients de la stérilité peuvent se résumer dans l'expression freudienne de « blessure narcissique ». Le Moi des parents, qui à travers l'enfant visait à sa survivance et à sa valorisation, est confronté à un manque radical, à l'impossibilité de dépasser sa fragilité et son inconsistance.

En tant que limite, la stérilité se heurte au sentiment enfantin de toute-puissance qui demeure intact dans l'inconscient de tout individu adulte. Sa logique primitive perçoit l'impossibilité d'engendrer comme une condamnation qui présuppose une faute. Et puisque le châtiment est rigoureux, il doit renvoyer à un crime de la même gravité. Dans l'inconscient, le prototype de toute faute est représenté par le conflit œdipien : la relation d'amour incestueux et de haine révoltée que l'enfant a connue envers ses propres parents. Seule une offense contre le père et la mère peut justifier (pour la loi du talion) un châtiment aussi cruel que celui qui frappe l'individu dans sa fonction génératrice.

L'adulte stérile est confronté à l'interdiction œdipienne fondamentale : tu ne peux pas être comme ton père et ta mère. Mais l'impératif exogamique — ailleurs et dans l'avenir, tu devras être comme ton père et ta mère — est tout aussi barré. Cette double impossibilité empêche d'accéder à la parentalité et cause une régression à la phase pré-œdipienne, caractérisée par des attitudes de passivité et de dépendance.

La régression, on le sait, n'est pas un processus nécessaire et irréversible ; elle peut donc être remplacée par des dynamiques évolutives ou par d'autres mécanismes de défense, telle la sublimation. Toutefois, au moment où le couple stérile fait recours à la technologie réparatrice d'un médecin, il se trouve acculé à une position de dépendance enfantine. En effet, sa requête réactualise l'autorité et la toute-puissance du père et de la mère de la première enfance. Le médecin, qui a le pouvoir de concéder ou de refuser un enfant, se présente comme la réplique du couple père-mère.

Cette situation d'infantilisation est d'autant plus grave lorsque le médecin partage cet imaginaire archaïque et aime se présenter comme un personnage tout-puissant. Souvent, il entoure de mystère ses interventions ou s'exprime par des phrases sybillines ou des formules oraculaires. Se montrant tout-puissant, le médecin établit une collusion avec le désir inconscient de son patient et l'imaginaire social de la médecine. En relatant que, grâce à la fécondation *in vitro*, une femme sicilienne avait engendré quatre jumeaux, un journaliste du quotidien italien *Il Corriere della Sera* s'écriait récemment : « Le magicien de la fécondation artificielle a opéré le miracle ! » (11 octobre 1989).

Etant en mesure de vaincre la stérilité, détenant un pouvoir de vie, les médecins réactualisent la « scène primitive ». Il s'agit d'un événement imaginaire (*Urphantasien*), philogénétiquement acquis, représentant l'acte copulatif qui a engendré le sujet, son origine.

Dans l'imagination de la scène primitive, celui qui « voit » (par le regard du rêve) est exclu de la scène qu'il vit, tout en y participant en tant qu'absent. En ce sens, le couple qui a fourni les matériaux biologiques ne veut pas assister à la fécondation parce que le laboratoire, assimilé à la chambre des parents, doit rester à l'abri de tout regard. Le passage de la puissance à l'acte doit demeurer voilé.

Même s'il les imagine, l'enfant ne peut pas assister aux échanges mystérieux qui ont lieu entre ses parents parce que c'est justement sur son exclusion du couple formé par son père et sa mère que se fonde sa position à l'intérieur de la famille. De même, le patient de la FIV ne peut pas voir ce que les médecins-parents mettent en œuvre dans leur chambre blanche parce qu'un excès de savoir brouille la distribution des rôles.

Les parents aspirants se trouvent dans une situation paradoxale parce que le désir d'être agents d'engendrement se superpose à la représentation plus enfouie d'être engendrés. Avenir et passé tendent à provoquer un court-circuit où l'activité de la pulsion de reproduction se fond avec la passivité de la condition filiale. Ce qui donne lieu à une situation de suspension, d'attente vis-à-vis d'un événement venant d'« ailleurs ».

La scène primitive met hors jeu le sujet par rapport à la procréation ; mais en même temps elle l'inscrit dans une généalogie, le met en relation avec autrui, établit un lien entre sa biographie et l'histoire. Toutefois, l'enfant produit artificiellement, l'enfant de l'éprouvette, ne descend pas des médecins qui ont provoqué sa vie, n'appartient pas à leur arbre généalogique. Il vient donc de l'inconnu.

Les « enfants de la science » rendent visible la dimension impersonnelle, asubjective, de la reproduction, que Freud a théorisée dans son *Introduction au narcissisme*. En cherchant à mettre en rapport l'histoire et la nature, Freud affirme que l'homme mène une double vie. D'un côté, il vit le temps historique de l'autobiographie, mais de l'autre il est vécu par l'atemporalité de la biologie. En ce sens, il n'est qu'un appendice de son plasma germinatif, le véhicule mortel d'une substance virtuellement immortelle.

Dans la pratique de la reproduction artificielle, ce que Freud évoque au niveau de la spéculation philosophique devient une réalité. La fécondation extracorporelle des gamètes rend le *germen* virtuellement indépendant de ses producteurs. En effet, l'acte de l'engendrement se produit en dehors des espaces et des temps du couple, dans un « ailleurs » qui évoque la dimension du sacré.

Par là, les progrès scientifiques, loin de les invalider, encouragent les cultes traditionnels de la fécondité (tel celui de sainte Rita, patronne de la maternité). Paradoxalement, le *nec plus ultra* de la modernité tend à se relier à des archaïsmes culturels et mentaux.

Ce n'est donc pas un hasard si, à l'époque des nouvelles technologies de reproduction, on assiste à un vaste mouvement de retour à l'« accouchement naturel », c'est-à-dire aux pratiques populaires et aux traditions locales qui lui sont liées. Comme si la dimension historique pouvait nous protéger de l'anonymat de la biologie et du vertige des possibles futurs.

Il existe un décalage entre capacité cognitive et dimension fantastique, qui rend très difficile d'exercer un contrôle rationnel sur les émotions suscitées par les nouvelles technologies de procréation. En effet, celles-ci agissent aux frontières du rationnel — dans le lieu des origines, où la spéculation se heurte à ses limites et où l'imaginaire rejoint ses sources.

En ce sens, la PMA représente un défi anthropologique qui impose une redéfinition des coordonnées de notre subjectivité. Si la complémentarité reproductrice ne représente plus le pivot du couple, le rapport doit se fonder, même au niveau fantasmatique inconscient, sur de nouvelles réciprocités. L'enfant, qui ne peut être inscrit dans une « scène primitive » parce que son accès à l'existence a été délégué à autrui, où va-t-il se placer dans l'ordre des générations ? Sa contiguïté au sacré risque de créer un mélange entre imaginaire et réalité, en concrétisant en lui l'« enfant de la nuit » de l'imaginaire maternel.

Dernière question : comment le corps, dépossédé de certaines fonctions fondamentales, reconstitue-t-il les frontières de l'identité et les gonds de la subjectivité ?

Ce sont là quelques-uns des problèmes que les NTR posent à notre réflexion et à notre créativité. Les termes « patrimoine génétique » et « droits de l'humanité » cernent un périmètre qui dépasse les capacités reconnues de la pensée individuelle. En mettant en rapport l'impersonnalité de l'espèce et l'historicité des sujets humains, ils nous engagent dans une dimension éthique encore inexplorée.

CHRONIQUE D'UNE NAISSANCE SUSPENDUE

Robert William Higgins

Et la mort ? La question pourra surprendre s'agissant de procréation ; quand on ne nous parle que d'« irrésistible désir de naissance », de « guérison de la stérilité ». Je n'ai aucune expérience « spécialisée » des PMA, seule celle d'avoir écouté comme analyste quelques femmes en parler. Cette question me paraît pourtant devoir être posée ; j'y ai été amené à partir de mon expérience — à l'autre bout de la vie — avec des hommes et des femmes proches de leur mort ou confrontés à un pronostic fatal, dans des services hospitaliers où la mortalité est élevée, par le sentiment que les problématiques qui se posaient dans ces deux champs pouvaient se rejoindre. En particulier me frappait l'absence totale de référence à la mort dans ce « parcours des combattantes » (Laurence Gavarini, *Voyage sociologique en territoire FIV*) M et des combattants de la PMA, jalonné de tant d'histoires de souffrances, de tentatives ratées, d'enfants perdus, après avoir vécu son corps de femme programmé, stimulé, stoppé, ponctionné, d'enfants testés, caryotypés et parfois éliminés, après tant de mois d'attente et d'amour sur commande, et d'embryons déclarés surnuméraires... J'étais surpris également que dans les discussions liées aux nouvelles formes de parenté rendues possibles par la technologie — et ce de la part des psychanalystes eux-mêmes parfois —, l'on puisse parler de parenté et de paternité sans référence à la mort. Se dessinait une figure du « père-sans-la mort » au travers des références au père biologique ou au père sociologique ou au « besoin d'un père » que pouvait avoir un enfant pour pouvoir se développer normalement.

Quelque chose résiste pourtant. Dans tout ce dispositif des PMA présenté comme tout entier tourné vers la vie, obsédé de vitalité plutôt dans son effort de production de la vie, la mort rôde, d'autant plus présente qu'elle est déniée ; difficilement saisissable, elle plane ou bien se tapit et se manifeste parfois bruyamment, énigmatiquement comme un lapsus, témoignant à la fois de fantasmes inconscients et du refoulé de notre histoire récente.

Elle est là, par exemple, la mort niée, dans cette expression « choix de Sophie », venue à la bouche de gynécologues pour nommer ce que d'ordinaire l'on désigne de façon plus neutre et plus sèche par les termes de « réduction des embryons surnuméraires ». Démenti éloquent à toutes les affirmations tendant à déduire la signification que peut prendre pour un homme ou pour une femme un embryon — et la destruction de celui-ci — du petit nombre de cellules que comporte l'« amas » auquel on veut le réduire.

Mais de quelle mort s'agit-il ? Quelle sorte de mort constituent ces arrêts de mort, ces morts données qui peuvent jalonner l'assistance médicale de la procréation humaine et dont le gommage, le silence ne peuvent que rendre difficile — la clinique le montre

— le deuil qui leur est associé, non seulement pour les femmes, les parents, mais aussi pour l'équipe médicale et les soignants eux-mêmes. Certains veulent y voir des meurtres, ce qui n'a de sens qu'au regard de convictions religieuses particulières, mais le refus de cet extrémisme sert aussi trop souvent à cautionner un silence et un activisme qui ne peuvent, sur la scène inconsciente, qu'accréditer l'idée qu'il s'agirait bien de meurtre. Pour d'autres, que ces embryons ne soient pas ou pas encore investis suffit à écarter l'idée qu'il s'agirait même d'une mort. L'argument est dangereux, pourrait rejoindre les thèses nazies sur l'élimination de ceux que l'on considère comme non humains. Cette négation de la mort, avancée souvent par crainte d'une remise en question des lois concernant l'avortement, masque que dans ce cas c'est ce non-investissement, ou mieux cette absence d'espace d'investissement (l'impossibilité d'établir des relations et des frontières — qu'il y ait là un trop-plein ou au contraire un désert), qui constitue un risque de « mort psychique », une menace mortifère pour l'enfant et qui « autorise » cet arrêt de la vie.

La pratique assez répandue, en cas d'anomalie, d'« interrompre la grossesse le plus vite possible, et d'induire les femmes à refaire immédiatement un autre enfant », pourrait laisser penser que ce qu'il s'agit de fuir en ne laissant aucune place au deuil ressemble à un meurtre. Mais la référence au « choix de Sophie » permet d'entendre qu'il ne s'agit pas seulement du déni de la « mort donnée » concrètement, et ce non seulement dans le cas de la réduction embryonnaire.

Le professeur Claude Colette, chef du service de

gynécologie obstétrique du CHR de Besançon, donne, dans une interview recueillie par *Le Figaro Magazine* du 11 février 1989, une indication intéressante. Il considère que les naissances médicalement assistées sont « particulièrement désirées ». « J'irai même plus loin, ajoute-t-il, il s'agit d'un défi face à l'ambiance suicidaire d'une société trop souvent égoïste qui renonce trop à faire des enfants et à se sacrifier pour eux. Cela montre qu'il y a des gens qui veulent encore avoir des enfants et qui sont prêts à tout pour cela. Que tout le monde en prenne de la graine. » Dans *Pourquoi la guerre ?* Freud se demandait si « le processus de l'évolution de la culture qui se déploie sur l'humanité » ne mènerait pas « à l'extinction de la race humaine, car il porte atteinte à la fonction sexuelle à plus d'un égard »... La profession de foi du professeur Colette suggère que la procréation médicalement assistée et le développement de ses techniques — certains, comme le professeur Touraine, dans *L'Enfant-bulle,* envisageant des utérus artificiels répartis sur le territoire « permettant aux femmes, délivrées du fardeau de la grossesse, de devenir les égales des hommes »... — spéculent sur cette extinction, sur un désir de mort, une humeur délétère, une ambiance mortifère qui habiterait l'humanité entière. La technique médicale serait là — heureusement ! — pour parer à cette exténuation, cette mortification du désir. Mais le professeur Colette ne s'interroge pas sur ce que ce « défi », ou la façon même dont la technique médicale entend se substituer à la sexualité, peuvent être parties prenantes de cette mort à l'œuvre, et exprimer, renforcer même, cette mort que l'on prétend combattre. Retournons la question : quelle sorte de mort — et est-ce bien un désir — est là, tramant cette rêverie, car c'est tout sauf un rêve, tout ce montage est trop dépourvu de « jeu », trop machinique, trop narcissique (mais il faudra préciser de quel narcissisme il est question) pour mériter le nom de rêve ; quelle sorte de mort est au principe de ce projet qui paradoxalement veut voir, dans ce que Freud désigne comme cause possible de l'extinction de l'espèce — l'atteinte portée à la fonction sexuelle —, le remède même à cette disparition ? Et quant à l'« ambiance suicidaire » dont parle le professeur Colette, il y aurait sans doute lieu de ne pas prendre le texte de Freud de façon trop réaliste et d'entendre que ce dont il parle n'est peut-être pas tant l'extinction de l'espèce que l'extinction de l'humain.

Faut-il parler de meurtre du sexe ? On a pu, à propos de l'anonymat du donneur dans le cas de l'IAD, parler de meurtre symbolique du père. Cela est vrai au niveau juridique notamment, mais cet effacement recouvre des fantasmes beaucoup plus archaïques, père ubiquitaire, père potentiel de tous les enfants, père (et/ou mère) éternel, immortel, indéfiniment fécond, dispersant et dispensant son sang par-delà les générations. Elle est plutôt en deçà du sexe, cette sexualité d'éprouvette, de pipette et d'incubateur. L'expression « bébé éprouvette » a valeur d'interprétation, identifiant — et désidentifiant par là même — l'enfant au contenant qui rend comme équivalent et confond tout ce qu'il peut contenir, nourriture, sperme, sang, déchet, matière inanimée ou vivante.

Le « choix de Sophie » n'est pas un choix. Il est, imposée par le bourreau qui y est lui-même enfermé, la manifestation, l'opération même de la confusion de la vie et de la mort. Faute de mettre la mort à sa place, de marque de notre finitude, la mort envahit la vie, se confond avec elle, s'y substitue. Le *Viva la muerte* des franquistes, au-delà de l'éloge de la mort, fait entendre son indistinction d'avec la vie.

Le silence sur les morts présentes dans le processus des PMA ne renvoie sans doute ni en premier lieu ni essentiellement à du meurtre, mais à cette confusion, dont la première expression est l'impossibilité de naître vis-à-vis de laquelle le meurtre représente — ou agit — une défense. L'inflation actuelle concernant la stérilité, produite comme maladie qu'il faut guérir, étendue à des situations qui n'en relèvent pas, confondue avec l'infertilité, tend à recouvrir toujours plus une double question, celle, posée par les stérilités idiopathiques, de l'impossibilité psychique à donner la vie, et pour les autres stérilités celle d'une induction par les réponses et pratiques médicales d'une semblable impossibilité à accueillir la vie, avec dans les deux cas les conséquences que cela peut avoir sur l'enfant. Refouler cette question, n'est-ce pas promouvoir, ou renforcer sur l'« autre scène », celle de l'inconscient, ce « non-désir de naissance » ou cette naissance psychiquement impossible ? A entendre aussi bien pour la mère ou le couple infertile que pour l'enfant lui-même. La PMA, par ses techniques, forcera cette impossibilité, l'enfant naîtra physiquement, mais quelque chose restera en suspens, « non né ». Chez les parents non fertiles, la naissance réelle ne viendra pas automatiquement et magiquement lever l'impossible naissance psychique, qui est en premier lieu *difficulté ou impossibilité* pour soi-même, pour le ou les parents, *de naître véritablement à la vie*. La place non disponible pour l'enfant, c'est d'abord celle que les parents ne veulent pas quitter, non pas tant place occupée qu'impossible espace, bien en deçà souvent de nostalgies œdipiennes ou de bisexualité fantasmatique, c'est de soi, comme non né suffisamment à soi-même, qu'il s'agit.

Les techniques médicales de la PMA et d'autres techniques qui concernent toutes les futures mères semblent de plus en plus se situer en ce point précis qui touche en chacun cette partie de soi encore branchée en l'autre, dans l'indistinction ; en favorisant par exemple la désexualisation : il est fréquent d'apprendre une diminution des rapports sexuels entre les parents après la naissance de l'enfant par PMA.

Cette désexualisation, notons-le, concerne, au travers de l'imaginaire social, tous les parents. La PMA est un discours qui se répand, s'interpose peu ou prou entre les parents et l'enfant à venir, s'insinue dans l'inconscient de chacun, dans la subjectivité contemporaine, trouvant selon l'occasion des résonances, des complicités plus ou moins fortes.

Les techniques qui entourent la procréation aujourd'hui — bien au-delà des PMA —, l'échographie par exemple (Anne Bouchart-Godard. « Voir ou sentir », *Dialogue*, n° 87), réalisent une sorte d'*ectogenèse artificielle* chez les futures mères, transforme la grossesse en phénomène extérieur comparable à une expérience de laboratoire. On assiste simultanément à une personnification précoce mais objectalisée, réifiée, du fœtus que les techniques « sortent du ventre », et à une dépersonnalisation de la mère et des rapports mère-enfant. Tout ce qui est de l'ordre de la pré-vision dans les consultations, les examens, les bilans, peut aller dans le même sens.

Cela n'est pas sans conséquences. Ce qui est refusé de cette fusion « réelle », vécue, entre le corps de la mère et celui de l'enfant, ce qui en est ainsi perturbé au profit de la représentation de l'enfant conforme, ou parfait médicalement, va se jouer ailleurs, artificiellement et de façon inconsciente. Une fusion ersatz, une fusion artificielle va se jouer par projection sur ce « corps médical » (et sur le modèle de celui-ci) qui se propose, spontanément d'ailleurs, de jouer ce rôle. Laurence Gavarini écrit : « Les femmes en FIV se retrouveraient donc en quelque sorte dans la classique position masculine de devoir imaginer le lien en dehors de leurs corps avec ces enfants potentiels que sont ces embryons fécondés par le corps médical. Pour utiliser une métaphore, je dirai que la biomédecine serait un corps tiers dans lequel s'opère la fécondation de l'ovule et du spermatozoïde, et où se nident, à — 196°, les embryons avant d'être hypothétiquement adoptés par les femmes en vue de devenir leurs enfants. Hypothétiquement, car rien n'est moins sûr qu'un embryon congelé puisse devenir réellement l'enfant de ces femmes et sortir donc de *l'état fusionnel* [nous soulignons] qui semble les lier au corps médical. »

Un peu plus loin, récusant la symétrie alibi qui voudrait fonder le droit des médecins à garder les embryons pour en faire ce que bon leur semble sur une équivalence avec le droit d'une femme à avorter de l'embryon non désiré en son corps, Laurence Gavarini poursuit : « La biomédecine de la procréation se fantasmerait donc bien comme un corps réceptacle de ces embryons produits en dehors du corps des femmes [...]. »

Cette fusion, « ectogénique » elle aussi, projetée

sur le corps médical se double d'un clivage. A l'écart qui peu à peu dément la fusion mère-enfant va se substituer un manque réifié, objectivé lui aussi : l'écran, la distance artificiellement et machiniquement créée entre la mère et l'enfant. Cela éclaire le fait que certaines femmes peuvent parler de l'échographie comme d'une drogue qui leur est nécessaire. Mais répétitivement cela reproduit et creuse cet effet d'ectogenèse artificielle : « Peut-être, écrit Laurence Gavarini, la véritable rupture réalisée par la procréation artificielle se résumait-elle à ce que je voyais s'amorcer ici entre une institution biomédicale, ses agents et ses ressortissants [...], entre le but poursuivi et les usagers dans laquelle ceux-ci sont plus ou moins tenus à distance [...]. »

Quant à l'enfant-remède, médicament, « particulièrement demandé » pourrait-on dire pour répondre au professeur Colette, et non pas « désiré », sa place d'être nouveau qui ne peut en tant que tel qu'être désiré — c'est-à-dire, disons-le avec Françoise Dolto, « accueilli » — en sera d'autant compromise, diminuée. Et que lui sera-t-il laissé à désirer ? Ainsi, de manière diffuse, la PMA et les pratiques qui lui sont liées induisent une contamination vie-mort, qui programme, produit l'enfant qui va naître comme survivant, comme surnuméraire lui aussi. Ce que dit Laurence Gavarini de « l'opération mentale [...] difficile à soutenir que l'on impose aux parents (et qui explique leur absence physique des laboratoires où l'on manipule leurs embryons, mais aussi psychiquement l'absence totale d'inquiétude, la confiance totale qu'aucune substitution d'embryons ne peut avoir lieu dans ces mêmes laboratoires) de devoir à la fois "y croire", de tourner totalement leur projet d'enfant pendant des mois vers ces éprouvettes, ces cathéters, ces containers, ces labos, mais simultanément de ne pas accrocher quoi que ce soit sur ces embryons détenus dans les laboratoires biomédicaux [...] Comment investir [...] ce qui était ici considéré comme du sur-nombre... », tout cela est vrai aussi de l'embryon qu'elles portent en elles.

Cela pourra paraître par trop métaphorique. Une interprétation n'est pas démontrable, mais la citation suivante, extraite d'une intervention de Mme M.-L. Briard aux Journées de Clamart des 10 et 11 février 1989, concernant le conseil génétique préconceptionnel pourra peut-être en faire sentir une certaine pertinence : « Un conseil génétique correct ne peut être donné que si l'on dispose d'un dossier médical complet concernant le(s) sujet(s) atteint(s) et si un diagnostic a pu être porté afin de pouvoir évaluer le risque dans les meilleures conditions. Il est donc indispensable que les morts-nés ou les enfants décédant peu après la naissance, mais aussi les fœtus après une interruption de grossesse réalisée après un diagnostic anténatal, soient attentivement examinés, photographiés, radiographiés au moindre doute d'anomalies osseuses, mais aient aussi un caryotype, une autopsie (y compris l'examen du cerveau). Toutes ces données sont indispensables pour pouvoir conseiller utilement le couple par la suite ; or, assez souvent, celui-ci, désemparé et blessé dans ses aspirations, ne comprend pas l'intérêt de ces examens ; le rôle des médecins *qui ont l'enfant en charge* [nous soulignons] est donc essentiel pour leur permettre de réaliser que les examens demandés ne relèvent pas de la "simple curiosité médicale" mais seront très utiles pour l'avenir de leur couple. » Sans doute, mais il y a là un style, un ton qui va plus loin que les nécessités scientifiques et une ignorance ou un mépris pour ce que ces nécessités, quelles que soient leurs justifications dans l'ordre du savoir, vont signifier, toucher, mobiliser, chez ceux qui en sont l'objet. Et s'avoue ici, comme nous l'avons souligné, que l'enfant est — et ne restera-t-il pas peu ou prou ? — celui de ces techniques ; la technologie, quand elle s'adresse ainsi aux parents, va à rebours de ce qui permet à leur enfant de naître psychiquement humainement.

Dans son développement, la PMA est de plus en plus liée à la médecine prédictive (adjectif — notons-le au passage — qui en accuse le caractère religieux, « prévisionnel », « médecine prévisionnelle » aurait été plus rigoureux). Elle en radicalise et, par là même, en fait apparaître plus nettement certaines directions. La place que la médecine prédictive assigne aux parents dans la manière et le style dont elle s'adresse à eux, celle qu'elle réserve à l'enfant qu'elle promeut, va encore plus loin dans cette interférence indistincte de vie et de mort, et l'induction de ce que nous avons appelé « l'impossibilité de naître ».

La médecine prédictive s'adresse cette fois et très clairement (trop clairement) à tous les citoyens, en qualité de personnes malades potentielles et en eux à la quête d'une *réponse à tout*, à ce qui en chacun voudrait en finir avec la détresse humaine. A tous en tant que décideurs, qu'elle charge d'une responsabilité radicale, prendre en main le destin, de soi, de ses descendants. Nous allons tout savoir, nous allons débarrasser l'humanité des maladies génétiques, améliorer, guérir les autres, nous allons perfectionner l'espèce. Le mot clé par lequel tout cela se répand, s'insinue, est celui de *qualité de la vie*, le plus souvent d'ailleurs synonyme de vie la plus longue possible, à condition de bien « gérer son patrimoine génétique » (Ruffié). Mais la question du patrimoine, comme on le voit pour le patrimoine culturel, c'est d'abord celle de la destruction ; quel bâtiment, mais aussi quelles institutions, quel montage culturel va-t-on détruire ou laisser mourir, condition même du sauvetage des autres « chefs-d'œuvre » que l'on veut faire survivre au péril ?

La gestion du patrimoine génétique pour soi et pour sa descendance nous présente la vie comme la « chronique d'une mort annoncée », prédite, le choix laissé n'est que de retarder l'heure « certaine », si l'on adopte le régime de vie prescrit. Et pour l'enfant, c'est la permanence d'une naissance indéfiniment suspendue avant sa conception même, pendant la gestation...

La qualité de la vie et la décision qu'on lui associe jouent d'un pouvoir de vie et de mort conféré aux parents, encore plus accentué que dans les PMA et sans qu'il soit jamais nommé comme tel. En dehors de toute urgence existentielle ou de survie (la mère ou l'enfant), la vie y apparaît sur fond de mort. L'enfant naîtra-t-il que déjà le précède la question pesant de toute l'autorité de la science : *wrong life, wrong birth*. Un nouveau survivant vient de naître, hanté par le surnuméraire.

Une affaire judiciaire canadienne récente a opposé deux époux séparés. Le mari, père d'un enfant que portait la femme, voulait contraindre celle-ci à le garder ; elle souhaitait au contraire avorter, en invoquant notamment cet argument : elle allait se remarier et le beau-père de l'enfant risquait de ne pas l'aimer. Au nom de la qualité de la vie et du bien de l'enfant, on a donné raison à la femme. Mais ce qui nous retiendra ici, c'est que dans un tel montage l'enfant était à la lettre et dès le début déjà mort.

Décideurs, les parents ? Voire. La mort pèse ici d'autant plus sur la vie que les « choix » proposés ici n'en sont pas plus que le « choix de Sophie ». En les présentant comme de pures questions d'information et de choix technique, la médecine prédictive place les sujets devant l'indécidable et l'inévaluable. Ce qui ne veut nullement dire que ces questions ne peuvent ni ne doivent recevoir de réponses, mais qu'elles demanderaient élaboration, interprétation, écart ; que puissent se développer fantasmes et fictions, mais aussi expérience, pour qu'une décision humaine puisse se prendre. Or c'est cela même qui semble récusé par ce dispositif. Le choix logique, et si sophistiquement explicité soit-il, court-circuite une élaboration personnelle aussi bien que culturelle et collective. Les probabilités que l'on présente aux « décideurs » ne sont qu'imaginarisation de réels successifs et/ou exclusifs, n'accueillant ni n'invitant à aucune élaboration consciente et inconsciente. Les « vérités » scientifiques et techniques que l'on présente au sujet sont en fait l'imposition d'un pouvoir qui s'impose sans s'annoncer. Et confisque l'expérience des sujets. Dans un article sur ces difficiles questions, le professeur Papiernik tranche à propos des enfants anencéphales : « Il est indiscutable que ces enfants ne doivent pas naître. » Cela est souhaitable pour beaucoup, et même si cela l'était pour tous, espérons que cela reste « discutable ».

A ce pouvoir, comment répondre ? Dans le meilleur des cas en tentant de s'en défendre, plus ou moins adroitement, plus ou moins consciemment aussi. Par exemple par le « refus de savoir », et M.-L. Briard pourra s'étonner que « malheureusement beaucoup de parents qui ont demandé une consultation génétique ne viennent pas faire un diagnostic prénatal ». Ou bien en se clivant encore davantage et en répondant sur le même mode. Le « décideur » auquel s'adresse la médecine prédictive est-il encore un sujet ? Il est abandonné à ses fantasmes et peut-être plus profondément encore à une *toute-puissance de vie et de mort* qui le désubjective et l'empêche d'élaborer, de fantasmer. Sidéré d'évidences trop claires, éclairé de lumières aveuglantes et trop crues, par un discours et une adresse qui ne tiennent aucun compte de l'incommensurable qu'il y a entre la réduction technicienne et ce dont il est véritablement et humainement question (de l'ambivalence, des significations inconscientes, des conflits de désirs, de la vie d'un enfant) et qui ne lui offrent aucune médiation qui puisse l'accueillir comme sujet dans sa division même — entre ce qu'il se représente et ce qui se passe effectivement, ce qui se recherche en lui —, il va à la fois se trouver inhibé et en proie à un déchaînement parfois subtil et différé. Sa réponse sera celle d'un sujet clivé et non plus divisé, absent comme sujet. Sa « réponse » se doublera d'un symptôme, d'un acte manqué, d'un accident somatique, souterrain, quelquefois grave, parfois bien des années après.

Mais si la génétique prédictive renforce le clivage du sujet, elle se clive aussi elle-même. Elle se présente comme le « Savoir absolu » mais elle s'adresse au sujet en lui en faisant porter perversement tout le poids de pouvoir de vie et de mort, alors même qu'elle court-circuite ses possibilités d'élaboration et de référence à une limite.

La médecine prédictive joue en chacun d'une maîtrise absolue, d'un pouvoir de vie et de mort, à la mesure même de l'ignorance du déni dans lequel elle tient la vraie mort, actuelle, quotidienne, celle de la rue, de la télévision et de ce que cette mort banale pourrait nous rappeler et apporter de démentis à cette rêverie omnipotente. Deux exemples.

Nous nous dirigeons vers une volonté sans précédent de maîtrise de la santé, de lendemains sanitaires et chantants pour l'espèce, mais le SIDA vient nous signifier brutalement que, malgré notre savoir, un véritable phénomène de santé publique — et un fléau — est imprévisible, strictement. Qui aurait pu le prévoir autrement que théoriquement et anticiper une parade ? Où est la maîtrise ?

La toxicomanie et ses nouveaux développements (toxicomanie d'adaptation) ne vient-elle pas, et par avance, dire « non » à ce rêve de maîtrise, à cet encadrement, à cette programmation, cette prédiction, et, en même temps, offrir une caricature tragique de cette planification, ou si l'on veut une interprétation : nous devenons tous des survivants, branchés, « accros ».

Le toxicomane nous présente une caricature du fœtus et la drogue est une question que renvoient les enfants à la société qui les met au monde, les accueille ou au contraire ne sait pas leur offrir de quoi naître ni à eux-mêmes ni à l'existence en société.

Ce rappel peut nous aider à préciser la place assignée, suggérée ou induite aujourd'hui à l'enfant par cette formidable programmation médicale ; par cette incitation progénique, eugénique, au perfectionnement biologique de l'humanité, à la production du descendant parfait, qui viennent modifier insensiblement ce que signifie faire l'amour, faire et attendre un enfant, a un impact sur la transmission de l'humain, la signification du lien des générations.

La question de l'eugénisme, de l'exclusion et du « meurtre » que cela représente pour certains des êtres jugés surnuméraires, indignes de vivre, peut en cacher une autre : ce que ces pratiques vont impliquer pour ceux qui vivront.

Enfants narcissiques, enfants objets ou remèdes, enfants considérés comme un bien, enfants inscriptions (comme sur une plaque commémorative ?), objets de production ou d'échange, perversement investis, manipulés... tout cela est vrai, a été noté, mais dessine en filigrane quelque chose de plus profond et de plus inaperçu et que nous essayons de faire sentir depuis le début de cet essai : la substitution à la relation « transitionnelle » si complexe entre les parents et l'enfant à naître d'une *relation vampirique.*

La PMA et plus encore la médecine prédictive contribuent à ce mouvement général qui, particulièrement par le biais des techniques médicales, du discours et des pratiques qu'elles instituent, pousse à cette confusion du mort et du vif, favorise l'identification avec le mort vivant. Cadavres à cœur battant et vivants à corps et à cœurs congelés, morts impossibles, inassignées, naissances différées indéfiniment, brouillage de vie et de mort.

Le vampire est un mort vivant ou plus exactement celui qui ne peut ni naître ni mourir, il n'est pas un fantôme qui demande réparation et sépulture réelle ou symbolique, ou une créature, incarnation pulsionnelle (sexuelle et/ou sadique) qui le plus souvent échappe à son créateur, à proprement parler « il » n'est pas ; éternels fœtus-cadavres, asexués, hors temps et dans l'espace bidimensionnel de leur vision monoculaire, les vampires forment de leur ombilic, à la fois (mais pas encore) bouche-anus-sexe, un enchaînement. L'inséparation même. Ils ne transmettent que la non-vie.

Le thème du vampire est aussi vieux que les mythes. Mais il se développe véritablement comme un mythe autonome, thématisé au moment où les bases de l'essor de la science et du regard occidental se constituent ; et au départ dans ces marches de l'Europe où, peut-être, l'aventure scientifique et technique dans laquelle notre culture se lance est davantage perçue dans sa signification symbolique, dans son impact inconscient.

Certaines images ou thèmes des récits vampiriques semblent trouver une illustration, des analogies et des coïncidences matérielles troublantes dans certaines procédures actuelles de la technique médicale concernant la procréation : êtres flottant dans le temps arrêté de la congélation, habitant des tubes de verre comme les vampires leurs cercueils transparents, brouillant les générations telle cette grand-mère porteuse de l'enfant de sa fille, ubiquitaires et toujours renaissant comme les clones ou les jumeaux espacés dans le temps...

Ce n'est pas tant la possible réalisation concrète, ou pas seulement, de ces fantasmagories qui importe, mais le fait que quelque chose est déjà là, que ce fantastique dit vrai sur le présent, cet espace vampirique qui se tisse entre les femmes et les hommes d'aujourd'hui, entre les parents et les enfants, jusque dans nos rapports avec les morts. « Personne humaine potentielle » ! Bien au-delà de son invention pour une utilisation juridique précise concernant le statut de l'embryon, cette expression peut être entendue comme une interprétation de ce qui séduit en nous aujourd'hui ce qui reste en manque d'accrochage ou est trop bien accroché, ce qui en nous ne veut pas naître.

L'enjeu de cette relation vampirique n'est pas de proposer un fantasme de plus, permettant d'interpréter autrement, mais dans ce même registre fantasmatique, ce qui a pu déjà l'être en termes de fantasme pervers, de voyeurisme, d'hystérie ou de maîtrise... mais de tenter de rendre compte de ce qui relève davantage d'une impossibilité d'élaboration fantasmatique ou d'une prolifération de fantasmes à ciel ouvert qui ne servent pas de monture à des désirs (*cf.* Touraine, cité plus haut) mais semblent obéir à un autre régime, être pris dans un flux, une interchangeabilité qui renvoie à une autre économie que celle de la représentation, à un autre aspect de ce que nous désignons par le terme de fusionnel et qui indique un *défaut de symbolisation*. Mais qui nous montre en même temps la nécessité de se défaire d'une conception de cette symbolisation en purs termes de représentations.

A strictement parler les mythes et les « fantasmes » vampiriques ne doivent pas être vus comme de simples représentations, mais comme une tentative de rendre compte sur ce plan de la représentation de ce qui la déborde ou la précède et qui la conditionne, ainsi que toute possible symbolisation : un certain rapport à l'expérience et à l'événement. Le vampirisme est sans doute le plus inaperçu de notre manière de nous « représenter » justement la symbolisation car il est en quelque sorte engendré, renforcé par cette conception même. Ce que nous entendons par système symbolique laisse de côté, oublie, quelque chose d'« en corps ». Les vampires ont été appelés « les revenants en corps ». (Sur ces questions, voir l'important ouvrage de notre collègue Pérel Wilgowicz, *Le Vampirisme. De la Dame blanche au Golem*, Césura Lyon Editions, sous presse.)

On a pu penser, et de fait beaucoup de psychanalystes d'écoles diverses le pensent, que rien en droit dans les techniques nouvelles de procréation n'était à déclarer non symbolisable *a priori*. Pas de vrai danger, le symbolique se reconstituera toujours et par conséquent rien n'est condamnable sauf ce qui est d'emblée symbolisation fausse ou perverse, ainsi à propos de la nouvelle définition de la mort, le fait que l'on puisse être mort à cœur battant, ou à la fois inanimé (congelé) et vivant, ne constituerait pas, en soi, un obstacle à la symbolisation ; simplement, il nous faudrait le temps d'élaborer de nouveaux symboles correspondant à ces nouvelles définitions de la vie et de la mort.

La question n'est peut-être pas tout à fait celle-là, mais plutôt de voir ce qui, dans le mouvement actuel de mise en place de ces techniques et de ce pouvoir, s'oppose à l'élaboration de nouvelles symbolisations, ne permet que l'établissement de représentations gestionnaires. Le concept d'un nouveau code, d'une nouvelle combinatoire ou d'une nouvelle classification peut faire illusion car s'est-il jamais agi d'une pure et simple classification ou combinatoire ?

Pouvoir symboliser suppose d'abord que l'événement ait lieu, c'est-à-dire que l'on s'y soit exposé, que l'on ait pu y être exposé singulièrement mais aussi en commun. Cela est particulièrement vrai pour ces événements comme la naissance et la mort. Car sont-ils seulement « objets » de symbolisation ou matrices, sources mêmes de symbolisation ? L'humanité a commencé avec la sépulture, mais dire que les rites de funérailles symbolisent la mort est sans doute insuffisant ; ne faudrait-il pas dire que chaque culture tente d'inscrire quelque chose de cette *exposition à la mort* dans une élaboration de représentations et de rites qui comporte le risque que s'en oublie toujours plus cette source et cette exposition, dans une pure combinatoire par exemple ? Poursuivant le chemin ouvert par le premier refoulement qui, si l'on en croit Freud, était organique (refoulement de l'odorat avec le passage à la station debout) ne sommes-nous pas en train de nous éloigner toujours plus du sensible et de l'événement et d'accentuer le poids du règne de la dictature de l'esprit, ou de la raison, sur les corps ?

« Il n'y a pas de discours logique du défaut, il y en a l'expérience », disait un jour G. Canguilhem. La femme, la mère privée de l'expérience de la fusion, avec l'expérience du défaut que cela comporte, saturée de représentations et de machines qui réalisent toujours plus cette ectogenèse artificielle qui anticipe et court-circuite l'expérience de la différenciation, pourra-t-elle échapper à cette fusion sans écart et sans perte, qui, sous forme de fantasme, enveloppera l'enfant et ne le lâchera plus ? L'enfant perfectionné par toutes les assistances médicales à sa procréation, bientôt par le séquençage du génome, aura toutes les perfections, toutes sauf, comme on l'a dit de Dieu, l'existence.

Le symbolique se reconstituera toujours, peut-être, mais lequel, et à quel prix ? L'expérience — et l'événement — du défaut, de la différence, de l'absence, est-elle identique à la case vide, ou à l'invention du zéro ? Substituer indéfiniment de nouvelles représentations aux anciennes ?... Il y a peut-être de l'insubstituable. Et les disjonctions ont une limite.

La psychanalyse a pu servir de caution — et ce du fait des psychanalystes eux-mêmes parfois — à ce qui se passe aujourd'hui en matière de procréation. Les technologies et les pratiques actuelles de la procréatique ne feraient que confirmer une thèse analytique, à savoir la disjonction de la sexualité et de la reproduction. Cela est vrai sauf sur un point : la relation de chaque acte sexuel avec notre scène primitive, la scène même de notre conception. « L'acte sexuel, écrit avec force Paul Mathis (*Face à l'ordre des lois*), est célébration charnelle de notre propre conception. » On pourrait étendre le propos, lorsque l'acte sexuel n'est plus cette célébration, et que, devenu acte reproducteur, il est tout entier tendu, au contraire, vers la production et l'obtention d'un objet parfait, il se réfère toujours à cette scène de la conception, mais dans la profanation ou la perversion. Faut-il le promouvoir ? Lorsque le fœtus ne nous présente plus l'image renouvelée, indéterminée, « plus tendre », dit Mathis, inconnue de nous-mêmes, mais n'est plus qu'invite à une crispation, à l'« avoir à l'œil » de notre exigence de réaliser une image plus parfaite de nous-mêmes, vers laquelle nous nous tendons dans un mouvement hémorragique ; image qui doit être « plus ressemblante » sous peine de mort, la question pour l'enfant qu'il pourra devenir sera comment « sortir de la bulle », et se déprendre de ce narcissisme vampirique dans lequel nous l'enfermons et nous enfermons avec lui.

La place de l'enfant, de l'événement de la naissance, n'est pas simplement une question de nouvelle représentation qu'il s'agirait d'enregistrer, d'inventer, homologue en droit à d'autres qui l'ont précédé ; la place de l'enfant concerne la transmission, le symbolique même. Si l'enfant est un signifiant, c'est dans le réel de son corps (ou dans l'impossibilité de l'habiter) et de sa vie subjective. C'est ainsi qu'il témoignera de ce qui a présidé à sa naissance, du désir de vie et de mort de ses parents, mais aussi de la culture ou de la barbarie qui a donné forme ou, au contraire, déchaînement à ces désirs. Inscription dans le réel de ce qui s'est transmis ou a avorté, de ce qui lui permettra de transmettre à son tour, ou l'enfermera dans une mortelle répétition.

Que faisons-nous à évacuer toujours plus cet événement de la naissance, à en faire un objet technique, à le désexuer, le confondre avec un objet mort, le décorporéiser, alors qu'il est le paradigme, le « référent de notre vie », « le tiers par excellence », dit Paul Mathis ?

Un apologue ici, « C'est Mozart qu'on assassine » : l'argument revient souvent dans les débats avec les généticiens « purs et durs » concernant la médecine prédictive. Ne va-t-on pas sacrifier un être génétiquement peu performant, mais qui, de son handicap même, aurait pu faire exception ? L'argument s'attire la réponse imperturbable, « courageuse », imparable, du médecin généticien qui « assume » : « Je préfère sacrifier un Mozart et éviter des milliers d'enfants handicapés à vie. »

Imparable ! Mais pourquoi entendre aussi réalistement la question ? Mozart, est-ce une inquiétude pour la perte d'un grand homme — toujours un homme d'ailleurs — qui s'exprime ici, ou à travers lui l'inquiétude que la culture en son essence même soit menacée ? Est-ce le grand homme ou est-ce l'enfant Mozart en ce sens que tout enfant est Mozart, car tout enfant recréé va renouveler, pour peu qu'on lui ait laissé sa place et qu'on ne l'ait pas trop vampirisé, le monde humain ?

Cela implique que place soit donnée aussi à cet autre événement qui est au cœur du processus symbolique en tant que tel, celui de la mort. Pas la mort philosophique, mais la mortalité, la vraie mort de tous les jours, celle qui est absente justement, paradoxalement, de presque tous les travaux et réflexions de ceux qui exercent une vigilance critique à l'égard des technologies actuelles de procréation. Tout effacement de la mort a des effets de désymbolisation. Le père, s'il peut être dit symbolique, n'est-ce pas en ce qu'il est comme marqué par la mort, en porte, en inscrit, en transmet les traces et la marque, porte quelque chose qui est prélevé à la mort ? Le père comme celui qui a échangé avec la mort, non pas une fois pour toutes, ni à ma place, mais qui me l'annonce, m'y expose ? La paternité mais aussi bien la parenté et, en ce sens, la maternité inscrivent et transmettent la finitude, la mort, convoquant tous les ancêtres, me rappelant à leur mort, à moi, le fils, la fille, et anticipent ma propre mort à moi, l'enfant. M'annoncent que moi aussi j'aurai à rencontrer, avec la mort d'autrui, la butée de mon vœu narcissique.

(Nous nous permettons de renvoyer ici à nos deux textes parus dans la revue *Psychanalystes*, n° 21 et numéro spécial « Vivants et mortels ».) Et pour l'enfant, n'est-ce pas cette expérience de la mort selon de multiples modalités, liées entre elles, par la douleur, par certaines paroles des parents, une certaine qualité de silence, la confrontation avec la mort d'autres êtres, que pourra s'effectuer pour lui le passage du « symbole-maîtrise » où la mort n'est encore que le meurtre tout-puissant du fantasme au « symbole-limite », symbole inconnu qui ouvre à « l'autrement qu'être » à la mortalité qui, elle, ne dépend d'aucun vœu, à l'altérité ?

Une « fiction » présentée par un chercheur de Hastings, M. Nolan, va dans le sens d'une réintroduction de la mort pour limiter, barrer la toute-puissance, la maîtrise (avec ce que cela comporte toujours de renvois à ce que nous avons appelé la relation vampirique), essentiellement (exclusivement ?) associée jusqu'ici au projet de connaissance du génome. Nolan propose de présenter le savoir que l'on pourra en retirer comme une *shared genetic vulnerability*, vulnérabilité génétique partagée. Une bouffée d'air qui nous fait sortir un instant de l'enchaînement-déchaînement vampirique et nous replace dans la chaîne discontinue des morts et des vivants.

Cette mort vivance, ou cette vivance mortelle, est aussi, sans doute faudrait-il dire en premier lieu, un enjeu entre les hommes et les femmes. Il est frappant que cette formidable manipulation des corps de femmes par les hommes qui se prépare, cette médicalisation de la vie, de la grossesse et des corps depuis avant la naissance jusqu'après la mort, intervienne au moment où les femmes commençaient à secouer la domination masculine. L'homme-médecin n'aurait-il pas saisi le biais de la souffrance liée à la stérilité pour, en la transformant en maladie — ce qui veut dire « à soigner » —, se substituer à la mère, s'insérer entre la mère et l'enfant ?

L'interprétation de l'exemple canadien que nous citions tout à l'heure pourrait être poussée plus avant. Ce n'est pas seulement l'affaire d'un couple qui traite un enfant comme un bien, une propriété aussi bien de l'homme que de la femme. A quoi cette femme dit-elle non ? Ce qu'elle refuse à l'homme dont elle divorce, c'est peut-être le père qui définit sa paternité comme un propriétaire. « La raison, disait le philosophe anglais David Hume, c'est la conversation des propriétaires. » Que dirait-on aujourd'hui, le bavardage des hommes techniciens et savants ? Imaginons que c'est à cela qu'elle a dit non, à celui qui a été absent comme homme, comme amant ou comme père, trop homme pour être homme devant une femme.

C'est aussi une affaire d'hommes et de femmes en tant qu'ils sont citoyens. Revenons pour terminer à ce mot d'indécidable que nous avons employé tout à l'heure, mais cette fois non plus au sens de décision impossible à prendre mais de ce qui doit rester indécidable, ne doit pas être tranché d'avance par la raison technicienne. Dans toutes les questions qui ont trait à la procréation ou à la génétique, ces dernières années ont marqué un recul considérable de la notion juridique, d'indisponibilité, c'est-à-dire l'impossibilité, pour les citoyens, de disposer de telle ou telle chose, en l'occurrence de leur sexe, ou de s'approprier une espèce ou un être vivant, d'en inventer. L'indisponibilité, jusqu'ici, était fondée sur le fait que la création était sacrée, divine. Ce sacré-là disparaissant, il n'est pas pour autant besoin de se débarrasser de cette notion d'indisponibilité, mais elle exige aujourd'hui que nous sachions la fonder sur d'autres choses. Les citoyens, les citoyennes sauront-ils faire entendre au législateur que la définition de la vie humaine, de la qualité de cette vie, le droit des autres à juger la valeur d'une existence, que ce soit celle d'un enfant ou d'un malade mourant, doit être déclarée *indécidable* et *inévaluable* en droit, et échapper à cette fuite en avant, chère à l'économie de marché, de la décision à tout prix. L'enfant comme référent ultime de notre vie humaine, le mourant comme symbole de notre non-maîtrise, ne peuvent être à la disposition de qui ou de quoi que ce soit. Seule façon de tenir compte et de faire sa place dans le droit — ce qui ne veut pas dire s'en mêler — à ce qui, pour l'analyste que je suis, constitue les deux puissances, comme l'écrit Pierre Kauffman, de la division du sujet, l'inconscient (cette enfance terrible et féconde de l'homme) et la mort.

NOTES

INTRODUCTION

1. Ces idées ont été mieux exposées par un collectif de scientifiques sous forme d'un manifeste : « Maîtriser la science » (voir annexe 4).

2. Voir figure en annexe 5.

3. Voir tableau et légendes des techniques en annexe 5.

4. Assemblée parlementaire 1989, recommandation 1100.

5. J. Testart, *L'Œuf transparent*, Flammarion, Champs, 1986.

6. J. Testart, « Des souris et des hommes : à la recherche du cobaye idéal », *Le Monde diplomatique*, juillet 1990.

7. L'IAD concerne seulement la stérilité masculine tandis que la FIVETE s'applique à des causes variées d'infertilité (voir tableau 3 en annexe 1).

8. Voir tableau 1 en annexe 1. Depuis la première publication de cet ouvrage (octobre 1990) les statistiques indiquent une tendance à la stabilisation du nombre global de PMA (environ 48 000 tentatives par an). La fréquence de l'IAD continue de diminuer (20 190 en 1991) tandis que celle de la FIVETE avec don de gamètes (spermatozoïdes = 2 492 ou ovules = 262) est en progression (voir J. Testart, *La procréation médicalisée*, Flammarion, Coll. Dominos, 1993). Aujourd'hui (printemps 1994) près de 30 000 enfants sont nés en France après FIVETE et un peu plus de 20 000 après IAD.

9. Voir tableau 2 en annexe 1.

10. M. O. Alnot et J. Testart, « Le don d'embryons, aspects éthiques », *Contraception, Fertilité, Sexualité*, 17, 674-678,

1989 ; J. Testart, préface de *Je t'ai trouvé au bout du monde,* D. Grange, Stock, L. Pernoud, 1987.

11. Voir tableau 7 en annexe 1.

12. Voir tableau 5 en annexe 1.

13. Voir tableau 4 en annexe 1.

14. Voir tableau 6, en annexe 1.

15. H. Foulot *et al.*, « In vitro fertilization without ovarian stimulation : a simplified protocol applied in 80 cycles », *Fertil. Steril.*, 52, 617-621, 1989. Une série actualisée (J.-B. Dubuisson, communication personnelle) de 140 cycles spontanés a conduit à 23 grossesses évolutives (16,4 %).

16. R. Frydman, « Bons et mauvais génies » ; A. Boué, « Une thérapie dans l'impasse », *Le Monde,* 17 décembre 1986. On remarque que les arguments utilisés en 1986 par R. Frydman : « ...Le bon sens invite à pratiquer le diagnostic des maladies héréditaires une fois la grossesse mise en route... » se sont transformés dès que le diagnostic plus précoce (« préimplantatoire ») a stimulé de nouveaux enjeux de pouvoirs. On lira avec profit « Génétique et fantasmes » (*Le Monde,* 22 décembre 1993), appel de quelques médecins pour obtenir le droit (l'exclusivité ?) du tri des humains dans l'œuf, et la réponse que nous lui avons apportée (« La génétique, les marchands et l'utopie », *Le Monde,* 12 janvier 1994). Pour une analyse plus approfondie des options eugéniques de la procréation médicalisée, voir mon ouvrage *Le désir du gène* (François Bourin, 1992, Flammarion, Champs, 1994).

17. Meeting de CIBA foundation : « Prenatal Diagnosis in the Human Pre-implantation Period », *Human Reprod.*, 2, 267-270, 1987.

18. M. Plachot, « Choosing the right embryo : the Challenge of the Nineties », *J. in vitro, Fert. Embryo Transfer,* 6, 193-194, 1989.

19. M. Vacquin, *Frankenstein ou les délires de la raison,* François Bourin, 1989.

20. G. Canguilhem, *Le Normal et le pathologique,* PUF, 1966.

21. E. Morin, *La Méthode (2), La Vie de la vie,* Le Seuil, Points, 1980.

22. M. Foucault, *Histoire de la folie à l'âge classique,* Gallimard, 1972.

23. J. Clavreul, *L'Ordre médical,* Le Seuil, 1978.

24. Au sujet de la perversion de l'humanisme par l'idéologie scientifique, voir B. Edelman, « Critique de l'humanisme juri-

dique », *L'homme, la nature et le droit,* B. Edelman et M.-A. Hermitte, Christian Bourgois, 287-308, 1988.

FEMMES ET MÉDECINS DANS L'IMPASCIENCE

La stérilité : une entité mal définie

1. H. Leridon, « Stérilité, hypofertilité et infécondité en France », *Population,* 1982, 4-5.

2. L. Gavarini, « Production sociale de la stérilité : la procréation médicalement assistée ouvre les vannes », *L'Ovaire dose,* 1989, 133-149. Actes du colloque organisé les 3 et 4 décembre 1988 par le MFPF.

3. L. Vandelac, « L'infertilité et la stérilité : l'alibi des technologies de procréation », thèse de sociologie ; université Paris-VII, 27 mai 1988.

4. H. Leridon, « Le rôle des méthodes modernes de contraception dans l'évolution de la fécondité », *Régulation de la fécondité : bilan et perspectives,* 1979, 225-247. Colloque INSERM, 1er et 2 mars 1979.

5. M.M. Chatel, « L'infertilité aujourd'hui ou on demande un enfant "hors père" ,» *Dialogues-recherches cliniques sur le couple et la famille,* 1989, 2e trimestre.

6. M.P. Vessey, « Results of epidemiologic studies of the return of fertility in ex-users of the pill », *Régulation de la fécondité : bilan et perspectives,* 1979, 185-199. Colloque INSERM 1er et 2 mars 1979.

7. Federation CECOS, D. Schwartz, M.J. Mayaux, « Female fecundity as a function of age », *New Engl.J.Med.,* 1982, feb.18, 404-426.

8. J.A. Collins, P.C. Rowe, « Age of a female partner is a pronostic factor in prolonged unexplained infertility : a multicenter study », *Fertil. Steril.,* 1989, vol. 52, n°1, 15-20.

9. J. Menken, J. Trussel, U. Larsen, « Age and infertility », *Science,* 1986, vol. 233, n°1, 389.

10. D. Metson, « Lessons from an audit of unplanned pregnancy », *Brit.Med.J.,* 1988, 297, oct.8.

11. P.J. Taylor, J.H. Brooks, « Sterilization : the woman who changes her mind », *Int. J. Fertil.,* 1987, 32, 103-11.

12. A. Measson, N. Mamelle, F. Munoz, B. Laumon, « Pratique contraceptive et âge des femmes », *Contraception, Fertilité, Sexualité,* 1989, vol.17, n°1, 13-18.

13. M. Bydlowski, M. Dayan-Lintzer, « Approche psychanalytique de la contraception aujourd'hui », *Régulation de la fécondité : bilan et perspectives*, 1979, 247-259, Colloque INSERM, 1er et 2 mars 1979.

14. *Deux cents questions-réponses sur la fertilité*, Fertil Service, Publications Searle, 1989, 26.

15. E. Bouvet, S. Gottot, C. Carbon, « Les maladies sexuellement transmissibles : considérations épidémiologiques et socio-économiques », *Rev. Prat.*, 1987, 37, 15.

16. L. Westrom, « Complications of STD in women's infertility », juin 1984, International conjoint STD meeting, Montréal, Canada.

17. L. Westrom, « Incidence, prevalence and trends of acute pelvic inflammatory diseases and its consequencies in industralised countries », *Am. J. Obstet. Gynecol*, 1981, 138, 880-892.

18. A. Cabau, « Stérilité des femmes exposées in utéro au DES », 10.10.1989, Staff service professeur Mauvais-Jarvis, Paris.

19. J. Kahn-Nathan, « Les effets de l'exposition in utéro au DES chez les filles », *Contraception, Fertilité, Sexualité*, 1989, vol. 17, n°3, 243-245.

20. J. Blankenstein, S. Bloom, B. Lunenfeld, « Pathogénie et traitement des hyperstimulations ovariennes sévères », *Progrès en gynécologie*, coordinateurs J. Buvat et J. Bringer, Doin éditeur, 1986, 163-171.

21. P. Mauvais Jarvis, R. Sitruck-Ware, « Insuffisance gonadotrope dissociée », *Médecine de la reproduction, gynécologie endocrinienne*, Flammarion médecine sciences, 1986, 398.

22. J.-P. Allart, M.-A. Mussy, C. Dutertre *et al*, « Abcès de l'ovaire après ponction échoguidée vaginale : méthode originale de traitement », *Contraception, Fertilité, Stérilité*, 1989, 17, 728-730.

23. J.-F. Sol, « Réduction folliculaire et embryonnaire », *La Lettre du gynécologue*, mars 1988, vol. 81, 15-16.

24. J. Belaisch-Allart, J. de Mouzon, « Effet de la supplémentation de la phase lutéale par l'HCG après stimulation de l'ovulation par analogue de la LHRH/HMG dans les programmes des fécondations in vitro », *Contraception, Fertilité, Stérilité*,1989, 17, 747-748.

25. N. Athéa, « Stérilité, interventionnisme et masochisme » (à paraître). Société de gynécologie psychosomatique de l'Ouest, juin 1989, Deauville.

26. Claude M., « Témoignage », *L'Ovaire dose ?* 1989, 57-63. Actes du colloque organisé les 3 et 4 décembre 1988 par le MFPF.

27. S. Stoleru, A. Spira, J.-P. Teglas, « Certaines hypofertilités sont-elles liées à des causes psycho-sociales ? Aspects méthodologiques », 2 et 3 février 1990, 4es journées de Clamart, Paris.

28. H. Leridon, « La stérilité : méthodes de mesure et modèles du démographe », *Les Facteurs de la fertilité humaine*, 1981, 103, 4181. Colloque INSERM.

29. H. Page, « Estimation of the prevalence and incidence of infertility in a population : a pilot study », *Fertil Steril.*, 1989, 51, 4, 571-577.

30. *La Lettre du gynécologue,* mai 1989, vol. 105, 36. Sixième congrès mondial.

31. D. Schwartz, « Importance de la durée d'infécondité dans l'appréciation de la fertilité d'un couple », *Population,* 1981, 2, 237-250.

32. Les bilans nationaux. Enquête concernant les pratiques courantes en PMA ; Commission d'éthique du GEFF, présentée par J.-B. Dubuisson, J. Montagut et J. Testart, *Contraception, Fertilité, Stérilité,* 1989, 17, 702-703.

33. A. Cabau, « Inducteurs de l'ovulation et grossesses multiples », *in* « La stérilité : ne rien faire, trop en faire ? », communication présentée lors des 2es journées de Clamart, février 1988.

34. C. Ranoux, H. Fullot J.-B. Dubuisson et col., « Cycles spontanés en FIV, utopie ou réalité », *La Lettre du gynécologue,* 1988, 81, 1-2.

35. J.A. Collins, W. Wrixon, L. Janes *and al.*, « Treatment-independant pregnancy among infertile couples », *New Engl. J. Med.*, 1983, november 17, 20, 309, 1201-1206.

36. R. Bessis, « Interruption sélective de grossesse », *Hormon. Reprod. Métab.*, 1987, 4, 85-94.

37. Dossier FIVNAT présenté par J. de Mouzon, *Contraception, Fertilité, Stérilité,* 1989, 16, 600-603.

38. E. Papiernik, « Les nouveaux prématurés », 3 février 1990. 4es Journées de Clamart, Paris.

39. R. Frydman, « Place des procréations médicalement assistées », 2 et 3 février 1990, 4es Journées de Clamart. Paris.

40. M.-G. Wagner, P. St. Clair, « Are in vitro fertilization and embryo transfer of benefit to all ? », *Lancet,* 28 octobre 1989, 1027-1029.

41. J.-F. Guérin, « La place et le rôle de l'investigation andrologique dans les PMA », *Contraception, Fertilité, Sexualité,* 1989, vol. 17, n°3, 289-290.

42. J. Rollet, « Bilan étiologique des oligo-asthéno-tératospermies », *Revue française Gynécol. Obstét.*, 1989, 2, 91-95.

43. C.A. Yates, D.M De Kretser, « Male-Factor in fertility and IVF », *J. of Vitro Fert Embryo Transfer,* 1987, 4, n°3, 141-147.

44. T.B. Hargrave, « History and examination », *Male infertility,* Berlin-Heidelberg, Springer Verlag, 1983, 9-27.

45. P. Jouannet, B. Ducot, A. Soumah et col., « Les caractéristiques du sperme des hommes féconds et inféconds », *Les Facteurs de la fertilité humaine,* 1982, 73-89. INSERM. Paris.

46. P. Jouannet, B. Ducot, D. Feneux, A. Spira, « Male factors and the probability of occurrence of a pregnancy in infertile couple », juin 1987. Third meeting of European Society of human reproduction and embryology. Cambridge.

47. J.H. Aafjes, J.C.M. Vijver, P.E. Schenck, « The duration of infertility : an important datum for the fertility prognosis of men with semen anormalities », *Fertil. Steril.*, 1978, 30, 423-425.

48. Bilan de l'activité des CECOS, Fédération française des CECOS, présenté par D. Le Lannou, *Contraception, Fertilité, Sexualité,* 1989, 17, 679-680.

49. M. Auroux, « La qualité du conceptus après chimiothérapie anticancéreuse », *Contraception, Fertilité, Sexualité,* 1989, 17, 625-627. P. Barrière, M. Roch, Al. L'hermite, « Evaluation de la probabilité de survenue d'une grossesse dans les oligo-asthéno-tératospermies », *Rev. Fr. Gynécol. Obstet.,* 1989, vol. 84, n°2, 101-105.

50. W.D. Dupont D.L. Page, « Breast cancer risk associated with proliferative disease, age at first birth and a family history », *Am. J. Epidemiol.*, 1987, vol. 125, n°5, 769-779.

51. P. Mauvais Jarvis, A. Gompel, *Hormones et sein : en amont du cancer,* Flammarion médecine sciences, 1989.

52. M.N. Rantala, A.I. Koskimis, « Sexual behaviour of infertile couples », *Int. J. Fertil.* 1988, vol. 33, n°1. 26-30.

53. G. Delaisi de Parseval, « Procréation artificielle et intérêt de l'enfant », *Etudes,* février 1989, 173-185.

54. N. Athéa, « La fécondation in vitro : de l'anarchie à une

réglementation ? », Mémoire de santé publique, février 1985. Rennes.

55. N. Athéa, « Nouvelles techniques de procréation : Quelques réflexions d'une gynécologue sur la médicalisation et la psychologisation du désir d'enfants », *Rev. Franc. Psychanal.*, 1987, 6, 1531-1542.

56. Procréatique et désinformation, *Le Monde*, 17.2.1987, 2.2.1988.

57. F. Arnal, C. Humeau, M.C. Ndiaye *et al*, « Transferts multiples d'embryons en fécondation in vitro : facteurs de risque de grossesse multiple », *Contraception, Fertilité, Sexualité*, 1989, 17, 776-779.

58. « In vitro fertilization enters stormy adolescence as experts debate the odds », *Medical news perspectives*, 1988, 254, 9, 464-470.

59. D. Sibony, « Créateurs et procréateurs assistés », *Contraception, Fertilité, Stérilité*, 1989, 17, 1137-1140.

60. J. Marcus-Steiff, « Pourquoi faire simple quand on peut faire compliqué ? », *Les Temps modernes*, septembre 1986, 482, 1-50.

61. IVF-ET in the USA : 1985-1986 results from the national IVF-ET registery, *Fertil. Steril.*, 1988, vol. 49, 212-215.

62. IVF-ET in the USA : 1987 results from the national IVF-ET registery, *Fertil. Steril.*, 1989, vol. 51, n° 1, 13-19.

FEMMES ET MÉDECINS DANS L'IMPASCIENCE

Le désir escamoté

1. M.M. Chatel, « L'infertilité aujourd'hui ou on demande un enfant "hors père" », *Dialogue*, n° 104, 1989.

2. M.M. Chatel, « Insidieux maléfice dans la filiation », *Psychanalyse à l'Université*, n° 49, 1988.

3. Par exemple la réduction embryonnaire, ou la question du destin des embryons congelés surnuméraires, etc. Voir M.M. Chatel, *Malaise dans la procréation*, Albin Michel, 1993.

4. *Cf.* le débat juridique à propos de l'appartenance des embryons congelés d'un couple américain en cours de divorce.

5. Cela appellerait une élaboration ultérieure.

FEMMES ET MÉDECINS DANS L'IMPASCIENCE

D'une banalisation sans évaluation...

1. L'extrait cité est issu du chapitre 4 (page 52) de l'ouvrage, *Induction et stimulation de l'ovulation. Progrès en gynécologie 1*, coordinateurs J. Buvat et J. Bringer, Douin, 1986.

2. Le ministère de la Santé avait en 1987 reçu 400 demandes d'agrément qui correspondaient, paraît-il, à la fois à des équipes cliniques, des laboratoires de biologie, des centres de diagnostic prénatal, des centres qui n'avaient pas même commencé à effectuer l'une ou l'autre des NTR. Sur ces 400 demandes, 300 environ (d'après le ministère de la Santé) concernaient la FIVETE et les techniques associées. A cette époque, une moitié environ de ces 300 demandes auraient correspondu à des centres n'ayant qu'une très faible — voire une absence — d'activité en PMA. Il reste que le nombre des demandes d'agrément est énorme et que, fût-ce à l'état de projet, l'expansion des centres était au programme et s'est très probablement poursuivie depuis cette date.

3. Ces chiffres ont été calculés par moi à partir des données publiées dans les sources suivantes : Rapport publié par l'Office of Technology Assessment (USA 1989) ; Voluntary Licensing Authority (G.-B. 1990) ; Rapport du GEFF (France 1989) ; National Peristatistical Unit (Sydney 1990).

4. Il est intéressant de remarquer que les chercheurs de sciences sociales travaillant sur ces questions sont beaucoup plus souvent invités à l'étranger qu'en France à présenter les résultats de leurs recherches qui y trouvent donc de plus larges échos, auprès des médias grand public (les télévisions par exemple), au cours de débats ou d'audits d'experts internationaux.

5. Expression citée par R. Lepoutre, « Agonistes et antagonistes de la LH-RH : de la contraception aux cancers », *Gyn Obs*, 15 novembre 1986.

6. W. H. Matta *et al.* (Academic Department of Obstetrics and Gynecology, Royal free Hospital London NW3 2QG) : « Hypogonadism induced by Luteinising Hormone Releasing

Hormone agonist analogues : Effects on bone density premonopausal women », *British Medical Journal*, vol. 294, 13 juin 1987.

7. Dr A. Hazout (Clamart), « Jérusalem : les agonistes du LH-RH en "odeur de sainteté" », *La Lettre du gynécologue*, n° 77, décembre 1987.

8. D. Torchin, « GnRH et peptides gonadiques aujourd'hui et demain », *Gyn Obs*, 15 octobre 1989.

9. Bien que parfois le GIFT ait été proposé à des femmes dont une seule trompe était en bon état.

10. Ainsi d'ailleurs que de nombreuses autres puisque sur l'ensemble des tentatives de FIVETE (environ 25 000 ont été déclarées) effectuées en 1988 en France, moins de la moitié, 48 %, correspondaient à des stérilités tubaires, indication d'origine pour la FIVETE ; chiffre qui diminua encore en 1989 pour tomber à 28 %.

11. L. Formigli et coll, *Surrogate Human Fallopian Tubes for Overcoming a Case of Mechanical Infertility*, Milan.

12. Pr R. Lambotte et Dr M. Dubois, « Les indications de la FIVETE et ses nouvelles variantes », *Le Quotidien du médecin*, 10 janvier 1990.

13. J. Belaisch-Allart *et al*, « Effets à court et long terme des stimulations de l'ovulation », *Fertilité, Contraception, Sexualité*, vol. 16, n°s 7-8, 1988.

14. J. Blankstein, S. Mashiach, B. Lunenfeld, *Ovulation Induction and in Vitro Fertilization*, Year book medical Publishers Inc., USA, 1986. J'en donne ici deux extraits traduits par mes soins : « Le risque majeur des grossesses induites est un développement de tumeurs de l'hypophyse, conduisant à des altérations du champ de vision et/ou à une apoplexie hypophysaire (*pituitary apoplexy*). L'incidence de cette complication est de 35 % dans les cas de macroadénome mais seulement de 5 % en cas de microadénome » (chapitre 5, p. 83). « Une remarque supplémentaire doit être faite qui concerne les complications des traitements aux gonadotrophines. Il faut garder à l'esprit que l'induction de l'ovulation et la grossesse peuvent induire le développement d'une tumeur de l'hypophyse qui existait préalablement mais n'avait pas été diagnostiquée » (chapitre 8, p. 150).

15. P. Giacomini, « Etude multicentrique des syndromes d'hyperstimulation au cours des inductions par les agonistes du LHRH-HMG », *Contraception, Fertilité, Sexualité*, vol. 16,

p. 684, 1988 ; J.-H. Soutoul et F. Pierre, *La Responsabilité médicale et les problèmes médico-légaux en gynécologie et reproduction*, p. 395, Ed. Maloine, Paris, 1989.

16. F. Guillet-Rosso *et al.*, « Réactions anaphylactiques à la suite d'un protocole FIVETE », *Contraception, Fertilité, Sexualité*, vol. 16, n°s 7-8, p. 685, 1988.

17. Ce type d'analyse, ici brièvement évoqué, fut d'abord présenté au cours du colloque du CNRS intitulé « Champ social et Inconscient » (Paris, 1983) puis publié :

— F. Laborie, « Du désir de savoir à la re-cherche : le nœud de la question », *Actes du colloque « Champ social et inconscient »*, p. 92-98, Paris, 16-17 juin 1983 (338 pages, ronéoté).

— « La reproduction, les femmes et la science », *Maternité en mouvement*, Presses universitaires de Grenoble et Ed. St Martin de Montréal, 1986.

— « Ceci est une éthique » (deux parties), *Les Temps modernes*, n°s 462 et 463, janvier et février 1985.

18. J'ai développé plus largement ailleurs des hypothèses qui me semblent permettre d'analyser la dimension de complicité des femmes avec cette médecine qui s'intitule souvent elle-même « médecine du désir » :

— « Des fantasmes à la mise en acte : offres et refus de la science », *Les Cahiers du GRIF*, n° 36, dont le titre général est : *De la parenté à l'eugénisme*, automne 1987, p. 23-37.

— « La FIVETE et le L'ILA : *Que Vuoi ?* », *Revue du Cercle freudien*, n° 3, 1989.

19. Jean-Yves Nau, « Une loi pour les bébés éprouvette », *Le Monde* 30 novembre 1988 et 17 janvier 1989.

20. F. Nouchi, « "Certains choix sont scandaleux" nous déclare Mme Michèle Barzach », *Le Monde*, 3 février 1989.

21. Déjà en mai 1984, une proposition de loi n° 2158 avait été déposée sur le bureau de l'Assemblée nationale par le député RPR Pierre Bas, qui selon le *Quotidien du médecin* « est un opposant à l'avortement ». Toujours selon cette source, « cette proposition de loi était relative "au statut de l'enfant conçu ainsi qu'aux expérimentations et recherches concernant la création de la vie humaine" en ayant pour fondement que le fœtus est un sujet de droit et non un être susceptible d'arriver à terme ».

22. Jean Cohen et Raymond Lepoutre, « 10 ans déjà... », *Gyn Obs (La médecine et la femme)*, 1er novembre 1989.

NOUVEAUX POUVOIRS, NOUVELLES NORMES

L'embryo-économie du vivant

1. Expression utilisée au Toronto General Hospital au Canada.

2. *GIFT* (Gamete intra-fallopian transfer), cadeau en anglais, et VIP (Vital initiation of Pregnancy Program), sigle de « very important people », nom de la clinique de FIV de Norfolk aux Etats-Unis.

3. Ces transferts étant littéralement à double sens, il est à noter que la fécondation *in vitro* a été réalisée chez les femmes cinq ans avant de l'être chez les vaches...

4. C'est ainsi, au Québec, qu'on qualifie les vagues d'accouchements provoqués du mois de septembre visant à permettre la naissance des enfants avant la date fatidique après laquelle ils devront attendre un an de plus pour être admis à l'école.

5. Contrats d'enfantement pour transsexuels et hommes célibataires pratiqués dès les années 80 aux Etats-Unis, contrats de grossesses avec embryons des géniteurs-acheteurs, insémination artificielle pour pallier l'absence de partenaire sexuel en sont autant d'exemples.

6. La planification des interventions en série, la réduction des coûts d'hospitalisation et la rationalisation de l'organisation du travail des équipes (1989) constituent l'un des objectifs majeurs de l'artificialisation complète du cycle reproductif en FIVETE et de l'abandon de l'anesthésie générale lors du recueil d'ovocytes. Ces objectifs ont joué également un rôle dans le développement de la CIVETE, fécondation *in vitro* avec incubation intra-vaginale évitant les dépenses de ce matériel coûteux et contribuent également à expliquer le regain d'intérêt de certaines équipes pour les cycles naturels visant à terme à développer l'option l'ULM, ultra léger médicalisé, pour reprendre l'expression de Debry (1989).

7. La stimulation hormonale visant à multiplier les ovocytes jusqu'à 10, 20 et parfois 30, l'augmentation des transferts de 3 embryons et plus, passant en Australie de 46,6 % en 1979-83 à 78,4 % en 1987 (Wagner et St. Clair, 1989 :1028), l'usage des agonistes de la LHRH, ovulation dite « pure »

créant un cycle parfaitement artificialisé et exogène soumis aux exigences de la technique, illustrent cette transformation du corps maternel en corps machine.

8. On se souvient de cette femme américaine, cliniquement morte qu'on a maintenue artificiellement « en vie » pendant plusieurs semaines afin qu'elle serve littéralement d'incubateur humain à son enfant prématuré. Sur l'automate, « notre double et notre essence technique » voir *Les Spectres mécaniques* de J.-C. Beaune (1988).

9. Cette expression, qui désigne les vendeurs et incitateurs de consommation de drogues, est empruntée à Joel Lexchin (1984), qui l'utilise pour qualifier les firmes pharmaceutiques. Elle nous semble particulièrement appropriée ici pour désigner les principaux acteurs qui interviennent dans le phénomène économique du « Science Push », notamment les firmes pharmaceutiques.

10. Voir bibliographie.

11. A titre indicatif le rapport de l'OTA, aux Etats-Unis, établit 4 scénarios de traitement de l'infertilité et/ou de la stérilité :
a - le diagnostic et les médicaments représentant des coûts moyens de $ 3,668 ;
b - le bilan complet de fertilité estimé à $ 2,055 ;
c - la chirurgie tubaire évaluée à $ 7,118 ;
d - une tentative de fécondation *in vitro*, coûtant en moyenne $ 9,376.

Si les couples sont passés à travers cet ensemble de tests, avant que la femme ne subisse la FIV, il faut ajouter environ $ 12,841 aux coûts de la FIV, ce qui en porte le coût total à $ 22,217. Selon cette estimation, sur les 100 couples qui amorcent le traitement, 30 grossesses surviendront après la première phase de diagnostic, 21 après le bilan de fertilité, 15 après la chirurgie tubaire et 3 après la fécondation *in vitro*. (OTA 1988 :143).

12. L'OTA estime les dépenses de FIV en 1987, à 7 % de toutes les dépenses liées à l'infertilité. Pourtant cette pratique ne concerne que 1 % des couples infertiles et son taux de réussite moyen à 0,05 % des couples.

13. Il s'agit des effets secondaires de certaines chirurgies, de certains médicaments, des dispositifs intra-utérins, des hystérectomies abusives. En ce qui concerne les causes environnementales et liées à l'emploi, mentionnons les pesticides, les

insecticides, les substances mutagènes, les métaux lourds, la chaleur, le stress et le bruit alors que parmi les facteurs sociaux il faut mentionner l'âge tardif de la conception, la cigarette et la faible proportion de tissus adipeux. Enfin, la diffusion des MST et la stérilisation dite contraceptive, qui touche plus de 40 % des couples en Amérique du Nord, n'est pas indifférente aux conceptions et aux pratiques sexuelles (Vandelac 1988a).

14. Expression empruntée à un collectif de théâtre ayant présenté une pièce sur les technologies de procréation lors du Forum international du Conseil du statut de la femme sur les technologies de procréation à Montréal, à l'automne 1987.

NOUVEAUX POUVOIRS, NOUVELLES NORMES

Sortir de l'histoire

1. Peter Sichrovsky, *Naître coupable, naître victime*, Maren Sell & Cie, 1987.

2. Mona Ozouf, *L'Homme régénéré*, Essai sur la révolution française, « Bibliothèque des Histoires », Gallimard, 1989. Voir également Monette Vacquin, *Frankenstein ou les délires de la raison*, François Bourin, 1989.

3. Auteur avec Raymond Lepoutre de *Nous sommes tous des mutants* (Seuil), Jean Cohen, chef du service de FIV à l'hôpital de Sèvres, officie aussi dans plusieurs cliniques privées et dirige l'hebdomadaire *Gyn Obs* et le mensuel *Fertilité, Contraception, Stérilité*, qui publient la plupart des informations sur la PMA en France.

4. « Le capharnaüm des fécondations artificielles », *Le Monde*, 3.1.1990.

5. *Conversations ordinaires*, Gallimard, 1988.

6. Voir Gabrielle Rubin, *Les Sources inconscientes de la misogynie*, Laffont, 1977.

7. Voir, entre autres, Bruno Bettelheim, *Les Blessures symboliques*, Gallimard, 1977 ; Georg Groddeck, *Le Livre du ça*, Gallimard, 1978 ; Margaret Mead, *L'Un et l'autre sexe*, Denoël-Gonthier, 1966.

8. PUF, 1983.

9. Voir Monique Schneider, « L'envie du bouquet », *Père, ne vois-tu pas ?*, Denoël, 1985.

10. « The Flight from Womanhood », cité par R. Lionetti, *Le Lait du père*, p. 62, Imago, diff. PUF, 1988.

11. *Op. cit.*

12. *En vérité, en vérité, je vous le nie...*, Essai sur l'idéologie freudienne, PUF, 1988.

13. *Le Lait du père.*

14. *Vital*, « L'incroyable enquête — Un homme va accoucher », n° 70, juillet 1986.

15. « Dans cette nouvelle ère [...], le père sera à égalité avec la mère. Certains hommes, jaloux des liens particuliers qui s'établissent entre la mère et l'enfant, manifestent dès maintenant leur impatience », J.-L. Touraine, *Hors de la bulle*, Flammarion, 1985 ; « [...] L'amour des deux parents, sublimé [...], rendu égal par l'égalité des conditions du père et de la mère », permettra aux enfants de demain d'être « peut-être plus heureux que ceux des siècles passés », Jean Bernard, *Le Monde*, 7.2.1982 ; « La grossesse artificielle, avec un placenta et une couveuse artificielle [...], serait un progrès technologique fabuleux », Emile Papiernik, *Vital*, n° 70.

16. Publié depuis sous le titre *Mères porteuses, oui ou non ?*, Editions Frison-Roche.

17. « Durant les neuf premiers mois de notre existence, nous sommes à peu près aussi étrangers au monde scientifique et privés de soins médicaux que l'était dans sa caverne l'homme du Neandertal [...]. L'utérus constitue aujourd'hui pour l'être humain le milieu le plus dangereux dans lequel il soit appelé à vivre », *Les Biocrates*, Paris, Seuil, 1973 ; cité par Laurence Gavarini dans sa thèse de doctorat *Les Procréations artificielles au regard de l'institution scientifique et de la Cité : la bio-éthique en débat*, université de Paris VIII, le 16.9.1987.

18. « Stérilité, interventionnisme et masochisme », Journées de la Société de gynécologie psychosomatique, juin 1989, à paraître dans *Fertilité, Contraception, Sexualité.*

19. Marcel Blanc, *L'Ere de la génétique*, La Découverte, 1986.

20. « Le Comité national de la recherche médicale en Grande-Bretagne avait, en 1971, refusé de financer les recherches d'Edwards parce qu'il ne prévoyait pas d'expériences préalables chez le singe... (stade de l'expérimentation animale par lequel les comités d'éthique recommandent souvent de passer, avant d'appliquer une nouvelle technique médicale à l'homme) », Marcel Blanc, *op. cit.*

21. « Avant-projet de loi sur les sciences de la vie et les droits de l'homme ».

22. « Cette espèce d'égalité [...] entre le futur père et la future mère quant au doute de l'origine de l'enfant » est « quelque chose qui nous a fait réfléchir », René Frydman, « Origines. D'où viens-tu ? Qui es-tu ? », *Les Cahiers du nouveau-né*, n° 7.

23. Fayard, 1975.

24. « [...] Il est possible de garder le secret, pour une période illimitée, sur les origines d'enfants nés illégitimement dans les *Lebensborn*. [...] Le secret le plus absolu sera ainsi garanti à cent pour cent », ordonnance n° 119 du 5 juin 1939.

25. *L'Ovaire-dose*, Actes du colloque des 3 et 4 décembre 1988, organisé par le MFPF, Syros/Alternatives, 1989.

26. Premières Journées de Clamart, 7 et 8.2.1987.

27. « Effets à court et à long terme des stimulations de l'ovulation », J. Belaisch-Allart, F. Olivennes, N. Fries, *Contraception, Fertilité, Sexualité*, vol. 16, nos 7-8, 1988.

28. « De l'IAD à la FIV-D. Les aspects psychologiques », F.Z. Madani-Perret, *Contraception, Fertilité, Sexualité*, juil.-août 1989.

29. Docteur P Dellenbach, *Gyn Obs*, 15.11.1988.

30. Docteur J.-F. Sol, *op. cit.*

31. Docteur Jeanine Henri-Suchet, *op. cit.*

32. *Libération*, 31.8.1989.

33. *Paris-Match*, 26.1.1989.

34. *Contraception, Fertilité, Sexualité*, juil.-août 1989, p. 697.

35. Voir le discours du ministre de la Justice, Robert Badinter, à Vienne, le 20 mars 1985 : « Droits de l'homme face aux progrès de la médecine, de la biologie et de la biochimie ».

36. « [...] La tendance qu'ont les groupes à accepter, voire à rechercher, une domination réelle, provient d'une crainte d'être dominé par la femme fantasmée [...]. Cette peur fait qu'il cherche [...] la domination [...] de quelqu'un qui se charge d'incarner donc de limiter les qualités magiques de la femme fantasmée toute-puissante envers laquelle il y a cette dette immense. Un dictateur peut être renversé, et il finit bien par mourir, mais l'existence et le pouvoir de la femme fantasmée dans l'inconscient primitif sont infinis. » *op. cit.*

37. Voir *L'Enigme et le délire*, Gérard Huber, Osiris, 1988.

NOUVEAUX POUVOIRS, NOUVELLES NORMES

Experts et législateurs

1. Voir J. Donzelot, *L'Invention du social*, Fayard, 1984.

2. Comité consultatif national d'éthique pour les sciences de la vie et la santé, « Les Problèmes éthiques nés des techniques de reproduction artificielle », Paris, 1984.

3. *La Maîtrise du vivant*, Hachette, 1988, p. 189.

4. L'expression est de V. Marange, voir contribution dans le présent ouvrage.

5. Avant-projet de loi « Sciences de la vie et droits de l'homme », projet Braibant-Conseil d'Etat, 1989.

6. Affaire relatée dans *Le Monde* du 29.12.1989.

7. « Les fantasmes d'eugénisme », Idées-Rebonds, *Libération*, 31.5.1990.

8. « Proposition de loi tendant à assurer le respect de l'intégrité de la personne », présentée par Mme C. Boutin, 1989-1990.

9. G. Leach, *Les Biocrates, manipulateurs de la vie*, Seuil, 1973, p. 175-176.

10. Extrait de la présentation du colloque « Immunologie de la reproduction, relation materno-fœtale », organisé par le Dr G. Chaouat, INSERM-CNRS, décembre 1986.

11. J. Fletcher, *The Ethics of Genetic Control : Ending Reproductive Roulette*, cité dans L. Gavarini, *Les Procréations artificielles au regard de l'institution scientifique et de la Cité*, doctorat, université de Paris VIII, 1987.

12. J. Fletcher, « Knowledge, Risk and the Right to Reproduce », *Genetics and the Law*, cité par G. Terrenoire, « Conseil génétique et eugénisme : le passé du conseil génétique aux Etats-Unis », *Cahiers Science, Technologie, Société*, CNRS, n°11, 1986.

13. F. Crick, cité par J. Rifkin et T. Howard, *Les Apprentis sorciers*, Ramsay, 1979.

14. P. Legendre, *L'Inestimable objet de la transmission*, Fayard, 1985.

15. Pour un démontage du discours sur le « spectre de l'eugénisme », voir P.-A. Taguieff, « L'eugénisme, objet de phobie idéologique », *Esprit*, nov. 1989, p. 99-115.

16. R. Boschetti, « Organisation du diagnostic prénatal, principes et application », *Le Diagnostic prénatal, progrès en pédiatrie*, coordinateurs J.-F. Mattei et Y. Dumez, Doin, 1986, p. 288.

17. F. Fraser, « Genetic counseling », *American Journal of Human Genetic*, n° 26, 1974, p. 636-659.

18. « Points de repères d'une généticienne », M.-L. Briard, interview, *Des motifs d'espérer*, Cerf, 1986, p. 42.

19. J.-M. Robert, « Le devenir du conseil génétique et le diagnostic prénatal », *Cahiers de bio-éthique*, Presses de l'université Laval, Québec, 1980, p. 24.

20. R. Castel, *La Gestion des risques*, Minuit, 1981.

21. *Op. cit.* note 18, p. 39.

22. M.-L. Briard et J. Frézal, « La consultation de génétique », *op. cit.* note 16, p. 5-6.

23. M.-L. Briard, « Le conseil génétique préconceptionnel », *Reproduction humaine et hormones*, 1989, vol. 2, n° 2, p. 53.

24. « 50e soirée échographique gynéco-obstétricale de Saint-Maurice », compte rendu par D. Lebœuf, *La Lettre du gynécologue*, n° 87, juin 1987, p. 25.

25. M.-L. Briard, *op. cit.* note 18, p. 56.

26. I. Nisand et E.-L. Maugis, « Diagnostic anténatal : attention danger ! », *La Lettre du gynécologue*, n° 87, juin 1987, p. 1.

27. Colloque « Patrimoine génétique et droits de l'humanité », atelier « Diagnostic prénatal », présidé par E. Papiernik, Paris, oct. 1989.

28. M.-L. Briard et J. Frézal, « Aspects éthiques du diagnostic prénatal », *op. cit.*, note 16, p. 269.

29. Briard, *op. cit.*, note 18, p. 60.

30. La trisomie 21 fait l'objet d'études des coûts de l'extension-généralisation du diagnostic prénatal comparés au coût social de la maladie ; voir par exemple H. Gardent, *Fondements économiques de l'aide à la décision en santé publique : application au diagnostic prénatal par amniocentèse précoce*, doctorat, université de Paris I, 1983.

31. Groupement français de gynécologie de l'enfance et de l'adolescence, réunion du samedi 9.10.1989, rapport de M.-L. Briard. Sur les 63 362 caryotypes fœtaux réalisés entre 1980 et 1988, 30 cas de syndromes de Turner ont été dépistés, « dans la majorité des cas il y a eu interruption de grossesse ». Sur les 5 591 caryotypes fœtaux réalisés après « signes d'appel échographiques », 93 cas ont été répertoriés ; l'issue a été l'avortement dans presque 90 % des cas répertoriés.

32. P. Jalbert et G. David « Problèmes génétiques liés à la procréation artificielle par don de gamètes : solutions adoptées par les CECOS », *Journal de gynécologie obstétricale et de biologie de la reproduction*, 1987, n° 16, p. 547-552.

33. *Science et Génération*, Fasquelle, 1940.

NOUVEAUX POUVOIRS, NOUVELLES NORMES

Pour une éthique sans garde-fous

1. L'expression est empruntée à Renée Fox, sociologue qui a problématisé la question de l'« incertitude » en médecine. Voir notamment Renée Fox, « L'évolution de l'incertitude médicale », *Cahiers STS*, n° 11, *Ethique et biologie*, Ed. du CNRS.

2. Dominique Memmi « Savants et maîtres à penser, la fabrication d'une morale de la procréation artificielle », *Actes de la recherche en sciences sociales*, nos 76-77, mars 1989, p. 82.104. Cet article démonte remarquablement les mécanismes de l'expertise bioéthique, et se clôt sur une question : quels « remaniements sociaux » fournissent la « main-d'œuvre » nécessaire à ce mode explicite de production des valeurs ?

3. Le mot est de Bernard Edelman, dans « L'Occident entre décadence et barbarie », entretien avec Bernard Edelman, Régine Dhoquois, Claire Ambroselli, François Boullant, *Actes, droit et humanité*, septembre 1989, nos 67-68, p. 68-78.

4. Michel Foucault, *Histoire de la sexualité*, t. 1, *La Volonté de savoir*, Gallimard, 1976.

5. Commission médicale d'Amnesty International et V. Marange, *Médecins tortionnaires, médecins résistants*, Préface de Paul Ricœur, La Découverte, 1989.

6. Jean-Yves Nau et Franck Nouchi, « Les plaies d'Afrique, V, La grande ombre du SIDA », *Le Monde*, 2.6.1990.

7. *Libération*, 4 avril, 8 avril et 11 avril 1989.

8. Georges Canguilhem, « Thérapeutique, expérimentation, responsabilité », *Etudes d'histoire et de philosophie des sciences*, Vrin, 1983.

9. F.Z. Madani-Perret, « Passage des IAD à la FIVD, les aspects psychologiques ». *Contraception, Fertilité, Sexualité*, 1989, vol. 17, nos 7-8, p. 627-628 : elle y évoque aussi la gratification des femmes bénéficiant de cette technique vécue

comme un « moyen de court-circuiter au maximum les aléas du corps en mettant ce dernier hors d'état de nuire ».

10. Rosy Braidoti, « Des organes sans corps », *Les Cahiers du GRIF, De la parenté à l'eugénisme,* Ed. Tierce, automne 1987.

11. Voir Laurence Gavarini, « Nouveaux dispositifs de gestion du vivant », *Psychanalystes, vivants et mortels, Psychanalyse et techno-sciences,* octobre 1988.

12. Jacques Donzelot, *La police des familles,* postface de Gilles Deleuze, Minuit, 1977.

13. Expression employée à la fin de 1989 pour désigner la mise en sommeil de l'avant-projet de loi de M. Braibant, « Sciences de la vie et droits de l'homme ».

14. Patrick Lagadec, *La Civilisation du risque,* Le Seuil, 1981.

15. Voir à ce sujet les articles de Françoise Laborie, Laurence Gavarini, Nicole Athéa, Louise Vandelac, etc., dans ce même ouvrage.

16. Jean Clavreul, *L'Ordre médical,* Le Seuil, 1978.

17. Gilles Deleuze dirait : de « dividuels » plus que d'individus. Voir « Les sociétés de contrôle », *L'Autre Journal,* n° 1, mai 1990.

18. Entendu lors des « Journées de Clamart » de 1988 dans la bouche de Mme Bidlowski, psychanalyste au centre de FIV de l'hôpital Antoine-Béclère.

19. Voir à ce sujet l'article de Françoise Laborie, « Ceci est une éthique », *Les Temps modernes,* janvier et février 1985, nos 462 et 463.

20. D. Memmi, *art. cit.,* p. 103, dialogue entre Michel Soulé et Catherine Labrusse-Riou.

21. Voir notamment Marie-Angèle Hermitte, « Le corps, hors du commerce, hors du marché », *Diplômées,* n° 146, septembre 1988, *La transmission de la vie,* p. 120 à 138.

22. Michel Foucault, deux essais sur le sujet et le pouvoir, dans Dreyfus et Rabinow, *Michel Foucault, un parcours philosophique,* Gallimard, 1984.

23. En avril 1987, au Ve congrès international de fécondation *in vitro*, à Norfolk, devant plusieurs centaines de spécialistes du monde entier recueillis.

24. Marie-Odile Alnot et Jacques Testart, « Le don d'embryon, aspects éthiques », *Contraception, Fertilité, Sexualité,* 1989.

25. Donzelot, *op cit.*

26. Voir à ce sujet Clavreul, *op. cit.*, chapitres « L'objet de la médecine, c'est la maladie » et « Il n'y a pas de rapport médecin/malade ».

27. Voir notamment Lori Andrews, « My Body, my Property », *Hastings Center Report*, octobre 1986, p. 28-38.

28. A. Meisel et L.-H. Roth, « Must a man be his cousin's keeper ? », *Hastings Center Report*, octobre 1978, p. 5,6.

29. J'emprunte ce trait à la sociologue Laurence Gavarini (voir article dans ce même ouvrage).

30. Selon l'expression de la loi de décembre 1988 sur la « protection des personnes qui se prêtent à des expérimentations biomédicales ».

31. Claude M., « Dans l'éprouvette », *Les Cahiers du GRIF, op.cit.*

32. Selon les mots de Françoise Laborie, *art. cit.*

33. Hannah Arendt, *Between past and future*, 1954, *La crise de la culture*, Gallimard, 1972.

34. Georges Devereux, *De l'angoisse à la méthode*, Flammarion, 1980.

35. Claire Ambroselli, « Comités d'éthique et droits de l'homme », *Actes, les cahiers d'action juridique, Droit et humanité*, n°s 67-68, septembre 1989.

36. Michel Foucault, deux essais sur le sujet et le pouvoir, *art. cit.*

37. « Groupes de conscience » féministes, groupes « Balint » créés par des soignants, groupes d'« hommes violents »...

38. Dans le champ intellectuel, une telle voie est notamment théorisée par Foucault, avec son « intellectuel spécifique », mais aussi par tous ceux, de Devereux à René Louraux ou Castoriadis, qui ont travaillé l'« implication » du désir dans les institutions. On pourrait encore solliciter une tradition philosophique variée, de Spinoza à Georg Simmel.

NOUVEAUX POUVOIRS, NOUVELLES NORMES

L'échange procréatif

1. « Quelles sont les femmes qui pourraient bénéficier d'un don d'ovule ? Celles dont les ovaires sont présents mais inaccessibles, rendant la FIVETE impossible, voire trop dange-

reuse. Ou encore les patientes dont les ovaires sont déficients (anomalie génétique, endométriose ovarienne ou ménopause précoce). Enfin, les femmes dont les ovaires ont été retirés par intervention chirurgicale, mais qui conservent un organe utérin », R. Frydman, *L'Irrésistible désir de naissance*, PUF, 1987, p. 136.

2. R. Frydman, *ibid.*, p. 137.

3. M. Bydlowski, « Quand les mères s'emmêlent : donneuses d'œufs et porteuses d'enfant », Premières Journées de Clamart, Stérilité, 8.2.1987.

4. R. Frydman, *ibid.*, p. 143.

5. R. Frydman, *ibid.*, p. 153.

6. R. Frydman, *ibid.*, p. 169-170, 172.

7. *Enfant d'abord*, novembre 1986, p. 26.

8. R. Frydman, *loc. cit.* p. 139-140.

9. R. Frydman, *ibid.*, p. 139.

10. R. Frydman, *ibid.*

11. C. Manuel, « La révélation de son origine à l'enfant né par IAD », *Aspects psychologiques de l'insémination artificielle*, C. Manuel, J.-C. Czyba, p. 154, SIMEP, 1983.

12. Voir Michel Tort, « Le traitement psychologique de la demande dans la procréation artificielle », *Psychanalyse à l'Université*, avril 1987.

13. C. Manuel, *loc. cit.*, p. 155. Voir aussi M. Tort, *Le désir froid*, La Découverte, 1992.

NOUVEAUX POUVOIRS, NOUVELLES NORMES

Usagers et PMA...

1. Jean-Pierre Cambier consacre sa thèse de doctorat au thème « Ethique et “bio-politique” » (Paris I).

2. Loi n° 88-1138 du 20.12.1988, relative à la protection des personnes qui se prêtent à des recherches biomédicales, *JO* du 22.12.1988.

3. Le nouveau dispositif autorise désormais les essais sans intérêt direct pour la personne, en violation du code de déontologie médicale qui n'admettait l'intervention du médecin sur un malade que dans l'intérêt direct de celui-ci ; de plus, de tels essais sont possibles même en l'absence d'un consentement valide : personnes en état d'inconscience (dont les « végétatifs chroniques »), non-informées complètement ou en situation de

dépendance à l'égard de l'expérimentateur. Premier texte international spécifique depuis le Code de Nuremberg, les Recommandations du Conseil de l'Europe sur la recherche médicale sur l'être humain ont désavoué formellement la France à ce propos en février 1990... mais ont été accueillies par le plus total désintérêt de nos médias !

4. Déclarations au colloque « Des parlementaires à l'écoute », au Sénat, en septembre 1989.

5. Par une délibération n° 89-126 en date du 7.11.1989, la Commission nationale pour l'informatique et les libertés a très sévèrement critiqué les propositions de l'avant-projet Braibant souhaitant l'abandon des dispositions en vigueur, qui imposent l'information personnelle des malades et leur libre consentement au traitement informatique de leurs données nominatives : pour la CNIL, « le dispositif prévu [...] n'assure pas un équilibre satisfaisant entre l'intérêt de la santé publique et le respect des libertés fondamentales et des droits de l'homme, notamment du droit à la vie privée ; il n'apporte pas non plus [...] toutes les garanties appropriées requises par l'article 6 de la Convention du Conseil de l'Europe pour la protection des personnes à l'égard du traitement automatisé des données à caractère personnel ».

6. *Expérimentation biomédicale et droits de l'homme*, PUF, 1988, p. 153-178.

7. Cependant, plus récemment (revue *Esprit*, novembre 1989), le même auteur fait encore référence au caractère absolu du respect de la dignité humaine, mais cette fois pour rejeter toute expérimentation sur... l'embryon : « Si l'on considère ces pratiques comme traitement inhumain ou dégradant de la dignité comme droit à protection absolue, on peut admettre qu'elles soient défendues même à un stade où la vie n'est pas encore protégée en tant que telle » (p. 121). On comprend mal pourquoi l'embryon bénéficierait d'une protection discutée à la personne déjà née...

8. Je ne conteste naturellement pas la démarche intellectuelle consistant à tenter d'introduire une nouvelle logique dans le droit, en remplaçant la logique du tiers exclus et de la non-contradiction par une logique de gradation ; mais je réprouve le moyen employé pour relativiser une des exigences fondamentales du respect de la dignité humaine, au moment où ce principe, déjà trop souvent mis en cause, aurait besoin de la défense de tous les juristes, et où les « comités de protec-

tion des personnes » sont cantonnés, par la loi sur l'expérimentation, au seul rôle de vérification de l'application des exigences légales, à l'exclusion de toute possibilité de modulation éthique, et à la seule vérification globale du protocole de recherche proposé, sans qu'il puisse être procédé à l'examen des exceptions au libre consentement posées au cas par cas par un expérimentateur juge et partie.

9. *La Maîtrise du vivant*, Hachette, 1988.

NOUVEAUX DROITS, NOUVEAUX DEVOIRS

Le droit aussi a ses limites

1. La littérature sur le sujet est si importante qu'il est impossible dans le cadre de cet article de la citer exhaustivement ; p. ex. C. Labrusse-Riou et G. Cornu, *Droit de la filiation et progrès scientifique*, Economica, 1982 ; également J.-L. Baudouin et C. Labrusse-Riou, *Produire l'homme, de quel droit*, PUF, Coll. Les voies du droit, 1987 (cet ouvrage renvoie à une bibliographie très abondante) ; J. Terré, *L'Enfant de l'esclave*, Flammarion, 1987 ; *De l'éthique au droit*, La Documentation française, 1988, 49 et s. ; J. Rubellin-Devichi, « Congélation d'embryons, fécondation *in vitro*, mère de substitution », *Génétique, procréation et droit*, Actes Sud, 1985, 307 et s ; M. Gobert, « Les incidences juridiques des progrès des sciences biologiques et médicales sur le droit des personnes », *Génétique, procréation et droit*, *op. cit.*, 61 et s.

2. C'est ainsi que l'article 312 C. civ. affirme que « l'enfant conçu pendant le mariage a pour père le mari ».

3. En ce sens que la reproduction est seulement une modalité et non un système de représentation.

4. Cet enchaînement est bien décrit par J. Carbonnier, *Droit civil*, tome 2, PUF, 1989, 13e éd., 389.

5. Ce qui explique que la paternité et la maternité naturelles soient divisibles, alors que la filiation légitime est indivisible en ce sens qu'elle ne peut être établie à l'égard de la mère sans l'être immédiatement à l'égard du père.

6. F. Héritier-Augé, « Don et utilisation de sperme et d'ovocytes, mères de substitution, un point de vue fondé sur l'anthropologie sociale », *Génétique, procréation et droit*, *op. cit.*, 237 et s.

7. Il s'agit respectivement de l'article 312 al. 2 C. civ. et de l'article 339 C. civ.

8. On remarquera qu'il ne s'agit nullement pour lui d'une obligation, d'où des règles adoptées par la loi du 3 janvier 1972 permettant à la femme de faire échapper l'enfant à la présomption de paternité dans certains cas précis.

9. Trib. gr. inst. Nice, 30 juin 1976, D. 1977, 45, note Huet-Weiller ; J.C.P. 1977, II, 18597, note M. Harichaux-Ramu ; Gaz pal. 1977, 1, 48, note Paillet ; Trib. gr. inst. Paris, 19 février. 1985, D. 1986, 223, note Paillet ; on relèvera toutefois que dans les deux cas un doute pesait sur le consentement de l'homme.

10. Ainsi, pour G. Cornu, *Droit civil*, Montchrestien, 1984, t. 2, 295, « le lien de filiation est un fait biologique. Le but à atteindre est l'établissement de la vérité biologique : vérité naturelle ».

11. Il est important de rappeler qu'on ne peut jamais empêcher quelqu'un d'utiliser une règle, et, quand une demande s'exprime, le juge est obligé d'y répondre.

12. On lira avec intérêt sur ce point l'article de J. Testart, « Sperme en banque, bébés en carte », *Libération*, 16 février 1990.

13. Nous disons techniciens et non médecins, car il nous semble que l'on a tort de raisonner en termes de médecine ce qui est d'ordre technique et alors qu'il ne s'agit nullement de soigner des malades.

14. D'où la question lancinante, même si elle est creuse, de savoir s'il faut ou non légiférer sur ces questions et sur d'autres.

15. Sur la notion et toutes ses implications, on peut se reporter à notre article : D. Thouvenin, « Les principes juridiques impliqués par l'utilisation des tissus fœtaux », *L'Hôpital à Paris*, n° 88, juillet-août 1985, 35 et s.

16. On veut signifier par là que si le droit n'a pas conceptualisé le corps, il en tient compte lorsqu'il subit des atteintes ; c'est donc du côté des sanctions pénales qu'il faut chercher le corps et la vie.

17. Sur tous ces points, voir notre article : D. Thouvenin, « La disponibilité du corps humain : corps sujet ou corps objets », *Actes*, 1985, n°s 49-50, 35 et s.

18. Cela a commencé avec les prélèvements d'organes, puis cela a continué avec les dons de sperme, l'expérimentation sur l'homme, les procréations médicalement assistées, etc. ; nous

n'oublions pas que le don de sang est bien antérieur aux années 1975, mais il n'a pas entraîné les interrogations multiples auxquelles nous assistons désormais.

19. Nous nous sommes longuement expliquée de cette référence au consentement dans notre commentaire de la loi du 20 décembre 1988, « La loi du 20 décembre 1988 : loi visant à protéger les individus ou loi organisant les expérimentations sur l'homme ? », *Actualité législative*, Dalloz, 1989, 110, n°s 137 à 169.

20. C'est en revanche le modèle qu'emprunte la proposition de loi Sénat n° 237 puisqu'un tiers — en l'espèce le juge d'instance — est chargé de recueillir le consentement des couples en vue d'une procréation avec don de gamètes ou d'embryon.

21. Au fond, l'un fonctionne sur un modèle pénal et l'autre sur un modèle civil : si le médecin a obtenu l'accord de son patient, l'atteinte qu'il porte au corps d'autrui est justifiée, tandis que si des personnes tombent d'accord entre elles, elles nouent une relation qui les engage.

22. A l'occasion de l'application de l'article 64 C. pén. qui dit qu'il « n'y a ni crime ni délit lorsque le prévenu était en état de démence au temps de l'action » : pour le droit, le dément est celui dont le geste criminel n'a pas de sens et qui, de ce fait, est rejeté hors du droit ; pourtant, une personne ne sera déclarée démente qu'après une expertise conduite par des psychiatres dont les critères et les références sont différents. On pourrait donc croire que si le juge suit les conclusions de l'expert médical, cela signifie que le non-lieu est fondé sur la notion de pathologie telle que la médecine peut la comprendre ; en réalité, il n'en est rien, le juge déclarant que l'individu considéré ne ressortit pas au genre dont il s'occupe ; on lira avec profit sur toutes ces questions J. Michel, « Par-delà la loi du 30 juillet 1838 : la rationalité juridique », *L'Information psychiatrique*, vol. 64, n° 6, juin 1988, 783, et « Normal ou pathologique : l'espace du droit pénal », *Milieux*, n° 34, 1988, 59.

23. Cela dit, les explications fournies par les auteurs du projet sur sa philosophie même se réfèrent explicitement au droit *à* l'enfant.

24. J. Michel, « Le Droit à l'épreuve du sujet », *Milieux*, n°s 23-24, 1986, 42 et s.

25. G. Canguilhem, *Le Normal et le pathologique*, PUF, 1966, 86.

26. Se trouve ainsi posée une fois de plus la question du rôle des décrets d'application ; la foi fixe des principes généraux, et de ce fait ne rentre pas dans les détails — dont on sait à quel point ils peuvent être essentiels — et ce sont les services centraux des ministères qui, en définitive, donnent aux textes leur véritable visage.

27. En l'occurrence, l'article 317, C. pén.

28. B. Edelman, « L'Occident entre décadence et barbarie », *Actes*, 1989, n°s 67-68, 68 et s ; aussi « Entre personne humaine et matériau humain : le sujet de droit », *La Nature et le droit*, C. Bourgois, 1988, 124 ; on ne manquera pas d'être étonné que l'auteur dise préférer que l'interruption de grossesse soit considérée comme une variété de légitime défense, donc de fait justificatif, puisque tel est très exactement le cas du système imaginé par le droit français !

29. Voir en ce sens B. Edelman, *La nature et le droit*, *op. cit.*, 132 et s.

30. Sur ce concept, voir M. Chemillier-Gendreau, « L'humanité peut-elle être un sujet de droit international ? », *Actes*, 1989, n°s 67-68, 14 et s.

31. Sur ce point, on pourra lire A. Fargot-Largeault et G. Delaisi de Parseval, « Qu'est-ce qu'un embryon ? » *Esprit*, 1989, 86 et s.

32. On relèvera avec intérêt que l'avant-projet Braibant prévoit qu'« il est interdit de constituer des embryons humains... » ; or la constitution est juridiquement l'action d'établir légalement.

33. Nous ne nous prononçons pas sur la pertinence d'une telle interdiction ; nous nous plaçons uniquement du point de vue de la logique interne du système lui-même.

34. Sur ce point, on renverra à l'excellent article de M. Villey, « De l'indicatif dans le droit », *Critique de la pensée juridique moderne*, Dalloz, 1976, 51 et s., qui rappelle qu'il n'y a ni « règle de conduite, ni impératif, ni norme d'action » dans le Code civil.

NOUVEAUX DROITS, NOUVEAUX DEVOIRS

L'embryon aléatoire

1. M.-H. Congourdeau, « L'animation de l'embryon humain chez Maxime le Confesseur », *Nouvelle Revue théologique*, n° 5, 1989, p. 693.

2. P. Darmon, *Le Mythe de la procréation à l'âge baroque*, Le Seuil, 1981.

3. Renommer répond toujours au désir d'effacer un état antérieur pour instituer une situation nouvelle. T. Todorov fait une analyse très intéressante de la manière dont Christophe Colomb — devenu Colon — a renommé toutes les contrées qu'il découvrait pour leur donner des « noms justes », *La Découverte de l'Amérique*, Le Seuil, 1982, p. 32, 34-35.

4. Rapport de M. Palacios sur « la recherche scientifique relative à l'embryon et au fœtus humains », Assemblée parlementaire du Conseil de l'Europe, 13 septembre 1988, Doc. 5943 (Commission de la science et de la technologie).

5. Toute cette partie n'est qu'une paraphrase du travail réalisé par P. Oliviero pour les actes du colloque « Patrimoine génétique et droits de l'humanité », Atelier juridique, à paraître.

6. A. Fagot et G. Delaisi de Parseval, « Les droits de l'embryon humain et la notion de personne humaine potentielle », *Revue de métaphysique et de morale*, n° 3, 1987, p. 361. A l'inverse, J.-Cl. Beanne, qui décrit la destruction ontologique de l'embryon, *Les Spectres mécaniques*, Ed. Champ Vallon, p. 68 et s.

7. G. Hottois, « La bioéthique : problèmes, définitions et méthodologie ». Sonia Le Bris : « L'enseignement, la recherche et la pratique de la bioéthique », Conseil de l'Europe, 1989.

8. « L'eugénisme, objet de phobie idéologique », *Esprit*, novembre 1989.

9. « Le choix du sexe », même revue.

10. C. Koonz, *Les Mères-Patrie du III*e *Reich*, Lieu commun, Histoire, 1989.

11. Sur l'eugénisme anglo-saxon, qui est la forme la plus proche de ce que l'on met en place aujourd'hui, voir les travaux de P. Thuillier et les travaux de G. Terrenoire, *Enjeux sociaux de la biologie* (on peut se les procurer 59-61, rue Pouchet, 75017), ou encore le politique André Siegfried qui découvrit cela entre les deux guerres.

12. V. Ranouil, *L'Autonomie de la volonté, naissance et évolution d'un concept*, PUF, 1980.

13. J. Bodin, *La République*, tome I, Fayard.

14. On croyait pourtant le débat enterré dans le prétoire ; voir P. Darmon, *Médecins et assassins de la Belle Epoque*, Le Seuil, 1989. Il resurgit sous une tout autre forme dans le

diagnostic prénatal : les parents choisissent le plus souvent de pratiquer une interruption thérapeutique de grossesse.

15. Sur cette position, l'œuvre de J. Ruffié est très éclairante. Pour une prise de position courte, mais très claire, voir F. Ravau, dans l'ouvrage collectif *Expérimentation biomédicale et droits de l'homme*, PUF, 1988. L'analyse serrée de ce phénomène a été faite par G. Hottois à plusieurs reprises. On consultera l'article, qui est peut-être le plus synthétique, « Entre humanisme et évolutionnisme », *Science et technique*, Centre d'action laïque, Editions de l'Université de Bruxelles, 1987.

16. Sur le droit à l'expérimentation sur « des cellules embryonnaires cultivées non investies d'un projet d'enfant », et le lien effectué avec l'avortement, voir P. Van Gensen, *Science et éthique*, Editions de l'Université libre de Bruxelles, 1987.

17. X. Labbée, *La Condition juridique du corps humain avant la naissance et après la mort*, thèse, Lille II, 1986.

18. D. Brahams (*barrister of law*), « Fetal spare Parts », *The Lancet*, 20 février 1988.

19. Sur la qualité de l'enfant comme objet du contrat d'entreprise signé entre la mère porteuse et le père biologique, voir un article juridique instructif dans *Les Petites Affiches*, n° 20, 16 février 1987.

20. Voir cour d'appel de Toulouse, arrêt du 20 septembre 1987, Dalloz, 1988, 13e cahier, jurisprudence, p. 184.

21. Sur le fonctionnement de cette fiction, voir G. Goubeaux : *Traité de droit civil : les personnes*, LGDJ, 1989.

22. Douai, 2 juin 1987, *La Semaine juridique*, Edition générale, 1989, n° 24, jurisprudence 21 250, note Labbée.

23. *De l'éthique au droit*, publié à La Documentation française, 1988 ; Etude critique de ce rapport : M.-A. Hermitte, Revue *Le Supplément*, Ed. du Cerf, juin 1989 ; Lucien Seve, « Rapport sur la personne humaine », présenté au Comité national d'éthique.

24. Sur les difficultés de l'application de la théorie du bilan à de tels domaines, voir M.-A. Hermitte, « Réflexions d'un juriste sur le rapprochement des mots "économie" et "expérimentation" », *Expérimentation biomédicale et droits de l'homme*, PUF, 1988.

25. Jean Bodin, précité, tome I, chapitre sur l'esclavage.

26. V. Mortaigne, *Le Monde*, supplément télévision, 20 janvier 1990.

27. Pour une remise en ordre partielle, voir D. Thouvenin,

« Les principes juridiques impliqués par l'utilisation des tissus fœtaux », *L'Hôpital à Paris*, n° 88, 1985.

NOUVEAUX DROITS, NOUVEAUX DEVOIRS

Le désir d'enfant...

1. *Cf.* « Des parlementaires à l'écoute : diagnostic prénatal et procréations médicalement assistées », colloque du 24 juin 1989, Sénat, organisé par l'association « Ethique et Société ».
2. G. Delaisi de Parseval et A. Janaud, *L'Enfant à tout prix. Essai sur la médicalisation du lien de filiation*, deuxième éd., Le Seuil, Points actuels, 1985.
3. Anne Fagot-Largeault et Geneviève Delaisi de Parseval, « Qu'est-ce qu'un embryon ? », *Esprit*, n° 6, juin 1989.
4. *Infertility. Women speak out about their Experiences of Reproductive Medecine*, edited by Renate Klein, Pandora Press, 1989.
5. G. Delaisi de Parseval, « Procréations artificielles et intérêt de l'enfant », *Etudes*, février 1989. Voir aussi G. Delaisi et P. Verdier, *Enfant de personne*, Odile Jacob, 1994.
6. G. Delaisi de Parseval, « L'acharnement bébologique et la bioéthique », *Objectif Bébé*, ouvrage collectif, *Autrement*, Le Seuil, Points Actuels, 1987.
7. *Les Enfants des couples stériles*, ouvrage collectif sous la direction de W. Pasini, F. Beguin, M. Bydlowski, E. Papiernik, ESF, 1985.
8. *Cf.* note 3.
9. Louis Roussel, *La Famille incertaine*, Odile Jacob, 1989.
10. « Avant-projet de loi sur les sciences de la vie et les droits de l'homme » (dit « Rapport Braibant »), dactylographié, février 1989.
11. G. Delaisi de Parseval et A. Fagot-Largeault, « Le statut de l'enfant procréé artificiellement : disparités internationales », *Médecine-Sciences*, vol. 2, 9, 1986.
12. Pierre Verdier et Michel Soulé, *Le Secret sur les origines*, ouvrage collectif, ESF, 1986.
13. *The Committee to Consider the Social, Ethical and Legal Issues Arising from In Vitro Fertilization*, Chairman : Louis Waller, Victoria, août 1984.
14. Göran Ewerlöf, « L'insémination artificielle. Législation et débat », *Actualités suédoises* (Publié par l'Institut suédois), n° 329, février 1985.

15. Actes du colloque « Génétique, procréation et droit », Actes Sud, 1985.
16. G. Delaisi de Parseval, *La Part du Père*, Le Seuil, 1981.
17. *Cf.* note 12.
18. « Vers la "procréatique" », *Projet*, n° 195, sept-oct. 1985.
19. G. J. Annas, « Artificial insemination : beyond the best interests of the donor », *Hastings Center Report*, 1979, 9, 4.

L'INCONSCIENTIFIQUE

Le face-à-face de la science et du sexuel

1. Pour les deux sexes, naturellement, selon la formule empruntée à la tradition juridique antique.
2. R. Frydman et A. Raoul Duval, « Fécondation in vitro — les hors la mère », *Contraception, Fertilité, Sexualité*, 1983, n° 11, 3, p. 281-285.
3. Michel Serres, *Paris, 1800. Eléments d'histoire des sciences*, Bordas, 1989.
4. Voir à ce propos Piera Aulagnier, « Le désir de savoir dans ses rapports à la transgression », *L'Inconscient*, n° 1, *La transgression*, janvier-mars 1967, PUF.
5. Les cigognes : une association de mères porteuses.
6. « L'œuf sous la main », Réalisation Catherine Bousquet.
7. François Dagognet, *La Maîtrise du vivant*, Hachette.
8. A.-M. de Vilaine, « Les Mâles-Médias — De la parenté à l'eugénisme », *Les Cahiers du GRIF*, automne 1987.
9. Voir annexe p. 338.
10. Comment ne pas penser aux géniales observations de Huxley qui faisait du mot « parent », et plus encore « mère », l'obscénité par excellence, le honteux rappel des temps de grossière reproduction vivipare !
11. Gilbert Hottois, *Le Signe et la technique*, Aubier.
12. J. Lacan, *Le Séminaire*, livre VII, Le Seuil.
13. François Dagognet, *La Maîtrise du vivant*, Hachette.
14. Dans son livre *Le Crime du caporal Lortie* (Fayard), Pierre Legendre observe que l'incapacité d'une génération à affronter l'enjeu de la limite, à renoncer à soutenir sa demande d'enfant face à son enfant, s'achève finalement en décharge pulsionnelle sur les enfants.
15. A ce propos, voir mon article « Il n'y a pas de preuves

d'amour », *Psychanalystes*, numéro spécial *Vivants et Mortels, Psychanalyse et techno-sciences.*

16. Voir à ce propos l'article de Catherine Labrusse « La vérité dans le droit des personnes », *L'Homme, la nature et le droit*, textes présentés par B. Edelman et M.-A. Hermitte, Christian Bourgois.

17. Déjà certains, dans le monde du travail et des assurances, se préparent à s'emparer des possibilités de « connaissance » et de discrimination offertes par les empreintes génétiques. Créée à l'initiative du Club de l'Horloge, une association, SOS Identité, propose aux Français le devoir de maintenir leur identité face au fléau de l'immigration et réclame le plein emploi des techniques identitaires, aux fins que l'on devine.

18. Proposition de loi tendant à assurer le respect de l'intégrité de la personne, présentée par Mme Christine Boutin, députée.

19. Jacques Lacan, *op. cit.*

20. Marie Balmary, *Le Sacrifice interdit*, Grasset.

21. Paris, octobre 1989.

ANNEXES

1.

PMA : quelques bilans annoncés

Les tableaux ci-dessous sont donnés à titre indicatif. Comme montré dans l'article de Wagner et St. Clair, ces chiffres ne peuvent prétendre à l'exhaustivité ni à la transparence. En effet, ils résultent de la contribution volontaire des principaux acteurs, mais pas de tous, des PMA et n'ont fait l'objet d'aucune vérification (voir « Vers une véritable transparence ? » annexe 2). Cependant, ils reflètent mieux la réalité que certaines informations médiatisées et permettent d'apprécier l'importance de facteurs variés dans l'évolution et les résultats des PMA.

Les informations proviennent en partie de l'enquête annuelle du GEFF (Groupe d'étude de la FIV en France), qui constitue la base la plus exhaustive, mais d'analyse relativement sommaire des activités de FIVETE et GIFT. Le fichier national informatisé (FIVNAT), beaucoup plus précis, recueille 80 % de cette activité mais de façon différée, en particulier pour l'analyse des grossesses obtenues. D'où les variations des effectifs indiqués dans l'un ou l'autre de ces bilans pour la même année de référence.

Le *tableau 1* indique l'évolution des pratiques de

PMA en quelques années : après l'explosion initiale, le nombre de tentatives de FIVETE tend à se stabiliser mais dépasse déjà celui des tentatives d'IAD. A noter la progression des techniques lourdes (FIV-D, GIFT-D) intervenant sur la femme pour substituer un sperme de donneur à celui, déficient, de son conjoint.

Aujourd'hui, presque 1 % des enfants (environ 6 000 sur 800 000) naissent à l'issue des PMA (*tableau 2*). Cependant, la FIVETE n'est appliquée qu'une fois sur cinq selon son indication initiale (la stérilité tubaire définitive) et la cause d'infertilité du couple traité est inconnue une fois sur dix (*tableau 3*). La plupart des indications du GIFT concernent cette « stérilité idiopathique », la méthode n'étant évidemment praticable que si les trompes sont présentes et perméables.

Les PMA augmentent considérablement la fréquence des grossesses multiples (près de 1 sur 3 après GIFT, de 1 sur 4 après FIV, et de 1 sur 20 après IAD ; voir *tableau 2*). C'est parce que le taux de grossesse augmente avec le nombre d'embryons transférés (*tableau 4*) que ce nombre est, en pratique, de plus en plus élevé (*tableau 5*), conduisant à des naissances multiples (*tableau 6*) dont les complications sont fréquentes (*tableau 7*). Ainsi, quand une grossesse évolutive est obtenue après le transfert de plus de 4 embryons, plusieurs bébés naissent simultanément dans presque la moitié des cas et au moins 3 bébés une fois sur 10 (*tableau 6*). On note que, pour un nombre constant d'embryons transférés, l'efficacité de la FIVETE stagne au cours des dernières années (*tableau 4*). Il semble que la surproduction provoquée des ovocytes s'accommode mal de leur aptitude au développement : plus la stimulation des ovaires est importante et plus la qualité moyenne des ovocytes, et donc des embryons, est affectée. Il est difficile de reconnaître du bon sens ou une quelconque démonstration de « maîtrise » quand une pratique court ainsi après elle-même...

Tableau 1

Activités PMA[a] en France : nombre de tentatives[b] annuelles

	Sperme du conjoint			Sperme de donneur[c]		Total
	FIV	GIFT	ZIFT	FIV-D	IAD	
1985	6 932	–	–	–	25 723	32 655
1986	11 147	419	–	632	23 718	35 916
1987	17 209	550	–	1 408	23 192	42 359
1988	19 788	1 489	75	1 866	21 466	44 684
1989	21 872	1 192	401	2 183	20 004	45 652
(% grossesses/ tentatives en 1989)[d]	(16,7)	(21,6)	(22,2)	(22,7)	(8,4)	

a) activité IAC inconnue
b) tentatives = interventions pour recueil d'ovocytes (sauf pour IAD)
c) d'origine CECOS (activité des autres banques non recensée)
d) sources : GEFF et CECOS

Tableau 2

Naissances après PMA en France (fin 1989)

	FIV-GIFT (1982-1989)	IAD (1973-1989)
Nombre enfants nés	11 127	16 500
dont naissances 1989	4 227	1 500
% naissances multiples	23,1	4,5
(dont ≥ triples)	(3,6)	(0,5)

Sources : GEFF et CECOS

Tableau 3

Indications médicales pour FIV-GIFT en 1988
(d'après FIVNAT[1], 1989)

Causes supposées de l'infertilité	% des tentatives	
	FIV	GIFT
Tubaires définitives[a]	19,3	0,0
Trompes altérées[b]	28,5	16,0
Masculines	16,8[c]	26,4[d]
Mixtes[e]	18,6	8,6
Inexpliquées[f]	10,5	36,9
Divers[g]	6,2	12,1
nombre de tentatives analysées en 1988	13 336	875

a) 2 trompes absentes ou obturées
b) trompes défectueuses non obturées
c) insuffisance du sperme (13,2 %) ou azoospermie (donneur systématique : 3,6 %)
d) insuffisance du sperme (20,7 %) ou azoospermie (donneur systématique : 5,7 %)
e) infertilité attribuée aux deux membres du couple
f) infertilité sans explication découverte
g) facteurs variés dont endométriose

Tableau 4

*Nombre d'embryons transférés et taux de grossesse**

références	nombre d'embryons transférés				
	1	2	3	4	> 4
FIVNAT 1986	12,5	21,3	25,8	33,8	38,2
FIVNAT 1987	9,6	18,1	25,8	30,1	38,1
FIVNAT 1988	9,0	15,7	25,0	29,0	31,0
FIVNAT 1989	8,9	17,9	27,0	29,9	32,9

* L'enquête 1986 recensait les grossesses débutantes (d'appréciation souvent subjective) tandis qu'ultérieurement on n'a retenu que les grossesses cliniques (critères : sécrétion d'hormone embryonnaire [HCG] très significative ou visualisation de l'embryon par échographie).

Tableau 5

Evolution du nombre d'embryons transférés sur 5 années

Sources	Nombre de transferts analysés	Répartitions (%) des transferts selon le nombre d'embryons				
		1	2	3	4	> 4
Edwards, Steptoe 1983[2]	891	69,4	26,8	3,7	0,1	0,0
Bilan international 1984[3]	7 993	41,6	31,4	16,8	10,2	
France 1986[4])	7 499	31,3	28,6	25,6	11,5	3,0
FIVNAT 1987[5]	7 834	23,3	22,5	28,7	19,7	5,8
FIVNAT 1988[1]	10 060	19,7	18,3	22,9	31,1	8,0
FIVNAT 1989[6]	10 584	18,5	17,7	25,9	27,2	10,2

Tableau 6

Naissances multiples en fonction du nombre d'embryons transférés

	Nombre d'embryons transférés				
	1	2	3	4	≥5
Nombre d'accouchements analysés	185	380	709	758	181
% accouchements multiples	2,2	17,6	27,5	37,4	42,0
dont doubles	2,2	17,1	23,1	30,7	31,5
≥ triples	–	0,5	4,4	6,7	10,5

D'après FIVNAT[6].

Tableau 7

Accouchements et qualité des enfants après FIVETE

	Nombre d'enfants nés		
	1	2	≥ 3
Nombre d'accouchements	1 825	498	99
% accouchements ≤ 32 semaines	2,2	7,8	27,0
% césariennes	27,8	60,4	90,8
poids moyen (g)	3 106	2 388	1 788
% transfert en unité spécialisée	11,1	37,3	86,9
% mortalité (in utero 28e jour post-natal)	12,5	30,5	64,7
% malformations	2,9	2,6	2,6
Sex ratio (garçons/filles)	1,16	1,03	1,13

D'après FIVNAT[6].

RÉFÉRENCES

1. FIVNAT : *Contraception, Fertilité, Sexualité,* vol. 17, nº 7-8, p. 689-695, 1989.
2. Edwards RG, Steptoe PC : *Lancet* nº 8362, p. 1265-1269, 1983.
3. World collaborative report : Annals New York Acad. Sciences, nº 442, p. 558-563, 1985.
4. GEFF : *Contraception, Fertilité, Sexualité,* vol. 15, nºs 7-8, p. 735-739, 1987.
5. FIVNAT : *Contraception, Fertilité, Sexualité,* vol. 16, nºs 7-8, p. 599-603,, 1988.
6. FIVNAT : *Contraception, Fertilité, Sexualité,* vol. 18, nºs 7-8, p. 588-600, 1990.

2.

Vers une véritable transparence ?

La décision administrative de réglementer l'activité des PMA en France a entraîné la contestation des formes et des conséquences de cette réglementation par l'ensemble des professionnels de la FIVETE. Ceux-ci ont élaboré en 1989 la résolution ci-dessous qui a été envoyée aux parlementaires :

« Les professionnels de la FIVETE (Fécondation *in vitro* et transfert d'embryon) regroupés dans le GEFF (Groupe d'étude de la fécondation *in vitro* en France) considèrent que le décret n° 88327 du 8 avril 1988 vient réglementer l'activité des PMA (procréation médicalement assistée) d'une façon à plusieurs égards malheureuse. L'autorisation d'exercice délivrée à 74 équipes sur une base essentiellement géographique (carte sanitaire) :
— exclut certaines équipes dont la compétence est démontrée,
— inclut certaines équipes sans expérience réelle,
— élimine, dans presque toutes les régions, la possibilité d'apparition de nouvelles équipes,
— maintient les patients dans l'ignorance des résultats obtenus ici ou là.

C'est pourquoi le GEFF propose la régulation de l'activité PMA sur les bases suivantes :

— autorisation d'exercice délivrée sur les seules bases de la compétence, de la qualité du plateau technique et du respect des règles d'éthique qui ont fait l'objet d'un consensus par la société,

— contrôle annuel de l'activité et des résultats par une commission paritaire de professionnels des PMA placée sous l'autorité de la Commission nationale de Médecine et de Biologie de la Reproduction,

— information du public à partir de ce contrôle nominatif.

Au moment de la discussion du projet de loi relatif aux sciences de la vie et aux droits de l'homme, nous sommes certains que vous serez sensible à ces propositions. Elles permettraient de pratiquer une évaluation objective, au service de la transparence et en évitant l'arbitraire, pour le meilleur bénéfice de la santé publique. »

On peut regretter que la répression administrative ait été nécessaire pour inciter les professionnels à proposer de codifier ainsi leurs pratiques. Mais il faut souligner l'importance de ce texte (qui demande bien sûr à être précisé) dans l'histoire des rapports de la médecine et de la société. C'est à notre connaissance la première fois qu'une spécialité médicale (cliniciens et biologistes de la FIVETE confondus) se déclare disposée à jouer à fond la carte de la transparence. Certainement, outre une alternative aux solutions, à plusieurs égards malheureuses, qu'ont imposées les décrets, on constate là une réponse à l'inquiétude sociale et aux critiques de beaucoup d'entre nous. Le ministère de la Santé devrait saisir cette opportunité et mettre en œuvre de telles propositions, dont la généralisation à l'ensemble des pratiques médicales est plus que souhaitable.

3.

Pour des états généraux de la biomédecine

Le Parlement français, en adoptant la loi du 20 décembre 1988 sur l'expérimentation humaine, a consacré le développement du biopouvoir et la transformation de la médecine qui en résulte. Celle-ci soignait les personnes, l'industrie du vivant a pour objectif le contrôle et la domination des corps, de l'embryon au cadavre.

Cet enjeu, politique au sens premier, n'a pas retenu sur leur banc les parlementaires. Le vote a été obtenu sans vrai débat, à l'unanimité électronique. La science n'est-elle pas « indiscutable », le progrès « inéluctable », celui des connaissances « allant de pair avec celui de la liberté » ? Ce *credo* de la « religion de la science » de Bouvard et Pécuchet, du pharmacien Homais, nous est aujourd'hui rabâché par le Dr Milhaud et l'ex-sénateur Caillavet.

Mais est-il bien question de science ? Et de quel progrès, de quelle liberté s'agit-il ? Rappelons que l'un voulait légaliser l'euthanasie pour les handicapés graves et que l'autre, de son propre chef, à l'occasion du procès de Poitiers, avait « expérimenté » sur un jeune comateux l'effet de l'inversion des tubulures d'oxygène et de protoxyde d'azote.

Les citoyens ont le droit de savoir ce qui les attend lorsqu'ils entrent à l'hôpital. Jusqu'ici les essais sur les volontaires sains, obligatoires pour les laboratoires pharmaceutiques lançant un nouveau médicament, étaient interdits par la jurisprudence. Le texte voté prévoit certes des protections et des restrictions concernant ces volontaires et les malades engagés dans des protocoles expérimentaux : consentement libre et éclairé, « indemnités » plafonnées à trois ou quatre fois le SMIC, comités consultatifs chargés de s'assurer de la sécurité comme de l'intérêt médical ou scientifique de l'expérimentation, assurance obligatoire enfin. Mais en étendant la possibilité d'expérimenter, et *sans visée thérapeutique,* sur des personnes de qui il est impossible d'obtenir un consentement personnel libre et éclairé : enfants, malades mentaux, personnes âgées ou en état végétatif chronique, la nouvelle loi, sous couvert de clarté, entérine la prééminence de l'expérimental sur le thérapeutique et désavoue les avis successifs du Comité national d'éthique de 1984, 1986 et du 7 novembre 1988, recommandant l'interdiction de toute expérimentation sans bénéfice personnel pour le malade.

La loi du 20 décembre 1988 fait partie d'un dispositif législatif — légitimant les pratiques biomédicales actuelles — qui va de la loi Caillavet du 22 décembre 1976, rendant licites les prélèvements d'organes sur les cadavres de personnes ne s'y étant pas opposées de leur vivant, à la proposition de loi du sénateur Franck Sérusclat sur la procréation médicalement assistée, qui donne pleins pouvoirs aux médecins pour sélectionner les ayants droit et gérer dans l'anonymat toutes les transactions sur le matériel génétique humain, et veut légaliser notamment le « rapt » des ovocytes et le don d'embryon à des fins de recherche.

Dans ces textes, les « garde-fous » dénient et légalisent la folie et la transgression que l'on institue : la maîtrise et l'utilisation des corps des citoyens, de la procréation à la mort et au-delà.

Cette croyance présente le progrès du savoir comme un impératif venant tout justifier, sans prix psychique ni culturel, et dissimule ainsi les véritables enjeux qui doivent être débattus, discutés publiquement. Ceux-ci par exemple :

1. Que sont véritablement ces « visées thérapeutiques » et ces « visées non thérapeutiques », mais ayant pour but la « connaissance » que l'on nous promet en échange du don de nos corps ?

— On peut douter du caractère thérapeutique des interventions médicales dans le domaine de la procréation artificielle. Que des interventions soient pratiquées par des médecins semble tenir lieu de preuve du caractère thérapeutique d'actes qui ne sont souvent que pur exercice du biopouvoir sur le corps des sujets.

— Parallèlement, alléguer la « recherche » paraît attester à soi seul de l'intérêt scientifique des travaux et la crainte de « menacer la liberté de la recherche » justifie toutes les transgressions. La promotion de la finalité « de connaissance » dans le champ médical n'est que la vitrine d'un événement fondamental : la subordination progressive de l'objectif de soin à l'expérimental, aux critères qui lui sont propres, à ses circuits économiques. Elle traduit une transformation radicale de l'identité, de l'institution, comme de la relation médicales. L'accueil des sujets dans toutes les formes de dépendance et de détresse corporelle devient un champ illimité de recrutement pour l'expérimentation. Et l'hôpital, le lieu d'opérations non médicales sur les êtres humains, réservées aux seuls médecins, mais conduites selon la logique de la pharmacie industrielle.

Soigner implique d'expérimenter. Mais faire une expérience n'est pas nécessairement soigner, ni même chercher. C'est plutôt cette inversion du thérapeutique au bénéfice de l'expérimental — poussée à l'extrême par les médecins nazis — qui encourage certains à mettre en question le principe même de l'expérimentation.

2. Le savoir biomédical prétend enfermer la mort dans le « vrai » de connaissances concernant le fonctionnement cérébral. Mais les restrictions successives des conditions « nécessaires » pour déterminer la mort (au début trois électro-encéphalogrammes plats d'une heure, séparés chacun de vingt-quatre heures. Puis seulement deux EEG plats de vingt minutes en six heures d'intervalle. Et maintenant certains estiment suffisant un seul tracé) ne témoignent que d'une seule et triviale « vérité » : celle de la pression exercée par la demande d'intervention expérimentale plus rapide.

Progrès ou régression ? La médecine tend à exclure la signification de la mort pour l'être humain, ce qui a universellement poussé les hommes à faire de la mort le modèle de tous les rites. « Auprès du cadavre, écrit Freud, prirent naissance les premiers commandements moraux. » On veut nous assurer aujourd'hui que le dépeçage des « cadavres chauds » ne sous-entend en rien le renoncement aux funérailles, « ne les retarde que de quelques jours, quelques semaines ». Fort bien, mais peut-on limiter aux funérailles l'expression de ce fait psychique humain qu'est l'identification au mort, condition du lien entre les générations ?

La science la plus objective n'est pas indemne de fantasmes ; elle n'est pas non plus sans conséquences. Promouvoir « l'homme sans reste », présenter la mort expurgée de sa fonction de limite à la toute-puissance narcissique, la couper de l'humanité et de l'humanisation, c'est rendre difficile, voire impossible, le travail du deuil.

3. Le développement du pouvoir biomédical traduit un fait fondamental depuis un siècle, l'hôpital, les établissements sanitaires et sociaux se sont imposés socialement comme les lieux où l'on naît, souffre et meurt. L'institution hospitalière gère un ensemble de populations dépendantes, fragilisées (tendanciellement la population entière), et constitue, de fait, la base de la plus vaste expérimentation sur le cheptel humain qu'ait connue l'histoire. La religion de la science, du progrès, s'est chargée du reste : obtenir l'adhésion des sujets, travailler l'inconscient de chacun pour qu'il signe le « testament de vie », forme supérieure et postnazie du sacrifice humain. C'est ce consentement-là qui est le véritable ressort de la nouvelle loi, bien davantage que le consentement « éclairé », ou ce qui en dispense pour les personnes dont on prétend prendre en compte l'état de dépendance.

4. L'invocation des droits de l'homme, l'exaltation des valeurs républicaines de liberté, de progrès, vient masquer l'absence d'une véritable mise en pratique de la démocratie. Le Parlement n'a pas débattu alors que des discussions et des débats contradictoires ont

eu lieu au Comité national d'éthique, qui s'est montré bien plus prudent que les élus malgré la surreprésentation des scientifiques en son sein ; mais c'est une institution sans pouvoir. Le politique a accordé au biomédical la jouissance du corps des citoyens.

La liberté n'est pas cette réduction de l'homme à un amas biologique anonyme et l'égalité est d'abord celle de notre condition mortelle, quel que soit le rêve d'immortalité qui anime les techniciens. La solidarité entre les vivants et entre les générations ne se confond ni avec la mise en acte d'un fantasme d'automate universel, ni avec le retraitement industriel des corps.

De nombreux médecins praticiens, des soignants le savent. Dans le déchirement qui les écartèle entre un certain *credo* en la toute-puissance de la science, des pratiques imposées et leur savoir douloureux et quotidien. Ils connaissent les troubles graves de l'identité qui peuvent affecter ceux qui ont reçu l'organe d'un mort, ou la dépression qui peut parfois conclure une stérilité « soignée » par l'insémination. Ils vivent jour après jour le malaise qu'il y a à attendre la mort d'êtres jeunes pour tenter de sauver leurs malades ; ils éprouvent l'impossibilité de remplacer le travail du deuil par l'administration de psychotropes, l'irréalité du « meilleur des mondes » et de « l'homme nouveau » proposée par l'industrie du vivant.

La biopolitique vient de naître avec la discrétion des événements dont on ne mesure la nocivité que trop tard. Les biopoliticiens mettent toute discussion de leur pouvoir au compte de l'ignorance, de l'archaïsme ou du « bavardage démocratique ». Les signataires du présent texte entendent pourtant faire des enjeux de la biomédecine l'objet d'un débat public. Alors, des « états généraux de la biomédecine pour l'année 1989 ? »

Bernard Edelman, *avocat*
Laurence Gavarini, *sociologue*
Marie-Angèle Hermitte, *directrice de recherche au CNRS*
Robert W. Higgins, *psychanalyste*
Gérard Huber, *psychanalyste*
Jacques Testart, *biologiste*
Michel Tort, *psychanalyste*
Monette Vacquin, *psychanalyste*
Anne-Marie de Vilaine, *écrivain*

Texte publié dans *Libération*,
3 février 1989

4.
Maîtriser la science

Le désir de connaître le monde est aujourd'hui débordé par le besoin de l'exploiter. La production des connaissances scientifiques et des innovations est largement prise en charge par des institutions à buts technologiques. La recherche, qu'elle soit dite « fondamentale » ou « appliquée », est orientée par des choix économiques, sociaux, sanitaires ou militaires.

Le chercheur ne peut ignorer cette orientation, et la société est en droit de la juger. Fonctionnant sur un mode réductionniste, en ignorant toute autre forme de connaissance et de vérité, la science entre en conflit avec la nature, la culture et les personnes.

Ainsi, sauf à être contrôlée et maîtrisée, elle fait courir des risques graves à l'environnement, aux peuples et aux individus. Pourtant le processus de développement scientifique s'autoaccélère avec l'assentiment naïf de sociétés qui acceptent de ne rêver l'avenir que dans l'artifice technique, alors que l'identification de la production scientifique au progrès, et même au bonheur, est largement une mystification. L'accélération de la production scientifique induit un changement qualificatif de la dépendance des individus par rapport à la science. Cela vaut évidemment pour la vie pratique sans cesse modifiée par les techniques, mais aussi pour les aspects les plus intimes de la vie. Les notions de subjectivité, d'intimité, de secret, sont battues en brèche par des disciplines scientifiques de plus en plus indiscrètes qui, à défaut de tout comprendre, prétendent tout mettre en lumière.

Au nom de la vérité scientifique, la vie est réduite à ses aspects mesurables. La spécialisation de plus en plus étroite des chercheurs encourage leur myopie quant à leur fonction dans la société et crée des cloisons étanches entre les disciplines scientifiques.

Il est certes difficile de revenir sur les acquis technologiques, aboutissements des activités scientifiques, et qui conduisent à la création de nouveaux besoins selon une spirale industrielle que ne maîtrisent ni les chercheurs ni les consommateurs.

Nous croyons que la lucidité doit primer sur l'efficacité et la direction sur la vitesse. Nous croyons que la réflexion doit précéder le projet scientifique, plutôt que succéder à l'innovation. Nous croyons que cette réflexion est de caractère philosophique avant d'être technique et doit se mener dans la transdisciplinarité et l'ouverture à tous les citoyens.

[Ce texte a été signé par les personnes suivantes : J. Arsac, informatique, univ. Paris-VI ; M. Bounias, biochimie, INRA Avignon ; M. Cassé, astrophysique, CEA Saclay ; J.-P. Deleage, physique, univ. Paris-VII ; A. Gsponer, physique des hautes énergies, ISRI, Genève ; A. Jacquard génétique, INED Paris ; J.-M. Levy-Leblond, physique théorique, univ. Nice ;

J.-M. Meyer, embryologie, univ. Strasbourg ; F.-B. Michel, pneumologie, univ. Montpellier ; J. Panijel, immunologie, CNRS-Pasteur ; B. Prum, statistique médicale, univ. Paris-V ; J.-P. Renard, embryologie, INRA-Pasteur ; J.-C. Salomon, cancérologie, CNRS, Villejuif ; J.-L. Scheidecker, astronomie, CNRS, Nice ; J.-P. Shapira, physique nucléaire, Orsay ; M. Sintzoff, informatique, univ. Louvain ; J. Testart, biologie, INSERM, Clamart.]

Texte publié dans *Le Monde* (19 mars 1988) et *Nature* (333, 390, 1988).

5.

*Techniques de procréation médicalement assistée : l'inventaire en 1989**

(Le tableau et la figure correspondent au texte des pp. 16-17 de l'Introduction)

TRANSFÉRER QUOI, OÙ, ET COMMENT ?					
	CELLULES TRANSFÉRÉES				
LIEU DU TRANSFERT	spermatozoïdes	ovocytes	spermatozoïdes + ovocytes	zygote	embryon
vagin-col	IA[1]				
utérus	IUI[1]	OPT	TOAST[1]	ET[1]	ET[1]
trompe	ITI[2] VITI = SHIFT[1]	FREDI[2]	GIFT[2] TV-GIFT = US GIFT[1]	ZIFT = PROST[2] US ZIFT[1]	TET[2] TV-TEST = USTET[1]
follicule	DIFI[3]		?		
cavité abdominale	DIPI = IVTPF[3] TPI[2]	?	POST[2] GIPT[3]	?	?
Voies d'introduction des gamètes ou œufs fécondés : 1. voie vaginale, 2. voie transabdominale, 3. voie transvaginale.					

Voir page suivante pour la légende des sigles utilisés.

* D'après J. Testart, PMA : inventaire en 1989. *Gyn Obs*, n° 220, p. 24-25, 1989.

Légende des sigles utilisés

CIV-CIVETE Culture intravaginale et transfert d'embryon
DIPI Direct intraperitoneal insemination (angl.)
DIFI Direct intrafollicular insemination (angl.)
FIV-FIVETE Fécondation *in vitro* et transfert d'embryon
FREDI Fallopian replacement of eggs with delayed insemination (angl.)
GIFT Gametes intrafallopian transfer (angl.)
GIPT Gametes intraperitoneal transfer (angl.)
IA Insémination artificielle avec sperme du conjoint (IAC) ou de donneur (IAD)
IIU Insémination intra-utérine
ITI Intratubal insemination (angl.)
IVTPF In vivo transperitoneal fertilization (angl.) (*id.* DIPI)
OPT Ovum pick-up and transfer chamber (angl.)
POST Peritoneal oocyte and sperm transfer (angl.)
PROST Pronuclear stage tubal transfer (angl.) (*id.* ZIFT)
SHIFT Synchronized hysteroscopic insemination of the fallopian tube (angl.) (*id.* VITI)
TET Tubal embryo transfer (angl.)
TOAST Transcervical oocyte and sperm transfer (angl.)
TV-GIFT Transvaginal GIFT (angl.) (*id.* US-GIFT)
TV-TEST Transvaginal tubal embryo stage transfer (angl.) (*id.* US-TET)
US-GIFT Ultrasonically guided GIFT (angl.) (*id.* TV-GIFT)
US-TET Ultrasonically guided TET (angl.) (*id.* TV-TEST)
VITI Vaginal intra tubal insemination (angl.) (*id.* SHIFT)
ZIFT Zygote intra fallopian transfer (angl.) (*id.* PROST)
US ZIFT Ultrasound guided ZIFT (angl.)

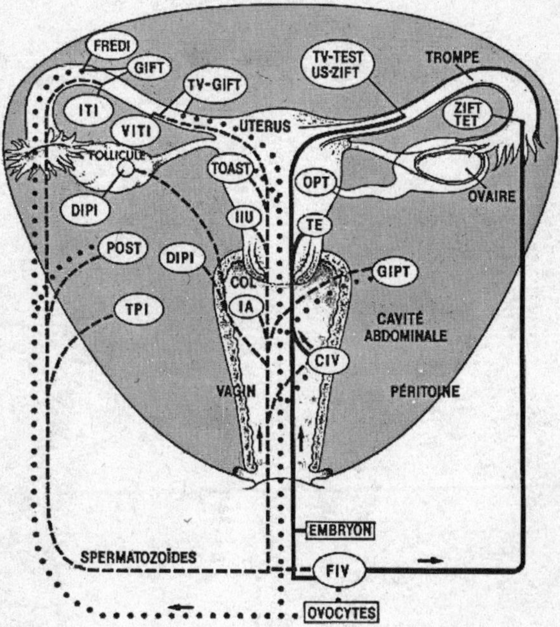

Dessin de Jean-Pierre Morel

INTRODUCTION

1. FEMMES ET MÉDECINS DANS L'IMPASCIENCE

2. NOUVEAUX POUVOIRS, NOUVELLES NORMES

3. NOUVEAUX DROITS, NOUVEAUX DEVOIRS

4. L'INCONSCIENTIFIQUE

ANNEXES

DU MÊME AUTEUR

DE L'ÉPROUVETTE AU BÉBÉ SPECTACLE, Éditions Complexe, 1984.

L'ŒUF TRANSPARENT, Éditions Flammarion, Champs, 1986.

SIMON L'EMBAUMEUR OU LA SOLITUDE DU MAGICIEN, Éditions François Bourin, 1987 ; Éditions Gallimard, Folio nº 2014.

LE DÉSIR DU GÈNE, Éditions François Bourin, 1992, Éditions Flammarion, Champs, 1994.

LA PROCRÉATION MÉDICALISÉE, Éditions Flammarion, Dominos, 1993.

Composition Eurocomposition.
Impression S.E.P.C. à Saint-Amand (Cher),
le 30 mars 1994.
Dépôt légal : mars 1994.
Numéro d'imprimeur : 895.
ISBN 2-07-032770-1./Imprimé en France.

63602